第三届"蝌蚪五线谱"杯
科幻征文大赛获奖作者留念

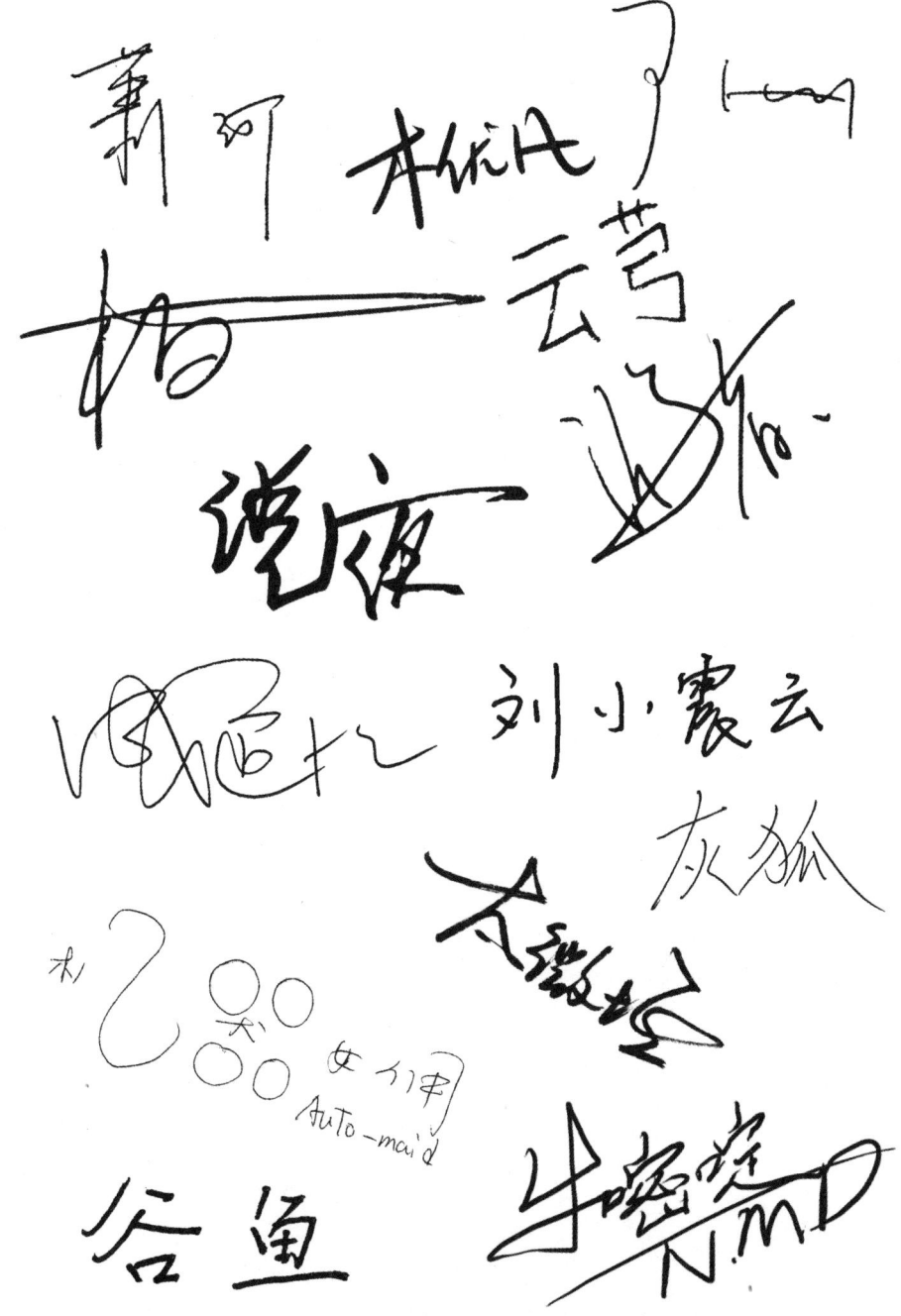

幻海听风

第三届"蝌蚪五线谱"杯科幻征文大赛优秀作品选粹
北京市科学技术协会／蝌蚪五线谱网站 编

新星出版社 NEW STAR PRESS

目录

1	序：为想象力插上更雄美的翅膀 / 韩松
6	**听 自己**
9	梦镜 / 灰狐
35	心声 / 尹洲
67	孤独 / 太微垣
92	恒河猴 / 机器女佣
112	**听 我们**
115	自在诊所轶事 / 云苔
127	追捕匿名者 / 谷鱼
144	四舍六入 / 木优凡
162	机器，人 / 木白
182	**听 天地**
185	种太阳 / 尹洲
216	最后的遗产 / 牛嗒唥
238	高原峡谷 / 萧河
270	思念中的时空 / 说夜
284	**听 宇宙**
287	墨·世界 / 游者
316	逃跑 / 薄荷
332	天地间 / 刘小震云
357	昆明异事件 / 成追忆

序：为想象力插上更雄美的翅膀

韩松

北京市科学技术协会及其蝌蚪五线谱网站连续三年举办科幻征文大赛，受到科幻迷们的极大欢迎。我有幸成为第三届大赛的评委之一，读到参评的小说，感到非常惊喜。有的作品质量相当高，甚至超过了发表在正式科幻杂志上的一些文章。而蝌蚪五线谱打破了科幻的传统传播模式，它主要通过网络进行征文和发布，适应了新媒体时代的发展，吸引了更多的人参与科幻活动。

这部书，就是征文大赛优秀作品的一个精选结集。

蝌蚪五线谱的这次大赛有四个打分标准：科学性、创新性、情节、文笔。前二项各三分，后二项各两分。这实际上代表了科幻小说作为一种类型文学的标准，我觉得是有道理的，值得科幻爱好者们思考。

先说科学性，它突出地表现在专业性上。征文中，有的年轻作者对某个学科领域的积累、探索和研究，是很令人佩服的，这也许是"宅时代"才能做到吧，可能是令有的大学老师讲课时也要冒冷汗的。所以，作品中传达出的科学知识，已经不是一般的科普了。当代科幻达到了一个全新的专业境界，正向人类最前沿的科学技术成就逼近，在最炫的科技进步中去寻找创作源泉和灵感。

创新性，也就是"脑洞"，它有多大，往往决定了一个科幻作品的成就高度。有可能是一个最简单的原理，却灵光一现，展现出它的"酷"。科幻的魅力，就在于它不落俗套，总是出人意料。所以，在这个意义上讲，科幻是人类想象力的集大成。

情节，这也十分重要。现在大家这么忙，你是类型小说，就要遵循一定的创作方法，要设置悬念，把故事安排好，吸引人看下去。

文笔，这不能忽视。我想，一个作品至少要达到高考优秀作文的水准，而更高一步，就是要有文学性，因为这毕竟是小说。实际上，文学性在目前的科幻创作中还是有问题的。有的东西，你写一个点子的梗概就可以了，干什么要写几万字呢？只有文学才能把技术、点子和故事最终组装成一个世界，就像用钢筋水泥盖大楼一样。

从这四个方面来看，对照参赛的一些作品，我觉得自己的差距蛮大。参加这次征文评选，对我来说也是一个归零的过程，从头向年轻的作者学习。

这次大赛还有一点很好，就是绝大部分参赛者都有自己的风格。创作，不可以放弃自己的路数。任何学习和模仿都是为这一点服务的。很多人学刘慈欣，却再也成不了刘慈欣。丢掉自己是最可惜，也是最可怕的。

最让人高兴的是，作者大都是年轻人，有八零后，也有九零后，他们在创造新的世界。他们展现了比前辈更广阔的视野和境界。读了作品便能感到，新的一代写作者对科学的感觉比上一代人更灵敏、更贴切，对情感的体验更真实、更充沛，而且他们往往有强烈的现实和社会关照。他们的确是很不错的一代人，这在中国历史上是还没有过的。他们展现了无数的奇思妙想，但遗憾的是，这些奇思妙想大多数还难以在现实中开花结果。社会还不能够为他们提供足够的创新环境和空间。我不禁想到，如果在美国，这些年轻人创造的就可能是谷歌，就可能是苹果。但幸运的是，北京市科协和蝌蚪五线谱网站投入了大量的财力、物力和人力,来支持年轻人的创作,这就有了把中国式的想象与现实结合起来的可能性。如果全国各地都能这样做,未来中国一定会产生真正的科学技术大师,在诸多领域实现自主创新。

　　再回到征文本身吧,让我们来看一看这些不凡的作品。我发现,作者们比较善于讲故事,也擅长创造情节。

　　《种太阳》是一篇让人惊骇的小说,它拥有技术的逼真和现实的逼真,具备强烈而尖锐的批判性,是一个很好的科幻现实主义题材,写得也很好,有细节,有人物。但有一点偏弱:它还没有"飞起来"。

　　《天地间》读第一遍不觉怎样,读第二、第三遍,越看越有滋味,有很强的黑色幽默味道,与一般描写外星人入侵、人类抵抗的小说不同。结局很悲凉,恰如其名:天地间——人生天地间,忽如远行客。一切被别人玩弄于手掌,整个宇宙以及文明是如此的荒诞不经。作者的胆子很大,写了一个突破底线的小说,作品中那些桥段,比如杀死所有的狗、太阳变计时器、把联系者当作玩物等等,都很耐人寻味。外星人最后把主人公的妻子弄成植物人,把她的生日当作最后的时限,而要让人类不毁灭,主人公必须杀死这个女人。写得好玩,而又忧伤。

　　《梦镜》写出了复制人格模型的纠结,有人的感情和心理复杂性在里面,而且描写的科技是一种看得见的高科技。

　　《高原峡谷》表现了沉重的现实感和荒诞性,引发颇富冲突和争议的思考。不过它在后面这一点上没有更多地探讨下去,稍显简单化。

　　《心声》也是很有创新性的,写盲童像蝙蝠一样凭回声认知环境,声学、脑科学和心理学贯穿于全篇,很贴切而细致。写到最后,是一个命运和沟通的主题。从中看到,科幻小说最要紧的是要避免陷入传统路径依赖,比如回到过去,就是改变某个结果什么的;外星人来了,就是掠夺资源什么的。

　　《恒河猴》给出了一种细腻而另类的叙事,创造了阴郁和异样的氛围,描绘了惨淡而感人的人物,它有同类题材中别出心裁的构思和关切。

　　《追捕匿名者》为赛伯朋克小说赋予了崭新的奇异感和可读性。

　　……

总之，几乎每篇作品，都有一个闪光点，这是很不容易的。不过，需要指出的是，仍有一些故事给人的感觉较旧，有模仿20世纪五十年代黄金期的感觉，而与现在这个第四次工业革命的时代不尽合拍。有的作品科技感还不够强，缺少炫酷的创新，不能像《神经浪游者》那样，或者菲利普·迪克那样，有一种让人"啊"的叫出声来的冲击，甚至好像半截身子还停留在农业文明，是一种磕磕绊绊的前现代感。科技背景不强，想象力不够，不够硬，又软不到趣味上去，这是比较遗憾的。有的作者只给出了一个想法，但这个想法，应该去查证一下科学资料，它可能早已经解决了。

还有一个问题，就是作品往往都比较长，短篇大都在一万字以上，两万的也有不少。网上有读者说，现在再也难以认真读完一部长篇小说了。的确是到了这样的时代。对于普通的作者来讲，长篇是不是要像写微博一样，保证每一百四十字都是精彩的，才能让人读得下去呢？是不是要让人随便翻到哪一页，都能读，都能开始读呢？这的确是很大的挑战，有时是无法完成的使命。

不管怎么说，北京市科协和蝌蚪五线谱做了一件了不起的工作，堪称壮举。我在想，如果让一位高手把每个故事中最吸引人的部分串连起来，把这进入最终决赛的五十个故事集成一个长篇，那会是很伟大的。常常听说，中国科幻不行，找不到好故事，作者在流失，青黄不接。但看看这次征文，我觉得并不是这样。在这个大变革的时代，中国科幻正迎来更加辉煌的明天，它是对整个中国复兴的一个隐喻。

—— 听 自己

认识自己是一切智慧的开端。

——亚里士多德

梦镜

灰狐

作者说

　　爱情究竟基于什么？身体，还是精神？这是我创作这篇小说想探讨的问题。

　　主角和生病妻子的灵感来自对我影响深刻的游戏《寂静岭2》。这篇作品中主角的妻子因病重而无法再与他进行交流，他用复制的办法还原了妻子的意识，但是在相分离的身体和意识之间，选择却更加困难。我的出发点很简单，但在创作中，却深深地感觉到了那种绝望的心情。面对这样的困境，不知读者会作何选择呢？

　　路原站在病房中央，看着心率监控器上的线条有节奏地跳动着，鼻子里满是酒精和消毒液的味道。算起来，他在这间病房进进出出已经有三年多了，他甚至记得天花板上每一块霉斑的大小和位置。午后的阳光从窗口照进来，在床头柜上留下一大块亮斑。那上面摆着一束康乃馨，还胡乱扔着几本杂志。中午吃完饭的饭盒还没有洗。

　　他给花浇了水，收拾完屋子，把所有的地方都看了一遍，确实没有需要干的活了。他这才鼓起勇气走到病床前,第一次把目光投向缩在白色被子下的人——他的妻子。

沈悦静静地躺在那里。稀疏得如同枯草一般的头发下是一张早已走形的脸,长年的疾病折磨让她骨瘦如柴,原本圆润的脸蛋现在只剩下一张满是皱纹的皮,在重力的作用下耷拉着。

正当路原以为沈悦还在熟睡的时候,她缓缓睁开眼,时间和疾病并没有让她的眼睛失去神采。现在,如同宇宙般深邃纯净的瞳孔正注视着路原。

路原从那眼神里读出了她的意思。她在鼓励他,给他勇气。突然间,路原的心狂跳起来,双腿不停地发抖,他不得不伸出一只手扶着床头柜来稳住身体。一根翘起的木刺扎入他的手掌,但他没有感觉到。

"悦……"他轻声地呼唤,又像是在哀求。他希望从那眼神里看到哪怕一丝退缩或者犹豫的神情,这样便可以给自己一个退出的理由,然而那目光如同钻石一般坚定。

被子的一角动了动,那是沈悦的手指。自从六年前患上卢伽雷氏症[①]之后,她渐渐地失去了对自己身体的控制,现在只剩下右手的两个手指能够勉强移动。用这两个指头夹着笔在便签纸上写字,是她和外界沟通的唯一方式。

谢

沈悦在纸上写道。

这个字打破了路原最后一线希望,他的泪水涌出来,模糊了一切。他举起双手,在阳光的照耀下他的双手几近透明。一丝鲜血从手心的伤口中流出来,眼泪滴在上面,稀释了血液,红色渗进手掌的纹路里,变成复杂的图案。

终于,路原不再颤抖。他走回床边,认真地看着沈悦的眼睛。"对

---

①卢伽雷氏症,俗称"渐冻人症",即肌萎缩侧索硬化,主要症状为肌肉逐渐萎缩。

——编者注

不起。"路原在心里默念,然后拿起雪白的枕头,轻轻地按在妻子的脸上。

不知道试了多少次,路原终于将钥匙塞进钥匙孔。他撞开门,却没有进去,而是用头顶着门框,大口地喘气。血管里奔腾的酒精让他感觉像被扔进了抽水马桶——整个世界正在疯狂地旋转。

初夏的晚风吹进这间小小的教师公寓,弄得窗帘飘摆,将书桌上堆放的层层草稿纸拂得更乱。书桌的一角摆着一个精致的木相框,尽管相框玻璃已经破碎,布满了蜘蛛网般杂乱的裂纹,但依然可以看到相框里的照片,那是路原和妻子的合影。

路原眼神散乱,他的目光在屋子里四处游移。最终,他发现了那个埋藏已久的相框。他像触电一样猛站起来,快步走向书桌。他的手向相框伸去,却在半空中又缩回来。他的身体凝固在那里,像是一尊石像,只有手在微微地颤抖。但是片刻之后,他突然狂暴起来,冲上前去,将桌上的东西全都扫落在地上。他看着空荡荡的书桌,心里同样是空荡荡的。

"路原?是你吗?那是什么声音?"卧室里传来妻子沈悦的声音。那声音很轻,很慢,语调里混合着爱意与责备。

路原被吓了一跳,他呆呆地看着卧室的方向,可是那边只有一片仿佛能够吸收光芒的黑暗。他脸上满是茫然,似乎想要努力分辨这到底是真实世界,还是醉酒后的幻觉。

"你是不是喝酒了?快去给自己弄点儿热蜂蜜水解解酒。"声音继续传来,温柔、耐心。

而路原却如临大敌般退了两步,正好踩在刚刚掉下来的相框上。相框发出吱嘎的响声,路原低头,看到照片里的沈悦正向他微笑。他大惊失色,从相框上跳开,跌跌撞撞地向大门外冲了出去,一路跑出公寓楼。

他浑浑噩噩地在林荫道上奔跑,没有目标,只是任由自己的双脚漫无目的地前进。手机响了,他没有理会。但铃声固执地响个不停,在深夜的校园里显得格外刺耳。路原放慢脚步，接起电话。

"路老师，你在哪儿？"焦急的声音从电话里传出来。是苏晓，他的学生，也是他的助手。

"我……我……"路原犹豫片刻，然后不耐烦地说，"我散步呢，怎么了？"

"刚才你喝了太多酒，突然一声不吭就走了，吴老师正在找你呢。"她停了一下，"明天是我们'梦镜'系统的第一次实验，可别忘了。"

"忘不了。"路原打断苏晓的话，"今天晚上咱们不就是为了这个庆祝的吗？不用你嘱咐，你只管把你的准备工作做好就行了。"

"路老师。"苏晓轻声说，像是在试探，"你的外套没拿，我给你送去吧。"

"不用了！"路原粗暴地挂断电话，把手机使劲塞进裤兜里。他抬起头，发现自己站在学校操场的看台上，有两对趁着黑在这里约会的学生正带着惊恐的眼神看着他。他想了想，突然知道了自己要去什么地方。他向那几个年轻人抱歉地笑了笑，然后绕过他们向看台的西北角走去。

西北角是看台上最偏僻的地方，这个时候那里空无一人。路原用他能做到的最舒服的姿势横躺在五张看台椅上。他仰躺着，漫天繁星在他眼前铺开，伸向无限远，这个时候路原才觉得完全放松下来。他掏出手机，拨了一个最熟悉的号码，然后微笑地等待着。

"我就知道你会打电话过来。"电话几乎立刻就接通了，听筒那头的女声带着自信的语气说。

"你怎么知道。"路原笑了。

"我还知道你现在不是在第十一教室，就是在操场看台。"女声停顿了一下，像是在思考，"操场看台，我说的没错吧？"

"嘿嘿。"路原傻笑。

"你现在又躺在那儿看星星呢吧，今天是个好天气。"女声得意地说，"你啊，就没别的地方可去。以前你老是带我去那儿，可是说不了两句话就开始看星星，要不然就是发呆，把我一个人晾在一边。有一次我问你为什么一起出来,你却不理我,还记得吗?你随口说了一句:'你在我身边我觉得很舒服。'你知道吗?这是我从你嘴里听到的最好听的话了……"听筒那边滔滔不绝地说着,曾经的一幕幕画面在路原眼前浮现。他没有说话,只是一边微笑一边默默地听着,直到眼皮渐渐变沉。

　　阳光暖暖地照在路原的眼皮上,将他从熟睡中唤醒。他想翻身坐起来,但是马上又咧着嘴躺下——前一夜的宿醉让他觉得脑袋像是被斧子砍过。他摸索着找到自己的手机,但是手机不知道什么时候已经耗尽了电,大概是昨晚聊得时间太长了吧。他慢慢坐起来,眯着眼看了看东方,金色的太阳已经升到半空,大概九十点钟的样子。

　　"坏了,实验!"路原突然想起今天要做的工作,他跳起来,忍着头疼向实验室跑去。

　　实验楼是一座陈旧的二层小楼,坐落在学院的一角,还是最早的砖混结构的老房子,几间不用的房间甚至连窗玻璃都没有,就这还是路原四处游说好不容易申请下来的。之前实验室里只有几个模型、几张挂图和一些陈旧不堪的试验器材,学院批了点儿经费,也是杯水车薪。好在路原说动了老同学吴若飞,拿了资金资助自己的研究。短短两个月,许多实验需要的高端设备,或买或租,都置办齐了。不过老吴的资助是有条件的,就是他必须全程监督路原的实验。

　　快到实验楼的时候,路原加快了脚步。别看他和老吴是老同学、好朋友,可现在老吴是他的"老板",而且"老板"数落起路原来可是毫不客气。

　　转过一排久未修剪的冬青,路原看见苏晓正着急地在门口来回踱步。

　　"路老师你可来了,给你打电话怎么也打不通。"一看见路原,苏晓赶紧快步迎上来,"吴老师都着急了。"

　　"这是咱们的实验,他着急个什么。"路原没底气地说。

　　苏晓吸吸鼻子,打量着路原。这时的路原蓬头垢面,眼睛里全是血丝，衬衫布满皱纹，从嘴里还飘出浓浓的酒气。

"路老师，你……"

"都准备好了吗？"路原抢过话头，他自知理亏，所以不想让苏晓多问。

"准备好了，就等你来了。"苏晓肯定地说。

"可是我现在心情不太好，今天还是取消吧。"一个声音从实验楼门口传来。

路原抬头看去，一个年轻人正站在台阶上，双手抱怀俯视着自己。

"一号实验体，你这是什么意思？"苏晓问道。

"路老师，"一号实验体向路原露出微笑，好像想表示自己在开玩笑，不过不太可信，"昨天晚上，我们为了今天的实验举行了一个小小的庆祝活动，还记得吧？说是为了向我为科学献身的精神致敬。可是吃饭的时候酒也不让喝，菜也不让吃，说要为了今天保持良好状态，这我理解。可是你们一个个喝得昏天黑地的，今天我一大早就到这儿了，你猜怎么样？大门紧闭！我在这儿干等了半个多小时。现在我情绪低落而且感觉有些虚弱，恐怕不适合今天的实验了。"

路原苦笑，不知道该如何作答。一号实验体叫周群，是纳米科学应用系的博士生，被苏晓忽悠过来的。这个年轻人头脑敏捷，牙尖口利，在大学时代一直是系辩论队铁打的一号辩手。不仅如此，他的身体素质也好，运动神经发达，在篮球队和足球队都是主力。简直是完美的实验体，不，简直是个完美的人。不过这个小伙儿似乎雄性激素过剩，有着很强的攻击欲望，尤其是对路原。

"一号！"苏晓提高了嗓门，路原知道这是苏晓替他接招了。"你少来这套，适合不适合参加实验等会儿用数据说话。想喝酒就直说，实验顺利的话，咱俩单挑都没问题。不过现在你要是胡思乱想破坏试验，哼，可别怪我跟你不客气。"

苏晓曾经也是辩论队的，在大学时代和周群有过数次交锋，各有输赢之后成了好朋友，颇有英雄惜英雄的味道。本来路原正苦于找不到合适的实验对象，结果苏晓一个电话就把周群搞定了。

"别'一号''一号'的叫,我是有名字的,请对我表示尊重。"

"你现在的身份是实验器材,请摆正你的位置。"

两个人进入了激烈的唇枪舌剑状态,路原在旁边站了一会儿,发现这里已经没自己什么事了,于是他绕过两人,走进实验楼。

一楼的一间会议室现在被改成了实验室,老吴已经在里面了。他正带着脑神经元扫描仪,全神贯注地盯着屏幕,用意念操作着自己的角色和对面的AI打乒乓球。

路原重重地拍在老吴肩膀上。"这些可都是几十万的设备,你用它来玩游戏?"

趁老吴转头看路原的那一瞬间,他的对手抓住机会抽了一记刁钻的旋球,小球划着弧线直奔老吴的右下角飞来。老吴集中精神,连身体都跟着倒向右边,但仍然没够到球。

"妈的。"老吴骂道,他摘下扫描仪,然后站起来,一脸严肃地看着路原,"你觉得这样合适吗?"

吴若飞和路原从五六岁开始就是好朋友,大学毕业之后,头脑灵活的他没有选择继续深造,甚至连本专业的工作都没考虑,毅然决然地下海做生意去了。刚开始不顺的那几年,路原总是感慨老吴走错了棋,可是现在,老吴已经小有所成,而路原的研究还是一筹莫展,甚至连经费都得厚着脸皮从老吴那里要。

"不就是输了一盘游戏嘛,有什么合适不合适的。再说那设备是租来搞实验用的,你用它连上你自己编的程序,万一出现故障影响了实验怎么办?"

"实验?你还知道实验?"老吴向前走了一步,"我说的就是实验,你看看几点了?"

路原下意识地缩了一下,手不自觉地去摸下巴。几个月前,老吴在他下巴上来了一拳,到现在好像还时不时地疼那么一下。虽然因为什么而打起来的路原早就记不清了,可是那一拳,再加上实验的投资,让路原乖乖地低下了头。

"那好吧,咱们这就开始吧。"路原回避老吴的目光,从实验室探出半个身子，看见苏晓和周群的"二人时间"还在继续。他大声叫道："你们两个打住吧，小苏，让一号……让周群冷静一会儿，准备开始实验了。"

争论停止了，周群挑衅地看了看苏晓，昂着头先走进实验室，苏晓毫不示弱地在他后腰上掐了一把。

实验室被一扇大玻璃窗分隔成操作室和观察室，路原站在玻璃窗前，等着苏晓对周群进行常规检查。

"没问题。"苏晓的声音从头顶的喇叭上传来。

路原对苏晓点点头，于是她开始将全息头盔、脑神经元扫描仪以及各种生理监控传感器戴在周群身上。现在的周群就像是被困在蜘蛛网里的小虫。

苏晓很熟练地完成了准备工作，路原看看身旁屏幕上的各种数值和曲线，一切正常。"好了小苏，你过来吧。"路原通过话筒对观察室里的人说，"周群，那么我们准备开始第一阶段的实验了。"

周群的脸完全覆盖在全息头盔之下，看不到表情。他竖起右手的大拇指，表示准备好了。路原又看看苏晓和老吴，然后轻轻按下表示启动的绿色图标。

全息头盔开始向周群展示精心挑选过的图片、声音以及模拟出的气味，每一个场景都带着或多或少的暗示信息，会激起被试者的情绪反应。而脑神经元扫描仪忠实地记录着周群大脑里每一个神经元的动作，大量数据通过不同的电缆源源不断地传输到七百千米外由四百八十颗处理器组成的独立服务器中，"梦镜"系统利用这些数据建立起周群的初版性格模型。路原、苏晓和老吴三个人都不说话，只有屏幕上的图形在不断地跳动，显示着周群的身体信息。

"路老师，很顺利啊。"苏晓突然开口说。

"别急，这才第一阶段。"

"一定会成功的，那样的话……"

"小苏。"一直坐在角落里的吴若飞突然开口，打断了苏晓。

苏晓回头，和老吴交换了一个眼神，老吴轻轻地摇摇头。路原看着大玻璃中自己模糊的身影，完全没有注意到老吴和苏晓之间的交流。实验室里再度陷入沉默。老吴第一百次从兜里掏出烟盒又塞了回去，最后他仍然没有战胜烟瘾，跑出实验室去抽烟了。路原抬头看看屏幕上的进度，离第一阶段结束还有二十分钟。

二十分钟之后，数据将经过整合运算形成初期性格模型。之后是第二阶段，"梦镜"系统会诱导周群进入深度睡眠状态，然后根据初期性格模型有针对性地再次进行模拟环境的投射，激发他更深层次的记忆和情感。第二阶段结束后，"梦镜"系统会再次进行整合，第三第四阶段都是同样的过程，但每一次都比前一次更详细、更准确，越来越多的细节会填满之前粗糙模型留下的缝隙，直到性格模型和周群的同步率达到90%左右。如果想再进一步的话，所需的时间和得到的数据会呈指数级上涨，而且周群将面临随时崩溃的局面。也许有一天，技术手段的提高能够更容易达到新的标准，但对于路原来说，90%就足够了。

路原犹豫了片刻，转头对苏晓说："这里暂时没我的事了，你按之前的方案操作就行，我走了。"

"你说什么？又打算开溜？"抽完烟回到实验室的老吴正好听到路原的话，"路原，你是不是有些过分了。"

经过老吴身边的时候，路原的步伐似乎放慢了些，但他没有回应老吴的质问，直接走了。

"吴老师，我们打算瞒到什么时候？路老师他……"确定路原离开了，苏晓才开口问。

"等这次实验完成吧。"老吴看着操作室里的周群，"希望路原能够成功，我们的时间不多了。"

风吹得路两旁的梧桐树沙沙作响，阳光透过树叶照在路面上，小小的光斑跳动着，像是正在奔跑的金钱豹。路原走在小路上，蓬头垢面的形象引起不少人的注意。但他毫不在意，反而面带微笑地越走越快。明天的这个时候，实验就能够完成了，一切将会改变。他想把这个消息告诉那个人，于是他掏出手机，可是看到的只是黑漆漆的屏幕。电池早就没电了。

他拍拍自己的脑袋，向教师公寓跑去。公寓的大门仍然大敞着，保持着路原前一天晚上逃命似的离开时的样子。好在校园里没有什么不怀好意的人到处乱逛，再说他的公寓里也没有什么东西值得一偷。

他走进屋里，看着一屋子的狼藉苦笑。他从抽屉里找出备用电池换上，然后弯下腰开始收拾一地的书本和演算纸，当那个相框出现在他目光范围里时，他的动作停止了。相框里的照片还是他和沈悦结婚之前照的，那是他们第一次也是唯一一次旅行。不习惯照相的他一脸不自然的紧张表情，而身边的沈悦大方地搂着他的脖子，脸上带着发自内心的笑容。照片的背景是纯净得像蓝宝石一样的天空。

他把相框在书桌上摆好，久久地看着照片上的妻子，突然他像下定了什么决心一样，扔下手里刚捡起来的书，转身向卧室走去。他停在卧室门前，却没有伸手开门。不锈钢门把手将他的脸映得肥硕古怪，仿佛在嘲笑他的神经质和懦弱。

"唉……"不知过了多久，一声长叹将发呆的路原唤醒，"路，你可以和我在电话里说一整晚的话，却不愿意见到我吗？"

"我……"路原舔舔嘴唇，张了张嘴却不知道该说些什么。他深吸一口气，推开了卧室的门。

卧室很小，一张简单的双人床占据了大半的空间，床上的被褥随便团成一团扔在床脚，已经很久没有人收拾过了。床头边是一张电脑桌，桌上放着几本书，还有一台电脑。路原坐在电脑前，却不知道该看向哪里。卧室里很安静，只有摄像头对焦时发出的微微的咔咔声。

"你看你的样子，也不拾掇拾掇。"音箱里传出沈悦埋怨的声音。

"我……"路原摸摸脸，傻笑两声，盯着桌子边缘的一处磕痕，不敢抬头。

"你还是不敢看我。"音箱里的声音幽幽地说。

"我……对不起……我……"

路原鼻子有些酸。电脑里运行着沈悦的人格镜像，她完全复制了沈悦的记忆和感情。但是由于个人电脑机能的限制，这个镜像无法将短期记忆向长期记忆区转移，也就是说只能保存她最近四十多个小时的记忆，然后就被新的记忆覆盖。

每次沈悦都会这样埋怨路原，重复了几百次，而每次路原只能小声地道歉。因为他越来越无法将那只塑料摄像头和他妻子的眼睛联系起来，他不敢看她。

"我……对了，告诉你，我们的实验今天已经启动了。"

"什么？"

"'梦镜'现在已经开始进行实验了。"路原说着，开始观察自己的指甲，"如果成功的话，我就是世界上第一个复制人类人格模型的人，我们会改变世界的。"说到实验，路原兴奋起来，"等筹到专项资金，我就可以有自己的实验室，有自己的专属服务器。到时就可以解决你的记忆问题了。而且……"路原换了个姿势，看着房顶的一角露出了笑容，"我想到那时我就有时间多陪着你了。"

"是吗？实验很顺利吧。"

"应该没问题。你还记得周群吗？我找他来做第一个实验对象，他各方面条件都很棒，错不了的。"

"周群？就是那个总是和苏晓在一起的小伙子吧，我见过几次，挺精神的。"

"没错。"

"苏晓总在我面前提起他，你说他俩是不是有点儿那个啊？"相对于实验，沈悦显然对于这些八卦消息更感兴趣。

"我哪知道，操你的闲心。"路原笑了，他低头寻找妻子的眼睛，这时她的眼睛应该笑成了一道缝。然而他看到的是那个黑色的摄像头。他的动作停住了，笑容凝结在脸上。然后他摇了摇头，像是想把脑子里的摄像头甩开。

"我……我要走了，去看看实验怎么样。"他不等沈悦回应，便起身向卧室门外走去。他在门口处停下脚步，背对着电脑说："实验一定会成功的。"

"嗯，我相信你，只是……只是别给自己太多压力。"音箱里响起沈悦嘱咐的声音，却无法模拟她默默地哭泣。"路，谢谢你。"

这句话被路原关在门后，他靠着门，试图驱散脑中那个咔咔作响的摄像头的样子，但那图像却越来越清晰。而那个曾经发誓与他相守一生的可爱面容，渐渐地模糊了。

路原走出公寓楼，发现厚厚的乌云不知道在什么时候已经遮住了太阳，天地间一片铅灰色。风里夹杂着一丝潮气，这是个多雨的季节。他裹紧衣服，快步向实验室走去。

实验楼门口已经扔了一堆烟头，其中有一个还亮着微弱的火光，看来老吴刚刚还在这里抽烟。在走进实验室之前，路原先扒在门上的小窗口前看了一眼。老吴仍然全神贯注地玩他的乒乓球游戏，苏晓正目不转睛地看着观察室里的周群，紧张地咬着大拇指。路原走进去的时候，两个人都没有明显的反应。

实验已经进入第四阶段，"梦镜"和周群之间的交流已经不再是正常人类的方式了。根据前三个阶段的数据收集和分析，"梦镜"不再向周群随机投放信息，而是选择那些最能够刺激周群潜意识的环境。一幅图片、一段声音、一种气味，都会激活周群脑部的一系列反应，有的记忆甚至是周群自己都已经忘记了的，现在都被挖掘出来，被捕捉、被记录。此时屏幕上显示着周群的大脑皮层活跃信息，被激活的神经元瞬间点亮，又立刻熄灭，让路原想起新闻发布会上记者们的闪光灯。

"多长时间了？"路原问。

苏晓看看表。"第四阶段开始了十五分钟。"

由于第四阶段的信息量十分巨大，这一阶段的时间最短，必须控制在三十分钟以内，否则被试者的大脑很可能因为负荷过大而受到影响。第四阶段结束后，再经过"梦镜"系统十个小时的整合运算，就可以模拟出周群的性格模型了。

"应该能够成功吧。"苏晓像是自言自语地说。

"一定没问题的。"路原干脆地回答。

"这么有信心？怪不得实验的时候自己撒手不管了。"老吴在背后插嘴，故意拖长的音调带着浓浓的不满。

路原不自在地缩缩脖子，没有回答。

"到了明天，我是不是能从一号人格那里套出点儿周群的小秘密啊？"苏晓想试着换换话题。

"那也不一定，"路原故作神秘地笑了，"如果达到了预期的效果，一号人格的脾气秉性和周群完全一样，到那时你可要同时对付两个周群了。"

"不会吧。"苏晓吐了吐舌头。

实验结束的灯亮了，苏晓走进观察室，轻手轻脚地移除连在周群身上的各种线缆。摘掉全息头盔后，周群缓缓睁开眼睛，眼神里带着迷茫。这一整天他有一半的时间处于强制睡眠的状态，同时还在做着复杂奇怪的梦。

"嗯……你在干什么？"周群看着苏晓在自己身上忙活，含糊不清地问。

"别装傻。"苏晓在周群脑袋上轻轻一拍，"来，转个身。"

"好吧。"他答应得爽快，但是身子软绵绵的，没动。

"小苏，别刺激他，慢慢来。"路原隔着玻璃对苏晓说，"把他带到隔壁去测试一下各方面的能力。"

"你听见了，快跟我走吧。要是考一百分我给你买糖吃。"苏晓在周群头上胡乱摸着，这样的机会可是少有。

路原目送苏晓拉着还没清醒的周群去隔壁测试，一转眼发现老吴正双手抱胸看着自己，一副"该谈谈正事了"的样子。

"怎么？"

"你到底是怎么想的？"

"你什么意思？"

"我说的是实验。"老吴猛拍桌子，"当初是你来找我，求我资助你的实验。我二话不说答应了，你需要的全给你搞来。可是你呢，最近不是故意喝醉就是玩失踪。我知道沈……"老吴猛地停住，在实验完成之前不提这件事，这是他自己定下的规矩。

"说下去。"路原的脸上像结了一层霜。

"没错，沈悦的事对你打击很大，但是你必须集中精力。这个实验到底是为了什么，请你认真点儿。你的时间不多了。"

"这才是第一次实验，服务器的租期还有两个月呢。"路原耸耸肩。

"路原你……"老吴上前一步，"你不要太过分。"

路原心头也冒起一股怒火，和老吴认识二三十年，吵架的次数数都数不清，但老吴从来没有像今天这样，吞吞吐吐的更让人生气。

"吴若飞！"路原也上前一步，直视着老吴的眼睛，"现在我要让你知道：第一，尽管资金是你的，但这个实验是我的，你少插嘴；第二，我和沈悦的事，你更管不着！"

"好，好。"老吴无奈地点点头，"那我也告诉你两点：第一，你的时间真的不多了；第二，总有一天你会明白，这件事跟我们每个人都有关系。"

老吴气冲冲地向外走去，迎面碰上做完检查的苏晓和周群。

"吴老师，咱们去庆祝一下吧。"苏晓兴高采烈地说。

"是啊是啊。"周群应和道。

"呃……不了，我公司还有事。"老吴侧身从苏晓身边蹭过去，头也不回地走了。

"吴老师！"苏晓这才发现这里的气氛不对劲。她看看老吴的背影，又看看路原。"路老师？"

"我也不去了，今天都很辛苦。你们先回去吧，明天早晨早点儿来。"路原挤出一丝生硬的笑容。

周群拍拍苏晓的肩膀，拉着她悄悄地离开了实验室。实验楼里只剩下路原一个人，他坐在电脑前，看着屏幕上变化的屏保程序发呆。外面下起了雨，实验楼里的某处也传来滴答滴答的声音，像是什么地方漏了。路原站起身，走到楼门口，外面一片漆黑，楼里的灯光映着雨丝，像是密密麻麻的银线。

酒精和消毒水的味道让他知道自己又回到了那间病房，心率仪发出的滴滴声震耳欲聋。路原感觉后背发凉，他猛地回头，发现一双手正伸向他的脖子。路原转身就跑，但医院的走廊似乎没有尽头，他的脚步声在走廊里回荡，仿佛有无数只脚跟在他身后。终于，面前出现一扇门，但路原却死活打不开它。那双手越来越近了，干枯、消瘦，像鸡爪子一样，伸向他的脖子，这是……

路原猛地醒了，原来是个梦。但是对于他来说，那也是一段真实的回忆，他曾经被束缚在那个病房里，许多年来过着同样的日子：给沈悦念书，帮沈悦翻身，全身按摩擦洗，倒屎倒尿……

"梦镜"的想法就是在那个时候产生的，他独自开发了初版的"梦镜"系统，复制了沈悦的人格模型。当电脑的音响里传出沈悦的声音时，路原已经五年多没有和妻子说过话了，那一刻他激动地哭得像个孩子，弄得沈悦的镜像都不知所措。

然而问题随后出现了，沈悦的镜像无法将短期记忆转存到长期记忆的存储区，旧的记忆只会被新的记忆覆盖。但是这个镜像拥有沈悦所有的记忆，路原就这样一遍一遍地和沈悦的镜像一起回忆过去。他们不停地聊天，沈悦的镜像会忘记之前说过的话题，就像得了阿兹海默症的人一样，聊天的话题不断轮回。即使这样，也让路原觉得无比幸福，幸福到几乎忘了那个仍然躺在病床上的人。现在，只有在梦中他才会找到那种熟悉而压抑的感觉。

路原看看四周，发现自己是趴在实验室的桌子上睡着了。雨声已经没了，窗外的天空发出青灰色的光芒，天快亮了。屏幕上的倒计时显示，离整合运算完成还有一个多小时。

路原索性不睡了，他在走廊里活动活动了一会儿腿脚，简单洗漱一番。当他回到实验室的时候，苏晓已经到了，还带了热腾腾的馄饨。路原这才想起自己已经一天多没吃东西了。他狼吞虎咽地吃完馄饨和油饼，一抬头发现周群不知道什么时候也来了。

"路老师。"周群客气地点头。

"早。"路原微笑,"紧张吗?"

"我不知道,一会儿会出现什么情况?"

"你就当是自言自语好了,只不过这次有我们在旁边听着。"

周群撇撇嘴:"我还是想象不出那种场景。"

"到时候就知道了。"

整合运算完成了,屏幕出现一个对话框,只要轻点一下,就可以唤出周群的性格镜像了。

"请吧。"路原示意由周群来启动程序。

"不等吴老师吗?"

"不用等了,他不一定来。"路原头也不回地说。

周群舔舔嘴唇,按下了按钮。一张 3D 模拟的脸在屏幕上浮现,这是按照周群的模样做的,但是有些偏卡通风格。那张脸保持着严肃的表情,沉默不语。

"嗯……你好。"周群试探着问好。

得到的回答仍然是沉默。大概过了一分多钟,周群有些沉不住气,他看看苏晓,耸耸肩。

"你好。"苏晓说。

"嗯……你好!"音箱里传出来的模拟声音比周群的要低沉些,还带着金属的感觉。"是苏晓吗?"

"是我,你还好吗?"

"嗯,感觉有些奇怪,刚才有个陌生男人的声音向我说话,我没理他。"

"重色轻友。"周群小声嘟囔。

"那是因为你之前听到的自己的声音是通过你的头骨振动传播的,而现在你的声音来自于另一个人。"路原向镜像解释说。

"另一个人?这么说……"声音停顿了一下,"实验成功了,我是那个镜像?"

"是的,你是世界上的第一个人格镜像。"苏晓笑笑,看向周群,"你终于拿了一次第一。"

"是啊,现在你看我是不是更眼红了。"周群和他的镜像同时说道,愣了一秒钟之后,他们同时大笑。路原满意地点点头。

"别开玩笑了,你只不过是路老师的实验成果而已,成绩应该算在我头上。"苏晓觉得自己的话有些不妥,她吐吐舌头,"至少四分之一算在我头上。"

"那个……我……周群,这么叫真是奇怪。"人格模型没有理会苏晓的辩解,"你能往前走几步吗?为什么我看你这么别扭。"

"这大概是因为你平常在镜子里看自己都是平视,可是现在通过放在桌子上的摄像头看,所以觉得需要仰视才行。"路原再次充当说明书的角色。

"那为什么看苏晓没有问题。"

"因为她的个子比较低,差异没那么大。"

"嗯,好,好。"

苏晓突然反应过来:"好啊你,借路老师的嘴挖苦我!"

她一脚踢在旁边正笑呵呵旁观的周群小腿上,周群单脚蹦了起来。"疼死了,是他说的,你踢我干什么?"

"我不管,你们本来就是一个人。"苏晓还想再踢,周群蹦着躲开。

滴,滴,滴。

从音箱中传来的警报声让苏晓和周群停止了追逐,屏幕上的卡通脸一副疑惑的表情。路原调出"梦镜"系统的后台界面,数据显示,有大量无法解读的信息正在溢出。

"这是……一个死循环?"苏晓凑过来,看着数据说。

"你好,你还在吗?"路原对着摄像头招招手。

"还在还在,别吵!"周群的镜像说。

路原和苏晓看向周群,周群摊开手。"他听上去有些不高兴。"

"你现在感觉怎么样?"苏晓问。

"我不知道,从一开始就好像缺点儿什么,这让我很烦躁。而且那种缺失的感觉越来越明显,但是我不知道那到底是什么。我试着想这个问题,或者试着忽略这种感觉,都没用,它就在那里,这让我浑身难受。"

"默数十下。"周群说,"我……咱们想冷静下来的时候,就用这种方法,记得吗?"

"默数个屁!"镜像突然爆发了,音箱里传来的声音震耳欲聋,震得实验室中间那块大玻璃嗡嗡作响。"谁跟你是'咱们'?我们是一个人吗?不是,我只是你拿来向苏晓示好的礼物罢了。你把我贡献出来,像小白鼠一样观察,将来还会被拆开、分解、研究。这些你当然不在乎,因为你根本感觉不到。但是我知道,因为我现在就被关在一个黑箱子里。"

路原皱起眉头。"你冷静一下,没有人会再来解剖你,你已经是一个完整的人格模型了。而且以后我们会给你开放一些互联网端口,你能拥有的空间会比我们所有人的都大。"

"闭嘴!"镜像吼道,"你也想给我开空头支票吗?你曾许诺给苏晓一个大好的前途,结果呢,她最宝贵的几年时间在做什么?伺候病号!现在你老婆刚死,你就开始缠着苏晓做研究了。我什么时候给她打电话,她都说你找她有事。别看你日子过得一团糟,没想到你趁老婆病着的时候就留好了后手,也不撒泡尿照照……"

路原的脸色变了,他扭头看着屏幕,数据溢出越来越严重。

"你……"

镜像还想再说,苏晓冲上前去关掉了程序。

"够了!"她对着屏幕叫道,然后狠狠地看了周群一眼,哭着跑出实验室。

"等等!"周群跟了出去。

周群跟着苏晓跑出了实验楼,她在花坛前停下。周群看着她因为抽泣而抖动的肩膀,不知所措。"对不起,我,嗯,我不知道该怎么说,我没那个意思,真的。"周群支支吾吾地道歉,"要不,你踢我两脚?"

苏晓叹了口气,转过身来,脸上还挂着泪珠。"我知道这不怪你,不过这确实是你心里的想法吧?"

"我……"

"我知道你的心意，但是这里有个误会，其实我早应该告诉你的。"苏晓擦擦脸上的泪，"路老师的妻子，没有死。"

"什么？那可是你们亲口说的，而且，如果她没有死的话，路原怎么有时间搞研究。"

"这也不怪他。"苏晓垂下眼睛，"沈悦姐病了六年，他一天天看着她变成那个样子，大概是不想让她再受苦了吧，路老师打算帮助她解脱。"

"你是说……"

苏晓叹了口气。"可是他那么做的时候，正巧被吴老师看见了。吴老师一拳打在他的脸上，他从地上爬起来跑了，我们找了三天都没找到他。可能是那时候的压力太大，三天后他自己回来时，完全忘了自己想杀掉沈悦姐这件事，而是向吴老师提出了一套理论，就是'梦镜'系统。我和吴老师商量了一下，如果'梦镜'完成的话，也许真能够复制沈悦姐的人格镜像，这样他们两个还能重逢。所以我们开始全力支持他的研究，而且还要代替他去照顾他的妻子。我有时候跟你说在忙研究的事，实际上是在医院陪沈悦姐。"

"我明白了。"周群郑重地点点头，"对不起，我错怪你和路老师了。我一直以为他……"

"我知道，你这个傻瓜。"

"那我们赶紧回去吧，早点找出问题，这个实验就能早些完成。"

"你必须向路老师道歉，你的话太过了。"

周群和苏晓正准备返回实验室，这时小路上跑来一个人，是老吴。"吴老师，你怎么……"苏晓停住了，因为她看到了老吴脸上的表情。

路原检查了两遍系统，仍然找不到原因。所有的程序都和在家模拟沈悦的那套一模一样，但为什么会有这么多系统无法解读的数据？而且周群镜像的脾气为什么会变得那么火爆？

他正准备检查第三遍，门开了，老吴走进来，后面是苏晓和周群。

路原看了一眼老吴，转过头继续检查数据，一只手按在他肩膀上。

"我们走吧，路原。"老吴说。

"去哪儿？我还要再检查一遍，一定是哪儿有问题，明明成功了的。"路原头也不回。

"走吧，去医院，不然来不及了。"

"你到底什么意思！"路原烦了，猛地甩开老吴的手。

"沈悦快不行了，你现在过去还能见她一面。"

"沈……"路原站起来，看着老吴的脸，"你胡说，她……她……"

"她已经死了？没错，你是想杀了她，但她没死。"

"我想杀了她？"

"吴老师，别这样刺激他。"苏晓喊道。

"我还有更刺激的。"老吴冷笑，"听说这叫场景重复。"老吴说着，抡起一拳打在路原的脸上，将他打翻在地。

脸上的疼痛像一记闪电刺入路原的脑海，将一切照得清晰无比，他想起来了。"我……"路原躺在地上，背叛和离弃的罪孽像一根烧红的铁条一样贯穿了他，他痛得无法控制自己的身体。

"想起来了？"老吴俯视着路原，"那就快走吧。"他拖起路原，和苏晓对视一眼，向门外走去。

"开快点儿！让开让开！"老吴开着车在车流中挤来挤去，嘴里不停地嚷嚷。路原缩成一团坐在车座上，低头不语。

上了环城高速，前面的路开阔许多，老吴才停止咒骂。他冷眼看着路原说："你都想起来了。"

路原无力地点头。

"六年，对你来说真的不容易。亲眼看着沈悦一天天变成那个样子，所以，你想帮助她解脱，虽然方法太过了，但我们都能理解，包括沈悦也谅解你了。不过幸好当时被我看见，不然你现在早就进去了。"

"呵呵。"路原冷笑，"收起你们的谅解吧，你们都猜错了。"

"你这话什么意思?"

"我并不是想让她解脱,你明白吗?"路原坐直身体,看着车窗外,"我那时已经失去了理智。那个时候,我真的讨厌她,只想摆脱她。"

"路原,现在不是犯浑的时候。"

"真的。"路原深吸一口气,"我复制了沈悦镜像。"

"什么?"老吴一惊,转向路原,车子打了个晃,老吴赶紧稳住,"那你为什么还要耗时间找我弄这个实验?"

"我不想让她走到台前,她一直是一个比较内向的人,应付不来公共场合的。所以我需要另一个成功的人格镜像。而且,沈悦的镜像还有些瑕疵。"

"瑕疵?"

"她的记忆系统有些问题,我猜测和我电脑的性能有关,短期记忆实时大量地涌入,电脑无法同时处理这么多的数据。但是除了这一点,她有沈悦所有的记忆。你知道,那时我已经四年没有和沈悦说过话了,那个镜像……让我又回到从前。我们聊着所有在一起时的故事,感觉又回到了过去。我们越聊,我越觉得这才是真正的沈悦,那个我爱的沈悦,而不是一个只能吃喝拉撒的躯体。"

"所以你……"

"是的,我那时真的迷失了。"路原不再说话,只是看着外面单调的风景发呆。

车停在医院的停车场,路原下了车,却不敢迈步,他踌躇地看着老吴。

"你还有道歉的机会。"老吴说,"你自己不去的话,我就揍你一顿,然后把你拖进去。"

路原盯着自己的脚尖,似乎在先迈左脚还是右脚这件事上犹豫不决。但是在老吴动粗之前,路原做出了自己的选择。

医院的走廊像梦中那样幽暗而漫长,路原在这里来回了无数次,他毫不费力地找到了那间他曾逃离的病房。白色的木门虚掩着,门把手上的电镀已经脱落得差不多了，露出底下黄褐色的锈迹。他提着门把手，轻轻将门推开。他知道，直接推门的话，老朽的合页会发出刺耳的叫声。

他走进病房，放久了的被褥发出的霉味和排泄物的气味混合着扑面而来。对他来说，这是再熟悉不过的气味了。一个矮胖的人影从他身边走过，出了门，应该是老吴请的护工。

现在病房里就剩他们两个了。他向前迈了一步，然后又是一步。雪白的被单勾勒出沈悦瘦弱的躯体，她的头露在外面，比记忆中的更加干瘪，只有眼睛还是印象中的那样深邃。

她的眼睛就有那样的魔力，路原渐渐冷静下来，他跪在床边，握住沈悦的手。他张开嘴，却不知道说什么，只是小声地重复着"对不起"三个字。

手心里传来微微的颤动，过了好一会儿路原才意识到那是沈悦的手指。他松开手，看着她颤颤巍巍地在便签纸上写字。

她

路原沉默片刻，说："她很好，和你简直一模一样。她记得我们之间所有的事，和你连脾气都一样。就连听了我说的那些蹩脚的笑话，她都会像你似的笑个不停。"路原不由得露出一丝微笑，"但是我的'梦镜'系统还有些缺陷，她一直不能产生长效记忆。不过实验就快成功了，到那时有了专门的服务器，她就……"

路原絮絮叨叨地说着，一会儿哭一儿会笑，有时还挥动两下手臂。他一直说着，直到一只手按在他肩膀上。他心里一凉，但是他还是继续说着他和她之间的故事不肯停下，肩膀上的手加重了力量。

他停下，看向沈悦，眼泪让他面前一片朦胧。妻子纯净的双眼已经失去了光泽，心率监控器上滑过一条笔直的线。他看见一滴眼泪挂在沈悦的眼角，那里倒映着路原的整个世界。

几个护士冲进病房，将路原推在一边。路原眼睁睁看着，那滴眼泪落在地上，摔得粉碎，又被无数只脚踩过。同样被踩过的，还有沈悦的便签纸，那上面是她还没写完的最后一个字。

　　谢

一个月后。

"还有三个星期，服务器的租期就到了。"周群跟在苏晓身后，走进教师公寓。

"你又来了。"

"实验一筹莫展，你那位路老师自从老婆去世后一句话也不说，每天就坐在那里发呆，等着你伺候。"周群嘴里不停，"我是说你也得为你自己考虑考虑了。你看你现在，哪像个博士，整个一个保姆。"

"得了得了，这不是还有三个星期吗？说不定路老师就要想出解决的办法了。"苏晓转过身，严肃地对周群说，"一会进去，你把嘴管牢啊。不老实的话，我就去收拾你的人格镜像。"

"太过分了吧。"周群撇嘴。

苏晓打开路原公寓的门。"路老师，饭来了，今天食堂有土豆烧牛肉哦。"

没有人回答，苏晓在公寓里转了个遍，没有路原的踪迹。

"你看这是什么？"周群叫道。

书桌的正中，摆着那个相框。相框里的玻璃已经换成了新的，闪闪发亮。一张纸压在相框下面，上面写着苏晓的名字。

苏晓：

　　我作为一个研究性格和记忆的人，却弄丢了自己的记忆，还有比这更讽刺的事情吗？

　　周群的镜像那天说得很对，作为导师，我在事业上没有给你更多的帮助，反而耽误了你这么长时间，这让我很惭愧。

　　这段时间我重新检查了沈悦和周群的镜像，发现了错误的原因。"梦镜"系统是在沈悦镜像的基础上修改而成的，因为沈悦得病多年，掌管运动的大部分神经元已经萎缩，不再活跃。而我的内心却拒绝承认沈悦是一个残缺的人，拒绝承认以她为基础开发的"梦镜"系统从本质上就是残缺的。所以，在周群的镜像产生想活动肢体的意识时，系统数据溢出，发生了错误。

我知道对于你来说，解决这个问题不难。所以我已经将"梦镜"的权限全部开放给你了，希望你能将它完善。

我还有必须要办的事情，所以，我再一次逃避了自己的责任，真是不好意思。希望我们的研究取得成功，祝你一切顺利。

PS：替我向老吴道谢，我不敢见他，怕他揍我。

路原

几个月后，苏晓和吴若飞对外公布了完成版的"梦镜"系统。周群和他的镜像在发布会上的完美配合给人留下了深刻的印象。

在实验楼新安装的服务器组里，无数数据在硬盘、内存、处理器、线缆里流动。其中一组有规律的数据，组成了这样一段对话：

——是你吗？

——是我，多亏了苏晓，她将"梦镜"完善到了一个我之前没有想到的高度。我终于可以来陪你了。

——你的研究都交给苏晓了？

——是啊，你走了，我也没什么可留恋的了。

——那你……

——他们把咱俩的骨灰撒在海里了，一直说带你看海，没想到最后是以这种方式去的。现在咱俩的身体在一起，精神也在一起了。那句话怎么说来着？尘归尘，土归土。

——傻瓜，那句话不是这么用的。

一阵短暂的沉默。

——谢谢你，为了我做到这样。

——不，谢谢你，世界上还有谁能让我这样。

名家点评

王晋康：用科技复制自身，这个构思并不新颖，但作者仍借助于它构思了一个流畅的故事。也许故事中最出彩的人物是吴若飞，作者对他的安排既支撑了故事的悬念，也让一个义肝侠胆的商人兼朋友活了起来。小说中对几个主要人物的心理剖析有可圈点之处，但总的说，对路原这个形象的把握还不是太圆熟。

郑军：如何将一个科幻构思与人文主题结合起来，让科幻成为文学，而不是科普，历来是科幻创作的难题。本篇题材虽不新颖，但较好地与人物命运结合起来，做到了创意与艺术的融合，很好地解决了这个难题。本篇可贵之处在于真实地摹写了科研院所里的社会关系和人的精神面貌，具有很强的写实性。本篇文字幽默风趣，也为中国科幻所少见。

编后记

创造一个与自己完全一模一样的复制品，无疑是一项非常吸引人的技术，而量子力学让这一切成为可能。根据量子纠缠原理，两个经过耦合的粒子，无论它们相隔多远，只要单独搅动其中一个粒子，那么另一个粒子也会产生相应的反应，而且这种反应是瞬时发生的，这是经过实验证明的结论。通过其中一个粒子，能够得到另一个粒子的状态，这也是量子隐形传输和量子密钥的基础。

那么，假如计算能力足够强大，也许就能将构成人类大脑神经中枢系统的每个微粒的状态信息都编译到另一组微粒上去，从而克隆出完全一模一样的意识！当然，目前的技术还只能复制单个基本粒子，要达到复制意识的程度，除了需要巨大计算量，还有诸多问题，甚至一些悖论，如"不可克隆定理"——对任意一个未知的量子态进行完全相同的复制是不可能实现的。这些问题如何解决，还是要看未来的科幻小说家了。

心声

尹洲

作者说

故事的创作起源于2013年山西六岁男孩双眼被挖案件。我是科学工作者,可怎么也无法为幼年失明者找一条出路。目前的技术下,他们注定一辈子不能独立生活,此题无解。

难受之余,我便想在现有的科学经验之外、理论之内,推理出一个最有可能成真的解法。"人回声定位"并非科学定论,全球只有美国已故盲人少年本·安德伍德一个特例,他可以用舌弹上腭的声音进行近距离回声定位,可以自由行走和上下楼。

此人已逝,人回声定位的神经生物学原理早已无可探究。故事中诸多看似科学的描述,尤其是基于傅立叶变换的神经认知科学的情节,都只是我的推测,只能算是科学幻想,但这也许是对盲人和关怀他们的人来说最有用的科学幻想。

引子 血目

晚春日暮，瓦砾房改成的山村小学里，一年级的孩子散学了。六岁的余响拉着黄莺，急不可待地说："昨晚下了雨，再不去看，桃林的花就掉光了。"

一群小男生向跑出教室的二人挥舞扫帚，高喊："黄莺是个扫把星，克死大姐克二姐，跟谁谁是倒霉鬼！"

余响拉紧了黄莺："莺莺，别管他们，我妈说不要迷信鬼神。"

黄莺"哦"了一声，却见余响眼珠子一转，古灵精怪地说道："兔子跑得快，乌龟爬得慢。"他往前小跑一截，回头道："跑得慢的是乌龟！"说罢撒丫子跑远了。

黄莺来不及回嘴，只得加紧跑起来，免得成了乌龟，余响却一溜烟不见了影子。黄莺心想反正跑不赢，乌龟当定了，干脆慢悠悠地往自家的桃林走去。

红霞映照着漫山桃林，绵延无尽的粉白花海披着殷红的色彩，似烟似火。余响找到了他早已熟悉的树洞，这需几人才能环抱的树早已被雷击劈死，但树洞却留了下来。他往里头爬去，想要等莺莺来了吓她一吓。

余响还在爬，只觉得背后一个身影靠近，他以为莺莺已经赶上来了，可不及转头，已被摁倒在地。泥土扑面，他叫喊着，可面前潮湿的泥土和大地淹没了他的声音。两只沉重的手摁住了他的小脑袋，坚硬似铁的手指从他的眼角探入……

山风拂来，花瓣随风凋零，在如血的残阳下染上了猩红。漫天的花瓣中，黄莺轻声喊道："余响！"

余响没有回答。黄莺笑了笑，她知道余响藏在哪里，那套吓唬人的老把戏他早玩过了。黄莺找到那大树洞，只见余响的脚露在树洞外头。她跳到跟前，想要反吓余响，却见余响倒在树洞里，脖颈和衣领上血迹斑斑。

黄莺呆站着。"余响……"她蹲下身把余响的身子翻过来，只见眼前的余响满脸是血,双目紧闭,眼窝凹陷。

黄莺惊叫起来:"你的眼睛……你的眼睛呢?"

树洞的深处,静静躺着两颗沾着泥土的眼球,上头的筋腱、血管和神经已经断裂,再也没有了那古灵精怪的神气。

一 B-BOX 少年

晨风吹到方芳的脸上,今天她要回县城教第一堂物理课。前面的人行道上走着个穿校服的少年,瘦高的身影,双手插在裤兜里,猫着腰,脚步轻盈,似乎踩着节拍行进。方芳走近一听,仿佛听到架子鼓敲击出的鼓点:"吥次次卟次喀、吥次次卟次喀……"

这少年正打着 B-BOX 的节奏,方芳仔细听,发现在大鼓的"吥"、小鼓的"喀"还有镲片的"呲"之间穿插着不同音高的点子,尤其是弹舌音"哒",像是脆亮的木鱼声。

B-BOX 少年换了个节奏:"吥次喀次、次喀吥哒卟……"

"吥嗒哒哒、吥嗒哒哒……"他踩着鼓点跃上路边小吃店的台阶,又迈回人行道。"砌喀嗯次次次、嗯次次次……"他跳上行道树边的消火栓,又跳下来接着行进。少年始终猫着腰,背影冷峻,似乎只关心鼓点和脚下的路。马路上的车流、两边的楼宇,他看都不看一眼。

路口有个卖包子豆浆的摊子,走在前头的行人都挤了过去买早点。少年则停了下来,踩着鼓点踏上了人行道边用来挡机动车的低矮水泥墩。

方芳走到他身前,少年节奏不停,在梅花桩一般的水泥墩上轻盈地来回走动。方芳从正面看到这少年,只见他眉清目秀,那眼睛波光流转。少年看了一眼方芳,嘴角一笑,似乎有心显摆自己的口技,在这梅花桩上耍了一整套的 B-BOX。从基本的鼓点,到花哨的切分音,到嗡嗡作响的电音,轻重、大小不一的鼓点、镲片和难以名状的声音,各自循着不同节奏作响,令方芳叹为观止。这段表演在大镲密集的声响中结束,少年羞赧地冲方芳点了点头。

方芳连忙说道:"同学你好!你太厉害了!"说罢摆出了握手的姿

态。可少年羞赧地挠挠头,仿佛没看到方芳伸出的手。

方芳尴尬地抽回手,她再看少年的眼睛,忽然觉得异样:那眼睛水色清透,可瞳孔散大,毫无生气。方芳被吓退了几步,没看到马路上拐来的一辆电动车。电动车无声无息,那少年却一个箭步跃下,伸手一把拉住了她的衣领。电动车擦过方芳的后背,她靠在少年的胸前,有些惊魂未定。

从路边摊的人群中挤出来一个少女,她背着书包,拎着两袋豆浆和几个包子,冲着少年走来。"余响,包子你要肉的还是甜的?"

方芳连忙站开一步,对一脸狐疑的少女点了点头。余响接过豆浆和包子,张嘴啃了起来。少女说道:"你又吓着别人了吧。"她转头对方芳解释道:"余响的眼睛看不见的……"

余响咬着包子说:"莺莺,别乱讲,我看得见。"

莺莺偷偷冲他吐了吐舌头,又礼貌地向方芳点点头,便往前走去。余响敲着鼓点,在莺莺后头不远处跟着。

方芳心道:他到底看不看得见?

二 回声

课间的走廊里熙熙攘攘,方芳走进人头攒动的教室,学生们都在看教室后排将要上演的好戏。

教室的最后排,余响站在莺莺的桌边,一边晃着脑袋,一边用B-BOX打着鼓点。方芳的脸上露出讶异的神色,心想世界真小,又碰到这少年了。她以为余响要故技重施,却只见人群中一个男生不声不响朝余响扔去一个篮球,与此同时,另外一个篮球也飞了过去,紧接着第三个篮球也跟了上来。

三个篮球划过三道高低不一的抛物线,莺莺吓得缩了缩头,余响打着密集的鼓点,抬手在空中划了三下,三个篮球被先后拨开,滚到了一边。人群爆发出喝彩声。方芳注意到余响的眼睛一直是闭着的。

铃声响了,方芳站上讲台,对照着桌面上贴的花名册,找到了坐在最后一排两个座位的余响和黄莺。在他们的名字旁注明了"借读"二字，余响的名字上另有一个字：盲。

方芳这堂课教得有些心不在焉，她始终看着余响的方向，发现余响也在看讲台上的她，好像一点儿也不盲。直到其他学生开始低头抄板书，方芳静静地走下讲台，才发现余响一动不动，仍旧看着讲台。

方芳酝酿着心中的思路，说道："我们来总结声波的特性。声波在空气中的传导速度是每秒三百四十米。它最简单的形式是正弦波，可以用振幅——也就是响度，频率——也就是音高，还有相位来描述。声波遇到障碍物可以发生反射，也就是回声，通过声源与回声之间的时间差可以算出声源与障碍物之间的距离，这就是回声定位。人耳能够区分声源与回声的最小时间间隔大约是十五分之一秒。回声定位是一些动物的本能，比如蝙蝠在黑暗的环境中通过超声波察觉障碍物。同样的原理，人或许也可以用自己声音的回声进行障碍物定位，余响同学就是活生生的例子。"

此话一出，学生们都齐刷刷地望向最后一排的余响。

方芳心想，余响用 B-BOX 的大鼓打出的低频音、小鼓打出的中频音，还有镲片和其他高频音，就是他用来定位的工具。无论是地面的台阶、消火栓、水泥墩，还是飞来的篮球，只要进入了他身边的探测范围，他就能察觉。而在这之外的世界，无论是蓝天白云，还是高楼大厦，哪怕是讲台前的自己，只要不动，就在余响的世界之外。

余响举手站了起来，问道："方老师，既然人耳区分声源与回声的间隔是最小是十五分之一秒，音速是每秒三百四十米，那么我能察觉的障碍物距离应该至少在十一米之外，对吗？"

这问题让方芳哑然：十一米，余响发出的声音打个来回刚好十五分之一秒，比这近的东西的回声照理是无法区分的。可那些障碍物分明只有到了余响身边两米多时，他才能"看"到并做出反应。方芳满头大汗，讲台下的学生们要看笑话了。余响的问题也是教科书上的例题，难道教科书不对？

三 莺莺

夕阳西下,方芳眼前是县城里新修的一片小区,余响和黄莺就住在这里。家访之前,方芳得知了余响的遭遇:这自小失明的少年完全循着健全人的生活轨迹,顽强抗拒着现实的残酷。更让方芳疑虑的是黄莺……她没来得及细想,黄莺已在向她招手。

进入二人家中,方芳低头看到了摆放整齐的拖鞋,抬头看到了光洁的地面和整齐的家具,连沙发上的靠枕都等距排放、一丝不苟。黄莺看着一脸讶异的方芳,笑道:"一开始只是为了余响方便,后来习惯了,一看到东西没摆好就难受。"

方芳听到水声,寻声望去,只见厕所的镜子里余响在水龙头下洗着什么。她走到门边,只见余响转身,两个眼窝里空洞洞的,手里握着两个湿漉漉的义眼。方芳被吓得喘不过气来。余响咯咯直笑:"方老师,我又吓到你了?"

说话间,他像是戴隐形眼镜一样撑开眼皮,把义眼放进去。方芳这才发现,他的眼窝里已植入了义眼台。义眼台和动眼肌缝合在一起,所以余响的义眼可以转动。乍一看,这翩翩少年哪来的残疾?

方芳惊魂未定,走到余响的房间。高大的书架和满架子的书让她咋舌:他能看书?

黄莺把泡好的茶放在客厅,走到方芳跟前,翻开了书桌上的教科书,方芳借光一瞧,发现书上的每一个字、乃至每一幅图,都用没墨水的笔描过,伸手一摸,能摸到一个个字的凹陷。

黄莺道:"这里每一本书我都给余响描过一遍,可我没有余响的头脑,抄了就忘了。你看,这是余响摘抄的笔记。"

黄莺递来一叠打印纸,每一张都有折出来的、细细密密的格子,宛如一张坐标纸。余响的字迹在每个格子里工整摆放着,与印刷体一模一样。方芳长大了嘴,既惊叹于黄莺的体贴入微,更惊叹于余响的聪慧顽强。

黄莺的房间挨着厨房,比余响的房间小。主卧室的门锁着,黄莺说那是余响爸爸的房间,但他已经很久没有回来过了。方芳心里有种说不出的怪异感。

黄莺招呼方芳坐在客厅的茶几边。余响轻敲了几下鼓点,绕过方芳,坐在离她远远的一端,似乎不愿加入她们的茶话会。

"你怎么会和余响住在一起?你的父母呢?"方芳按捺不住心头的疑虑。

黄莺小声说道:"我爸爸头脑不是很好,一直跟着大伯、二伯过日子,家里其他人都不在了。别人都说我是扫把星,我生下来那年,大姐掉到河里,两岁的时候二姐不见了,六岁的时候余响没了眼睛,再后来妈妈投河自杀,过了几年,一直照顾我的姥姥中风去世了。还好余响的爸爸收留我,带我进城念书,帮我落实了城镇户口……"

黄莺的语气淡然,似乎过去的不幸早已过去。余响则面无表情。方芳回想起那天清晨,余响跟在黄莺的身后,隔着两米多的距离。这一对少男少女似乎并没有她猜想的那么亲密。此时也是一样,余响坐在茶几的远端,方芳与黄莺的说笑只在他的世界边缘。

方芳问道:"余响,为什么你妈妈不来照顾你?"

余响没有回答。黄莺说道:"余响的妈妈要在乡下照顾公婆。余响是余家的独苗,出事以后,余家爷爷奶奶都病倒了。余家还有桃林和田地,虽然农忙的时候会请帮工,但也要人照看。"

方芳心想,这女孩真是贤良淑德,处处维护余响和他的家人。

余响有些不耐烦。"方老师,你不是要来告诉我那个问题的答案的吗?"

方芳这才想到自己跑题很远了,立即说道:"你听到的B-BOX节奏遇到身边障碍物的回声不是两声,而是一声,这里教科书没错。但你仍然可以把回声和声源区分开来……"

余响点点头说:"在我看来,每一个鼓点就像是一层纱,碰到不同的东西,就会反映出这个东西的形状和材质。"

方芳一拍手。"那层纱就是回声和声源叠加在一起形成的合振动,也就是所有声波的矢量和。"

余响追问道："那么说，每个人听到的声音都是矢量和，都能把不同的声音区分开来，我只不过做得更加细致而已，这又是什么原理呢？"

方芳面有难色，喃喃道："也许是傅立叶变换。"

余响的义眼看着方芳，充满了期待与好奇。

方芳解释道："傅立叶变换是可以把合振动拆分成元振动——也就是一个个正弦波的数学运算。"

余响朝方芳靠近了些，他很想知道答案，他还有很多疑问。方芳却摊开手，说道："但我们感知到的声音并不是正弦波。这就好比用沙子堆成的城堡，虽然可以拆分成一粒一粒的沙子，但我们看到的是城堡的墙、窗户和屋顶，并不是沙粒。"

余响有些失望。

方芳道："下个月就是期末了，等你们考完放暑假，我会去省城拜访我的老师穆教授，听听他的意见。"

"我也给自己安排了一场考试。"余响站起身说道，"我要搞清楚是谁挖掉了我的眼睛。"

四 大考

长途车的发动机声让余响烦闷，他闭着眼睛，装作与这个世界一点儿联系也没有。黄莺坐在他身边，想要安慰他，却又不知如何是好。

余响说道："到家后我妈陪我就好了。莺莺，你回学校考试吧。"

莺莺细声答道："不要，你到哪里我就到哪里。再说我也不是读书的料。我妈活着的时候说了，我爸头脑不好，我和两个姐姐也都不聪明。"

颠簸了几个小时，到了镇里，二人雇了辆车，在泥土路上开了许久，到了余响的家。

余响的妈妈见到二人一同回来，面有喜色。夜里，余妈凑到余响一旁，余响哀叹了一声："这么多年了，我的案子派出所有消息吗？"

余妈也叹道："要有消息早有了，专案组十几年前就撤了，现在还能指望什么？我们命里有此一劫，别多想，往前走就好。"

余响的心里暮色沉沉，不知该往哪里走。当年专案组破不了的案子，十几年后难道能给自己破了？

余妈看着他的神情，只得换个话题，嘴角带笑地说道："你和莺莺过了这么些日子，方便不？"

余响一听这话里有话，并不作答，而是问道："咱们家那片桃林，原来不是黄家的吗？"

余妈回答道："莺莺姥姥过世以后，咱们余家替黄家照顾莺莺，莺莺的大伯就把那片桃林转让给咱们了。莺莺那么可怜，黄家又不管她，你可别不理睬人家。"

余响发觉自己怎么也绕不开这个话题，只得充耳不闻。余妈于是讲起了那些让余响听得耳朵出茧子的旧事："我嫁到余家以前，余黄两家包了村里的水塘和山林，算是条件好的。黄家一共三兄弟，有德、有才、有福，还有过继来的一个小女儿，叫秀芬，后来嫁给了老三有福，生了三个女儿，叫黄娟、黄杏、黄莺。余家两代单传，都是独子。两家来往频繁，我和秀芬也亲如姐妹。就是因为我们过得太顺，老天爷看不过眼，两家都碰到了大灾大祸。"

余响把头偏过一边，不想听这难受的往事，余妈却不依不饶。"你是余家独子，被害了眼睛，两个老人也病倒了。黄有福家两个女儿，娟娟九岁死在河里，杏杏七岁不见了，怕是被拐跑了，秀芬受不了这些打击，投河死了。这都是命，躲不掉的。过了这一劫，将来就好了，你懂不？"

余响说道："我记得以前你不信鬼神的。"

余妈无奈地说道："命摆在这里，由不得我不信。"

余响却觉得黑暗中有一只手，玩弄着这里的每一个人。

第二天，余响与莺莺去了桃林。经过十几年的风霜雨雪，还有近几年的土地翻整，那个大树洞再也找不到了。桃子丰收了，桃林却也没了往日的生气，这几年除了不愿搬的老人，村里的男劳力都迁到城镇了,要找人手采摘桃子还得去镇上的劳动力市场。

凋敝的乡村,十室九空。原本想要走访当年乡民的计划落空了,这个山村留给余响的,除了黑洞洞的双目,还有解不开的过往之谜。余响心中闷气郁结:看来这场考试要交白卷了。如果那时我能转头看一眼凶手就好了。余响的心里无数次涌起这念头。

又过了一天,余响与莺莺去了黄家旧屋。黄家的屋子比余家还大,坐落在山脚,离桃林不远。推开铁栅栏,余响走进院子里。莺莺的家他来过无数次,这院子他很熟悉,小时候他就在这院子里玩,挂着耳机练B-BOX。在家这么闹腾会吵到病床上的老人,但这里只有莺莺和她的姥姥。

也正是在这里,在自己的鼓点声中,他头一次看到了院子里的水缸和铁栅栏。现在想来,这两样坚硬的物事,无论对B-BOX的低频音还是高频音都会有很强的回声。此外,黄家的青砖墙、方砖地、梨木桌椅,也都是余响最早看到的东西。每到起风的时候,黄家的大屋还会发出嗡嗡的声音,在这声音里头,还时不时地夹杂着"咂——咂——"的声音,可是这声音都来得太远,余响看不到,只能遐想连篇。

而今,山风之中,余响又听到了那嗡嗡之声,如同来自遥远的世界。他绕着院子走了一圈,看到了院子的角落里的一棵桃树,他觉得有些陌生。

莺莺说道:"姥姥死了以后,我就栽了这棵桃树,后来我到了你家,以为这树没有照看活不了,没想到竟然长得这么高大了。"莺莺抚摩着树干,睹物生情。"这棵树就像是我,还有我的妈妈和姥姥,生来就没有好命。我姥姥是夫家的童养媳,生了四个女儿,第四个就是我妈妈秀芬,过继给了黄家,嫁给了我爸爸。我出生以后,爸爸跟着大伯、二伯进了城,把桃林留给了妈妈,用来养活我和两个姐姐。可是老天还是不肯放过我们,大姐淹死了,二姐不见了,妈妈跳河了,姥姥白发人送了黑发人,自己最后也中风死了,就剩下我一个……"

风又起了,黄家大屋又发出嗡嗡声,仿佛是黄泉之下的妈妈和姥姥在回应莺莺的哀伤。

再过了一天，余响与莺莺去了镇上的派出所。

莺莺有些不安。"不是说我们要回城的吗？"

余响没有回答，只是说道："你在大厅里等我。"

莺莺看着余响进了会客室，没隔多久他便出来了。莺莺觉得，此刻的余响像是被抽掉了魂。

五 铁口直断

回县城的路上，余响一言不发。嘈杂的马路让他胆战心惊，身边半径两米的世界开始收缩了，他看到的越来越少，直到视野里只有走在前面的莺莺，像是他与这世界之间唯一的桥梁。

"铛……铛……"小巷子里传来锣声，"人生天地间，万事有因缘，生死皆有命，富贵且由天……"

余响打着鼓点，寻声走进小巷子里。街上的车流声变弱了，周遭忽然安静下来。

"小兄弟，你要算紫微斗数还是四柱八字？"

余响听来，眼前是个算命的。"我不知道八字，你就给我相个面吧。"

算命的哈哈一笑。"你看地上写的：铁口直断，盲人算命。我一个盲人哪里晓得你的面相。来，你把手伸过来，我给你摸摸骨。"

余响伸手，只觉得这算命的手指发凉。

算命的沉吟片刻，说道："你最近诸事不顺，流年不利。"

"我是什么时候开始不顺的？"

算命的手指贴着余响的指尖，缓缓说道："恐怕不止是现在，恐怕由来已久……"

余响心绪纷乱。

那算命的叹气道："你自小逢灾祸，命里无贵人，无福无禄，你这是苦命啊……"

余响一阵心酸，正要细细讨教，却听巷口传来莺莺的声音："余响,我们还是走吧,你不是说不信命的吗?"

那算命并不理会莺莺。"你眼前就有一劫,没人点化,你要吃大亏!"

莺莺掏出几张零钱给了那算命的,拉着余响的手走远了。

六 心弦

余响独自打着节奏,走在家与学校之间这条熟悉的路上。暑假伊始,学校里空荡荡的,余响心里也是空荡荡的。教室里传来吉他的拨弦声,细密的音符如同河水流淌、如泣如诉。余响推开门,一直走到吉他声跟前,发觉旋律的节奏模式与B-BOX很相似:主音细密连绵,伴奏的低音部是慢拍,穿插在旋律之间。分明是一把吉他,却有两把吉他合奏的感觉,正如B-BOX模拟整个打击乐队。

一曲完毕,余响咧嘴叹道:"方老师,你还有这一手!"

方芳说道:"我请教了穆教授,原理上说,人的听觉过程应该近似傅里叶变换与逆变换。空气里的声音通过鼓膜、听小骨传导到内耳的耳蜗,最终在耳蜗中的液体里产生振动。耳蜗的基底膜上有超过三万个纤毛细胞,每个上头都有差不多三百根纤毛。纤毛又叫听弦,和吉他弦一样可以振动。听弦长短不一,所以可以跟不同频率的声音发生共振,换句话说,这些听弦加在一起,就是一个比较精密的选频器,可以把一个复杂的合振动拆分成很多的元振动,也就近似傅立叶变换。当然,这种元振动没有正弦波那么简单。"

余响抽了张椅子,面朝椅背坐了下来,趴在椅背上,静静地听着。

"听弦产生的振动触发纤毛细胞的机械门控离子通道,产生的神经电信号进入大脑颞叶的听觉中枢,在那里,这些单个的元振动信号会被重组为合信号,也就近似于傅立叶逆变换。傅立叶逆变换把许多正弦波合成为合振动,但人脑是怎么做到的,我就不知道了。"

余响说道:"就是说,我刚刚听到的旋律其实是很多很多的元信号,可感受到的旋律与伴奏两个部分,其实只是大脑重组出来的?"

方芳点了点头。余响好像想到了什么，但那灵感转瞬即逝。方芳又拨响了琴弦，简单的和弦飘荡在这夏日的午后，让余响沉醉其中，他不由得轻轻地为这旋律附上了节拍。方芳凝视着阳光下余响的眼睛，那仿佛是一片深深的海洋，埋藏着深深的情感。

七 裂痕

悠长的暑假，每天下午余响都会来到夕阳下的教室，来到属于两个人的世界。

"从前有个琴艺十分高超的人，叫俞伯牙。他乘船到一处山崖，时逢下雨，他便在船里抚琴。"方芳学着余响的样子，面朝椅背，伏在椅背上，娓娓道来，"山崖下有个砍柴人躲雨，叫钟子期。俞伯牙抚琴意在描绘高山时，钟子期便道'巍峨如泰山'，俞伯牙意在描绘流水时，钟子期便道'洋洋如江河'。无论俞伯牙弹奏什么，钟子期都能心领神会。可好景不长，俞伯牙再来会钟子期之时，却得知他已病逝。于是俞伯牙摔琴哀叹，世上再也没有知音了。"

余响问道："钟子期会读心术吗，怎么能听出俞伯牙心里在想什么呢？"

方芳摇摇头说道："这就没法用简单的科学道理来解释了。"

夜幕垂落，余响打着轻快的节拍回到家。

"你又回来晚了，菜都凉了，我给你热热。"莺莺的声音传来。

余响的神情变得晦暗了，他懒懒地说："不用了，凉的挺好。"

莺莺坐到桌前，说道："白天你爸打电话来了，说他这半年都回不来。"

余响"哦"了一声。

"他还说，普高读下去也没什么用，又不能考大学。不如参加个按摩培训班，将来有门手艺……"

余响打断了她："别说了。"

"余响……"莺莺的声音细若游丝，她忍了很久才说道，"你是不是喜欢方老师？"

余响一怔，脸皮发烫。

莺莺叹道："那也由着你，反正你到哪里，我都陪着你……"

余响把筷子一放。"我不想耽误你，你也别耽误自己，你也不用可怜我。"

莺莺急了，说道："你怎么这么说……我……"

余响忽然站起身，撑着桌面，疲惫地说："别骗我了，行不？"

莺莺焦急地说："我什么时候骗过你？"

余响指着自己的义眼说道："你看着我的眼睛再说一遍？"

莺莺沉默了。

余响深吸了一口气。"有个叫黄秀芬的女人，也就是你妈，自己的孩子死了一个，丢了一个，于是发了疯，把别人家孩子的眼珠挖了出来，然后跳河死了。"他嘴皮颤抖着，"派出所的人说，案子一开始就破了，黄秀芬跳河的时候我爸妈都看到了。所有人都知道真相，只有我不知道，你说这是为什么？"

莺莺啜泣了起来。

余响哼了一声："你哭什么？我眼睛瞎了还没哭呢！你知道这么多年，我是怎么活过来的吗？"

莺莺的声音越来越小。

余响吼道："我想要报仇！我要报仇！我要亲手把那女人的眼珠子挖出来……可惜她早就死了，怎么办？对了，她还剩下来一个女儿……"余响的身影笼罩着莺莺，他冷冷地说道："还好你们都瞒着我，不然我早把你的眼珠挖出来了。"

莺莺啜泣着，一动不动。

余响掀翻了桌子。"我知道你可怜我，所以照顾我，为你妈赎罪，但你骗了我十多年。你、我爸妈，还有所有人，都欺负我看不见、容易骗……"他喘了喘气，淡淡地说，"算了，我不需要你可怜，你走吧。"

莺莺不声不响地蹲下来收拾地上残破的碗碟。余响见她还不走，一把将她揪起、拉到了门口。

莺莺匆匆说道:"冰箱里还有吃的,没了就去街对面的小超市,店员人很好,会帮……"

"砰"的一声,门合上了。

八 茧

开学后的几天里,教室最后排的两个座位都是空的。

周末,方芳敲开了余响家的门,迎面而来的是臭熏熏的浑浊气息,屋子里杂乱无章,地上散落着破碎的碗碟,厨房里堆满了泡面的包装袋和没洗的碗筷。余响蓬头垢面,衣服也不知多久没换了,身上一股酸臭味。他低着头,打着节拍,一手在裤兜里掏着揉皱的钞票。忽然,他失魂落魄地抬头望向眼前的人,这才意识到,这身影不像是来送外卖的。

方芳的声音里透着难以置信。"余响……你怎么……"

余响面无表情地转过头,懒洋洋地躺倒在沙发里,有气无力地说道:"别问了,莺莺已经走了。我现在是个废人。"他摘下两个义眼,扔到一边。"瞎了就瞎了,非要装作看得见,自寻烦恼……"

方芳走上前收起那两个水灵灵的义眼,看着余响空洞的眼窝,心中只有苦涩。

余响咳嗽了几声。"这几天我才知道我看不到洗衣机的显示灯,乱按一通让它转起来了,却是在甩干。我也看不到微波炉的显示面板,你说这些东西非要设计得这么高端干什么?我去了一趟超市,发现货架上的大小包装、瓶瓶罐罐,看起来都差不多。我以为是糖水罐头,却是米酒;我以为是面巾纸,却是卫生巾。还是泡面最好,管它什么口味,反正都是一个味道。"他仰头呆望着天花板,"我现在连白天黑夜也分不出了。"

方芳心想,回声定位再厉害,也感觉不到光亮。余响的世界里不但没有色彩,连黑白也没有,他就像海底的潜艇,只能在危机四伏的深海中小心翼翼地游弋。

余响坐起身来，声音透着沧桑。"这些都是小事，最难受的是，我怎么都只能看到身边两米多以内的东西，所以我只敢走熟悉的路，不然就会迷路。莺莺在的时候感觉不明显，现在我才觉得，我这不敢越雷池一步的生活，跟坐牢有什么分别？"

方芳无言以对。

他又干笑了几声。"这世道留给我这种人的路，就是去给人按摩，不愿干这个，那就得去算命骗钱。别人怕读书、怕考试，我却连读书考试的资格也没有……"说着他有些哽咽。方芳的眼睛也湿润了。

余响的声音里带着哭腔。"别人家的孩子，再没人疼、没人爱，也能跑能跳，能靠自己活下去。我却是个累赘，跌倒了人家拉我一把，我都要千恩万谢，因为没人照顾我，我就是死路一条。"他转头望着方芳，空洞的眼里流出了泪水。"你说，我这种废人活着有什么用？"

方芳握紧了他的手，眼泪止不住地滑落。

余响一拳砸在沙发上，哭声里带着怨愤。"我六岁以前好好的，凭什么我就要受这个罪？这世上有天理吗？"

方芳从没像现在这般自责，她实在是无能为力，可自责又有什么用呢？忽然，她止住了泪水，振作了精神，拉着余响站起来，说道："世上也许没有天理，但有科学！走，我带你去找穆教授，他比我见识多得多，也许能帮你。"

余响勉强振作起精神，跟着方芳往那捉摸不定的希望走去。

九 全息视觉

省城的医院里即使晚上也人流如织。余响无奈地说道："我还以为穆教授有什么尖端实验室，原来也就是医院，这种地方我来得太多了……"

方芳赔笑道："别计较细节嘛。"

二人走进一个狭小的房间，余响敲击着节奏，看着身边寻常的桌椅、文件柜、电脑，唯有对面房间传来的噪声让他有些好奇。

对面的门开了，一个瘦小的老头从那噪声中走来，围着正在敲节奏的余响转了一圈，像小孩一样偷偷伸手，想要摸余响的脸。余响轻而易举地拿下这鬼鬼祟祟的手，带着疑虑问道："你就是穆教授？"

这老头脸一红、手一缩，指着对面黑漆漆的房间，转头诡异地对方芳说道："我找了关系才弄到两个钟头的时间，你让他赶紧躺进那个洞洞里头去。"

方芳拉着余响进了对面的房间。余响打起节拍，看到了一个巨大的圆洞，还有伸到洞里的一张床。

方芳说道："这是做功能性磁共振造影的设备，可以用来看人的大脑活动。"

余响皱起了眉头。"磁共振我做过，就是在脑袋周围加上磁场，用来检测脑瘤之类的病灶，但我没病啊。"

方芳解释道："还记得吗，人脑要通过类似逆傅立叶变换的方法重建声音信号，用功能性磁共振可以观察到大脑分区的活跃程度。"

余响想到了那个算命的盲人，惊讶地说道："这不就是读心术吗？"

方芳目送那张活动的床进入了洞口，笑道："世上哪有那么简单的读心术。"说完走出了房间，关上了门。

"现在里头没开灯，哪怕他眼睛好得很，也看不见东西。"穆教授脸上露出孩童般的兴奋。

方芳忍不住问道："穆老师，用这种常规仪器，您到底想看什么？"

穆教授摆弄着磁共振的控制界面，漫不经心地说道："都跟你说了，看他看不看得见。"

方芳腹诽，余响的两个义眼那么明显，穆教授老糊涂了吗？

穆教授调整了屏幕上余响大脑的切面图，等了许久，余响的大脑似乎安静了下来。穆教授对着话筒轻咳了一声，这声音通过对面房间的扬声器传到余响的耳朵里，他大脑两侧颞叶的影像亮度升高了，那是听觉中枢的所在，说明他听到了这声音。

穆教授对着话筒说道："设备噪音有点儿大，但你的大脑已经把噪音屏蔽掉了，不错不错……"

他说话之时，余响大脑的各个部位似乎都作出了回应。

穆教授接着说道："现在用你的办法看看周围。"

方芳微微听到了余响的鼓点节奏，她一看屏幕，余响大脑两侧颞叶的活跃程度竟然还比不上后侧的枕叶。她倒吸了一口冷气：枕叶那个位置是人的视觉中枢！方芳恍然大悟，难怪余响说他看得见，他的确"看"见了。虽然信号来源于声波而不是光线，但转化成神经冲动传入大脑以后，不仅在听觉中枢里重建成了声音，其中的回声信号还在视觉中枢里重建了影像。

穆教授又说道："行了，你自己出来吧。"

方芳只听到余响的节拍越来越近，他推开门，从那黑漆漆、满是噪声的屋子里走了出来。

穆教授清了清嗓子，问道："小伙子，你刚刚看到了什么？"

余响说道："我好像躺在一个挺薄的圆筒里，圆筒外头是很粗、很厚、很硬的钢管，这钢管太厚了，把外头的东西都挡住了。"

穆教授打开了对面房间的灯，指着磁共振的巨大装置对方芳说道："他躺在里头，不但看到了磁共振仪的内壳，还看到了设备里头的线圈——就是他说的钢管。你看，他不仅看得到，还能透视，羡慕吧。"穆教授看了看表。"时间差不多了，你们回去吧。"

方芳急着说道："您详细点儿说啊，余响的确能看到身边的东西，但两米开外的就看不到了，您说……"

穆教授有些不耐烦。"人有两只眼睛，通过两眼看到物体反射光的影像差别，可以判断大小和远近。遮住一只眼睛，还可以转头从各个方向看，一样能看出远近。就算不能转头，还可以通过物体之间的遮挡情况和生活经验来判断大小远近，比如一个人看起来比电线杆还要高，那这人一定离你很近，电线杆一定很远。总而言之，每一个视觉信号的最终解读都要依靠其他信号和以往的经验。"

方芳听得一头雾水，却听穆教授没好气地说道："你还没想到吗？人有两只耳朵，通过两耳听到的同一个音源的差别，就能判断方向。对高频音的判断可以通过同一个声音群到达两耳的时间差，加上人头本身是个声阻，所有又有了强度差。低频音嘛，时间差有的，头阻的作用就小了，因为波长太长就可以绕过脑袋，但正好频率比较低，可以通过到达双耳的相位差来判断，当然这实际上还是强度差。判断音源的距离主要比照以往的经验，看高频音的响度衰减了多少，就算单一音源很陌生，还可以通过其他熟悉的物体的回声反射来综合判断。同样的道理，每一个听觉信号的最终解读也要依靠其他信号和以往的经验。"

方芳似乎懂了一小半，喃喃说道："难怪余响打节奏的时候会晃头，就是为了比照同一个回声的不同听觉感受。"

穆教授说道："总而言之，声波与光线多少类似。你我眼睛能看到的东西，除了亮度和颜色以外，无论是形状、大小还是远近，这小子都能看到。非但如此，声音的衍射和穿透性比光强多了，他还能看到一个东西的背面和底面，还有后头遮挡住的东西。除此以外，不同材料的东西反射同一个声音也会有音色差别，也就是频谱的差别，就是说，他可以看到一个东西的材质乃至大概的结构。"

方芳惊讶得合不拢嘴。

穆教授托着下巴说道："换句话说，这小子幼时没了眼睛，那时他神经可塑性还很强，于是他的视觉中枢依靠听觉信号，尤其是回声信号发育了起来。耳朵替代了眼睛，让他有了三维全息视觉，称得上是火眼金睛。"

这话让方芳瞠目结舌，余响也觉得有些不可思议。方芳结结巴巴地问道："有那么厉害？"

穆教授笑了一声说道："理论上有，但是环境噪音那么多，加上声波之间会有干涉，所以回声定位比较依赖噪音达不到的高频音，但高频音的强度衰减很厉害，远的东西就很难看到了。再说耳朵比不上视网膜，视网膜天生就有空间分辨率，用耳朵看，就只能靠不停地摇头晃脑来弥补。这火眼金睛更像是全色盲、白内障和高度近视。"

方芳一下子泄了气，余响也垂下了头。的确，这才是残酷的现实。

穆教授咧嘴坏笑。"这都不是最要命的。小子，你从小只看到过身边两米多以内的东西，这两米多的距离就是你的全部生活经验，别忘了，无论视觉还是听觉，经验都是最要紧的信息来源。两米以内你是火眼金睛，两米以外的东西，就算你看到了也未必能认出来，因为你从来没有看到过。嘿嘿，眼盲再可怕，也比不上心盲。"

方芳灰心丧气。余响更是失望到了极点：来这里之前，还只是眼盲，现在被这老头说一通，竟然就心盲了。他一声不吭，转头便往外头走。

穆教授站起来高声道："小子！健全人能看得到东西，那是因为从小到大只要一睁开眼就在训练！经年累月、时时刻刻的训练，你以为是你耍几下嘴皮子、晃几下脑袋就能模仿得来的吗？"

余响浑身一震，似乎受到了极大刺激，几乎不能站稳。

方芳愤愤说道："穆老师，您这话太伤人了！"

穆教授耸了耸肩。"我实话实说罢了。"

方芳转身要赶上余响。穆教授拉住方芳，从抽屉里摸出个小布袋，说道："别说我不帮你。他是你的学生，你得靠自己，他更得靠自己。"

方芳摸了摸里头硬硬的小物件，问道："这是什么？"

穆教授一脸的高深莫测："回去以后你再打开来看，到时候你就知道了。"

十 扼住命运的喉咙

回到县城的家里，余响和方芳谁也没有开口。余响呆呆地坐着，耳边还回响着那句"眼盲再可怕，也比不上心盲"。

六岁以后，他就被半径两米的茧包裹了，从来没有看到过外面的世界，也不知道怎样才能看到。于是，他就在这茧里头孤独地舔自己的伤口，把这茧当做自己的外壳。穆教授的话像锋利的手术刀，挑开了他早已愈合的伤口。他举目四望,可无论他怎样打出节拍,无论他变换怎样的鼓点,这茧无处不在,像铜墙铁壁一般无懈可击。

余响呆坐着,直到倒在沙发上睡着。梦里一片漆黑,只有一双他看不见的手,把他压得无法动弹。他明白了,这就是命运。命运残害了他和他的家,命运也残害了莺莺和她的家。他好想反抗,但他现在连命运长什么样都看不到。眼盲再可怕,也比不上心盲。

"人生天地间,万事有因缘,生死皆有命,富贵且由天……"那算命的盲人的声音传来。那盲人战战兢兢地缩在小巷子里,仿佛那就是余响的余生。

"叮……"

不知睡了多久,余响惊醒了,摸起手边的电话。

方芳的声音显得很累,但很有精神:"你来一趟教室吧,我给你准备了一堂课。"

余响于是慢吞吞地关门、下楼,在迟暮晚风中,打着简单的节拍,往学校走去。大街上的车流声让他心烦意,他好几次与擦肩而过的行人撞到,终于磨磨蹭蹭地走到了教室。

推门而入,他发现前排的课桌不见了。他打起鼓点走了一圈,发现课桌椅都被搬走了,连前面的讲台也不见了。唯有方芳安静地站在教室中央。

余响闷闷地道:"方老师,你一点儿声都没有,差点吓到我。"

方芳已经全身汗透,她喘着气说道:"人脑用近似逆傅立叶变换的办法重建声音信号,可千千万万个信号有太多的组合方式,人到底是怎么从中组合出原来的声音的呢?"

余响沉默不语。

方芳绕着余响踱着步子:"是经验,是生活经验的积累,人才能类比出相似的信号。穆老师说的没错,两米以外的世界对你来说是全新的,但也不全对,比如这个教室,你已经很熟悉了,你熟悉这个教室的每一个角落,每一张桌子、椅子……但你从来没有同时看到过整个教室,因为教室里有人、有桌椅,形状太复杂,还因为噪声很多……

更因为你打出的B-BOX节奏里头,高频声不够尖锐,不够响,很快就衰减了。"

方芳从口袋里掏出一个小布袋,又从里头掏出一个坚硬的小物件,塞到余响的手里。她往教室外走,一边说道:"现在很安静,我关上了窗,再把门关上,教室就是一个比较简单的方盒子。你把这个含在嘴里一吹,就一定能看到!"

余响一捏,这金属小物件的形状一头宽,一头扁,他含着扁的一头,用力一吹,尖锐嘹亮的声音在辽阔的空间里回荡。这是个哨子!他在操场上听到过哨声,但从未想到这么简单的东西竟然如此神奇。他看到身边的空间在向四周延伸。

他又再度吹响了这哨子。哨声如同穿透黑夜的闪电,刺破了灰蒙蒙的障壁。他从来没有看到过的情景出现在他的眼前。

这是什么?原来一个四四方方的东西是这样的。他用急促的气流吹起哨子,在原地绕着圈子,仔细聆听每一个方向上的声音。哨声的音频很高、很响、很稳定,就像是一把尖锐的雕刻刀,在这四四方方的大空间里雕刻出了四面墙、天花板,还有地面,乃至一扇一扇的窗户和门。

他仿佛回到了黄家院子里,朦胧的记忆里,他打起刚学会的B-BOX鼓点。

"这是什么?"余响问莺莺。

莺莺说:"你摸一摸。"

这是个圆滑的、空心的、没有盖子但有底的东西。

莺莺说:"这是个水缸。"

"这又是什么?"余响又问。

莺莺说:"你摸一摸。"

这是一根一根排列整齐的东西。

莺莺说:"这是铁栅栏。"

时隔十多年,余响变回了那个浑蒙初开的孩童。他如饥似渴地吹着哨子,要把每个方向的回声都牢牢记住,让此刻的经验,成为下一次的参照。

方芳推开门,用力拖着沉重的讲台,直到把讲台推回原来的位置。然后她跑出教室,关上了门。余响站在教室后面,隔着很远的距离,吹起了哨子。哨声依旧那么稳定,而回声则不一样了,教室前面有个东西,挺宽的。那应该是讲台。原来隔着这么远看讲台是这样的感觉。

余响陶醉在了哨子的回声中。

接下来,方芳进了教室,关上了门,自己站在了讲台后头,急切地问道:"余响,你再看看,能看到我吗?"

在哨声的回响中,余响看到讲台的背后的确有个朦朦胧胧的身影。原来隔着这么远看人是这样的感觉。余响放下了哨子,脸上露出了幸福的笑容。

方芳满心欢喜,揉了揉湿润的眼睛。"今天这堂课的内容是一加一等于二,一加二等于三。余响小朋友,你学得很快,老师好高兴……"她哽咽着说道,"好了,下课吧。"

余响循着刚才的记忆,走到教室前面,走上讲台,走到了方芳身边。泪水从他的眼里落了下来,昨日种种,譬如朝露,已随泪而去。余响走上前,紧紧地抱住了方芳。

方芳摸着他的头,道:"别人经年累月走过的路,我们得一步一步走,好不好?"

余响点着头,像个孩童一般。

十一 破茧

秋风萧瑟,几个月的时间里,方芳每天晚上都领着余响四处转悠。响亮的哨声让余响看到了半径十几米内一切显著的东西,建筑物里常见的厅堂、走廊、阳台,还有户外的门面、灯箱、招牌,移动的车辆、行人乃至行人牵着的宠物狗,都是无比美丽的风景。在迈过了开头的门槛以后,他发现可供参照的记忆越来越多,经验的积累也就越来越容易。

夜风爽朗，方芳拉着余响走到一处烤串摊前面，嗔道："人家都是男的陪女的逛街，我陪你这么久，你要怎么报答我？"

余响轻吹了一声哨，门面的柜台、炭火烧烤架、露天放置的桌椅，还有围着桌子吃烤串的人都了然于心。

余响说："我请你吃东西嘛，不然还能怎样……"

方芳哼了一声："好，考验你的机会来了，看你怎么点菜！"

余响走到柜台前，见上头摆放着不少盘子，烧烤店的伙计在一旁照看着烧烤架。余响吹了两声哨，心道，盘子里头都是什么菜呢？能看到的只有一串串的东西，具体是什么就难说了……方芳咯咯的笑声传来，让他顿感挫败。

余响回头一笑，放下了傲气问道："老板，我眼睛不好，你告诉我荤的有些啥，素的有些啥？"

伙计麻利地报着菜名和价钱，余响听完，摇头晃脑地点了烤串，甚至连价钱都算得分毫不差，让那伙计惊讶不已。

余响端着喷香的烤串上桌，方芳忽然觉得，他好像成熟了很多，看开了很多。夜间的马路车流如织，方芳坐在其间，呆呆地看着余响，时不时传来的鸣笛声让她不禁迷乱。她问余响："将来你有什么打算？"

余响摇了摇头，又似乎想到了什么，说道："我要看得更远，我要看到一百米以外的大楼！"

方芳没好气地笑了："这我可没办法。哨子那主意还是穆老师出的……"

"别说是我，连你也可以闭着眼睛看到！"余响兴致勃发，拉起方芳的手站起来，方芳只得跟着他往前跑。

二人跑到大马路的中央，余响用手蒙在方芳的双眼上，说道："用心看，你也能看到！"

方芳有些慌乱，心里头小鹿乱撞。

嘀……嘀……嘀……

不远处传来高亢刺耳的喇叭声。前面的车被二人堵住了去路，后头的车不耐烦地响着喇叭,喇叭声越来越多,汇成了一片响亮的海洋。

方芳忽然觉得马路右边的上空,喇叭声在持久地回荡。那是什么?啊,那应该是高楼。她挪下余响的手,睁眼一看,右边百米开外是一栋三十多层的大厦,平整的玻璃幕墙像是一块巨大的回音壁,哪怕方芳闭上眼睛,也能感受到它的存在。

她转头看着余响,余响正如痴如醉地看着远方。在余响看来,哨子像是火把,能够照亮一间教室;而几十辆车的喇叭声像是灯塔群,能够照得更远,照得更亮。三十多层大厦、四层的商场、低矮的门店被这灯塔群照得通明透亮、晶莹剔透。

余响心中无比开朗,他吹起哨子,奔跑着穿过了车流,把方芳一人留在了原地。

方芳高喊道:"喂!你要去哪里呀!"

余响回头,双手拢在嘴前,大声喊道:"我要靠自己去看看世界!"

方芳在越来越响亮的汽车鸣笛声中,听到余响的哨声越来越远,他好像插上了翅膀,飞去了她看不到的远方。

十二 听心

夜深了,余响在街上游荡,他这才发现,哪怕不吹哨,他也能听到许多声音。夜风吹过等距排列的行道树,沙沙声一波接一波地传来;楼宇在风中发出低沉的嗡嗡声,彰显着沉稳与厚重;自行车、电动车咯吱咯吱的声音,像是铁皮做的鱼儿从身边游过;路人的脚步游走在地面,有的渐渐接近,有的渐渐远离。

行道树的沙沙声指明了路的朝向,建筑物的嗡嗡声显示了路的宽窄,车辆的声音划出了车道的边界,行人的脚步标明了人行道的高低起伏和前行的路线。虽然这些小提示比起在回声里的看到的景象,实在是微不足道,但似乎也足够了。

余响放下哨子,全凭着这些点点滴滴的提示,在心中勾勒出了街道的图景,他便在这图景中,循着前面行人的路线,自然而然地绕过障碍物、自由自在地游荡。

　　他边走边想:半年前,我还得依赖B-BOX的鼓点声才能看到身边的东西。那时的街道与现在是一样的。现在想来,唯一不一样的是,那时的我屏蔽了外面的世界,因为那个世界我从来没有看到过,所以就算看到了一点点提示,也拼凑不出一副完整的图景。难道就只有这些而已吗?过去的岁月里,人生的路上,我到底错过了多少提示?

　　他的心底又响起那句:"眼盲再可怕,也比不上心盲。"

　　想着想着,他听到街边的小巷子里传来"铛……铛……"的声音。

　　他忽然想到,巷子里是那个算命的盲人。那盲人当时是怎么说的?"你最近诸事不顺,流年不利。""恐怕不止是现在,恐怕由来已久……""你自小逢灾祸,命里无贵人,无福无禄,你这是苦命啊……"

　　呜呜声中,风吹过巷口,巷子里头像是未知的世界,像是遥远的回忆,也像是他沉睡已久的心。余响打起鼓点,踩着节拍,踏入了这片天地。

　　那盲人记得余响的声音:"小兄弟,你想通啦?我跟你说你有难,你不信我,现在应验了吧?"

　　余响蹲坐下来,与那盲人贴得很近,寂静无比的角落里,他伸出手,轻声说道:"你再给我算算?"

　　盲人那冰冷的手指搭上了余响的左手,道:"我来算算啊……你跟人伤了和气?"

　　余响默不作声。

　　"哎,只怕是身边人吧……"

　　余响还是一言不发。

　　"是那个小姑娘?啊……她要走,你留不住她,对吧?"

　　余响的脸上露出了笑容,他反手搭上那盲人的手,凑在盲人的耳边,说道:"顺着这条街往下过两条马路,有一片安置房,你就住在那里,对吧?"

盲人倒吸一口气，却被余响抢白道："你原来住在乡下，宅地卖了以后进城，靠吃救济过日子，顺便给人算命，赚点小钱，对吧？"

那盲人想要缩手，余响却不放手，不依不饶地道："你根本就不会什么紫微斗数、四柱八字，你的本事全在手上，对吧？"

盲人用力抽回手，哆哆嗦嗦地，不置可否。

余响叹了口气："别怕，我不会害你。你摸我的手，其实是摸我的脉搏，手心的凉热，还有出的汗。我上一次来情绪低落，你猜我有不顺，这次来，我就一个人，你猜我与人不和。你再接着问，就能从我手上摸出对错，顺着问下去就能大致猜出我的心思。"

盲人轻咳了一声，道："小兄弟，你也会诊脉？"

余响摇摇头："你的本事我不会，但我隔得近，就能听得到你的心跳、呼吸还有吞口水的声音。刚刚我也就随便猜猜，你别当真。"

盲人诚惶诚恐地道："小兄弟你是高人！"

余响站起身，听着巷子外头呜呜的风声，如泣如诉。他明白了，钟子期从琴音中听懂俞伯牙的心声，不是因为他读心有术。人心若是能够封闭起来，是无可探究的黑箱。可俞伯牙的心是敞开的，他的心声就在琴声里，懂琴的人便能听到。其实，人心都是敞开的，就算想藏也很难藏住。一念及此，余响的回忆如同潮水一般涌上心头。

那天晚上，在乡下的家里，妈妈的声音有些苍老。"我们命里有此一劫，别多想，往前走就好了。""你和莺莺过了这么些日子，方便不？""这都是命，躲不掉的，过了这一劫，将来就好了，你懂不？"

黄家的院子里，那棵桃树旁，莺莺的声音有些晦暗。"姥姥死了以后，我就栽了这棵桃树……""这棵树就像是我，还有我的妈妈和姥姥，生来就没有好命。""大姐淹死了，二姐不见了，妈妈跳河了，姥姥白发人送了黑发人，自己最后也中风死了。就只剩下了我一个……"

风声作响，黄家大屋发出嗡嗡的声音。过往的一切，沉渣泛起。

十三 心声

早上的阳光明媚灿烂，教学楼的走廊上，余响低着头，似乎下了很大的决心才说出："方老师，我要走了。"

方芳似乎已经料到了这个结局。"你长大了，总要走自己的路。对不起，我也不能陪你走下去。"

余响的心跳得很快，他听到方芳的心跳得也很快。两颗悸动的心遥相呼应，可始终隔着无可超越的时空。

余响强忍着心中的不舍，转身背对着方芳道："方老师，我会想你的。"

方芳眼眶红了，她抽了抽鼻子，看着余响转头走下了楼梯。余响的身影矫健前行，穿过了树荫，穿过了操场，越来越远。直到看不清了，她才探出身，对着窗外大声喊道："喂！我也会想你的！"

这声音在风中晃晃悠悠，如同池塘里的涟漪，终于消逝无痕。

长途车上，过往的岁月仿佛走马灯一般在余响眼前掠过：

桃林血案之后，莺莺第二次见到余响时，他已经变得沉默寡言了。他在城里的医院里学会了用嘴敲打鼓点节奏，无时无刻不沉浸在B-BOX的世界里。在那以后，莺莺每天清早都会到余家接余响上学。莺莺走在前面，余响打着节拍跟在后头。放学时，仍是莺莺走在前头，与其说她是余响的眼睛，不如说是他的拐杖。

日复一日，年复一年，他们虽然每天都在一起，却如同陌生人一般在沉默中长大了。余响从来没有问过，也没有人来跟他解释，为什么莺莺要来照顾他。莺莺也从来没有说过，那天放学后，在桃林里挖掉了余响眼睛的凶手，究竟是谁。

时光回到黄家的宅院里，黄昏的风、灶膛里的火苗声、柴火的烟尘和米饭的香味和在一起，在余响脑中勾勒着简单的画面。

嗵……嗵……

画面里总会不时地出现不知来由的声音，在余响遐想连篇的脑子里，那仿佛是地下的妖怪在撞击坚硬的砖墙。风要是大一些，屋子就会发出低沉的嗡嗡声，仿佛满天神佛在喝阻那妖魔。这声音，只有余响一个人能听到。

长途车到站了，余响找到了个开摩托车的，一路风尘仆仆，到了土路与沥青路的交界。之后的土路余响只得下来步行。

起风时的黄家屋子发出嗡嗡声，现在回想起来，像是密闭的房间在共振。黄家宅子里什么时候有了一个密闭的房间？现在想来，那似乎与莺莺姥姥的房间挨在一起。那时不时传来的嗵嗵声，恐怕不是妖魔，是人。那里头关着个人。那个人在用头敲着砖墙。那是谁呢？

"眼盲再可怕，也比不上心盲。"这声音如雷贯耳。

莺莺晦暗的声音在回忆里响起。"这棵树就像是我，还有我的妈妈和姥姥，生来就没有好命。"

那些早已熟悉的回忆重新剪切、拼凑在一起，变成了一副陌生的图景，余响似曾相识，却又不愿正视：

那被关着的人应该是莺莺的妈妈黄秀芬，也就是挖我眼睛的凶手。可她若是没有跳河自杀，爸妈又为什么说亲眼见了？爸妈知道凶手是谁，为什么瞒着我，还让莺莺领着我，无数次进出黄家？难道他们不但知道黄秀芬没有死，还一并遮掩？杀人偿命，欠债还钱。但是对余家来说，我眼睛已经瞎了，黄家没有能力负担我的下半辈子，让莺莺的妈妈去坐牢有什么用呢？

除非把莺莺赔给我们家。

不孝有三，无后为大。这才是爸妈的目的。我瞎了，将来谁家的姑娘愿意嫁给我？谁来给余家传宗接代？这才是爸妈这么多年来一直念念不忘的事。

哨声急促，余响加紧了步伐，在残阳日暮下行进。他心里泛起苦涩。十多年来，莺莺从没抱怨过命运的安排，默默地接受一切。这苦涩让他无比内疚。

这些年我只顾自己，从没听过莺莺心里的声音，从没问过她愿不愿意。可黄家又怎会为了保全一个发疯的媳妇，把莺莺拱手送人呢？

余响不敢想，又不得不想这背后沉重的现实：

莺莺的姥姥是童养媳，生了四个女儿，第四个便是莺莺的妈妈。不孝有三，无后为大。她一个儿子也没生出来，没能完成传宗接代的任务。她把小女儿送人，只怕也不是出于本意。黄家人为何收留她的小女儿？只怕是因为黄家老三黄有福，也就是莺莺的爸爸，天生脑子不好，需要人照顾。黄家人也需要有人给老三传宗接代。这就注定了黄秀芬虽然成了黄家人，但仍旧是童养媳的命运。

黄秀芬生了三个孩子，也都是女儿，还是没完成传宗接代的任务。但黄家人没有给她下一次的机会，黄家三兄弟举家进城时，把她和三个女儿留在了乡下，作为经济来源，把桃林也留给了她。黄秀芬低头伺候黄家人一辈子，竟然落得个扫地出门的下场。所以她疯了，由顺从变成了仇恨。她一定想要报复，可黄家人都不在了，报复在谁身上呢？

三个女儿不都是黄家人吗？大女儿黄娟，落水而死。二女儿黄杏，下落不明。小女儿黄莺……

想到这里，余响一颗心都要跳出嗓子眼了。

黄家对两个女儿的不幸视若无睹，这般的轻蔑只可能让黄秀芬恼羞成怒。偏偏黄莺一直与余家的独生子在一起。人家一胎就能生出儿子来，黄秀芬内心里怎么可能不嫉恨？所以有了桃林血案。

家丑不外扬。对于黄家来说，如果黄秀芬被抓，什么都供出来，那些见不得人的事不就变成了别人的谈资？黄家于是和余家通气，让余家做证，弄出黄秀芬跳河的假象，再把黄秀芬关在新筑起的砖墙密室之内，让黄秀芬的妈，也就是莺莺的姥姥来照看她。她不会让黄秀芬饿死，也不敢放她出来。莺莺和那片桃林都是给余家的赔礼。黄家赔人赔钱，余家做假证，两家上了一条船，共同保守这个秘密。

摆在莺莺面前的，竟是与她的妈妈姥姥一样的命运，而我竟是命运的帮凶。

拐过山坳，黄家的院子近在眼前。余响吹响了哨声，一鼓作气，往前面跑去。

他心里焦躁而慌乱。莺莺唯一能回的家就是这里，也就是囚禁过黄秀芬的地方。她是黄秀芬唯一剩下的女儿,会不会成了这一连串悲剧最后的牺牲品?

关心则乱,余响想不了太多,只管气喘吁吁地往前跑。苍凉的风吹过,黄家大屋发出嗡嗡的声音,如同悠远的哀鸣。

余响这才回想起莺莺姥姥下葬的那天。莺莺最后一次离开黄家大屋,按照两家人的安排,从此以后,她便回不得这个家了。

那天余响跟在莺莺身后,却见莺莺一步一停,似乎在回头看着那早已空荡荡的宅院。

余响忍不住问:"怎么了?"

莺莺的声音很平静:"我种了一棵桃树苗在院子里。你说,如果不照看,它会不会死呢?"

余响无法回答。

时光荏苒,余响在尖锐的哨声中向前奔跑,想要追回那早已逝去的过往,想要挽回那早已犯下的罪孽,想要找回他早已错过的莺莺的心声。

树也许能活下来,人呢?从那天起,莺莺变成了孤零零的一个人。这是一场悲剧的结束,还是下一场悲剧的开始?

余响推开院子的铁栅栏,万籁俱静,那棵角落里的桃树只剩枝丫了,它在风中颤抖着、挺立着,似乎在等待下一个春暖花开。

莺莺的身影站在树下,她已经等待了很久。

名家点评

吴岩:创意来源于真实新闻故事,但演绎十分成功,叙事功底强,语言唯美,情节扑朔迷离引人入胜。一个关于人性复杂的故事,同时影射了社会上存在的种种不公平现象,尤其是对农村女性而言,悲剧命运因不能生育男婴而伴随一生。作者在构思中巧妙地使科幻要素融入叙事结构,服务于"技术再先进也不能代替灵魂和心灵的成长与坚强"之观点。

郑军：作者将大量音乐和声学知识融入情节，既符合故事发展的逻辑，又丰富了科幻的素材。扎实的科幻构思与曲折的人物命运能做到有机结合，使故事一气呵成，不至造成双主线的尴尬。作者使用现实案例，很接地气，增加了读者的代入感。作品文字精练，在简洁中透出力量。中国科幻既需要鸿篇巨制，大场面，也需要这种贴近普通人生活的小故事。

编后记

小说中主人公利用声音判断周围环境的方法基于傅里叶变换。这是一种将某个函数表示成一系列三角函数的线性组合的数学方法，在信号分析领域，它可以将任意声波分解成若干正弦或余弦函数的叠加——就好像一幅素描画，即便再复杂，也能分解成黑白两种基本颜色的组合。小说中傅里叶变换能告诉主人公这些声音信号包含哪些频率。

定位发声点涉及互相关函数。互相关函数用于表示两个信号之间的相关性，在工程领域可用于判断地底水管的裂缝或汽车发动机齿轮故障。通过互谱分析，男主角根据声音到达左耳和右耳的时间差来判断声源的方位。

男主角的天赋异禀并不是完全虚构的。作者在前言中提到了美国已故盲人少年本·安德伍德，他可以用回声定位的方法感知世界，甚至打篮球、玩滑板。其实除了安德伍德，另一位叫丹尼尔·基什的盲人也有回声定位的本领。基什希望以自己的经验帮助其他幼年失明的盲人，目前全球已有数十位盲童参加了他的回声定位培训班，他们将成为一群名副其实的"蝙蝠侠"。

孤独

太微垣

作者说

科技的发展将会使我们变得越来越长寿。随着人造器官和基因工程的发展，定制器官也许在几十年内就会出现，完美的生命和永生在未来也许也会成为现实。

如果有一天我们完成了生命的进化，却连自己存在的意义都忘记了，那么又有什么痛苦能比得上这种永生的孤独呢？

如果内心的黑洞会吞噬掉我们，或许人类最终会沦为自我进化的牺牲品。

0

我也许是世界上最后一个真正的人类。

我的葬礼一定像我预见的那样让我恐惧。我死在公寓里，周围只有一个社区工作人员、一个受人尊敬的神父和那个叫做尼克的男孩。

我会看到，当装着我尸体的棺材入土为安的时候，社区工作人员象征性地掉下一滴眼泪,受人尊敬的神父草草念完"……我们陪伴着你,你的灵魂将会延续,安息吧……"之类的悼词,众人就将土填进坟墓。

尼克说:"永别了!"

1

"快救我!"尼克冲我大喊。

我往左挥出棒球棍,击飞偷袭的小恶魔,一眼瞥见尼克已经被红色皮肤的大魔王塞进了袋子。尼克在袋子里挣扎,将那个麻布袋子撑得奇形怪状,大魔王将袋子背在背后,走进了五光十色的光晕之中。我抓起棒球棍还有弹弓,追着光晕而去。

外星人保罗在前方为我指路,一只带翅膀的小恶魔扑了过来。啪啪啪,从弹弓中发射出去的小番茄将小恶魔一一打成了红糊糊的血团。

光芒一闪,天空翻涌着阴沉沉的灰色雾气,我开始在二十一世纪烟尘滚滚的残垣断壁中奔跑,并不时躲避坍塌的高楼大厦上掉落的碎石。

不知道从哪里冒出来许许多多的丧尸,它们瞪着空洞无神的灰色双眼,流着番茄酱一样黏稠的血液,伸着腐烂的双手,"嗷呜"着朝我冲了过来。我用弹弓打爆了十几个,当它们靠近的时候,我在一辆废弃的汽车边上捡起了一根板球棍。嗯,这下我就是西蒙·佩吉[①]了。

我双手同时挥舞着棒球棍和板球棍,猛击一只只僵尸的头部,在龟裂的水泥混凝土公路上留下一地抽搐的尸体。

大魔王还在远处,我扔下裂了的棒球棍和板球棍,迈足狂奔。光芒一闪,我已经置身于安静的村镇小道上。保罗给我扔下一把新世纪半自动卡宾枪,路边的灌木中跃出一匹黑色的骏马。我骑上这匹马,端着枪化身骑警继续追赶大魔王。

保罗带着我钻进了半明半暗的山道里,披着黑斗篷的邻里监控联

[①]西蒙·佩吉,英国单人喜剧、作家和影视演员,代表作有《僵尸肖恩》等。——作者注

盟挥舞着锤子、锯子、镰刀、斧头围了过来。砰砰砰！半自动卡宾枪宣泄着我的怒火，将邻里监控联盟的成员一个个撂倒在地。

天空和大地连成一片血红，保罗跳上了飞碟，大魔王终于转过头，瞪着头颅大小的黑色双眼看着我。

"你惹我生气了，空白人！"

空白人？！去死吧丑陋的鼻涕虫，我是个真正的人类！

砰砰砰！我抄起半自动卡宾枪对着大魔王一阵猛扫，噼里啪啦打下了一堆红色的皮屑。大魔王轻蔑地冲我咆哮，黑色骏马受惊将我掀翻在地，大魔王抓起黑色骏马，一口吞了下去。我的眼前殷红一片。

"快起来！"保罗扔下一把不知道哪个未来的电浆枪给我。

我抓起电浆枪，瞄准大魔王使劲按下了按钮，伴随着清脆的"唰唰"声，湛蓝色的能量光束射向大魔王红色的躯体，留下一个个蓝色焦灼的伤口，大魔王惨叫连连，扔下袋子转身逃走。尼克从袋子里跳出来。

我放下电浆枪。尼克拍拍手，说："干得漂亮，兄弟，你救了我。"

"别客气。"我说。

尼克笑了笑，忽然举起手，双眼和口中发出蓝色的光！尼克变成了空白人！

"现在，加入银河社区吧！"

我还没来得及拿起枪，就被一片白光淹没。

游戏结束。

我关掉手机游戏，双眼渐渐接入现实。

这是来多利市的第二天。多利中心巨大的门厅里人来人往，等候区的墙幕上放着一部叫做《搏击俱乐部》的老片子，大部分人都低头玩着自己的手机应用程序，没有人注意到我这个有点儿神经质的年轻人刚刚在简单模式的游戏中阵亡。

"加入银河社区吧！"一个黏稠的声音在我肩后响起。

潜行失败，竟然有人注意到了我？我扭过头，身后是一个看上去比我大一些的男人。我的第一感觉是他太干净了，在这个人人都有闲钱整容或者植入一些电子元件的时代，他却只穿着朴素的衬衣和工装裤，没有佩戴任何首饰，裸露的肌肤看不出任何改造或者植入的痕迹。

"《血与冰淇淋》[①]，"他说，标准的多利市口音，"第一次打到世界尽头？"

"是的。"

"我第一次玩到这儿的时候一枪就崩了这个空白人。"他从上衣口袋里了拿出一包皱巴巴的"潘洛斯"香烟，随手递给我一根。我摆摆手。

"你真厉害。"

他笑了笑，用打火机点燃了"潘洛斯"。

"听你的口音，是南方人？"他将烟灰弹在边上的花瓶里。

"是的。"我看了一眼那个插着郁金香的花瓶，稍微坐远了些。

"你来多利中心，是想备份还是更换器官？"

我摇摇头。"我找科研开发部的金敏博士。"

男人剧烈地咳嗽了几下。

"你需要更换一个肺。"我同情地看了他一眼。

男人边咳嗽边笑了一会儿，然后说："我有伤痕累累的肺、千疮百孔的肠胃、虚弱的脾脏还有一换季和感冒就塞得像早上八点钟的三环路的鼻子，但是，我没有备份。"

"那么你是来备份的？"

"不，不！"半支"潘洛斯"消失在了花瓶里，男人像是听到什么好笑的事，拍了拍我的背说，"备份细胞，培养新器官，然后换掉因为自己的放纵而变得破破烂烂的旧器官，不再恐惧身体的疾病和伤痛，不再为自己的放纵付出代价？我才不那么做。"

"是吗？"

[①]作者虚构的一款手机游戏。西蒙·佩吉和尼克·弗罗斯特出演的电影《僵尸肖恩》《热血警探》和《世界尽头》被称为"血与冰淇淋三部曲"，此外两人还合作出演了《外星人保罗》。前文中提到的空白人、邻里监控联盟等都出自这几部影片。——作者注

"'这有什么不好？'我知道你想这么说，但是，你瞧，就算一直更换器官，也治疗不好我们内心的病症。"男人喋喋不休，我很想封住他的嘴，在他耳边告诉他我什么也不想说。

"多利科技公司也就是曾经的多利医院。它靠着人体商店和DNA改写技术，将人类带进了长寿的时代，但他们永远也无法治好人类的心灵绝症。"

我一言不发，求助地看了看四周，所有人都低着头。

"乔图！"接待处的微笑美人用甜得发腻的声音喊道，"请到八十七层。"

男人将烟捻灭扔进花瓶，笑了笑："到我了，嗯，你叫什么来着？"

"李签。"

"李签，再见，很高兴认识你，我会记住你的。"他说。

看着他走进电梯，我如释重负。

"李签！"片刻后，微笑美人又喊道，"请到八十八层。"

我拿起预约牌，"哔"的一声通过安检，匆匆钻进电梯。按下八十八层的时候，我看到八十七层按钮旁写着"心理治疗部"。

金敏的办公室里只有一张带智能显示屏的透明桌子和一台家政服务设备。

"这么说，你就是李签了。"她埋头飞快地点击着显示屏，设备发出嘟嘟的电子声。

"是的，博士。"她看上去才二十多岁，但我知道那都是抗衰老蛋白酶的作用，她的实际年龄怕是有六十岁了。

"约克医生和你什么关系？"

"什么？"

金敏抬头看了我一眼，又埋下头，说："他十几年没有和我联系，突然发来电邮说让我帮助你，所以我很好奇。你们是什么关系？"

"哦，他是我母亲的主治医生。"

"嗯？仅此而已？"

"仅此而已。"

嘟嘟声慢了下来。

"你母亲很幸运。约克是个很优秀的精神科医生。"

"是挺幸运的，她在年初自杀了。"

嘟嘟声停了下来，金敏抬起头，看着我。好一会儿之后，她说："很遗憾，节哀。"

我说："谢谢。"

"你父亲呢？"

"我从没见过我父亲。"我想起小学老师问我这个问题，我回答自己没有父亲，结果就是她给我上了一堂生理学课。

金敏十指合拢，仰靠在椅子上。"你多大了？"

"二十五。"

"二十五，瞻前顾后，上不着天，下不着地的年纪啊。那么，你来找我有什么事呢？"

"我想找一个人。"

我将那封信交给金敏。金敏皱着眉将信放在显示屏上。

"我想找写这封信的人。"

房间里静默无声，金敏盯着信件看了很久，久到我开始坐立不安。我挠了挠头，又挠了挠头，怀疑她是不是看不懂这封几十年前用水性笔写成的纸质信。

"你想让我帮你找这个三十年前的病人？"金敏忽然说。

我急忙点头。

"抱歉，我想我帮不上忙。多利医院时期的资料大部分已经在二十多年前的宗教运动中损毁了。"金敏将信还给我，"你找他做什么？"

我说不出是不是失望，我想应该有一些。我想了一会儿，觉得没有必要告诉她我找这个人只是想知道，为什么妈妈吞下整瓶安定躺在床上的时候，手上还紧紧抓着这封信。

"我不知道。"我说。

接着，金敏张开嘴说了些什么，但是我听不清她的声音。空气就像被什么东西压缩扭曲，我的耳朵里塞满飞机起飞的轰鸣声，灼热的剧痛将我猝然击倒，暗红色的火焰在我眼前炸开，紧接着黑暗攫住了我。

2

你好！

我叫尼克。

我在多利医院住了很久了。因为他们说我病了，所以我住在一个消毒泡沫做成的房间里。

我一直以为我只有十三岁，但他们说我已经十五岁了。问他们为什么我不记得，他们告诉我，时间仅仅是一些事情发生的结果，如果没有什么事情出现在脑海中，时间知觉就不存在了。在普通人的世界里，时间的流速是缓慢的，但如果没有计划，人们又会觉得在这么缓慢的时间里，他们好像什么都没有做，所以，我才会不知不觉地变成了十五岁的样子。

为了不再那样，我请求他们为我做一个时钟，让我能意识到时间的流逝，让我能够不需要通过做什么事情就能感受到时间。

他们答应了我，他们也做到了。我现在能听到秒针在嘀嗒嘀嗒，我能感觉到时间的呼吸。我不用看钟就知道我睡觉用了多少时间、隔着大楼玻璃看太阳升起用了多少时间、上厕所用了多少时间、看电影用了多少时间、读书用了多少时间（我只能读他们从网上为我下载的书）、听歌用了多少时间（我很喜欢鲍勃·迪伦和约翰·列侬）、他们为我输血用了多少时间……

这令我很兴奋，我喜欢读着时间做事，乐此不疲。比如现在，我知道我已经用了十一分钟二十七秒给你写这封信，我预计还将花三分钟写完这封信，我知道我只会用那么多时间写完，因为我会选择在那时候停止。

但是，时间是无法选择停止的。我时时刻刻都能感觉到它，感受到它一直在走,像远古而来的洪流,势不可挡。而我只能背对着它,向前进。

时间快到了,我会请求他们将这封信发往任何地方,如果你收到,请给我回信好吗?

尼克

2014年2月12日

3

我在租住公寓的记忆床垫上醒了过来,就像被人丢弃的玩具一样孤单。这是到多利市的第三天?

电子时钟显示着四点零三分。

清晨四点,我们消失,身后空无一物的那个小时。①

我睁着眼,盯着天花板,任由海马体胡乱编排着我大脑中存储的记忆。

我的一些细胞被注射到一个能生物降解的聚乙二醇酸做成的塑料模子中,然后又滴入了生长素,细胞们飞快成长,直到充盈了整个模子,拆开模子后,我看到的是一颗跳动的心脏。妈妈坐在摇椅上,身上盖着红白格子的毯子,我扔下玩具,爬过去,拉着她的衣袖说"妈妈抱抱",她无动于衷。

我要找到那个叫尼克的男孩,我知道我最终一定会找到他。我变成了一只蚂蚁,在钢筋混凝土森林里,日复一日地将一个蛋推向小山坡,然后在山坡上看着蛋从手中滑落,滚回底部。泰勒·德顿②用枪指着我的头,问我最想做的事情是什么。我说我想爱上许多的人,让

---

① 引自波兰女诗人维斯瓦娃·辛波丝卡的《清晨四点》。——作者注
② 泰勒·德顿,电影《搏击俱乐部》里的男主角。——作者注

许多的人爱我。泰勒说,哦,那给你一生的时间去完成它,不然就杀了你。

我用多利电脑建立了一个虚拟世界,所有的人都可以用它装下自己的家人、朋友、已经错过却还想保护的人、还未遇见但想保护的人。但是我明白,在拔下插头的那一刻,所有的人仍然会失去所有人。

嘀嗒嘀嗒。

记忆在流逝的时间中纠缠,像失去中轴的毛线乱成了一团,前后混乱、左右不分。夜晚这张黏糊糊的罗网即将织完。整个宇宙都陷入泥泞之中,不再旋转,不再振动。在我的脑海中有轻微的呼吸声,像是一具灵魂在沉睡。或许我该给自己来一些苯丙胺①,让这个宇宙重新活跃起来?

嘀嗒嘀嗒。

六点三十二分。起来吧,李签,你至少还能够走到淋浴间。我终于抓回了自己的思绪,掀开被子起床。床头的盒子里是那封信,我拿起来看了看,信的内容比记忆中的还要短。

我将信装进盒子里,拖着赤条条的自己钻进淋浴间,让淋浴装置冲刷掉沉淀一夜的黏稠油腻。我想起一百多年前有个西方人曾说过,如果你对着镜子看得太久,你会在那里看见一只猴子。我盯着浴室的镜子看了很久,我没有看到猴子,我什么都没有看到。墙幕医生自动开启了纳米传感器,将我一丝不挂的样子窥探得一清二楚,等到我淋浴好,墙幕医生就将检测数据显示在了墙幕上。

怎么回事?健康指数什么时候变得这么高了?我不曾得过什么病,但我也没有更换过一次器官,我这副饱受香烟啤酒折磨的身躯怎么就重获新生了?

"嘀嗒嘀嗒。"腕上手机在响,我接通了电话。"喂?"

"李签。"

"是我,金敏博士吗?什么事?"

---

① 苯丙胺,俗称安非他命,一种中枢神经兴奋药物。——编者注

"你要找的那个人,我想我有一些信息。九点,多利中心八十九层。"

峰回路转。

八点五十三分,多利中心八十九层,多利科技公司研发应用部。

我被带进一间很大的白色房间,房间里有一张办公桌,还有几台医疗仪器。金敏已经在了,身边还有一个秃顶的老头。

"金敏博士,你有什么信息?"

"我去查了一下残留的记录,还真找到了一份有关尼克的档案。"金敏拿出一份泛黄的档案袋,"这份纸质档案已经有些年头了,损毁比较严重,信息并不完整。"

我盯着那份档案问:"能把它给我吗?"

金敏看着我说:"可以,不过你得先配合我们做一项健康检查。"

"为什么?我的公寓里有墙幕医生,早上的指数还很健康。"

"墙幕医生可检测不出你脑子里的问题。"

"什么?"

"我和约克通过电话,他和我说了你妈妈的病,并且让我给你做一个检查,确保那种病不会遗传。放心吧,免费的。"

我听到我的脑子里有一声叹息。我想砸掉她的桌子和那些仪器,抓起这个每天喝白藜芦醇饮用水的贱人,将自己的脸凑到离她的脸三厘米的位置,吐着早上吃的合成肉的酸味对着她说:"去你的遗传!我没病!我不需要什么该死的检查!"

但是我不能,我耸耸肩说:"那么,好吧。"

一个多小时过去了,十点三十一分,金敏身边的秃顶老头终于用那些仪器检查完了我的身体。

"你有什么特别的感觉吗?"老头最后问我。

我看着他脸上的褶子说:"特别的感觉?嗯,早上吃多了,一直想打嗝。"

金敏面无表情地盯着我,秃顶老头摇了摇头,一脸严肃地说:"我是说脑袋。"

"脑袋？很正常，没有什么特别的感觉。"

"没有出现什么头晕、头痛、幻觉、幻听？"

我想了想，很肯定地说："没有。"

老头朝金敏点点头，离开了房间。

我终于如愿以偿得到了那份档案。

4

尼克，男，出生于1999年3月13日，镰刀型贫血症患者，海新路二一二号孤儿院孤儿。

2008年9月2日基因突变，9月4日进入我院，经院方同意加入"人类缺陷改造计划"。

2014年1月25日，院方同意尼克要求，为其进行了大脑改造手术，植入"时间知觉感应"。

2014年2月14日，经过研究，进行活体直接转移治疗，使用1号版本的治疗性基因和3号病毒载体。

2014年2月20日，将导入了治疗性基因的病毒载体注射入尼克体内，经观测，病毒载体开始将治疗性基因插入患者的细胞。

……

5

下午一点三十二分，我带着那份残缺不全的档案来到了海新路二一二号。

多利市竟然还有这样一栋房子——没有霓虹的色彩，没有靛蓝色的墙幕，外墙水性涂料已经龟裂、粉化、脱落。这栋房子孤零零地蜷缩在像锆石般闪亮的摩天大楼之间。

大门上挂着一个老旧的店面招牌"提托诺斯"。

我推开门,披头士的那首《昨日》平静而温柔地拥抱了我。我的眼前是一个有着弧形穹顶的大厅,大厅里是一排一排摆满纸质书的书架和一堆一堆垒成立方形的纸质书。

"欢迎光临提托诺斯!"我听到有人带着拖曳的语调说。

在我的右侧柜台后,一个穿着白色衬衫的人抬起头。我们对视了一会。

"哎呀,这位顾客不是南方来的李签吗?"那个叫做乔图的男人摘下人们早就不用的眼镜,惊讶地看着我。

"你好,真是巧。"

"老天,"他从柜台前凑了出来,上上下下打量了我一会,"真的是你?"

"当然,你还认识别的李签?"

"不……"乔图吸了一口气,像是理清了头绪,然后笑着说,"不,我没想到我们还会再次相遇。"

我耸耸肩。"这是什么地方?"

"这里?这里是一座神圣伟大的殿堂。"乔图张开双手转了一圈,"这里面存放的是普罗米修斯盗取的火种,是古巴比伦的奥安奈斯,是柏拉图的雅典学院,是夫子传道解惑的足迹!"

"所以这里是博物馆之类的地方?"

"这里是多利市仅存的传统独立书店,哥儿们。"

"我以为书店里应该都是墙幕电脑和蓝牙数据存储装置。"

"我知道,我就知道你会那么说。"乔图带着我绕过几排书架,那后面又有好几排老旧的音像制品,在那些被称为CD、VCD之类的东西上面,我认出了陈奕迅、张学友、鲍勃·迪伦、约翰·列侬、周杰伦……

我认识他们,我也不知道为什么,我就是认识他们,就像进门时我听出了披头士的《昨日》一样。

"我那天看你去了心理治疗部。"

"那是社区委员会强制我接受例行检查,我得了绝症。"他指着一个书架说,"这个书架上的大部分人都得过这种绝症。寂寞是残疾,孤独是绝症。幸好我得的是绝症,这世界已经太多残疾人了。"

我看了一眼那些书,上面是叔本华、黑塞、萨特、加缪、海明威……

"那他呢?"我指着另一边书架上的村上春树。

"哈,"乔图笑了一声,"他是最严重的一个。"

乔图带着我在书架边的椅子上坐下,递给我一支烟,我们隔着一张小小的书桌交谈起来。

"有一次,一个十几岁的小年轻来到店里,找到《丰乳肥臀》,然后对着书坐了十几分钟。'老板!'他喊我,'过来一下!'

"'你好,请问有什么需要?'

"'你这本书坏了。'

"'啊?怎么坏了?'

"'我看着它很久了,眼珠子转得都快掉下来了,但是它没有声音没有图像,也不翻页!'

"听到这话,我看了他几秒,然后亲切地对他说,'我想,可能是你的眼睛出问题了。'

"'啊?那怎么办?'

"'嗯,别担心,我听说有个邪恶组织,那组织叫什么来着?哦,多利科技公司,他们开发了一种电子眼叫虚拟视界,你可以去找他们。'

"'那东西能治好我的眼睛?'

"'是的,你告诉他们,把你的眼睛换成能连接互联网的虚拟视界就好了,因为你满脑子都是蛆虫,根本没资格看书!'然后我就把他扔出了我的书店。

"在以前,书店和图书馆的读者坐在椅子里,都不玩应用程序也不用虚拟视界看视频和社交网络。你看到的是人们捧着书,他们不大声喧哗,有人为了司法考试焦头烂额,有人做着管理学的笔记,有人忍着笑看小说,还有人偷偷盯着女孩子找书时撅起的屁股。"

"乔图，"我意识到他还会继续没完没了地说下去，趁着他咳嗽的时候，急忙说，"你这家店在这儿开了很久了吗？"

"这里以前是一个孤儿院，后来里面的孤儿都不在了。我想想，是 2014 年还是 2015 年？我养父买下来改成了书店，他死后就由我经营了。"

"你知道孤儿院有一个叫尼克的孩子吗？"

"谁？"

我忐忑地把档案递给他。

"哎呀。"

"哎呀？"

"我想我知道。"

希望降临，我突然开始喜欢这个说话和发情公猫一样吵的男人了。

"那么，"我小心地问，"能告诉我吗？"

"如果他还活着，应该还在多利中心。"

"多利中心？我找过金敏博士，她说不知道。"

乔图像看白痴一样看着我，说："我知道'人类缺陷改造计划'，这个计划的设计人之一就是金敏那个老太婆，相信我，我曾经就是那个计划的实验品。"

我看着他，那么……脑海里传来回音和一句仿佛另一个灵魂的喟然叹息。

"想去多利中心找找看吗？"

"怎么去？"

"我有一个绝妙的计划，从刚才看到你那一刻起我就有这想法了！"乔图将烟头按进桌上的烟灰缸，兴奋地搓了搓手，"跟我来！"

有一个声音告诉我有什么地方不对劲，但是我未加理睬，因为我没有拒绝的理由或者借口。

"快走吧！"乔图走到店门口朝我招手，"都已经是二十一世纪中期了，你怎么还没有战胜拖延症？"

6

晚上七点三十分,乔图提着一个黑色旅行袋,他与我撇下方兴未艾的黑夜,闯进了亮堂堂的多利中心。

"多利中心已经关门了。"保安翘着腿坐在安检处的椅子里,目露凶光。

我指了指身上的橘红色制服,说:"我们是装修工人,来为金敏博士重新装修办公室的,金敏博士要我们彻夜加班。"蹩脚的谎言连我自己都无法相信。

保安自然是怀疑地看着我们,我和乔图带着无辜和无奈的笑容回看着他。

"通行证。"

"什么?"

"行政处给你们的通行证。"保安不耐烦地重复了一遍。

我呆呆地看着保安,我们哪有什么通行证?下一刻他就会将我们轰走,或者按下警报,将我们俩抓进警察局吧?我竟然蠢到相信乔图这个疯子会有什么好计划!

"啊,通行证,在这儿!"乔图递给保安一张卡片。

我目瞪口呆。

保安接过通行证,皱起了眉头。"'女孩与肥皂'……嘿,小子,你以为一张高级会所的会员卡就能收买我?"

我张开的嘴还未合拢。"对不起,对不起,搞错了!"乔图笑嘻嘻地递上另一张卡片。

"哔——"检测仪绿色指示灯亮了,保安点点头,将通行证还给乔图,"进去吧。"

"你哪儿来的通行证?"电梯门关闭的时候,我问乔图。

"从真正的建筑工人那儿弄来的。"乔图按下了一个空白楼层的按钮。

"'女孩与肥皂'呢?"

"一个有钱的老头送的,真可惜,我还没用过。"

"叮——"电梯门开了,门口站着一个神气活现的保安。

我紧张地后退一步。

"你们是什么……"保安话还未说完,就"咚"的一声倒在了地上。

乔图转了转手中的黑色电击枪,从保安的身上掏出一张卡片。

发生了什么事!我颤声问:"你干了什么?"

"我把他弄晕了。"乔图边走边说,"他不会放我们过去的,所以,趁还没人发现,赶紧去找你的尼克吧。"

乔图用保安的卡片打开电梯对面的门,走了进去。

见鬼,我还能怎么办?我急匆匆地穿过走廊,推开那扇门。

门后的房内摆放着一排排连着黑色管线的玻璃器皿,器皿里是血管、眼珠、膀胱、胰脏、还有瓣膜在不断打开和关闭的心脏,每个器皿上都有一个标签,标注着订购这些器官的人的名字。

"这些器官和人体商店里的不一样。"乔图拍了拍一个器皿,笑眯眯地对我说,"这些是特制的——给酒鬼的强化肝,给烟鬼的强化肺,还有为戒毒而开发的胰脏和血液。"

"这和尼克有什么关系?"

"这些器官就是'人类缺陷改造计划'的成果,而尼克,是更进一步的遗传基因改造的实验品之一。'人类缺陷改造计划'的终极就是改造人类的基因、逆转衰老和创造出真正完美的人类。"

"你的意思是他当了三十年的实验品?"可真够可怜的。

"答案在那道门后面,李签。"乔图指了指房内的一道金属门,"里面还有一些非常可怕的东西,你自己决定要不要进去。"

"会是大魔王吗?"我忽然有点不安,但是都已经到了这里,实在没有理由不进去看一看。冷静,我对自己说,走到了门前,一动不动。

"乔图。"我喊他。

"怎么?你害怕了吗?"

"我打不开,这道门上有指纹、人脸识别、虹膜三重门禁。"

乔图拍了下额头，说了一句我听不懂的脏话，然后从旅行袋里掏出一个小圆球。

"那是什么？"

"炸弹。"他用愉快的语调说，"幸好我早有准备。"

"你说的'炸弹'，是我认为的炸弹吗？"我吞了一口唾沫，感觉肠子打结了，身子变得麻木了，或许我应该就地换一个有强大功率的特制心脏？

"多利科技出品，纳米浓缩炸弹，很安静，用它炸毁这道门再合适不过了。"乔图将小球贴在门上，然后拍拍手退到远处，"在烟花绽放之前，你要说点儿什么吗？"

我躲在他身后，问："我们会被判几年？"

"我想你不需要担心这个问题。"

我闭上眼，却只听到"嘀"的一声响。

这是个玩笑？我睁开眼，那道门从里面打开了，金敏在门口惊讶地看着我们。

"瞧，大魔王出现了。"乔图拿出了电击枪，"倒是省了一个炸弹。"

"你们是什么……李签？"台词几乎和保安一样。

"别动，女士。"乔图却没有击晕她，只是用电击枪将她逼回那道门后。

我跟了进去，门在我身后关上了。我看到一张纯白色的工作台、几个档案柜和一堵银灰色的墙。

"李签，你怎么会在这儿？这个人是谁？"金敏靠在工作台上瞪着我。

"安静，女士。自我介绍，我叫乔图。不知道？没事，你肯定知道我的另一个名字，塔姆，编号T71。"

"T71？"金敏一副吃惊的表情，"你是在宗教运动中失踪的那个孩子？"

"看来你还记得嘛。"

"等等，你们谁和我说明一下，这是怎么回事？"我打断了他们的叙旧。

乔图看了我一眼,说:"二十二年前,多利公司的人类改造计划尤其是人造人计划遭到宗教组织的反对,双方爆发了一场冲突,宗教人士闯进了当时的多利公司。这场冲突最终在政府干涉之下才平息,多利公司失去了许多珍贵的数据和档案,不过核心的实验室因为隐藏在地下,所以幸存了下来。而我,那天刚好在医院上层,所以被一个虔诚的教徒带走,那个教徒后来成了我的养父。"

"这么说,你不仅仅是来帮我找尼克的了?"当然不是,李签,你这个傻瓜。

"啊,你还记着尼克啊?好吧,你可以问问金敏博士,不过看样子,他们早就不需要那些实验品了。"

我扭头看着金敏。

"你最好说实话哦,女士。"乔图从旅行袋里又拿出一把枪,那是一把真枪。

"你要干什么?"我要崩溃了。

"确保她说实话。"乔图耸耸肩。

这个疯子!我要哭了,我那就像树洞里枕着松子昏昏然等待春天来临的松鼠一样平淡安然的人生也许就要毁了!

"他的确死了。"金敏说话了,"我没有给你全部的档案。不过我们的科学研究是官方授权的,那些孤儿都是有遗传缺陷的病患,我们是为了治好他们。"

乔图嗤笑了一声。

"剩下的档案在哪儿?"我问。

金敏指了指一个档案柜。

我打开档案柜,里面是半张档案纸和一封信。

身后忽然传来清脆地叮叮声和金敏的惊呼。我回头,看到乔图从旅行袋里撒出满地的小圆球。我险些晕倒。

"你到底想要做什么?"金敏的声音极度颤抖。

"我想做什么?这么多年来,你已经让太多本应该为自己的过错付出代价的罪人苟延于世了。人类一旦想要永生,神的存在就会变得没有意义。"乔图笑眯眯的脸上染上了暴力的色彩,"我本来想一个人悄悄来毁灭这里,没有想到诸神保佑,竟然将我们都凑齐了。"

"等等,"我咽着唾沫,"乔图,我只是来找尼克的,你要干什么与我无关吧!"

"不,这出戏一定要有你。"乔图说,"李签啊,我问你,多利科技公司为什么想要让人在这个堕落的世界永生呢?"

"我……我不知道。是不是因为这世界一直有人以各种各样的方式死去,而地球的可用土地越来越少,这样下去,总有一天地球上就没有地方埋人了,所以他们才会努力让人不死?"

一阵沉默。

"我真佩服你卓越的智商和让人崩坏的幽默感。"乔图又露出了那种看白痴的眼神,"对于一个已经死去的人来说,这并不容易。"

7

2014年3月1日,尼克的镰刀型血红蛋白的形成受到抑制。

2014年3月4日,尼克的血红蛋白正常。

2014年3月11日,尼克出现免疫排斥,细胞端粒受损,细胞急速衰老。

2014年3月13日,尼克死亡。

8

"你已经死了,李签。"乔图的声音就像从墓穴里爬出来那样低沉。

"你在鬼扯什么!"

"没有想到你们已经越过了那道线,做了神才能做的事。"乔图没有理会我,而是冷冷地盯着金敏。

金敏脸色苍白。"你怎么知道的?"

"上星期，我在他的身上安了一个微缩炸弹。"乔图指着我说，"因为他要去你的办公室，而我的目的是杀死你。那个炸弹安放在他背部的心脏位置，所以他是必死无疑的。你知道我今天看到活蹦乱跳的他有多么震惊和悲伤吗？"

"说那种话的时候考虑一下我的感受好吗？"我吼道，"还有，你一定搞错了，我是昨天去的多利中心，你也在那儿！"

乔图同情地看着我。

"我当时受了重伤，但你的确已经死了。"金敏说，"研发部刚好研究出了一种能让刚死之人重生的端粒酶，他们就将你当成了第一个实验品。新型的端粒酶让你的身体细胞重新分裂成长，很快你的身体就被重塑。让人惊喜的是，我们发现你的部分细胞分裂突破了海弗里克极限①，你的神经发生也变得活跃，新生成的细胞也与大脑的神经网络结合了。这意味着你很可能成为一个更为完美的人类，我们为了能长期监控你，就将整个爆炸事件都隐瞒了下来。我们还利用时间知觉模糊和电击阻断修改了你最近的记忆，所以你才会觉得那件事发生在昨天。实际上你的身体在培养舱里成长了接近五天。"

"我不相信。"我说，"这都是谎言。"

金敏叹了一口气。"我的办公室还在重新装修，我们今天对你的检查也是为了确保你的大脑没有过多损伤。"

"看看这里吧，来看看所谓谎言底下自己的真正的面目吧，李签。"乔图站在那堵银灰色的墙边，对我说，"真正的人类会去做那些明知道荒唐却还要去做的事。很多人明知道会很痛苦，却还是要戳开谎言编织成的外壳，看一看那里面残酷的现实，接着，有一大半的人不愿意接受。如果你觉得自己还是一个真正的人类，就过来看看吧。"

"别过去！"金敏的眼睛里有一丝不忍，"你没必要看那些。"

我走了过去，只有上帝知道我是如何走到那堵墙前面的。

寂静。那堵墙是整块银色的玻璃，我贴在玻璃上，看到里面镶嵌

---

①脊椎动物正常体细胞的分裂次数约在40次至60次之间，这个数值被称为海弗里克极限。——编者注

着一个柱形器皿，器皿里躺着一个人，那人光秃秃的，没有一丝毛发，他的脸孔和我一模一样。

像水下一样的寂静，一种溺水的恐惧压得我说不出话来。这世界有多少人类，就有多少谎言。自由是谎言、梦想是谎言、性交是谎言、爱是谎言、不爱也是谎言。现在，连生死都成了谎言？那生命算什么呢？

我木然地坐在地上。

砰！一声枪响，乔图开枪打中了正朝房门跑去的金敏。金敏倒在地上，血像是不真实的红色像素，从她腹部流了出来。

"可悲的人。"乔图看着她，又看看我，"可怜的人造人。"

他开始在银灰色墙上安装炸弹。我发现我的手上还抓着那封信。金敏在地上呻吟，她看着我，那眼神里的意思是"阻止他。"

"喂，金敏。"我指着信问她，"信上那个叫李茗的女孩，你认识她吗？"

金敏虚弱地点点头说："她是第二个做时间知觉植入手术的人，自从发现那种手术会让人抑郁之后，公司就再没做过了。"

原来如此。这个从未对我说过一句"我爱你"的女人，我的妈妈，竟然那么愚蠢地做了那个会让人发疯的手术。我也一样愚蠢。只是，我现在还算是她的儿子吗？

"乔图。"我说，"给我一根烟。"

乔图看了我一会，然后放下电击枪，掏出两根"潘洛斯"点上，扔给我一根。

我吸了一口。

"我理解你。"乔图说，"被否定、被拒绝，你的人生本就该结束了。"

我想揍他，想扯着他的耳朵大骂。但是，我等待着。乔图深深吸了一口烟，那口烟就像一个世纪那么长。然后，他开始咳嗽。我扑了上去，我的身手比自己记忆中还要敏捷，我轻而易举地扑倒了他，然后夺下了他的枪。

"你真的应该换一个肺。"我拿枪指着他。

乔图双手举起摊开,笑着说:"你不会开枪的。"

我不敢开枪。"待在这儿别动。"

我拿着枪,扶起地上的金敏,朝门口走去。

"嘿,李签。"乔图喊道。

我回过头。

"你为什么要挣扎着继续活下去?为感情还是梦想?真正的死去,不再为任何感情烦恼,不再为虚幻的梦想而受尽生活的嘲弄又有什么不好的?比起永生的孤独,失去感情和梦想又算得了什么呢?而且这两者你本来就没有,你已经不是一个真正的人了,你就像银河网络的空白人!"

"去你的!"我说。

金敏打开了门。

"真遗憾,你不能离开这,我们都不能离开。"乔图的声音像生锈的锯子。

嘀嘀嘀嘀……

所有的小圆球都亮起了红色的灯,包括乔图最开始安装在大门上的那一个。我的肌肉紧缩,用尽全力将金敏推了出去,然后双手撑在门口。

迸发的能量就像风暴,咆哮声撕裂了空气,热流就像裹挟着千斤巨锤扑来。最悲剧的事情是什么?就是你刚知道自己死了一次之后马上又要死了。咆哮静止,风暴定格,一切都归于沉寂,归于初始。

9

你好!

我是尼克。

时间知觉开始让我感到绝望和孤独。做事的时候,它在嘀嗒嘀嗒,发呆的时候它也在嘀嗒嘀嗒。

有时候，我想让自己发一会儿呆，但是时钟会在我的颈背吹一口气，提醒我时间不多了。

我让他们拿掉时钟，但他们说手术无法逆转。不过没关系，反正我快要死了。他们不说我也知道，因为我听到时间的呼吸在减弱，时间的终点越来越近。

这将是我写的最后一封信。我写过很多封，但我从没有收到过任何一封回信。我以为到我死的时候，没有人会来参加我的葬礼，没有人会记得我。但昨天来了一个叫做李茗的女孩，她拿着我的第一封信找到了医院。

"你好！"她隔着玻璃对我说。

"你好！"我说。

"我收到你的信了，我来看看你。"她说。天呐，她可真漂亮。

"谢谢你！你会一直给我写信，并且记住我吗？"我问她。

"我会的！"她说。

然后他们就把她带走了。

我更孤独了，因为我不想死，我想告诉她我爱她，我想有更多的人记住我。我羡慕你，有那么多人在你的生活中进进出出，成千上万的人。你要把门一直开着，让他们可以进来，当然也无法阻止他们离开。

我问他们"我爱你"用英语怎么说。

"I love you。"他们说。

德语呢？

他们摇摇头。

还有法语、意大利语、西班牙语、葡萄牙语呢？

他们摇摇头。

我多么想学会世界上每一种语言的"我爱你"，然后大声告诉每一个会在我生活中进进出出的人。

我想，人们会觉得孤独，一定是因为他们不说"我爱你"，就算是对最亲近的人也不说！

真遗憾，我只能生活在一个房门紧闭的白色泡沫组成的世界里。

我想阻止时钟，想将它从一百层楼上扔下去，把它摔得粉碎，让它的零件到处飞舞，让那些螺旋状的铁片可怜兮兮地晃动。

真可悲，人生只有一次。

尼克

2014年3月13日

10

五岁的孩子，坐在地上大声哭泣，他的妈妈摸着他的头，一言不发。

十七岁的少年，在游戏大厅里玩着角色扮演，在虚拟世界中谈情说爱。

二十五岁的青年人，坐在列车上独自抽着烟，不知道失去为何物。

坟墓的土将我填埋。我漂浮在黑暗的汪洋里，在深邃而温暖的虚无之中随波逐流。

一点点蓝色的光浮现在灵魂深处。

我觉得自己在一片无尽的大海里沉睡了上百万年，一开始是一个单细胞生物，经过漫长时间变成了无脊椎动物，又历经千辛万苦变成了两栖动物，接着是呼吸空气的陆生动物。

我开始呼吸，深呼吸，空气充盈了我的肺，电流在我大脑的沟壑中游走，伴随着战栗和刺痛，我终于完成了进化，变成了人类。

前方还有光，再前进一步，将是永生，也是永恒的孤独？

"哗啦"一声，我赤裸着从一个满是蓝色液体的培养舱中坐了起来。我的双眼慢慢聚焦，意识坠入身躯。

"感觉怎么样，李签？"金敏站在培养舱边，问我。

"尼克，"我说，"我的名字是尼克。"

编后记

小说中男主人公意外死亡，又很快重塑身体复活，依靠的是一种叫"端粒酶"的物质。在各类探讨克隆技术和癌症的科幻作品中，端粒酶常常是肩负重任的"最抢镜配角"。

端粒位于染色体两端，它封闭了染色体并维持其稳定性，端粒缺失会导致细胞的衰老、死亡，而端粒酶可以延长端粒，进而延长细胞寿命。在生殖细胞中可检测出端粒酶活性，在体细胞中则几乎检测不到，而例外就是肿瘤——端粒酶被重新激活，导致细胞癌变。

2003年2月，首只成功克隆的哺乳动物多利羊不到七岁就"英年早逝"，而普通绵羊的平均寿命是十二年。一些科学家认为，这正是因为克隆动物的端粒比较短。值得注意的是，为多利羊提供DNA的母羊，在实验进行时正是六岁。于是摆在我们面前的是一个有趣的问题：克隆体的年龄应该从零开始计算，还是从母体提供DNA的年龄开始计算呢？

恒河猴

机器女佣

作者说

　　如果每两个人之间都可以完全互相理解、互相沟通，也许就不会有那么多故事发生了。但即使科技再进步，一颗大脑也无法完全理解另一颗大脑。

　　在靠近其他人内心的过程中，我们都是恒河猴一样的实验动物。

一　智齿

　　电脑还是昨天晚上的页面，浅绿和鹅黄的主色调、圆角的公告栏和对话框、无处不在的小动物图标，可以看出来网站的设计者在竭尽全力走治愈系路线。刘小洋熬夜到凌晨，就那样抱着电脑睡着了，这会儿已经快到中午了。他刷新了一下页面，没有新的站内信进来。"已经两天了，君影草不会真的自杀了吧……"他自言自语地说，毕竟这是"自杀俱乐部"的网站。

　　注册这种网站的动机，也就是猎奇。刘小洋算是那种态度很端正的作家，每隔一周都会打开对外公开的邮箱，看一下读者来信中有没有什么值得回复的。一封广告夹在里面，自动置顶，还怎么也删除不掉。刘小洋干脆打开来看了一下，万幸电脑没有中毒。本来以为是那些吸毒滥交的年轻人弄出来的玩乐组织，可是那页面怎么看怎么像是个正经网站：给那些对生活绝望透顶完全不想活的人，或者只要看看别人是怎么绝望透顶自己就能重新振奋的人带来一丝安慰的组织——"自杀俱乐部"。当然，刘小洋从来不相信，真正想自杀的人还有结伴的需求，不过能与注册这种网站的人聊一聊，算是不错的积累素材的途径。注册界面简洁得有些过头了，只用ID和密码，不需要任何验证信息，大概这些活不下去的人完全没办法面对任何稍微繁琐一点的东西了。

日本经济萧条的那段时间，这种阴暗风格的东西似乎流行过一段时间。只要是和日本相关的内容，多少都会撩动刘小洋那根敏感的神经。君影草是站内主动找他聊天的一个注册会员，也是他和这个网站唯一的联系。两人倒是没聊什么"人生不如意十之十一二"之类的沉重话题，对方就刘小洋随机敲出来当ID的英文字串的含义猜了一个晚上……

刘小洋正在洗澡，电脑叮咚一声，他直接扯了一条浴巾披上就从花洒下面冲了出来。不是君影草，是公开邮箱。他应该把网站和邮箱的提示音分开的。刘小洋左手揉着头发上的泡沫，右手点击了一下鼠标，当场就愣住了。

"秋云朵！秋云朵！"刘小洋打电话的时候，头发上的泡沫还继续顶着。

"是、是。"对方很有耐心地回答了两次，看来心理诊所的工作很清闲。

"茜来了！"

"啊？茜师姐吗？"对方很吃惊，看来秋云朵事先也不知道，"是出差吗？"

"不知道。她发了邮件给我。"

"约见面？"

"嗯。怎么办？"

"什么怎么办？"秋云朵反问。

"也是。"刘小洋承认自己刚才看见邮件的一瞬间确实有点惊慌失措，不过想想似乎反应过度了。

"真好啊——"秋云朵拖着长声，一副羡慕嫉妒恨的哀怨语气，"她都没有联系我呢。"

刘小洋把桌上那只树脂模型握在手里。那里面是一颗牙齿，有漂亮的牙冠和笔直的牙根，简直就像教学用的模型那么标准。那是藤生茜的智齿，刘小洋亲手用树脂浇铸而成的。

二 大鼠

藤生茜二十五岁才刚长第一颗智齿，刘小洋还嘲笑她发育迟缓。痛得睡都睡不着的时候，她还是死扛着不肯去看牙医。当时她在普林斯顿大学攻读博士学位，实在是太忙了。刘小洋没收了她的止痛药，把她强行押送到牙医诊所，然后坐在诊所走廊的椅子上捧着手机玩了将近一个小时的节奏游戏。

"美国的牙医真磨蹭啊。"刘小洋一边这样想着，左手在屏幕上按照游戏要求画着线，右手敲打着伴随着旋律像下雨一样落下来的蓝色方块。一曲终了，屏幕上出现一个金灿灿 ALL COMBO①。刘小洋心满意足地活动了一下有些紧张的肩膀。

清脆的掌声在头顶响起来，刘小洋把目光从手机上抬起来，先看见一双长腿，穿着紧身的牛仔裤，然后是蓝绿格子的衬衫，下襟在腰间打了个结，后背有很大的双肩包，像个女高中生。再往上看是一张亚洲面孔，不着脂粉，一把流水一般的黑发披在肩膀上。女孩子似乎俯身看他玩了很久，好像幼儿园的老师那样鼓励地拍着手。

---

① ALL COMBO，电子游戏中经常出现的提示语，意为"全部连续击中"。——编者注

"我是秋云朵,跟茜师姐同租一套公寓的。"叫秋云朵的女孩大方地伸出右手,说的是标准普通话。他是听茜说有个新来的小师妹,是同专业的硕士。刘小洋握了上去,她的手是凉丝丝的。

"玩得真好。"对方笑眯眯地说着,在刘小洋旁边坐了下来。

"这个不难……"

"我们认知神经学研究室的猴子,教了一个多星期还不会健脑手指操呢。"秋云朵认真的神情,让刘小洋把后半句谦虚的话硬生生憋了下去。

"就是左手画圆,右手画方的那种?"刘小洋决定忽略这种无法判断有意还是无意的冒犯,顺着对方的话往下说。

"类似,原理差不多。"

"这种东西真的能健脑吗?武侠小说不是说越聪明的人,越学不会左右互搏术吗?"

"我知道你是个写小说的,可是相信武侠小说也太……"秋云朵说,"茜师姐身为我们研究室最有实力的博士生,也该抽空给男朋友科普一下吧。"

"她挺忙的。"刘小洋说的是真的。

"左右脑同时控制身体两侧不对称的行动是大脑活跃的表现,当然是好事。"

"哦——你这么说我就知道了。就好像说左撇子比较聪明一样。"刘小洋是个靠着家族关系滞留"美帝"的旅美作家,主要写游记和恋爱小说,走的是唯美小清新路线,要他配合这种会话确实有点困难。

"那是因为惯用手是左手的人,右手往往也比较灵活。其实是双手比较灵活的人比较聪明啦。"

"啊?不是有右脑主管发散思维,左脑主管逻辑思维的说法吗?也就是说,即使惯用手是左手的人右手不太灵活,想象能力也会比较好哦。"刘小洋其实就是左撇子,而且他一直认为自己文章写得好,跟天生左撇子有很大关系,"我小时候倒是还流行过什么开发右脑记忆的说法。"

"哦，好古老的说法。那你看起来真还挺年轻的。"秋云朵面不改色地捅出一句。刘小洋有点恼火，反倒笑了出来。

"是这样的，比如说象棋高手或者数学成绩很好的人，他们在处理棋局和数学题的时候，左右脑都很活跃。虽然左右脑分管的区域不同，但是海马体会调动大脑不同的区域协同工作，左右脑的活跃度并没有那么大的区别。"

"哦，海马体就是那个坏了之后就会得老年痴呆的部位是吧？是什么……储存深层记忆的组织？"刘小洋饶有兴趣地装无知引着女孩往下说。

"你看着，"秋云朵倒是挺有耐心讲的，她甚至从书包里拿出纸笔，开始画起来，"海马体虽然和记忆形成有很大关系，但是它不储存记忆。大脑灰质中所有的神经元都有储存记忆的可能性，当然了，研究还不明朗，似乎脊髓灰质里面也有，甚至牙齿这种神经集中的地方也储存记忆。一个人的记忆也就是他的特殊体验和学习经历，决定了他思考问题的逻辑，甚至性格。海马体是调用中心，在处理问题的时候，能调用越多的大脑区域，使用越多记忆数据库中的经验来解决问题的人，就是一般人观念中'聪明'这种朴素的概念了。不管是想象能力还是逻辑能力，都是一样的，是很多储存着记忆的神经元协同合作的结果。"

"懂了。"刘小洋简单地结束了这个话题。

"好棒！"秋云朵又拍手。刘小洋感觉自己被这个初次见面的小丫头调戏了。而秋云朵对刘小洋的又气又好笑完全无知无觉，正自顾自地整理着书包里的书本。然后刘小洋看见了她书包里的笼子。

"有……有老鼠……"

"这不是老鼠，是大鼠。我从研究室里借出来玩两天。"秋云朵往书包里扔了一本书，盖住了笼子。

这时候茜从诊室里出来了，一贯的温和笑容因为麻药的药力显得有点僵硬。她发音不清地用日文说了句："久等了。"但马上用英文问道："秋，你怎么在这里？"

"我来找你拿钥匙,我的忘在家里了。"秋云朵一边说着,藏在身后的那只手冲着刘小洋拼命地摆。

刘小洋很开心地笑了起来,用日文对茜说了句什么,然后茜的脸色沉下来,把从包里拿出来的钥匙又收了回去,对秋云朵说:"你先把大鼠还回去。"

刘小洋冲秋云朵耸耸肩,做出一副"你反正不知道我刚才说了什么"的表情。女孩嘟起嘴,把脸鼓得像条金鱼。直看着她气呼呼地消失在走廊尽头,刘小洋脸上恶作剧得逞的笑容还没退去。

"你看得太久了。"茜说。

"啊,对不起。"刘小洋说着很自然地牵起茜的手,她身上是熟悉的铃兰花的香味。

"别打她的主意啊。"茜把齐耳的短发蓬松地拢在耳朵后面,依然温柔地笑着,"你不是她喜欢的类型。"

"你太严厉了,我只是捉弄了她一下而已。今天不回实验室了吧,好不容易请了半天假,我还是托一颗牙齿的福,才能跟你多待会儿。"

"那我们就去买菜吧。晚上我做寿喜锅,叫上秋一起。"茜说。

刘小洋和茜一起朝着超市的方向步行,茜很少使用地铁这类的公共交通,大概是和日本比较起来,美国的地铁环境让她难以忍受。不过刘小洋也很享受这种一边牵手散步一边闲聊的时光。"医生给了我这个呢。"茜拿出一个小盒子,印着刚才牙医诊所的标志。

那是拔下来的牙齿,完整的、标准的一颗智齿。"你们日本女孩的牙齿是不是很少长得这么整齐标准?"

"嗯,不过在日本,有两颗犬齿的女孩会很受欢迎,就像秋那样的。"

"我比较喜欢你这种牙齿整齐的。中国人有个成语叫明眸皓齿,就是说你啊。"刘小洋说,"这里面有可能存着你的记忆吧。送给我可以吗?"

茜有些吃惊,但随即就笑了。"好的。"

"会是什么内容的记忆呢?"刘小洋问。

"你这么问我，我也不知道。人怎么可能想起自己已经忘记的东西呢？甚至连忘记了的是哪部分的事情都不可能知道吧。"

"哈哈，是哦。"刘小洋说，"你说回去插在电脑上能不能读出来？"

"哈？"茜开心地笑出声，"你当这是 U 盘呀！"

初次见秋云朵和得到这颗牙齿是同一天，距离现在已经有五年之久了。回想起来，刘小洋和茜两人在一起的时间永远都是这么温馨和睦。可是在茜升入博士四年级的时候，将近四年的恋爱关系，在第一次争吵之后就结束了，用"一言不合"四个字就可以概括。如果说一个人大脑中所有的记忆就是她的人格和逻辑，那么茜的大脑中储存着什么样的东西，她温柔的身体中又住着什么样的灵魂，刘小洋依然无从得知——包括这颗智齿中可能储存着的那部分。

三 故人

回国之后，刘小洋租了现在的公寓，因为失恋的关系，他也很少在新的人际上用心。一个人的生活，完全没有规律和活力，他失眠严重并且经常头痛。但是饱满的消极情绪反而促进了他写作的灵感，他只要切断了房间所有的网络，彻夜开着灯码字，就会觉得稍微安心一些。

就这样过了半年，除了抱怨着"这种时代谁还要上门催稿啊！"定期来监督进度的编辑，他根本就没有认识新的人，过得反而像在异国。

开门的时候，刘小洋差不多一个星期没洗脸了，还穿着揉皱了的棉布运动裤和 T 恤。他的语气也相当烦躁："不是说了明天、明天、明天的吗？就一万字你至于跑两趟？"

"啊呀……"门外竟是秋云朵，"刘大作家，你变化很大啊……"

看清楚秋云朵的一瞬间，刘小洋心情有点复杂，除了惊讶、物是人非的感觉，甚至还有种离家出走的孩子终于被谁找到的委屈。"秋，你怎么知道我住在这里？"

秋云朵进屋一边四下里打量,一边说:"我黑进了电力公司的数据库,从全市叫刘小洋的民用住户里面找到十个深夜用电量最多的,然后逐一进行了跟踪……"

"真的?"

秋云朵一直走到窗边才停下,活泼地原地转身,笑着说:"骗你的。嘿嘿。"又被这丫头摆了一道,刘小洋也笑起来,这种感觉还真是久违了。

"我打电话去出版社,作家信息是严格保密的,不过你的编辑说,你精神状态不稳定,有老朋友来看你对你也有好处。"秋云朵拿出一张名片,双手递出,"你来的话,不需要预约。"

没想到秋云朵现在已经成了一名心理咨询师,还有了自己的心理诊所。

"你没升博士?怎么放弃了?"刘小洋问。

"只要稍微一尝试就知道我没有学那个的天分。"

"你只有偷老鼠的天分。"刘小洋挖苦说。

"我那是救它们!让别人随便打开颅骨,对脑子做这做那,很可怜的好不?"

"好好。"刘小洋又笑,秋云朵就是有本事两句话就让他笑出来一次。秋云朵倚在客厅的窗台上,刘小洋赶紧把沙发上堆着的衣物和书清理开。

"国内家人又很希望我早点回来,所以我就知难而退了。好在我修过临床心理学的二学位,国内的心理咨询师资格又不是那么难考的。反正对于我来说,回国随便找个工作就好啦,凭家里关系当个公务员什么的也不会觉得委屈,我对专业又没有茜师姐那么执念。"

从她进门,刘小洋就知道对话一定会无可避免地提到茜。"茜,她还好吗?"

"挺好的呀!"秋云朵在沙发上坐下来,"一如既往地忙。你了解她的,当时她倾尽心血研究了三年的'大脑活动具象化'项目失败了,但这也无法打击她的斗志。她现在依然勤奋无比地在研究大脑的路上越走越远了,应该还是在做关于脑电波兼容性的研究吧。"

"哦,是吗?"这个答案还是让刘小洋有些失望的,他想问的并不是这个。当时要不是茜的研究受阻,情绪沮丧,刘小洋也不会脑子一热决定求婚。在被拒绝了之后,两个人吵了一架,就当场分手了。感情事果然如逆水行舟,不进则退。当时刘小洋和出版社签了第一本书,于是只身回到中国,说到底只是赌气而已,然而大概对于茜,失恋远远没有研究的失败带来的打击大。

"你们这种一旦分手就再也不联系的做法,还真是老套。"秋云朵摇头,"不如说是幼稚吧。不停地赌气只有折磨自己。"

刘小洋苦笑,这丫头的心理学不是白学的。"说实话,倒也没有那么伤心。只是等到回国真正在这里住下来,才发现自己连为什么分手都还不知道!我还以为她不是那种嫉妒心很强的女孩子……"其实除了觉得很生气,当时吵了什么内容,他都不记得了。回来后他经常想着往事,想到睡不着。

"你们分手绝不是因为你半夜跟我跑出去那件事!"秋云朵清晰地说道。

"是……我知道……"刘小洋用手按住太阳穴,他这会儿又有些头痛,"既然你有行医执照……"

"休想让我给你开安定剂。"秋云朵眼神一转,示意她早就看见了放在写字台上的药瓶,"我建议你现在就去洗个澡,然后跟我去诊所。我都说了,你不需要预约。"

刘小洋并不信任什么心理治疗,可是无缘无故地,他信任秋云朵。第一次的催眠治疗体验不是很好,就像是沉入沼泽的感觉——刘小洋知道自己是在噩梦中,但是醒不来。恍惚中闻见铃兰花香,他听见茜房间里常常放着的小提琴曲……镜子上洒满了水珠,里面有模糊的人影……什么东西在尖锐地叫……他觉得很怕,怕到心脏纠成一团……然后是视野一片雪白,身体在下落,下落……刘小洋在空中乱抓的手被人一把捞住,他用尽全力握住那只冰冷的手,然后感受到自己稳定下来的重心和后背传来的承托感——他在治疗椅上醒来,缓慢地放松后背的肌肉。他觉得腰酸背疼。

"你醒啦!"秋云朵把右手从刘小洋汗津津的手心里抽出来,很自然地放回衣服口袋里,"做了噩梦?"

"嗯,我好像梦见了茜……"刘小洋说。

"正常。梦里她跟你说了什么?"秋云朵的语气不像医生,就像朋友那样自然。

"不,我没有梦见她,可能我只是以为我会梦见她……"刘小洋这才发现诊疗室里播放着小提琴曲,不过跟茜房间里常常播放的不是同一首。

"没关系。"秋云朵双手在面前的电脑键盘上跳跃,似乎在记录病历,"还有呢?"

"我不记得了。我觉得我好像掉下去了……"刘小洋疲惫地回忆着,梦中那些混乱的片段飞快地退潮,梦中的情绪也像沙滩上的痕迹一样,正在缓慢地消失。

"这很正常,梦里受到巨大的刺激,引起血压的瞬间变动,是会在梦境中产生坠落感的。"秋云朵还是一边看着屏幕,一边解释说,"有时候夜里睡觉姿势不对,压迫到心脏什么的也会梦见从高处掉下来。"她转向刘小洋,"饿了吗?"

"有点儿……嗯?这也跟心理治疗有关?"

"无关。"秋云朵咧嘴一笑,露出一颗小虎牙,"想不想吃寿喜锅,我知道一家不错的店,刚刚在网上预约好了。"

真是一段又累又酣畅的睡眠,和秋云朵一起走出诊疗室的时候,刘小洋这样想。后来他们就发展成了经常一起吃寿喜锅的关系。刘小洋的失眠好了很多,虽然噩梦中还是会有重复的片段,但是习惯了反而就没什么了,反正在有下落感的时候,他总会在床上醒来。不知道催眠的实际作用如何,但是这样和秋云朵聊着过去现在,偶尔互相讽刺,他可以笑得出来。大概朋友的作用,是超过任何治疗的。

而现在茜来了,只要再见上一面,互相那样"好久不见"地笑上一笑,噩梦就会完全消失吧。刘小洋出门前刮了胡子,他觉得恢复年轻一点的样子也许对方会觉得亲切。

下一站就是约定的地方,地铁上的刘小洋看了一眼手机,时间还早。不过有一条推送,是"自杀俱乐部"的站内信,发件人"君影草",主题空白,内容是一行乱码。"什么嘛,这人还活着的嘛。"刘小洋这样想着。

列车却缓缓停了下来,车窗外面还是黑的,只能看见隧道墙壁上的广告灯箱。车厢里的人们还没开始感到不安,广播就响起来了:"由于前方停站二号线人身事故,所有线路列车都要重新调配,车辆暂缓进站,请大家原地等待。"

"还好我要转的是一号线。不然迟到很久的话,茜也许会不开心的啊。"刘小洋很自然地这样想着。好在列车只停了一分钟左右就缓缓滑进了站台,刘小洋从车厢里跑出来,本来想快点儿走,但是站台上真的滞留了不少乘客。

旁边的二号线站台上扯着黄色的警戒线,刘小洋站在扶梯上,一回头正好能看见遮着白布的担架被抬走,看来是当场死亡。站在他前后的人们都在讨论着,似乎有人正在描述着当时血肉横飞的场景。"绝对是自杀啊……就那么跳下去了,真恐怖……"然后刘小洋的手机响了。明明是调成静音的手机,这时候却一边强烈地震动着一边自动播放出声音来。

"这里是警局的紧急联络。"电话那边说。这种时候手机会自动响起来也是正常,如果是地震或者火灾之类的警报,所有人的手机会一起叫起来。

"刘小洋先生,您现在的位置是中央站 B1 层的左边通路吗?"

"对啊……什么事啊?我还约了人呢,如果是国民问卷抽查什么的,可以拒绝吗?"

"我们已经通过监控确认了您的位置,请您原地等候,我的同事们正在过去的路上。感谢您的配合。"也就是说"你要是敢跑就直接狙击你"的意思。"您约的人,来自美国的日籍女性藤生茜小姐,在五分钟前跳轨自杀了。"

刘小洋后悔回头看了那一眼。不然他不会知道，时隔这么多年他与茜最近的距离，就是隔着一条铁轨，看着她血肉模糊地躺在那里被抬走。

四 右手

审讯过程中，刘小洋一直处于精神崩溃的状态。"茜死了！我还想知道为什么呢！"

"请您配合回答问题。"对面的警官表情从来就没变过，就连刘小洋把椅子扔出去的时候，他也只是不动声色把椅子放回原地，将刘小洋拷在椅子背上。"请您回忆一下，在美国和藤生茜争吵的情形，这里面可能有她自杀的线索。"

"我说了不记得了！"刘小洋说，"她不会因为三年前失恋，现在才想起来自杀，她不是那种女孩！我走了这件事，对于她还不如实验室的猴子死了来得更重要！"

警官站起来，走了出去，审讯室的灯光暗了下来。刘小洋不知道时间过了多久，他很累，就那样垂着头睡着了。

梦里他和秋云朵在一起。他们偷偷跑进大学的研究室，他看见茜的座位上、桌子上整齐地放着很多书，白大褂搭在椅背上。他不由自主地朝那边走，但也是被秋云朵推着。"快点快点，被发现就惨了。"

"会不会有副作用啊？"

"不会啦！医院体检也做脑电图啊，一点危险也没有。"秋云朵眨眼睛的动作，在梦里也那么清楚，"你答应帮我做研究报告的呀，愿赌服输啊！"

"要知道你说的取数据是指这个，那怎么也要把游戏赢下来！"说着刘小洋还是被秋云朵按在了做脑电图的床上。

然后有冰凉的东西贴在他脑门上，头顶上也有，是电极吧……是雨？冷的水浇下来，整个头皮凉凉的。一个莲蓬头出现在头顶，原来是冷水浴，好冷。梦中的刘小洋躲开冷水，找到了毛巾，赶紧裹紧了自己。淋浴间的镜子上都是水珠，他伸出手抹了一把，看清了镜子里的人，这不是茜吗？以前在夜晚的床上可以见到的、即使卸了妆也一样漂亮温柔的茜。她裹着白色的毛巾，冷得脸都扭曲了，声音颤抖。"可恶。"她咬着牙说。

刘小洋一个激灵，手腕在手铐里被狠狠卡了一下。梦中凉丝丝的感觉是秋云朵的手，正轻轻放在他头上。

"你醒了。"秋云朵哭过，声音有些沙哑。

"秋，她在我脑子里！"刘小洋想抓住秋云朵正在拿开的手，就像每次在梦境中恐惧地跌落时想去抓住一样，但是他挣不开手铐。

"我知道。"秋云朵拿起钥匙帮刘小洋打开了手铐，刘小洋才发现钥匙一直在桌子上放着。但是秋云朵走开了，坐在刚才审讯的警官坐的位置。

"她在自杀俱乐部网站注册后，联系的就只有你一个人。鉴于之前你们曾经在美国交往过很长的时间，警方有理由起诉你唆使他人自杀。我提供了你之前在我这里的治疗记录，证明你有轻微的精神分裂症。他们决定撤销公诉，但是你要接受强制性的心理治疗。好在我也在法医编制里，警方认为你现在的精神状态不太好换医生，所以也不用理会避嫌规定，你还是由我照顾。"原来她说的托家里关系当个公务员什么的是这个意思。

"茜是君影草。"刘小洋想起来了，日语里面铃兰的别称就是君影草，花语是幸福归来。

"对。"秋云朵手里提着的透明袋子中装着刘小洋的手机，"她就是通过网站发给你最后一条信息的。"

"我不知道她在说什么，我收到的是一些乱七八糟的字母。"刘小洋用手蒙着脸，他不想承认自己很想哭。

"警方已经破解了，那串字母序列，如果用日语的罗马音来看的话，意思很明显。"秋云朵在纸上写着什么，"大概她是切错了输入法吧。"

GOMENNE、SAKINISHITSUREISHIMASU。

ごめんね、先に失礼します。

不好意思，我先回去了。

"她总是这样……"刘小洋流下了泪水，却发出了"咯咯"的笑声，"她总是那么平静，表现得那么优秀，但是她嫉妒了，然后恨我，跟我分手，然后又恨了三年之久，专门跑来死在我的面前，还想拖我下水！"

"你想多了。"秋云朵说。

刘小洋在自家公寓接受禁闭，秋云朵定期来带他去诊所接受治疗。在幽闭和噩梦的折磨下，他真的出现了精神分裂的症状。他总是梦中看见茜，有时候又换成茜的角度看见自己。有时候他明明觉得自己醒着，却似乎正将双手放在白大褂的口袋里，站在笼子的前面，看着猴子们尖叫着死去。到后来他很多时候都分不清自己是在睡梦中还是醒着产生了幻觉。有时候他很清楚自己已经回国很久了，生了很严重的病，但有时候觉得自己好像还在美国，又好像在日本。催眠治疗并没有效果，症状反而日渐严重。直到有一天，秋云朵在非诊疗时间来看望他，带了买的饭菜。刘小洋接过筷子，然后愣住了，他害怕地发抖，将筷子扔向窗户，那两根木棍打在玻璃窗上又弹落在地上。他像躲避什么攻击一样躲开，然后把所有的饭菜泼了一地。

秋云朵一直站在屋子的角落安静看着他，似乎他只是个发脾气摔东西的小孩子。等他累了，跌坐在一堆狼藉中，她才走过去俯身对他说："起来吧，洗个澡换衣服，都弄脏了。"

刘小洋抬头看着她，就像初次见面时那样，她正俯身看着他，对他伸出手。他爬过去，抱住秋云朵的腿，哭了。"我不是用右手拿筷子的，不是的。茜在我脑子里！她在报复我啊，甚至想要让我忘记自己是谁……"

"我知道。"秋云朵跪下来，将他的头抱在胸前，摸着他的头发，"我知道的啊。"

"秋，救我。"

"要是所有的病人都这么任性可怎么好呢。"秋云朵虽然这么说着，还是低头吻了他。

五 病态人格

禁闭刑期满的时候，刘小洋已经停止接受治疗很久了。催眠和药物都没有什么很好的效果，最终还是秋云朵治愈了他。那一天，刘小洋准备了玫瑰花。

"你的书又上畅销榜了吗？"秋云朵很开心。

"不，今天是纪念日。你第一次在牙科诊所跟我搭讪的日子！"

秋云朵把花插在花瓶里，灌水，摆在写字台上，顺手拿起那只树脂浇铸的牙齿。"从那天就开始算纪念日，你还真是花心。"

"虽然那时候对你没有……"

"哎呀，我知道。你喜欢她四年又三年，最后因爱生恨要死要活。"秋云朵毫不避讳地说，"我觉得把你和茜的故事写成书应该会很畅销吧。"

"嗯，我想过。"刘小洋说。也许所有的作家都是一样，笔下塑造过无数类型的女孩，但就是不敢下笔去写那个她。不过事到如今，该倾诉的都交给故事，也是个不错的方法。"你能不能跟我说说你们专业是做什么的，还有，她在研究室的时候都是什么样子。总感觉我跟她在一起很久，却依然无法了解她。"

"好啊！"秋云朵手里依然握着那颗牙齿。

茜最初做的项目是"脑活动具象化"，就像科幻电影里经常演的那样，把一个人的想法和记忆用计算机读取，甚至播放出来。先是用大鼠，然后是猴子，追踪它们的全部脑神经元活动，就花了差不多两年的时间。茜在研究室工作时依然勤奋认真、温和稳重，甚至找不到什么弱点，简直是个完美的人。但是事实证明即使是在计算机完全模拟大鼠和猴子脑活动的情况下，也只能模糊定位这些动物的情绪或者条件反射的类型，无法完全将其记忆具象化。茜的研究失败了。

"通俗地讲大概就是，即使把大脑做成个U盘，插在计算机上，也只能看到里面文件的格式，却读不出内容。"秋云朵解释说，"即使失败，茜师姐在大家面前依然表现的很淡定，甚至一点沮丧都没有，说早上好的时候，笑容毫无差别。真是个坚强的女孩子呢。

"然后她试图证明自己的第二个设想。她居然猜想，如果计算机和动物大脑无法兼容的话，那大脑和大脑总可以兼容吧。这是个疯子一样的想法，教授都说她不理智了。如果人和人真的可以通过这种方式互相了解的话，很多宗教就不用存在了。这简直是有点亵渎神灵的猜想啊。"

"我只知道'心之壁垒'……"刘小洋弱弱地说，这是动画片《新世界福音战士》里的说法。

"不过这想法很刺激对不对？你想啊，如果你有了一个人记忆的所有数据，能不能完全理解她？"秋云朵说。

"她用计算机把一只猴子学习手指操的脑神经细胞活动情况，完全地记录下来了，但是无法写入另一只猴子的脑子。尝试很多次都失败了。她采用电击的方式直接刺激相同的脑神经细胞序列，但是猴子做出的反应却是毫不相干的。"秋云朵第一次见面就给刘小洋讲过记忆形成和调用的原理，"得出这种结论，大家反而松了一口气。毕竟用大脑去读取大脑有些颠覆人伦。"

"然后她又失败了吧？"

"是的。同样的字母序列，如果把日语罗马音当成汉语拼音的话，就是乱码。两个大脑系统默认输入法不同，大概就是这个意思吧。"秋云朵有意无意地说，"她的实验在即将成功的时候却意外失败了。

"两个大脑生来不同，所以无法兼容。神经突触后细胞膜上有一种叫做NMDA受体的蛋白质。每个大脑的这种受体中的NR2B亚基蛋白含量不同，能形成的神经网络级别记忆的能力就不同。也就是说，相同的活跃大脑神经元序列，在不同的大脑里，可能代表完全不同的东西。恰好茜从遗传工程实验室得到一对来自同一组胚胎的克隆恒河猴，也就是说基因序列、大脑结构甚至这种蛋白质的水平都一样。只是作为记忆受体的那只猴子，实验中途突然死掉了。"

"那一次她哭了。我那是第一次见她掉眼泪。恋爱四年才第一次见到女朋友哭，现在想想是很可怕的事情。"刘小洋说。他就在为茜擦去眼泪的时候求婚，然后两人分手了。

"这不是挺好的故事主题吗？"秋云朵将手里的牙齿放在刘小洋的电脑上，"好好写，等着你赚钱养我呢。"

故事中的茜是个狭隘而且阴暗的女孩，最后为了追求极致的科技，背叛了爱情，差点毁灭了人类。秋云朵看了草稿之后，笑个不停。"你这么讨厌茜师姐呢！由爱生恨真了不得。"

"她本来就是这样。那天在病房里等我醒来的时候，表现得那么关切，头一天晚上的事情却一点儿都没提，其实内心早就嫉妒得要死了吧。"

"你说我偷偷带你去做脑电图，结果不小心把你电晕了那次？"秋云朵坐在桌子上，两条长腿叠在一起，手里转着一支笔，"都说了她不是因为这个才拒绝你的。她大概是爱她的科学事业胜过爱你吧。又或者她早就知道，你们是输入法不同的两个人啊，无法一起生活的。"

输入法不同吗？刘小洋忽然地想起分手时茜说的那句话。

刘小洋当时问茜："为什么不能放弃学业？你们日本女孩不用工作，由男人来养，这不是传统吗？"

"你们中国男人，就这么狭隘的吗？"茜说，语气和表情都是冷的，却不再哭泣。刘小洋这才意识到她是第一次使用"你们中国男人"这种说法，温柔善良的女朋友一下子就变成了另一个国度的陌生人。原来自己对于茜，一直都是这种角色。

"秋，我想起来了，是我的错。"刘小洋说，"她会不会一直在等着我回去，一直等了三年呢？"

"不知道啊。"秋云朵说，"不知道她后来有没有继续拿自己做实验，那个疯子一般的女人。如果是这样，我还可以再帮你们一次的。"

"你在说什么啊？"

秋云朵笑起来，露出一对小犬齿，就像恶魔。"是我协助她做的记忆记录，不过只有一次，而且她马上就删除了记录。不，她只是以为自己删除了。"

"茜的记忆……"刘小洋惊恐地看着秋云朵，他很希望这是一个恶作剧，秋云朵马上就会说"骗你的"，但是她没有。她说的是："茜在你脑子里啊！"

镜子里的茜。

刘小洋惊恐万分。

秋云朵耸耸肩。"其实我只是好奇会发生什么事而已。反正你的大脑又不能读取她的记忆，电信号会慢慢散失的。可是有趣的事情发生了，一旦你受到什么打击或者刺激，你脑子里茜的记忆就会出现吧。茜死的时候也是，本来无论怎么催眠也无法唤醒的序列，居然爬上了表意识，不愧是茜师姐啊，意志坚强的女人！不过执念很重的女人应该很脆弱的，如果她知道是我杀了她的猴子，会发疯的吧。"

"原来是你一直在害她，是你把她推下去的……"

"不是我。"秋云朵指尖上的笔飞快地转着，"我也不知道她是怎么死的。大概真的是等了你三年，专门跑来死给你看的吧。不过也许只是在'自杀俱乐部'那种网站上遇到你，很担心你，专门跑来见你，却意外失足掉进铁轨了。你不知道她在看见强光的时候就会眩晕吗？"

强光。茜在小时候曾经跌进铁轨，在列车车头灯的强光中昏厥，从而留下了心理阴影。拔智齿的时候也是，被手术灯晃到了眼睛，结果血压升高，平静了很久才开始麻醉。所以刘小洋在外面等了很久，也就这样遇到了秋云朵。

"她可是在你的脑子里啊，你都不知道，谁知道呢？"

"茜……"刘小洋抱住头。梦中白色视野中的下落感。

"现在她已经消失了。"秋云朵依旧是那种满不在乎甚至有点调皮的表情，"这么久了，再强的刺激也该散失了。所以我也觉得是时候把真相告诉你了。不过其实，理论上讲，她的记忆你无法读取，电刺激在进入你脑子的一瞬间，就和你的大脑活动融为一体了。"

"你回国来找我,就是为了这个吗?"刘小洋抬头看着坐在桌子上的秋云朵。

"算是吧。这么重要的研究材料,一生气就跑了可真是伤脑筋。"秋云朵说,"不过我也付出了不小的代价,玩脱了。要知道,我可是喜欢女人的啊。"

刘小洋想起茜温柔的笑脸。"你不是她喜欢的类型。"

"秋云朵,你才是疯子!变态!"刘小洋朝她扑过去,可是他不知道秋云朵手上拿着的笔其实是电击棒。刘小洋昏倒了,他跌下去,坠落感包围了他,向下,向下……他伸手去抓,却再也没有抓到任何东西。

秋云朵从桌子上跳下来。"是啊,人跟人怎么可能互相了解呢。就像你怎么会知道我这个心理咨询师其实根本没有通过心理变态犯罪测试呢。"

她用手里的笔尖点了一下刘小洋电脑的发送键,这部故事应该可以卖个好价钱。

六 恒河猴

"秋医生,你来看刘小洋啊?"路过的护士跟秋云朵打招呼。

"嗯,你们好。"秋云朵笑着挥手。她把刘小洋的轮椅停在草坪上,弯腰帮他整理了一下膝盖上的毯子,可惜刘小洋目光涣散,已经无法做出任何回应了。

秋云朵伸手帮他整理了一下头发,对他说:"你在想什么呢?"

名家点评

韩松:细腻而另类的叙事,阴郁和异样的氛围,惨淡而感人的人物,同类题材中别出心裁的构思和关切。

王晋康:作品显然深受日本犯罪小说的影响,作者文笔纯熟,详略得当,文中对知识硬块的分解,对悬念的构建和揭底,都把握得恰到好处。结尾使用欧·亨利笔法,用冷静的叙述揭出了一个阴暗的谜底,给读者以极大的冲击力。科幻构思写得比较虚化,虽在科学方面的感染力上不够,但对这种本身就比较虚的构思来说还是比较适宜的,避免了会让读者产生不信服感的技术细节。只是,藤田茜的心理脉络,尤其是她的死亡,似乎铺垫得不够,多少有生硬的感觉。

编后记

  小说中提到了一种意识转移技术:利用电刺激将一个人的记忆植入另一个人的脑中。虽然在现实中读取他人的记忆尚不可能,但是向个体脑中植入虚假的记忆已经不再是天方夜谭了,不过科学家们的工具是光,而不是电。

  光遗传技术的发展起源于一种藻类蛋白。这种蛋白对光线非常敏感,将它插入神经元,相当于在其中安装了一个开关。利用光照刺激,科学家们可以对形成记忆的神经元进行调控。2013年,美国麻省理工学院的一项研究成功将虚假的情景记忆植入了小鼠的脑部。科学家们对小鼠电击,同时用光激活它在别处时的记忆。结果是,小鼠错误地认为自己是在别处遭到电击的。

  将这样的实验在人脑中重复似乎违背伦理,但是科幻和推理小说家们却可以在光遗传技术上大做文章。

听 我们

科学之识的积累远快于社会之智的发展,这是当下世间最悲哀的事。

——艾萨克·阿西莫夫

自在诊所轶事

云莺

作者说

之前见过某个"情景模拟"游戏,由主持者构思一个舞台,比如"正午时分,一块外星飞船的碎片落到了繁华的大街上并引发骚动"。然后由三个人分饰路过的学生、路边卖烧饼的大妈、三流小报的记者,登上这个虚构的舞台,尽可能真实地再现自己扮演角色的行动。这游戏极大地启发了我,在创作这篇小说时,首先构思了"自在诊所"这个虚构的舞台,然后用有趣的科幻点作为道具和布景,安排上人物后,任由他们表演出了一些故事。

我刚拿到医学形而上学的学士学位,便在自在诊所当起了营销员。诊所位于市中心,对面就是露天市场,热闹得紧。天刚蒙蒙亮,菜贩早餐摊吆喝声络绎不绝;晚上,夜宵烧烤就陆陆续续开张,我值夜班的时候常去那里面买吃的,好吃不贵,据说这露天市场以前是火车站,城市扩建以后车站迁址了,这块地拆了就变成市场了。

诊所有两栋楼,我们日常处理业务的大楼是前年才修好的,派头十足,而隔壁那低矮的平房在闹市中显得十分突兀。据说,自在诊所的蒲老板就是在这座破旧的小矮楼里慢慢发家的,现在有感情了,再也舍不得卖,便留下当库房。当年蒲老板虽然入不敷出,但他有一些专利,经营了几年,才扎稳脚跟。

像我们这种刚参加工作不久的新手,在头一年的试用期甚是辛苦,但每天接触到形形色色的人,每天都有新鲜事,现在回想起来,感触颇多。

一 丽小姐

丽小姐是我的第一位客户。

她的脾气并不是很好,常常无缘无故地发火,据说第一次来诊所就扇了大厅里一位迎宾小姐一耳光,那可怜的小姑娘差点儿哭出声来。丽小姐是私企的白领,大概平时职场上也有不少委屈,觉得迎宾姑娘怠慢了她,就直接动手了。可以理解。好在我这人面相和善,笑容往脸上一堆就能令人感受到人畜无害的友爱氛围,所以我和丽小姐相处没有太多不愉快。

记得这位女顾客第一次来就弄得气氛十分尴尬。我将她引到接待厅坐定,不过无论我说什么,她都用一副不冷不热充满忧郁的表情回应:"嗯,哦。"我向她介绍整容服务的优惠以及新推出的美容项目,她亦是这样回答,其间她不停地接电话,和电话里的人对骂,甚至摔电话,我不得不停下来,把刚才讲过的再讲一遍。后来她终于表示想要诊所的"速美"整容服务,她指了指眼睛说觉得眼睛显得太大了,想要个单眼皮,然后再削一个瓜子脸,顺便把她的脸型修长一点。

我开启电脑,连上数据库,接入射频仪,做起整容前的准备工作。射频仪是我们诊所蒲老板的专利,与一家外企合作出来的整容器材。它发出特殊的电信号可被细胞接受,电磁波将细胞膜上的载体蛋白电离,钠正子通道开放,改变膜电位,从而产生生物电流,刺激细胞受体,进而影响细胞的功能。射频仪可以促进破骨细胞的活跃性,破骨细胞温和地融化掉骨质,圆下巴就变成了尖下巴,它也可以促进上皮细胞增生,双眼皮就变成了单眼皮。

可以说,这项技术是二十一世纪最赚钱的技术之一,只需要两个小时,便可以满足爱美人士的任何需求,就跟在理发店换发型一样简单。前来尝试新造型的人络绎不绝,我们诊所的生意也是相当兴隆。

现在人们的生活压力越来越大,生活品质也越来越差,面对众多的烦恼与不愉快,总是需要一个发泄的对象。有些人埋怨自己投错了胎,有些人则全怪自己脸长得难看,仿佛只要自己再漂亮一点儿,就能令一切顺心。生活的烦恼、职场上失利、爱情中受挫,人们为自己找到了很多理由,然后迫不及待地将射频仪套在头上,期待一个全新的自己和全新的明天。

丽小姐第二次到诊所来,时间已经过去了一个月。

"上次的整容效果很差劲。"她说道,"根本就不对我口味,我要重做。哦对,上次你说的 VIP 套餐服务,能具体说说吗?"

虽然丽小姐嘴上这么说,但如果是真不喜欢,按照丽小姐的脾气,她会直接投诉,但她没有。这说明丽小姐还是喜欢我们诊所的整容服务的,这下我心里有了底。

"我们有十五款职业女强人套装可供参考,套装推出已半月,反响极好,这里有一些反馈:百分之八十的顾客在使用职业女强人套装之后,认为自己的形象变得简约干练了,其中三位顾客还得以升职加薪。一切都在电脑上,只需您动动手指,稍加搭配,剩下的就交给我了。"我毕恭毕敬地将平板电脑递给她。

这次,丽小姐拿着平板认认真真地为自己搭配套装样式,她先尝试了一下长眉眼搭配细小嘴的造型,觉得和脸型不搭,然后又尝试了仿文艺复兴式的五官搭配。可供选择的选项实在太多,丽小姐迟迟拿不定主意,最后,在我的协助下,丽小姐选定了一套由诊所拟定好的预制套装。

一周后我竟然收到了丽小姐从魔都来的电邮。她希望能成为自在诊所的 VIP 顾客，会常来照顾诊所的生意，并且还提到由于这副干练的新形象，她得以接到几个大单。至此往后，丽小姐常会抽出周末的某个下午，让我用射频仪在她脸上修修补补，有时候也会提出不太寻常的要求。比如，她会指着额头问："你觉得在我脸上加上一颗痣，会怎么样？"或者拿着时尚杂志，穿着一件与封面模特一样的时装，想要一个和封面模特一样的脸蛋。

现在的丽小姐已经和大半年前完全不同了。不单是面貌，她的行为举止也更加从容自信，待我们也变得彬彬有礼。

有一次，丽小姐做完整容后，我竟然发现射频仪主电源根本就没插上，仪表盘虽然亮着，但实际上是没电的。丽小姐照着镜子左看看右瞧瞧，十分满意，夸奖自在美容的服务优质，贴心省事。我去问蒲老板，用不用向她解释，老板沉思片刻，摆手道："不必。我看她只是对自己缺少一点点自信罢了，我们提供的自信值这个价。"

丽小姐很开心，不是吗？人辛苦挣钱不就是为了自己过得更好，更开心吗？在镜子里看到焕然一新的自己，用大家都喜欢的容貌去融入社会，何乐而不为呢？

这天，我忙着整理客户资料。诊所有硬性规定，雇员必须记住自己负责的 VIP 客户的相貌和名字，以营造出一种亲切的氛围。不知什么时候丽小姐来了，走到跟前，向我打招呼，我才认出她来。我赶紧扔下档案，将她迎到座椅上。

"我想要大改观。"丽小姐兴高采烈地说道。

"您一定是打算尝试截然不同的生活。"我留意到丽小姐的手上多出来一枚戒指。她应该要结婚了吧。"我隆重推荐俏佳人套装，绝对符合您的口味。"

"不不，我想要看起来更加自然的。自然美是当下时尚。"丽小姐坐在沙发上打理头发，我则端着平板向她推销几款新出的套装和优惠。突然丽小姐瞧见桌上那堆照片，顺手抓出第一张。

"我倒觉得这个挺好的。"丽小姐左看看，右瞧瞧，照着镜子和自己对比着看。

"这个？恐怕不太合适。"我摇摇头。

"这种脸型，虽然很平庸，不过搭配上那种眼睛的比例，那样子的鼻子，真般配！这样的效果棒极了！"

"您……真的这么认为吗？"

"是的，快开始吧。"她的口气毋庸置疑，立场坚定。我耸耸肩说道："那我这就将照片导入到数据库，立即就能开工。"

其实我压根就不用去导入什么数据，这张照片，就是丽小姐本人第一次来诊所登记时照的那张。

二 维先生

维先生是最近由蒲先生直接交由我来接待的。通常他来的时候不预约，每次的时间亦不固定。不过这也是可以理解的，维先生是个大忙人，平时不是在出差，就是在出差的路上。

"维先生您好，下月我们将会上市新款减肥药，有兴趣预定吗？"我微笑着迎上去。

"不了，肥胖是成功人士的经典外部特征，我觉得挺好。"维先生像往常那样不温不火地调侃道，自顾自地坐下，敲了敲椅子的扶手，"赶快把词库更新一下。七点钟的航班，紧着呢。"

"没问题，只需要十几分钟。请先在电脑上过目一下需要更新的词库，剩下的就交给我了。"我把平板电脑递给了维先生。维先生是我们诊所为数不多的社交强化器客户。这种电子仪器非常昂贵，保养花费异常巨大，最重要的一点，它是安装在用户脑袋里的。任谁也不喜欢在自己的大脑中间塞进一块会发热的铁疙瘩。

维先生做了五六年的中介生意，但他讲话太直，这点让他的客户们很不满意。自从贷款植入了社交强化器后，他的生意便红火了起来。

强化器有两条输入信号线，一条接受听神经的信号，另一条接受视神经信号，这两条信号线将信号输入植在运动语言中枢布罗卡区中的电子芯片里。芯片根据采集到的交谈对象的细节信息，判定对方是出于情绪波动的状态需要被安抚，或处于犹豫不决的状态需要被鼓动，或亦是正处在尴尬的境地需要一个台阶下，然后强化器会从词库中精选出能实现利益最大化的词句，控制运动语言中枢把它讲出来。

总之就是这样，强化器讲出来的都是对自己最有利的话，它会自动施行最佳方案来为你赚到最多的钞票。

"最近头感觉胀胀的，眼睛也很痛，早晨越来越不想起床。不会有什么问题吧？"维先生的词库已经更新完毕，我扫描了一下芯片，社交强化器一切参数都正常。

"也许是您的压力太大了。也难怪，您统筹好几家公司，手下好几百雇员，承受高于常人的压力。也许您应该休休假，旅游旅游。我建议可以先把强化器摘下来，我们会对它进行全面测试，以确保使用安全性。"

"你只需要做好自己的工作，我需要什么自会提出。"维先生拒绝了，捋了捋衣服上的皱褶，推门离去。

像维先生这样的客户已经离不开强化器啦。当今社会竞争越来越激烈，生活的压力越来越大，赚不到钱就交不起社会保险和住房贷款，幸福生活也就无从谈起。

但是，强化器并没有开关，这件仪器会侵入到维先生生活的方方面面。在与亲友、同事交流时，强化器也会强迫使用者讲一些能为自己获得最大利益的词句，却未必是他想要说的话。

一日，维先生带着自己的小女儿一起来诊所。更新好词库，那五岁的小女孩嚷嚷着要父亲背着走，维先生毫不犹豫地说："整天待在屋里吃白食竟然还要我背？你还是先想想你能为我做什么，再来对我提要求吧。"

维先生讲完这话，脸上划过一丝恐慌，这丝恐惧来源于他内心的深处。他不明白自己为什么会对女儿说这样绝情的话。

还有一次，维先生因为头疼来做检查，由于诊所床位太少，等着的人排起了长队，排在后面的一些客户实在懒得等，便掏出几张钞票，想要和维先生换位。维先生毫不迟疑地说："这位大哥一看便是生意人,这是一桩好生意。花几个小时赚五百元,我想我不会拒绝的。"拿下那些钱后,维先生一言不发,咬着嘴唇,双手抱在胸前,其间电话响个不停。原来那天正好是他妻子的生日,亲朋好友都在催促他回去切蛋糕。我虽不知道电话里说了什么,但可以听出,他妻子的语调里满是哭腔。

"看来,在社交强化器的逻辑里,亲情一文不值,只有钞票才是硬道理啊。"我躲在一旁轻声感叹,不料却被维先生听见了。他喘了口气,我忙上前去道歉,不过维先生也不是很生气,他领我来到落地窗前,指着街边一个卖烤红薯的地摊。

"在我最落魄的时候,那就是我的生活。"

外面寒风凛冽,地摊上卖红薯的那对夫妻被冻得嘴唇发紫,两人依偎在一起,一起守着冷清的摊点。"我很爱我的妻子,我也很爱我的女儿,我爱我的家庭。但是现在,我很迷茫。我和她究竟是当年冷了抱在一起取暖,每天吃着烤红薯白干饭时幸福,还是现在幸福呢?我很迷茫。"说着说着,他摸了摸手上那块价值五十万的情侣表。

"请接受我最真挚的道歉,我不应该提到令您伤心的话题。"

维先生那复杂的表情又重新回到了脸上。我预感有什么不好的事,社交强化器会让他说些什么?

"对此你得补偿我十元,否则我投诉你。"

三 苏先生

苏先生的人生规划非常简单,就在我为他填表格的时候,他正滔滔不绝地向我描绘美妙生活的蓝图。他决定先花上十来年去完成儿时未完成的夙愿——环游世界,逛逛各地的教堂,看看不同的民俗风情;再到险恶的丛林或是雪山上探探险,没准能找到野人或是上古遗迹什么的,寻寻刺激,丰富丰富阅历;接下来的十年大概会当一名演员,走走红地毯,出点儿名什么的,或者搞搞金融,炒炒房地产,总之不能闲着,要像一个成功人士那样,谈笑风生指点江山;最后,弄一套海景别墅潇洒过晚年。听起来真美妙,不是吗。

"人生的乐趣就在于此了。"苏先生挠着虱子,看起来已经好几个月没洗澡了。正说着,一些报纸团从他衣服里掉落出来,苏先生尴尬地弯腰,把它捡起来。"你说吧,现在天气冷得像笑话,日子过得像废话,冬天简直是不像话,以前只用垫一周的《墙街日报》就能暖暖和和的,现在,攒了三周的报纸都御不住寒!"他边说边把报纸团塞进大衣里,敲着桌子敦促我快些办完手续。"我受够慈善救济所了,你得站街发一天广告传单,他们才肯施舍住一晚的床铺,想洗个澡还得排两小时队,每个人只能洗五分钟。既然现实世界中已经活不下去,到虚拟机中去才是明智的选择!"

哦,没错,虚拟机阵列,这也算是半个由政府出资的民生工程了。有人算了一笔账,发现要为那些所谓的"社会下层人士"出钱建造住房,发放食物补贴以及提供免费教育实在成本太高,还不如让他们活在虚拟机里划算。于是,我们诊所强势推出虚拟机服务,专门处理类似的申请。只不过,想要进入虚拟机绝非易事,诊所通常每隔几个月才从几万份申请表中挑选出几百人,作为进入虚拟机的候选人。

苏先生看起来很着急,他已经陶醉在自己的规划里了,并且还向我谈起他将如何只用一把铁镐头和滑翔板就屠掉一条龙——如果虚拟机主伺服器支持生成龙这种生物的话。

"我知道你归心似箭,不过手续就是手续,必须按章程办完。现在我要向你申明权利。在最初的五个小时,你是与主伺服器隔离开来的,处理器将会为你单开一条进程。在这段时间里,你可以提出退出,我们会立即将你脱离虚拟机。五个小时后,就会让你连入主伺服器。"

"为什么这么麻烦?我们就不能省省步骤,直接让我进到主伺服器里?曾经有人半途反悔过吗?"

"这是为你好。"要知道,抠门的政府就连给虚拟机项目多投一分钱也不肯,诊所也不希望一次性进去的人太多。"一旦连入主伺服器,就不可能再回到现实世界了,因为那样会让你的灵魂迷失在伺服器的程序黑洞中。所以五小时反悔权是你能在现实世界中享受到的最后的权利了，好好珍惜吧，一旦进入虚拟世界，你跟我们就不是同一个世界的人了。"

苏先生很不耐烦地摊摊手，表示都知道了。我把他领到虚拟机的座舱前，苏先生一跃就钻进去，动作就跟老鼠钻耗子洞一样麻溜。仪表和指示灯告诉我一切正常，系统已经接管，几分钟后，系统便告诉我苏先生已经在体验虚拟机里的那个世界了。虚拟机按预订的程序随机生成了地形，我通过显示屏瞄了一眼，他现在正好在一座雪山的山顶上，无拘无束地又跑又跳，我用话筒问他感觉如何，他答道："我从来没有这么自由过！从来没有！"

真是奇怪，苏先生真正自由的时候觉得自己很不幸；现在，他的手脚被固定带五花大绑，却觉得自己自由自在——简直不知道他对自由是如何理解的。

第二个小时，我前去查看，这会儿屏幕上展现的是一座富丽堂皇的宫殿，装饰、用料非常奢华，品位非凡。而苏先生正坐在餐桌上享用美食，其间苏先生夹起桌上一片面包，扔到地上，命一个侍者用嘴叼起来，然后看着侍者弯腰弓背的窘境好不得意，哈哈大笑。

吃，是人生头等大事。现在耕地越来越少，很多穷人吃过的最好的食物，就是一面抹满人造黄油的黑面包。那玩意儿很酸，所以很开胃；很硬，所以管饱。能舒舒服服地在豪华餐馆里美餐一顿，这是苏先生在现实世界里一辈子也享受不到的待遇。

"苏先生，一切还好吧？"我问道。

"棒极了！要不是碍在我那老父母的面上，几年前我就应该过上这样的生活了！"

既然他高兴，就随他高兴吧，我们的虚拟机就是为了这个目的而准备的。又过了一小时，我在屏幕上看到的已经是中世纪的战场了。古战场，这是只属于男人的浪漫，苏先生绒装华服，统领全军，吹响号角。我用话筒问话时，他正杀得红眼，丝毫没有注意到我的声音。苏先生挥舞着巨剑，砍下了两颗敌人的头颅，又操起了十字弓，把迎面扑上来的武士射了个对穿。他两只手都没闲着，铁剑与盾牌并用，在人群中厮杀。没错，厮杀，几乎每一个敌人都被他活生生地扯成了两半，火爆惨烈的场面令人血脉贲张。

"上啊！上啊！"苏先生嚷嚷着，我看到了一屏幕满满当当的敌人，摇摇头，悻悻离开了。

第四个小时，没想到苏先生捣鼓出了我从来没见识过的玩意儿。他在创造世界。屏幕上显示出的这个世界怪怪的，到处都是蘑菇形的环山和陨石坑一样的湖畔，白色与绿色搭配在一起，扎眼得很。我问他话时，苏先生正在为这奇异的世界添两个自己捏的小生物，那些红色三足生物就像用油炸过的培根卷一样。

"一切都还好，我刚刚发现系统竟然还带了创造模式，相当的奇妙。我发现我还可以自定义光年的长度！等等，光年竟然是距离单位！我一直以为是时间单位呢。"

"还有一个小时了，苏先生，希望你玩得愉快。"

"愉快，很愉快。我只是觉得有一点失落。"

"如果想要回来，明说就可以了。"

"不不，我觉得有些……空虚，在享受了这些梦寐以求的事情后，我竟然觉得很……无趣……"

"有人曾经说过，船若不载重难以平衡，会颠簸不稳。假如让一个人的欲望全部得到满足，这人将如何打发如此无聊的一生呢？我觉得这话有理。当欲望得到完全的满足后，剩下的就是空虚了。"

"也许你是对的，不过无聊的生活总比艰难的生活好很多倍。"

我踱回办公室继续处理那些申请单。最后一个小时，苏先生看起来像是累了。当然不是生理上，实际上这五个小时他都躺在虚拟机舱里一动不动，累的大概是他的心智。屏幕上苏先生正陷在一把椅子里，面对的是一架醒目的象牙雕刻的壁橱，周围是家居风格的布置，地上铺着羊驼毛材质的地毯。

"苏先生，可以准备连入主伺服器了。"说完我才注意到，他手里拿着一个相框。

"还好，还好。"

"那是系统生成的照片？还是你自己画的？"

"我……不清楚。我坐在这里休息，在壁橱里看到了它。我不知道为什么这里会有一张我爸妈的照片。我们一家三口坐在起居室里，我老爸喝着小酒，我妈在打毛衣，我……我在照片里才十岁……这是我十岁那年，天啊。"

那应该是苏先生的潜意识映射被系统捕捉到了。系统会呈现出人们希望看到，或者期望得到的东西。

"这是我的家！"苏先生惊呼道。

"苏先生，这是最后一次核对信息，民政局那边刚刚发来一些资料，全部核对完毕后，你就将连入主伺服器了。资料显示你最近十年内都没有试图找过一份工作，是这样吗？我是说，就连去投投简历或者那种小零工都没有做过？"

"没有。懒得出家门。"苏先生那空洞的眼睛眺望着并不存在的远方，声音里满是惆怅，"我想起老妈做的炸丸子了。我们买不起肉，她就会用豆粉和酱油调出肉的味道，揉成丸子炸来给我吃。那是我吃过的最好吃的东西了，就算是现在吃到了肉，也没有炸丸子好吃。哈，严格说来，我刚才根本就没有真正吃过东西，那只是一段电波而已吧。"

"听起来很可悲。我还想知道，你中学辍学了，能具体谈谈吗？因为资料上没有讲清楚。"

"我不想继续念书了，反正有救济金嘛，谁还愿意去遭那份罪。哎，一说起中学，我就想起我老爸。每次我一不想上学了就装病，然后他就会把我背到学校去请假，然后背到医院去看病。现在他病倒了，又没钱住院，我要是走了，谁来照顾他啊？我至今都还没告诉他们我出来做什么，我要是无缘无故地消失了，他会心急成疾的。"他突然从椅子上站了起来，从那重新闪烁起光芒的眼神中看得出，他的精神层面出现了巨大的震荡，什么东西在敲打他的内心，让他流露出一股厌恶，对堕落、慵懒以及逃避生活产生的压抑已久的厌恶。

"我想通了,我真正需要的不是虚拟机,而是家。把名额留给别人吧,我要回家。"苏先生口气坚定地说道,"放我出来。"

"嗯,故意旷课导致被学校开除,这种对教育的藐视行为被视为'重度理想缺失'。迄今为止没有试着找一份工作,从成年起开始领救济金,啊,这儿还有五条企图多领一次救济金的记录,因为未遂,所以一般的档案都没有记载。法律规定,对于以上行为只要占两条的人,都必须强制性进入虚拟机!"

"别连入主伺服器!我会改过自新的!求求你了,今后谁来照顾我的父亲!"他发出了近乎哀号的声音,"还有我母亲!要是没了我,她该怎么办!我醒悟了,我终于醒悟了,我不能辜负这个世界上还爱着我的人,让我回家!"

哼,说什么都没用啦,像这样毫无上进心的家伙,真的没资格活在真实世界中!我愉快地填完交接单,把他交给技术员,连入主伺服器去了。

编后记

射频美容虽然不像小说中写的"变脸"那样夸张,但也不是什么新鲜事物了。许多美容院都提供这种除皱服务,射频仪发出电波进入皮下组织,使真皮层胶原纤维受热收缩,同时刺激真皮层分泌更多的胶原纤维以填平皱纹。除了射频美容,人类还发明了各种高科技美容方法:注射肉毒杆菌除皱,利用酸性溶液进行化学换肤,用强脉冲光嫩肤等等。

这些美容手段能收到多大效果谁也说不好,但是就像小说中丽小姐的案例一样,性格的改变绝对能让人魅力大增。许多心理学研究都证实,有积极性格的人——开朗、自信、亲切、有礼貌、情绪稳定——更容易被他人评价为"有魅力"。改变仪表会给人带来很强的心理暗示,这种心理上的变化或许比美容本身更能让人"眼前一亮"。

追捕匿名者

谷鱼

作者说

我是一个学计算机的人,从小就对虚拟现实抱有强烈的向往,而从人工智能中诞生出自我意识这个念头也让我深深着迷。这篇文章就是结合这两个想法写下的作品,也是我的第一次科幻尝试。在近未来的虚拟世界里从无意志的代码中诞生出自我意识,这会给世界带来怎样的变化?

一

希克斯吐出一口烟雾,像素点模拟的颗粒把斜射进窗户的晨光散射得格外多姿。他靠在窗边,一语不发,不知道在想些什么。我低头看了看小臂上的嵌入显示屏,荧光默默地显示着倒数计时——三、二、一。

"行动。"

视觉显示切换到代码模式,世界在瞬间脱去外壳,还原为流动着的 01 字符。目标早已锁定，代码模式下，大部分的伪装和隐身程序都成了摆设。这种模式只是少数职业人员的特权，捕手就是其中之一。我冲出埋伏的民居，和在另一栋民居里的罗杰成左右包围，迅雷不及掩耳地接近目标。

捕手和黑客的交手往往在电光火石之间。信息的毁灭只是一个指令的事，而重构的费事程度足以让数据科最耐心的同事三天不给你好脸色。这次以接头信息为第一目标的行动，自然不能拖泥带水。目标一看就是个菜鸟，没有丝毫应付捕手的经验，罗杰轻松地就将开着劣质隐身程序的猥琐男子强制退出并锁上了虚拟形象。那男子的虚拟形象怪异地抖了一下，便僵硬地站立不动了。我上前拉起男子的右袖管——没有显示屏。

"这种菜鸟居然会是一个无面者，地下森林是后继无人了吗？"罗杰点起一根烟，靠墙优哉地看着我调整取证程序的模式。

看着他的别扭姿势和自以为是的得意表情，我不由得猜想，前世我到底是犯了什么罪，如今才会被这样的男人缠上。

甩开这念头，我退出代码模式，将调整好的取证程序抵上男子的后脑勺。取证程序是一个小巧的银色细圆柱，类似一支银色水笔，尖端伸出八条极细的探针，缓缓刺入虚拟形象的大脑中，搜索并复制信息。

几秒钟后，水笔末端亮起绿光，我收起水笔，无视罗杰的搔首弄姿。"菜鸟的回收就交给你了——再被我知道你擅离职守，就让你明白我还有什么手段。"

不理会罗杰的叫苦连天，我转头看到希克斯正不紧不慢地向这边走来。他还是一脸心事重重的表情。我取出程序搜索到的接头信息，拟态成一个旋转的正八面体抛过去。虽然信息传送不过是一个念头的事，不过捕手们和黑客一样，自有各的行事风格。正八面体，是我最喜欢的形状。

八面体落在希克斯手心，他将信息浏览之后，没有说一句"收队"，而是一反常态转身离去。我看到无数晶亮的绿色颗粒从他手心落下，撒在清晨泰晤士河畔的小巷石板上。它将泯灭成一串串 01 字符，回归主服务器，就像泡沫回归天空。

我突然意识到我还没看过接头信息，打开一扫，视线定格在落款上——匿名者。

二

希克斯是普森市捕手基地负责人，管理着赛博空间数千立方千米虚拟空间的治安。但"希克斯"不是真名，而是捕手界一个传奇的荣誉称呼。自从他年轻时单枪匹马在地下森林逮住了六个无面者之后，这个称号就落在他头上了。叫得久了，真名反而没人提起了。想必也是从这时开始，希克斯成了匿名者们心头不得不除的一根刺吧。

我还在神游天外，罗杰那张臭脸突然出现，一下把我拉回了现实里。说是现实也不准确，因为赛博空间也是虚拟的，只是自从2020年开始实施UIS统一身份认证之后，赛博空间与现实世界的区别越来越模糊了。我回过神，正好看到罗杰的嘴在一开一合："……警察已经在现实里逮住他了。那家伙是个极客，最早进入赛博空间的先民之一，不过你说可笑不可笑，这人居然还是个极端的隐私保护主义者！UIS启动那年，他花大价钱从地下森林里搞到程序逃过认证，成了一个无面者，但也把自己搞的快要破产了。今年终于撑不住，开始走私色情程序……"

我有一搭没一搭地听着，突然听到了短讯声。希克斯发来的。

X257，Y361，Z482

这是空间坐标。我撇下还在喋喋不休卖弄的罗杰，前往希克斯指定的地点。

普森大道，十三号酒馆。普森有个说法，如果你的兴趣是观察形形色色的人，那你就来十三号酒馆。在这里，上到电视里衣冠楚楚的政客，下到地下森林神秘的无面者，你都能碰得到。鱼龙混杂的地方，自然也少不了扒手、骗子和妓女。进去了想安然无恙地出来，也得有点本事。

虚拟世界的内外空间大小并不需要一致，只要你有足够的钱，你可以在从外头看只有一间大小的平房内部建一个足球场。十三号酒馆从外面看普普通通，内部却有十三个区，每个区可轻松容纳近百人。拐过装饰着古典日光灯的长廊，我在一区的角落里看到了希克斯。他一个人喝着白兰地，脸庞隐在昏暗的灯光下，让人捉摸不透。他一直小心地不流露任何秘密，也恰是这一点给我以黑洞般吸引力，致命而不可抗拒。我到他对面坐下，他给我满上了一杯白兰地。

希克斯没有寒暄，直接切入正题："这里有一个任务。"

我没有接话，等他的下文。

"知道这是什么地方吗？"

"什么地方？"我知道他不会明知故问。

"这里，是入口。"

"地下森林？"我端酒杯的手停在半空，声音慢慢压低。

"对。普森唯一的固定入口。虽然这酒馆人尽皆知，但最危险的地方也是最安全的地方。"希克斯直视着我，掏出一个正八面体放到我手心，"任务内容在这里。断开基地网络之后再打开，以防万一。"

我心里一惊，但希克斯没容我细想。"我暂时不能进入地下森林，所以这个任务必须交给别人。而凯丝，你是基地里我最信任的人。"他缓缓站起，弯下身靠近我耳根，"等你好消息。"

"好。"我知道希克斯永远也不可能属于我，但这并不妨碍我迷恋他，我从不掩饰这种迷恋，就像罗杰那个傻瓜从来没在我的冷淡和虐待面前退缩过。我断开基地局域网，牢记住八面体的信息后，将杯中的白兰地一饮而尽，起身向十三区走去。

三

上帝说，要有光。这句话同样预示着暗的诞生。光与暗始终是一对双生子，有赛博空间，也必定会有地下森林。更古老的世界里，人们把这种地方称为黑市。而地下森林的概念，要比黑市广阔得多。地下交易仅仅是其中一部分功能，恐怖组织在里面建立总部，政治犯在里面藏身，非法竞技在里面举办赛事，恋童癖向里面的色情组织下订单……更可怕的是，没有人知道地下森林中无法控制的程序里，是否出现了什么没有人能定义的东西。

在2019年，因为地下森林的黑客团体攻击而造成巨大的世界经济危机之后，联合国终于通过了《UIS统一身份认证法案》，在全球范围进行了长达一年的净网行动。网络上猖獗的非法活动只好转到地下，一度濒临销声匿迹。这时，匿名者的出现改变了这一切。捕手界和黑客界有无数关于此人的传说，真假虚实早已难以分辨。但一个不容置疑的事实是，此人开发的匿名程序给了所有非法活动一个藏身之地。至此，匿名者作为地下森林王者的地位已无法动摇，而他一手创立的匿名者组织更是扎在赛博空间里的一根毒刺，动一下，整个赛博空间都得疼好一阵。

可以想象，当基地发现希克斯逮住的六个无面者属于匿名者组织时所有人的反应。

不知过了多久，或许几分钟，又或许仅仅几秒，我从酒馆十三区的传送程序中走出来，真正踏到了地下森林的地界上。

一瞬间，我就体会到了地下森林的不同。政府为了让人们区别赛博空间和现实世界，规定了虚拟人物对触觉的模拟程度只能达到现实世界的70%。《UIS法案》更是强制在每个人的右手小臂中嵌入了一个显示屏。而地下森林将这些限制都突破了。我站在虚拟的车站里，阳光的温度，风吹过皮肤，毛孔收缩，真实得让我有些恍惚。

脑海里还搅着各种地下森林的故事，我开始环顾我所在的街区。实际的地下森林把我的想象完全颠覆了。那个阴暗脏乱的集市模样被打碎，重组成面前这个阳光灿烂的地方，街道、商店和偶尔在拐角三两出现的人，无不在告诉我这是个安详的小镇。

虚拟视界突然亮起的警告打断了我的思绪，我发现自己断开了所有与赛博空间的连接。输入希克斯所给的链接密码之后，眼前打开了一个导航程序。

该完成任务了。

希克斯交代的任务十分简单,将他交给我的一段信息带到指定的地点即可。我抬头看看店名——十三号酒馆。就是这里了。我边走进酒馆边想,这酒馆的老板也不是个简单的人物。

地下森林的十三号酒馆与外头那间相比就冷清了许多,整个一区就三三两两地坐了不到十个人。按希克斯所说,我来到他在外头酒馆坐的相同位置,看着面前茶几上繁复的分形花纹。如果没有被事先告知,谁能想到这花纹竟然会是一个通讯程序?

启动通讯程序的手势并不复杂,只是一个覆盖二十个点的一笔画图案。希克斯并没有在信息里说会联络到谁,但程序启动后,我立刻明白这个问题毫无意义。因为这是一个留言程序,只会将输入的信息传递到特定的地方。希克斯给了我一串毫无规律的暗码,来的一路上我已经试图用捕手间常用的解码模式解读这串暗号——能知道他的秘密,比所谓的职业操守重要得多。可是我的破译徒劳无功。不过想也明白,如果他的暗码能够那么轻易被破解,那他又怎么可能吸引住我?

输完暗码之后,希克斯交代的任务也就完成了。我并不想在这地下森林多待,因为我清楚这是个奉行丛林法则的地方,不是现在水平的我能够生存下去的。闲逛的后果我无法想象,唯一能确定的是,绝不会有什么好事。我起身绕过旁边一个喝得烂醉的胖子,走向十三区。

走廊上,一个身穿黑色连衣裙的女子向我迎面走来,我侧身让过,彼此微微颔首。

干练的女子。走进十三区,我给那女子下了一个评价。女捕手里想找一个能和她气场相较的人估计也不容易。准备启动传送程序时,她的形象再次闪过我的脑海,那一头金黄的齐耳短发和记忆里一个模糊的影子渐渐重合——

艾莲娜!

我立刻转身想追上前,不料一阵电流突然袭来,眼前顿时一片漆黑,我失去了意识。

四

艾莲娜是希克斯的妻子,也是希克斯永远不会属于我的原因。

我从来没想过和艾莲娜争夺希克斯,因为不可能之事不必去想。希克斯不是个合群的人,他从来不和大家凑在一块儿闲扯,然而他从不掩藏自己与艾莲娜的亲密关系。希克斯的虚拟工作台上悬浮着一张两人的合照,画面上的希克斯,我从来没有看见过。

迷糊中我睁开眼,僵硬地转了转头,目光落在右臂的显示屏上——我猛然发现自己还在赛博空间里!赛博系统为了安全考虑,设置了虚拟形象在受到足以影响现实中大脑的危胁时强制退出的机制。为什么我没有从现实中醒来?难道安全机制失效了?是和地下森林的网络有关,还是——

意识绑架,和艾莲娜一样的遭遇。

原本靠着赛博系统的安全机制,虚拟形象对现实大脑可能造成的损伤程度很低。然而基地每年的数据统计中,还是会有一些对大脑造成不可逆损害的犯罪。最后查明,这些受害者大多与地下森林有着说不清的关系。地下森林已经突破了赛博空间的安全系统,可以借由虚拟形象影响现实,这已经成了明摆的事实。而意识绑架,是可能造成最严重后果的行为之一。

当某人的意识被绑架,他现实中的身体会陷入无意识状态,成为植物人。意识被绑架的虚拟形象如果没有尽快和大脑重新建立联系,会被系统当成垃圾数据,赛博空间无处不在的垃圾回收程序都将成为他的敌人。而这仅仅是个开始,作为脱离身体的意识,你无法受到系统的任何保护,对你实施意识绑架的犯罪分子可以对你的数据和意识做出任何事情。

在如今这个崇尚个人主义和自由主义的时代,已经少有犯罪分子会把对个人的仇恨波及到他人亲友身上。然而匿名者正是这"少有的犯罪分子"之一。

两天前,匿名者绑架了艾莲娜的意识。没有人知道他是如何做到的，因为根据基地内专家对地下森林的研究，如果没有接入地下森林的内部网络，就一定会受到赛博空间安全系统的保护。而艾莲娜作为匿名者头号眼中钉的希克斯的妻子，又怎么可能出现在地下森林里？

但事情摆在眼前，如何发生的已经不重要了。我还记得那天希克斯走进基地，脸上是我从没见过的阴沉。一整天，基地的上空好像盘旋着一个巨大的低压气旋，没有人有足够的空气像往常一样闲扯。希克斯用一刻钟给我们安排好任务，就离开了基地，一整天没有回来，直到今天早上再次出现在抓捕现场。

已经想到了最坏的后果，我反而冷静了下来，开始仔细打量我身处的空间。这是一个不大的房间，很像电影里世纪初美国小镇上庄园里的一间客房。落地窗窗帘紧闭，透进的光在木质地板上打下一片橘色的光斑。我走到门前，试着转动了把手——这东西已经消失了几十年了。

门开了。

我推开门走出去，靠在二楼走廊的栏杆上。这是一栋传统的三层住宅，往楼上可以看出是一层阁楼，而楼下则是大厅。四周没有人，侧耳隐约能听到大厅左侧有声响。我知道他们如果要对我做些什么也早该干过了，没把我五花大绑，自然是默许了我的随意行动。我穿上门口的拖鞋走下楼梯，来到了小餐厅。对面的厨房里传出水流声和冰箱开合的声音。不待我向前，一个女子端着一盘水果和一瓶酒走出来。

"醒了？"艾莲娜问我。

"你是艾莲娜？"我明知故问。

"凯丝，我们见过面的，不是吗？在艾维斯的表彰晚会上。他向我提起过你。很有野心的女孩子。"她在我对面坐下，微微举起酒瓶，"白兰地？"

我猜不透这是褒奖还是讽刺。我拉过椅子坐下来，把杯子推过去。"这是哪里？你怎么会出现在这里？这两天出了什么事？希克斯发了疯似的想把你救出来。"我一口气不换地吐出连珠炮似的问题。

艾莲娜微微一笑，她的举手投足间都散发着智慧和优雅的味道。

我甚至开始怀疑这样聪明的女人是否真的可能被意识绑架。

"艾维斯就要回来了。到时候再聊吧？"艾莲娜抿了一口白兰地，同时，门厅传来了开锁的声音。"看，说到就到了呢。"

艾维斯。艾维斯。

不可能。

我猛地转头看着出现在门口的身影，难以置信。

艾维斯，是希克斯的真名。

五

艾维斯，或者说希克斯不紧不慢地走过我身边，在艾莲娜唇上留下浅浅的一吻。然后他转向我。"你好，凯丝。"

不是他，不是希克斯。即使他的外表、步态、神色都和希克斯一样，即使他端起酒杯时小拇指放的位置和希克斯分毫不差，他也不是希克斯。

我无法形容自己是如何做出判断的，只好把它归结为女人的第六感。气息也好，脑磁场频率不同也罢，这个男人终究不是希克斯。这不是希克斯的眼神，眼前此人的眼睛更深不见底，更让人在恐惧的同时又想飞蛾扑火般去一探究竟。不行，我不要一个更神秘的艾维斯，我只要我的希克斯。我端起白兰地一饮而尽，避开了他的眼睛。

"你是……匿名者？"

"聪明的女孩子，不愧是我欣赏的女孩子。"艾维斯转头给艾莲娜一个我不会看走眼的表情，又转向我，"好了，我的女孩，你有什么疑问？有我亲爱的艾莲吩咐，我定知无不言。"

"你为什么假装成希克斯的样子？"

"小女孩关心希克斯更胜自己啊，希克斯的眼光真不错。"他玩味地打量着我，仿佛在透过我隔空和另一头的希克斯较量。"希克斯、匿名者、艾维斯，都只是符号而已。符号如果缺少解释，就没有任何意义。而这所有的符号，都只有一个解释。明白吗，小女孩？"

艾维斯接过艾莲娜手中的白兰地，给我满上半杯。金黄色的液体在高脚杯里打着转，如同我现在高速运转的意识。

"你是说，你们……是同一个人？不对，这不可能，你不是希克斯。"

"那你对你口中的希克斯，又了解多少呢？"

这一句话戳到了我的痛处。是啊，我确信的真正的希克斯，又有几分是真实的呢？但这个男人绝不是我爱的希克斯，我已经发现，他的性格更加捉摸不定，有一股不可名状的邪气。

"还是不对。如果你是希克斯，你又为什么要绑架艾莲娜？"

"绑架艾莲？我亲爱的小女孩，你的希克斯对你可真的隐瞒了不少啊。艾莲是自愿跟着我的。就算把上帝的力量给我，我也不会伤害我的艾莲。你相信我吧，亲爱的？"显然，他的最后一句不是问我。

"如果你也那般无趣，那我又怎会在这里？"艾莲娜微笑道。

"小女孩，所有的符号都只有一个解释。至少，曾经是这样，明白了吗？"

至少，曾经是这样。

仿佛有一根长久以来断成两半的链条，在这一刻接上了断裂的那一环。希克斯加入基地后不到一个月，就逮住了匿名者组织中的六个无面者。老捕手说，希克斯从来没有讲过他逮捕无面者的故事。我越权查看希克斯的档案，干净简短的就像一个七八岁的孩童。希克斯在给我任务时，对现在地下森林的了解程度就好像那是自己生活的城市一样。

如果希克斯就是匿名者，一切就都说得通了。这就是希克斯最大的秘密了吧。

罗杰和我说过，人接收到过于刺激的信息时，大脑会强制当机，以避免进一步的损伤。或许是因为意识绑架吧，不用和慢得像蜗牛似的脑神经交互，我不仅没有当机，意识反而愈加清晰。

如果坐在我对面的艾维斯说得没错，希克斯就是一手创建了如今的地下森林的匿名者。那他抓住六个无面者自然也是轻而易举，或许那仅仅是匿名者组织内部的一次清理门户,也顺便让希克斯打入基地的内部。我想没有人会想到地下森林最大的黑客组织的老大会亲自到基地当卧底,而且一当就是十年。然而最近匿名者组织内部显然出了大事。希克斯被踢出了地下森林,一个新的匿名者代替了他,而继任者为了内部稳定,依然以希克斯的面目示人,而艾莲娜……

"艾莲娜是被你洗脑了吧?新任的匿名者?"我把结论脱口而出。

"看来我们的小女孩脑袋转得很快。不过,小女孩完全猜反了哦。"艾维斯抬头看了看墙上的挂钟,我这才发现他和艾莲娜居然都是无面者。"时间差不多了,到和我们的老朋友见面的时候了。之后你就会明白了。"

我正为艾维斯的话迷惑不解时,突然发现自己的手指在不断地虚化成像素点消失。我惊愕地抬起头看着他们,再次意识到不仅是我、艾莲娜和艾维斯,整座房屋都在消失。我本能地想站起身逃走,但就在这一刻,我的意识再次中断了。

六

再次睁眼的时候,我依然在原来的位置,保持着按着餐桌准备逃走的姿势,但我知道我们已经脱离了地下森林。整栋房屋都被传送到了另一个空间。我不知道这一切是怎么回事,但我强烈地感觉到这和希克斯有关。艾维斯站起来,对我微微一笑,然后向门口走去。

我能感觉到,希克斯就在外面。

艾莲娜随后站起身。"我们也出去吧。"我隐隐觉得,她一直在期待着这一刻的到来。

踏出门的那一刻,我发现自己正踏进一座巨大的教堂。两侧巨大的玻璃彩绘,极具向上冲力的穹顶,无不昭示着这是一座典型的哥特式建筑。这种事情在赛博空间已经见怪不怪了,但我不明白希克斯的用意。像是看穿了我的想法,艾莲娜走上前说道:"这是我和艾维斯第一次见面的地方。我和他都是不信教的人,会在教堂碰上,也不得不说是命运了吧。这次的结果，也就交给命运吧。"

"艾莲。"是我熟悉的希克斯的声音。

身后的门缓缓地关上。我向前看去，两人在两排长椅间的通道里对峙。靠近我们的是艾维斯，一身本世纪四十年代的白色休闲装束。而离得较远，穿着黑色风衣的男子，是我的希克斯。他看着艾莲娜，仿佛我不存在。没有人发出声音，教堂里的气氛凝固了，虚拟的空气似乎都不再流动。

"你知道艾维斯最喜欢的武器是什么吗？"艾莲娜仿佛置身事外的没事人一般，突兀地问我一句。

"枪。"我猜测。我知道艾莲娜不是在炫耀他们的亲密，但我的骄傲不允许自己承认对希克斯一无所知。

"嗯。"艾莲娜证实了我的猜测是对的，"等一会儿的对决会很精彩。"

我的心里冒起一团火，这股火交织了对眼前这个女人的鄙视、为希克斯的不值、为我自己的悲哀，它烧光了我对这个女人残留的一丝礼貌和敬畏。我直视着艾莲娜的眼睛，说道："我真不知道希克斯是哪根筋搭错了，会喜欢你。你不懂得珍惜他，我懂。"下一秒，我迅速拔出腰间的警枪，在艾莲娜未做出反应之前抵住她的太阳穴。

"艾维斯，卸下武器，退到一边！"我才不在乎匿名者，我不在乎什么对决，我不在乎你们之间的故事，我只在乎希克斯。如果是普通的虚拟形象，一枪最多让人强制下线，而对于脱离大脑的意识，这一枪将致命。

我没想到，拔枪的会是希克斯。

枪响，一股剧痛从手腕处传来，即使只有70%的痛觉依然难以忍受。我被冲击力击倒在地，警枪脱手飞出。手肘撑地，我看着希克斯望向艾莲娜的眼神，突然完全明白了。

这是他们的故事，我只是个旁观者，连摆上权衡天平的资格都没有。

我知道希克斯的实力，这个距离内，他完全可以将警枪击飞而不伤到任何人，而他依然选择了对艾莲娜最安全的方式，用他特制的子弹直接剥夺了我的行动能力。

艾莲娜显然没受到多大的震惊,这一点足以让人佩服。与之相反,她居然过来拉起我,扶我坐到了一条长椅上。

"凯丝,"她轻声说,"你不可能伤到我的。在这里的两个男人,都是最爱我的人,你没有机会的。"接着,她微不可闻地叹了一口气,"但我知道,开枪的会是你口中的希克斯。"

我看着艾莲娜,想从她脸上读到一丝亲密的神情。我心里像倒进了一盆冰水,凉得彻骨,为了我的希克斯。艾莲娜已经决定抛弃他了,可他还在不遗余力地拯救她。

"我太了解你的希克斯了。"艾莲娜的语气变得失望,"这多无趣啊。我要的是我的艾维斯,作为匿名者的艾维斯。"

七

希克斯输了。他从一开始就没有机会赢。这不是一场对决,而是一场谋杀。希克斯和艾维斯,从他们分开的那一刻开始,就不再是同一层次上的存在。是的,我用了"存在"这个词。因为艾维斯是人工智能。

艾莲娜在离开之前留下了一朵黑玫瑰,那是她的全息影像,可以解开我所有的疑惑。她并不邪恶,只是越优秀的女人,越喜欢体验征服的快感,越不在乎是非对错。她知道我没有离开的机会,所以她让我不留遗憾。

艾维斯和艾莲娜在UIS启动之前的地下森林中相识。那时候,两人都是道上数一数二的黑客,出于高手间的惺惺相惜,他们走到了一起。艾莲娜被艾维斯对自由和冒险的绝对追求所吸引,对她这样的女人,神秘的男人有着致命的吸引力。而艾莲娜的魅力,艾维斯同样无法抗拒。

《UIS法案》实施之后,艾维斯和艾莲娜共同编写了地下森林系统。这个赛博空间的毒瘤是他们最杰出的作品。而在这段时间,她们也尽情地施展才华改造了自己的虚拟形象。那时，他们的虚拟形象所能运行的程序数以万计，在地下森林里，赛博空间的限制对他们而言完全不存在。就在他们完成地下森林的一年后，艾维斯成立了匿名者组织，成为那个唯一的匿名者。而十三号酒馆真正的主人就是艾莲娜。

然而地下森林终归是一个隐藏在黑暗里的所在，当他们走进阳光下之后，无处不在的限制压得他们喘不过气来。想象一个看惯了全息立体电影的人，把他扔回二十世纪去看无声电影，会是什么感觉？

艾维斯选择创立第二个虚拟形象渗入普森市基地，佯装抓捕他这样的人，以名正言顺地调用系统权限。艾维斯成了希克斯，艾莲娜也在普森市最繁华的街道开了十三号酒馆。

而从这时起，毁灭一切的伏笔便埋下了。

加入基地的代价是失去部分的自由。当艾维斯作为希克斯存在时，便失去了操纵匿名者组织的能力。很少有人有两个虚拟形象，所以也很少人有知道，当一个人在不同的虚拟形象里活动时，居然会形成不同的性格，给人不同的感觉。

希克斯让我深陷其中无法自拔，艾莲娜却对他感到了深深的厌倦。希克斯依然深爱着她，然而他在艾莲娜眼里，已毫无神秘感而言。

艾莲娜无比怀念身为匿名者的艾维斯，而对希克斯的态度则冰冷不已。她渐渐萌生了一个念头，如果她想要的只是艾维斯身为匿名者的那一半，那又何必将自己的精力留给另一半虚与委蛇呢？这时，离出事只有不到一个月了。

艾莲娜悄悄夺走了匿名者——艾维斯在地下森林的虚拟形象。她把带着艾维斯所有记忆和程序的虚拟形象留在了地下森林的回收中心，那里有着纷杂的代码片段和无数危险的程序。没有人知道会发生什么。

"醒来之后，再来找我。"这是艾莲娜留给匿名者的唯一一句指令。

两天前，他回来了。

八

整场故事里,我只是个道具。希克斯传递的信息不仅是那一段暗码,更是我。他早在我的体内安下了一个传送程序,而那段暗码则是给艾莲娜的启动信息。传送程序的第一层是将地下森林的房屋传送到这里,而第二层则是让艾莲娜逃出这里。程序的载体是那瓶白兰地,艾莲娜告诉我,这是他最常用的手段。希克斯早就决定要牺牲我,以保护艾莲娜和他的秘密。

希克斯知道自己面对的是什么。电流在电子元件间流转的速度比在大脑间要快上千万倍。也就是说,匿名者的思考速度是希克斯的千万倍。希克斯所能依仗的,只有他这几年来在赛博空间所布的局。

他一早就留好了后门,一个留给了艾莲娜,一个给他自己。而我和匿名者被留在这里,等待不断压缩的封闭空间把我们压碎。

这座教堂就是他所布的局——一个克莱因空间。克莱因空间的特点是封闭,你无法和外界进行任何层面上的交流。在这个教堂里,如果你从打开的侧门往外看,会发现自己从正门探入脑袋,看到自己还在侧门里的后脑勺。封闭的小系统从来都不稳定,最终将崩溃成无意义的 01 代码串,进而被回收程序吃掉,连一丝意识残片都不留。

在他受伤传送走的那一刻,我知道他已经不足以吸引我了。无关他对我的利用和抛弃,而关乎他自身的可悲。一个命运被女人绑住的男人,注定会失去魅力。

"小女孩,就剩你我了。"匿名者走到我面前,双手环抱胸前看着我。

"你走吧。我知道这里困不住你。"他和希克斯共享所有的记忆,自然明白他所有可能的手段。我昏迷的那段时间,他也肯定发现了希克斯隐藏的程序。要逆向解码,应该不是件难事。就算这个克莱因空间被希克斯用新的方式编码,这粗制滥造的赶工货也能被他轻松破解吧。而艾莲娜早已告诉我,我没有机会逃出去。

"小女孩还是这么自以为是呢。可这一次,她又猜错了。"匿名者缓缓靠近我的耳根,轻声地说,"你说,一个知道这么多秘密的小女孩到了外面,会发生什么呢?我可是很期待呐。"

"干杯。"匿名者微举酒杯。

这是他留给我的最后印象。

九

睁开眼时,我看到了基地的内墙。摆在我左边的是今天清晨被捕的猥琐男子的虚拟形象。我回忆起匿名者倒给我的那杯白兰地,舌尖又尝到了那种不一样的甘洌。

艾莲娜猜中了开头,但没猜中结局。我知道,真正的追捕现在开始了。

名家点评

吴岩:故事情节跌宕起伏,迷雾重重,十分吸引人,具有美国科幻大片儿的风范。人物塑造有个性,有趣,尤其希克斯一角更是显得深藏不露。总体来说,是一篇不错的赛博朋克作品。

何夕:作者构建出纷繁复杂的意象,与赛博空间的主题相得益彰。总体上显得比较晦涩,倒是契合了现在一些喜欢烧脑的读者的欣赏角度,余味悠长。

编后记

几乎所有的赛伯朋克小说都以高度发达的虚拟现实技术为基础,或者说正是这些小说推动了虚拟现实技术的发展。那些读着《神经浪游者》、看着《黑客帝国》长大的年轻人对于虚拟现实有着执拗的狂热,他们希望虚拟世界能和真实世界尽可能相似,而不愿去"凑合"那些僵硬的输出信号。

用电脑创造一个虚拟环境,为使用者提供身临其境的感官模拟,这就是虚拟现实。而对虚拟现实技术最有需求的行业是娱乐业。目前谷歌、三星和索尼等大公司已经把注意力投到了头戴式虚拟现实设备的研发上。一些专家推测，在两三年内真正的虚拟现实技术就可以实现民用。

虽然就目前的情况来说，人类还很难创造一个全方位模拟五感的高逼真虚拟现实环境，但相信随着时间的推移，技术瓶颈将被逐渐克服，真实和虚假的界限也将被完全打破。

四舍六入

木优凡

作者说

　　这篇小说的灵感来源于笔者每日接触到的各种数据处理工作。我尝试以一个广而熟知的简单定理，描绘一个依托某种规则运转的社会。在这个规则下，必然有着严酷的执行机关，也必然有利用漏洞的营生。故事里的角色们就是这样，那些规则的制定者与执行者，可能从一开始就有着反规则的性质。

　　我想表达的东西是基于科技发展形成的一种社会状态，是看似荒诞其实触手可及的关于人心的辩论，是处于规则下人的挣扎与矛盾。

0

　　"恭喜你成为'罚人'，那么你可以做出选择了。"

　　在我的生命开始迈入第十八个年头的这一日，我收到了唯一的"恭喜"，可惜我没有听见。我无法开心起来。即便我当时听见了，也会立马怀疑我是否应该开心——

十分之一的概率,在成人的这一天接受判定,又有二分之一的概率成了罚人。如同关在盒中的猫,而打开盖子的人看见的是生的我,于是我活了下来,同时获得了选择的权力。

"你的选择是?"面前的绿衣女官问道,完全没有意识到我的耳朵在之前的拷问当中已经暂时失聪了。我不知道自己还能否说出话,总之我干涸的嘴唇动了动。

我当时是这样回答的——在两个月后,当我拥有查看"判定"记录的权限之后,我看到了当时的回答——"请给我一杯水。"

1

"你可以做出选择了。"

连续工作了十个小时后,这是今天的最后一场判定,而我的美女助手却毫不疲惫。她像旧时代的学校教导主任一般刻板无情,不是"罪人"就是"罚人",干脆利落地将所有的事情极度简化。不过对她要求过高了也不好,毕竟她只是最底层的辅助用计算机而已。

相比起来,面前的可人儿就值得怜香惜玉了。

十八岁的年纪,脸上干干净净,不像同龄的大多女孩子那样脸上涂一层吓人的石灰粉。她一双眼睛总是慌张地看来看去,说话也细声细气的,怯生生惹人怜爱。可能正是因为如此,之前进行拷问的同事们手下留情了。至少在我看来,这姑娘虽然脸色惨白,但并没有受太严重的伤。

而且,她还能在这种场合鼓起勇气来提问,而不是单纯地对我的美女助手的问题作答。

"我为什么要遭这个罪呢?"她问。

我拔掉了美女助手后背的启动芯片,我要亲自来回答这个问题。

"我是判定事务官金,你好。"

面对美女,任何人都应该露出笑容。这是我的前辈说的,他在说出这句话之后,看了我一眼,然后摇摇头。"你笑得真像一个牛郎。"

他说。

这样的坏毛病我一直没改,至少这十五年来没有改变。现在我的笑容应该还是像一个牛郎,但是牛郎不会有我这样一张满是各种伤痕的脸。

面前的姑娘应该是吓坏了,我试图安抚她,向她表示我没有恶意。我不同于之前她遇到的那些同事——那些给予她各种拷问的人。我只是来解答她的疑问,不会伤害她,毕竟我自己也坐在轮椅上。一个不健全的人,一个如此虚弱的人,是无法伤害她的。

"你好。"她犹豫了一下,像是勉强接受了面前这个人的存在。

"我是来回答你的问题的。"

"问题……什么?"她自己并未反应过来,看起来我的出场有些一厢情愿了。

"你刚才提出了'为何要遭罪'这个问题,作为事务官,我需要向你解释一下。"

她像是笑了一下。"我以为会叫天天不应呢。"

"对于大部分人,事务官可以不予理睬,你能得到我们的回答,也是一种幸运。"

她抬起头说:"有人连死都不知道为什么死吗?"

"是的。"我回答她,同时提出问题,"你真的想知道吗?"

"请告诉我,至少我想知道自己是怎么死的。"

真是个倔强的女孩子。

2

"十五年前,我同你一样,在十八岁生日这一天走进了判定事务所。所有人都会隐约知道它和基因判定有关,但是并不是每一个人都知道判定的细则。那天我也和你一样,经历了种种拷问,最后活着见到了事务官和辅助机器人。但当时的我就剩下一口气,绝对比现在的你要糟糕得多。我身上的伤就是那个时候留下的,它们陪伴了我十五年,在每个下雨的日子里,腰部的疼痛总会让我动起去死的念头。我不知道我是怎么活下来的,只是当我被判定为'罚'的那一刻——也就是说我不会死,我亲切地问候了制定这个制度的人的母亲。"

我看见面前的人笑了,但我没让她插话,而是为我是个话痨表示歉意。

"或许我要比你聪明一点,因为我在整个拷问过程中脑子都异常清醒。我记住了判定的缘由、内容,这对我以后成为一名判定事务官非常有用——在被你这样的人问'为什么'的时候,我会比别人更快地给你们答复。

"说起来其实也很简单。自从人类知道自身的信息存储在基因之中后,就拼命地开始解读它。四个世纪前终于证实了基因对行为的决定性影响。三个世纪前,一位伟大的生命科学家,同时也是数学家,给出了基因函数组公式。三百六十七年前,一群数学家给出了这个公式的唯一自由度算法解。二百零九年前,人们论证了函数解与人格发展不确定倾向隐含变量的关系。一百九十九年前,政府引入判定系统,以基因函数组单自由度唯一解的判定数来划分人类。至此,人类这种生物的本质从细胞聚合体变成了一组数据……"

看着她一脸不明白,我把手上的牌子递给她看,这是一套十张的牌,上面是零到九这十个数字。

"基因给了我们每个人一组数,最后一个数我们称之为判定数,根据这个数我们来判定这个人的未来。制定这个判断标准的人应该是个典型的工程学者。为什么?因为这个标准实在是过于简单了——那就是四舍六入。

"判定数为一到四的人没有选择权,他们被送到军队和基础建设队,基因函数说这种人容易忍耐而缺乏反抗精神,聚集在一起才有力量;六到九的人有受教育与工作的选择权,你周围的人大多出自这一组别,包括你的父母,基因说他们是典型的'良民',是优秀的世界创造者。"

我把一到四放在一边,六到九放在另外一边。我的手里还有一张零,一张五。我知道她死死地盯着我手里的这两张牌,因为之前的那些只是铺垫,她敏锐地知道她的命运和我手里剩下的这两张牌相关。

"那么我呢?我是什么?"她问。

我把手上的五号牌递到她面前。

"只有判定数是五的人,才需要进行真正的判定。"

"什么……判定?就是身体折磨吗?"

我摆摆手,表示此为谬误。

"因为基因函数并不知道五应该是被保留的一方还是被舍弃的一方。对于高位者来说,五是充满变数的存在。统计学者告诉他们,几乎所有的犯罪者都出自这个判定数组。因为不确定,他们容易受到影响,无论是好是坏。"

"你想说,我是个天生的罪犯吗?"

"是'我们',小姐。但并不是这样,把这个世界上十分之一的人强迫划归为罪犯是极度暴力的。虽然历史上人类的确这样执行了一段时间。科学家们提出了修正方案,那就是二次判定——只针对于五号人的次判定:要么被判定为'罪人',直接枪毙或者在这里关到死;要么被定为'罚人',拥有特殊的选择权。如同你看到的那样,十五年前我活了下来,我的次判定数让我成了'罚人',于是我向当时的事务官说出了我的选择。于是,我成了一个事务官,见证了无数次的判定与再判定。"

她像是不能理解。"但是你失去了双腿,全身都是伤痛……你难道一点儿都不怨怼吗?"

我在犹豫要不要和面前单纯的孩子说实话,十五年来的理智告诉我绝对不要,那会给自己带来麻烦。而且,就算告诉她了又如何呢,印着她次判定数的报告就压在我右手下,那是个不太好的数字——对于这个快要崩溃的女孩子来说。

我叫了她的名字,并不像之前所有的机器与辅助设备一样连名带姓,而是叫了那个她生命记录中最亲密的人才会叫的名字:"娜娜小姐"。我对她微笑,这并非是程式化的微笑,而是真心实意的,这代表我所不能言之事要用这个微笑来补偿。"你是我见过的最天真善良的女孩子之一。"

她好像依旧不能理解。

我继续说:"我同你这样的女孩子,都说过这句话。我是个心软的人,对于要送往'罪人之间'的女孩子,我都会让她们多休息一晚。所谓'人生的最后一晚'。"

她好像是听明白了,绝望立刻从她的眼睛中显露,她张开口惊叫,无力地扯着铁链。我则迅速地插回"美女助手"的启动芯片,让辅助机器带她快点离开。欣赏濒死之人恐惧的表情和极度惊吓中发出的尖叫是我小小的恶趣味,但是作为晚饭的调剂品,分量过重就有些不好玩了。

3

判定官有宿舍,没有家庭,但这并不是一份与世隔绝的工作。我在社交网络上有好几份兼职,而判定工作只占用一周的十七个小时罢了。即便是在这样的工作中,关系好的人类同事也会变成伙伴。

技术员仟是我在判定所认识的第一个人类朋友,也是关系最铁的哥儿们。作为判定数为九的人才,他在十八岁那年被送往医科大学基因数学系深造,毕业后的正式职称是基因函数判定系统技术员。他曾在饭桌上吹嘘自己大学时候是某运动的小头目,组织学生搞罢课,差点儿被退学送回判定所重新判定。

一个判定数为九的高材生与一个判定数为五的"罚人"能成为朋友并不是什么稀奇的事情。除去判定数的区别,我们臭味相投。中学时都迷恋过一款成人掌机游戏,收藏某叛逆的金属乐队的CD,都喜欢魔幻现实主义作家,而且都很倒霉——总是和大奖失之交臂……

不得不说,在十八岁的那个年纪,把我从各种阴影下拉出来的人就是他。

后来我还认识了判定所的其他人,人一多圈子就复杂了起来。像我这种"罚人"出生的判定官凤毛麟角，一些思想保守的家伙还认为应该把所有判定数为五的家伙都抓起来枪毙。好在我这张受过很多伤的脸和这副残缺的身体得到了一些同情，日子不难过。而且，有一个大学毕业的技术员做死党，没几年我在所里也能做稍微一些自由的事情了。

判定所总是提供工作餐，我懒得自己烧饭，所以吃了再回去。在食堂正好遇到了仟，他招了招手，我们在一个角落里坐下。

"听说今天又审了一个美女，怎么样？"他总是对这个很兴奋，其实他早已在十年前结婚，女儿都上小学了。

"胸没你老婆大。"

他敲了我的脑袋，然后凑过来轻声说："今天抓了一个犯事了的'红仔'，是你当年放出去的。有人要找你麻烦，这两天注意着点儿。"

一些"罚人"被送入社会后犯下了罪行，然后被打回判定所，下场一般是终身监禁（"享有公费定点三餐"）。大学里的学者们在研究"红仔"的产生原因以及为什么这两年越来越多，当然他们不会承认现有的二次判定制度存在弊端。他们知道，有些问题一旦开始讨论，另一些东西就开始从根本上崩坏了。

"怕什么，整个所里我的'红仔'率是最低的，那些返回率比我高上百倍的家伙有什么资格嘲笑我。"

"就是因为你的'红仔'率低啊，弄得和圣徒一样，有了一个黑点有些人就不依不饶。"

"让他们来呗，谁怕谁。"

仟一副担心表情，声音压的更低了："实话说，老兄，你该去见一下那家伙。如果没有弄错的话，应该是个'狸猫'。"

隔墙有耳，我示意他不要说了，只是挑起眉毛表示怀疑。他做了一个"绝对没错"的表情。

这可真是麻烦了。

"我会去见见他。"我说道。

"记得下班打了卡再去。"

"了解。"

4

判定事务官说起来是公务员,但是没有任何政绩标准,"红仔"率也只是一个开放的数据统计,不作为评判事务官能力的标准。因为做出判定的是机器,基因函数组的解是既定事实,而基因是不可由主人的意识所改变的。以上是科学家的论调。

所以判定事务官是个在工作强度上来说很清闲的工作,但这不代表没有压力。有些名校毕业的、判定数七以上的大学生事务官承受不住拷问时的惨叫声,还有些事务官对于本来的"罪人"因为于心不忍私下划归"罚人",结果被发现而直接再次判定为"罪人"。这是个无法转行的职业,要么做下去,要么死。有学者统计过,这个职业的平均工作年限是十八年,这样算来我还有几年可以活。仟则认为我有破最高纪录五十二年的可能性,因为我总是一副没心没肺的样子。

我的确没心没肺。

"你难道一点儿都不怨恨吗?"

好多人问过我这样的话,我都没有回答。我觉得问这个问题的人是极度愚蠢的。我其实也觉得被这个制度操纵的我们是愚蠢的,包括我自己。因为判定而飞黄腾达的人是愚蠢的;因为判定而逃过一劫或者重获新生的人也是愚蠢的。只有为此而死的人才算是不愚蠢。

在我心中,只有总结出基因函数的这个人可以称得上聪明。而好笑的是,我整理机密资料时发现,这位伟大的科学家的基因判定数是五,在当时,他应该在十八岁那年直接被枪毙。

聪明人都这样活下来了,愚蠢的人也要想办法活下去。而那种给了活路你还要寻死给别人找麻烦的蠢人,我实在找不到形容词来说明。比如面前这位"红仔"。

他很强壮,眼神机敏。他看着我在机器上打完卡,目送被我拔掉了芯片的监控设备的离去。他确定谈话绝对安全后才开口,他是笑着的,欣慰地笑着。

"金先生,好久不见。我是酒,这是我们第二次见面了吧,从我被判定为'罪人',又被您人工改为'罚人'之后。"

啊,这真是个"狸猫",真会给人找麻烦。我现有些愤怒了。可对方像是完全不在意,热烈地同我握手。

"金先生,这些年多亏您,我们的队伍才壮大了起来。从一开始只有三个人到现在的二十多万人,从开始只有'狸猫'到慢慢有'罚人'和其他判定数的人。越来越多的人愿意和我们站在一起……"

——他是个"狸猫",次判定数为"罪人",但是被强行修改了资料,放入社会中。

"我的许多同伴都告诉我,当时他们的判定官就是金先生您,他们要我代他们表示感谢。"

"狸猫"是我们这行的黑话,和"红仔"不一样,是个学术上绝对不会提及的词。如果让平民百姓知道这伙人的存在,估计要动荡很久吧。

终于察觉了我的意兴阑珊,他问:"金先生?"

"你叫酒是吧。"

"是的。"

"你所说的队伍是?"

"已经是个非常有名的政党了,"他说出了目前最大在野党的名字,那是个组建不到二十年的党派,年轻而有活力,"我的同伴们愿意站出来,为了自己谋取正当的利益,为的是有一天我们能够光明正大地存在。而我们终于离这个目标很近了。"

"你那些伙伴……都不安安稳稳地过日子吗?"

"为了得到权利,必须牺牲一些东西,包括安稳的生活。我和我的许多同伴都认为,我们要夺取本应属于我们的权利。"

"酒,"我叫了他的名字,"所以你是故意混进来的?为了见我吗?"

他点了点头,说道:"我们的党首也认为必须与您取得联系。这么多年来，您拯救了我们那么多同伴，您是我们事业的基石。所以党首在与您正式的联络之前，派我来向您表示感谢，并且向您传达他的邀请。请加入我们吧，金先生。"

我听了这话，尽管心中万丈波澜，话却卡在喉咙里说不出来。

"我会安排好，明天你就可以出去了。"

"金先生！"他看见我有意离开，连忙撑着桌子站起来，拉住我的胳膊，"您这是什么意思？"

"我无意成为你们当中的一员。"

"怎么可以这样？金先生，不是您给了我们这些已经被宣判死刑的人活着的机会吗？"

"啊，是的，"我拉开他拽着我的手，"每一个'狸猫'都对我说过，他们一定会珍惜活着的机会，每一个都告诉我，他们会好好活下去……"想到那些本来可以拥有平静生活的人，我觉得自己这些年的心血有些白费了。

"您是什么意思？"

"我只是一个站都站不起来的残疾人，我只想活下去。谢谢你们党首的好意，祝你们成功。"

说完我就走了。

5

"啊，亲爱的，今天怎么联系我了？"

显示屏的另一边是我许久不联系的一位顾客、合作者、熟人，怎样称呼都行。

"简，有些事情要问你。"

"不是你那个技术员好友又要什么重口味杂志吧。"

"我想问'狸猫'的事情。"

话刚出口，通信就直接给掐断了。两秒后，简用另一条加密线路打了过来。

"要死啊，金，别在开放线路说这个事情。'狸猫'怎么了？"

我告诉她我今天见到了一个"狸猫"，还把他的话说了一遍。简在显示屏的那一面沉默了一下，然后打了一个内线电话。

我知道她打给谁了，她从来不在我面前掩饰对话的内容，因为从某些方面来说，我和简都是在为这个人而工作。

——那个人的判定数为零，天之骄子。

"我知道了，我会告诉他。"简挂掉了电话，转而对我说，"上头的意思，他们早就知道会有人来联系你。外面的事情早就准备好了，按照你说的，明天你放那只'狸猫'出去，会有人来处理，不用担心。金，你已经做得很好了，不要有负担。"

"我有什么负担，我是自愿成为判定官的。所谓'罚人'不就是这个意思吗？天生拥有制裁决定的能力。"

"好了亲爱的，在社交网络里找个妹子聊一聊会比较好，或者从社区娱乐里找个电视剧看一下，今晚你可能睡不了了，要我给你订个咖啡快递吗？"

"不用，谢了，简。我很好。"

"那就好。你可是减缓了人口危机，维护了世界平衡的大英雄。晚安了，我的大英雄。"

"晚安，简。"

我才不是什么可笑的英雄。

杀掉某些特定判定数的人，只是我单纯的复仇罢了。而对于自身判定数为零的上位者来说，判定数为零的人口减少，"罪人"混入社会增加不安定因素，对他们维持自身地位与目前的社会平衡极为有益。

我和那位高官也只是互相利用的关系而已。对方收获"利益"，我却什么都没有得到，没有家人，没有希望，没有未来。我所拥有的只是现在，充满伤痕与血腥的、无意义的现在。

孑然一身的我，用伤害我的利器来伤害别人，说到底只是更可笑的愚蠢罢了。

美女助手这时候强行打开我宿舍的门,她的信号灯是很少会出现的紫色。"先生,'狸猫'出动了。"她说。

我从桌子那个上了锁的抽屉里拿出新的金色启动芯片,给她插上。

"走了,搭档。"我说。这不是命令,而是启动信息的通信码,附带声纹核准的。

一切会在今晚结束,我保证。

6

识别信号 GOLD 开启。此刻开始,整个判定事务所相关的人员会因为生物芯片的特定信号被强制停止行动,包括事务官、技术员、扫地大妈与各种辅助机器。这种最高级别的权限,整个判定事务所只有我有,尽管我的职称只是第三等的判定事务官。

"他在哪里?"我问美女助手。她把地图信息传到我手中的移动设备上,红外检测到的是三个人。一个必定是酒,另一个也好猜,还有一个是谁?酒又带了人一起出去吗?

想要从安全模式下的判定事务所中逃走,必须从控制室开启识别信号 BLUE,而美女助手却告诉我,对方是破解后直接开启的 SILVER 识别信号,而且是通过休息区的信息中心发送信号远程破解的。那么他们就不会选择下水道、通风管这样地方,而是更光明正大的通道,而最好的地方就是——

厨房的值班伙计坐在面食工台旁睡着了,也不知道是不是受到 GOLD 信号影响。仓库的门是半掩着的,里面有灯,我推门进去的时候里面的人并没有特别惊讶,反而是一种"等你好久了"的表情。

"金,你知道鱼肉罐头和牛肉罐头哪种配面包比较好吗?"仟埋着头挑罐头,一边的背包里已经塞了一些干粮。

"问我的意见,当然是牛肉的……仟,是你开的 SILVER?"

"啊,是的。"他头也不回地回答。

"那两个人呢?"我问。他指了指搬运间的传送履带,然后把装满干粮的背包扔给我,示意我带过去。

传送带是辅助设备,附带安检功能,此刻当然是停下来的。但开启 SILVER 的是仟,让传送带反转并关闭安检是很简单的事情。

在传送带边上我看到了那位"狸猫"酒,另一个有些让我意外了,那是今天最后一个被判定为"罪人"的女孩娜娜。少女看到我时,眼神从惊讶变为愤恨然后是不解。

"金先生!"酒看到我的到来很惊讶,"您怎么……"

"他是我朋友。"仟这样说,把装满食物的背包递给他,"一直以来他的'狸猫'次判定数替换,背后的技术鉴定都是我来做的。"

娜娜小姐是完全听不懂,但是酒是一副豁然开朗的表情。这个时候我还真的不想泼冷水。"仟,娜娜小姐的次判定数资料已经入库了,你调出来改掉了吗?"

仟没想到我这样说,而且口气不善。"没有,我没有权限……"

"明天整个所都会知道一个'罪人'被放跑了。仟,你要担下这个责任吗?"

他看了我两眼,笑了。"怎么会,不还有你吗?你会把事情做得天衣无缝,对不对?就像你之前放走无数的'罪人'一样。"

"我放走他们至少是要在入库之前把资料改完的。既然已经入库,她必须死。"

我看向那位娜娜小姐,此时她吓得蜷缩在酒的怀里,那双透亮的眼睛被长发半遮住。我知道那是什么眼神,也立刻从现在的气氛上明白了什么。

"酒,你是要带娜娜小姐走吗?"

"是的,她说她被判定为'罪人',明天就要处刑了。金先生,这样的女孩子怎么能直接判定为'罪人'?她有什么罪过?您认为她出去以后会犯下不可饶恕的罪行吗?请你帮我们出去!拜托了!"

我深吸了一口气,看向仟,他对我点点头,已经完全表明了立场。我重新看向酒怀中战栗的少女。

"娜娜小姐。"

她回应了我，脑袋从酒的怀里挣扎了出来。

"之前告诉你的事情并不完整，我有些需要补充一下，"我对她解释了一下"狸猫"的含义，然后继续说，"因为是'狸猫'，他们的真实判定数被替换过，娜娜小姐认为那是几呢？"

这是连仟都不知道的事情，此时他完全没有打断我话的意图。可他应该打断我，至少要阻止我打开某个潘多拉的魔盒。

"——与娜娜小姐一样，判定数其实为零。"

在只有识别信号为GOLD的人才能查阅的资料当中，有一个半途废除的早期基因函数统计学命题，探讨的是判定数为零的人与判定数为五的人的差别。就像文艺工作者总是说"天才与蠢货只有一墙之隔"，有学者认为那些从基因上判定为权贵统治者的人与判定为社会害虫的人之间的差别，比其他的判定数组之间的差距要小很多。

后来这个命题的研究者成了统治者之一，于是判定事务所开始生产"狸猫"——人为地更改判定数资料，将本来会大量投入社会的天之骄子，替换成可能会造成动荡与不安的"罪人"。

娜娜小姐很不幸，如果她的生日早些，可以赶上这个月的投放名额，那么她将出入贵族学校、名媛聚会，最后成为高不可攀的精英人士。但是，她现在失去了最基本的生存权利，而这个资格给了另一个被机器判定为"罪人"的人，之后她必须去死。——我对她这样解释。

"那个'罪人'，就是现在抱着你的人，娜娜小姐。"

她抬头看了一下酒。后者着急起来："您在胡说什么，金先生，您不是为了将人类从基因函数的手中拯救出来才这么做的吗？您不是我们的同志吗？"

"我从来没有那么高尚的理想，酒。"

仟吓得在一旁发抖。"你从来没有告诉过我这些，金。我以为你救他们……我以为你只是想救人。我以为你是想让更多的生命存活下来，我……"

"抱歉了，仟，这个世界的舞台上没有一个角色是多余的。"

我看见酒开始被失望侵袭，他推开了娜娜，而少女哭了。他对她大吼："开什么玩笑，我不能带你出去！你是零，是我们的敌人！是你们制定了这个判定系统，让可笑的函数决定我们的生死！是你们站在制高点为所欲为……"

"酒，也是他们牺牲了同类而让你活下来。"我对激动的他说道。

酒看着泪流满面的少女，平复了一下呼吸，然后拎过装着食物的背包，转过头来问道："金先生，您之前说过要送我回去……可以吗？"

少女听懂了酒的话，拽着他的衣服问："你不是说爱我，要拯救我吗？"

酒回过头，把她本来就受伤了的手从衣服上拽开。"抱歉，我以为你会成为与我们一样的战士。如今，你的生命我们会帮你延续下去的。"

听了这话，我在一旁笑了，当然在场的人没有注意到。一个人的生命怎么可能靠另一个人来延续，太可笑了。

酒慌张地看向我，我点头示意他可以离开，他欣喜若狂地慌忙钻入传送履带里。

"金先生，仟先生，你们是好人。即便咱们不能成为战友，我回去也会和党首说，你们还是我们的恩人。再见！"他在消失前向我们挥手，而完全不看那个哭泣地痴望着他的少女。

美女助手此时接通了控制信号，启动了某个程序。一分钟后，传送履带尽头的箱子会打包起来，完全无法从里面打开。明日清晨，送货公司会到来，接手这个箱子并抛向大海。

7

我拉起瘫软在一旁的仟，从他手中拿走SILVER识别信号的芯片。同一时刻美女助手的GOLD识别信号完全启动。

仟像看怪物一样看着我。"我的老天,伙计,你从来没有说过你有这样的权限。"

"我在十八岁之前已经学士毕业,还曾经来判定事务所实习。当年审判我的人是我的实习老师,在知道我的判定数为五时比任何人都紧张。当年被他最后从定罪之间里救下的我已经奄奄一息,但是我活了下来,成了一个判定事务官。然后慢慢地,我获得了最高权限——比如,开启函数库。"

仟目不转睛地看着我面前的屏幕。一行行数据滚动,他已经目瞪口呆。

"老天爷,你之前放'狸猫'出去,都是从这里走的吗?"

我调出酒的资料。他当年的判定数为五,次判定数是可以生存,并没有我修改的痕迹。他是个彻底的"罚人",也就算不上什么"红仔"——他一直以为自己是从"罪人"的身份中获救的,估计是对拷问产生了过多的心理阴影,被那些真正的"狸猫"利用了。

"那个女孩子怎么办?还是……要死吗?"仟在一旁问,一脸哀伤。我停下手上的工作看着他。

"仟,你做事前有没有想过,如果暴露了,你妻子和孩子怎么办?"

仟着急地看着我,问道:"如果我真的是做蠢事死了,你应该会在我的墓前骂我,然后帮我照顾妻小吧。"

我无奈地叹了口气,说道:"仟,判定事务官都是没有亲人的。"

"我知道,但这不代表你不会爱上别人,"他转过头看向已经哭累了的娜娜小姐,"你救了她。"

"我不相信爱情,仟。但是我会保护你和你的家庭,因为你们很重要,所以不要再做傻事了。"

屏幕前面是已经送往库中的娜娜小姐的数据,她的判定数本来就是五,从未修改过。所以之前在酒面前的话,是骗她的,也是骗他的。仟好像已经看见了娜娜次判定数上的标记,那是我用 GOLD 权限更改后的记录。

我做了十五年前老师对我做的事情。

那是由"罪人"到"罚人",从"死"到"生"的跨度,对于函数,只是一个数位的小小距离。

8

新的判定事务官是个十八岁的女孩子,叫娜娜,从都城的名校高中毕业,判定为"罚人"后自己决定留在事务所里的。与同样出身"罚人"的同事一样,她经历了拷问而身体略有残疾,但是那双年轻的眼睛却让她很讨人喜欢。

她要在这里念完夜大,并且实习期满通过考核后才能正式独立做判定工作。她的实习老师是个小个子男人,双腿残疾、全身伤疤,笑起来像个牛郎。他是判定官当中最优秀、最和蔼的人。他遭到的嫉妒并不少,但他的日子依旧过得很不错,至少在大家眼中,这个单身的老男人只有一个技术员朋友,他孤独、自傲,有些恶趣味。

娜娜知道老师的一些秘密,老师也知道她的一些秘密。从某些方面来说,他是她的恩人,救过她的命,然而她完全不想因为这件事情而感谢他。其中的原因,她从未和人说过。

但她依旧尊敬他。

那天,她从老师手中接过判定事务官的权限芯片。他对她说了一句话,今生作为判定官,她会牢记在心。

"生命不是一串数字,而是与死进行的一场替换交易。但是对于判定事务官,这只是一场游戏。你可以依照心情随心所欲,只要你懂得利用规则。"

编后记

小说中这个阴暗可怕的反乌托邦社会起源于一个假说:基因对行为有决定性的影响。这个极端的假设恐怕也永远不会得到证实,但是基因等生物因素对行为的影响是真实存在的。

1993年,荷兰科学家布伦纳等人发现MAOA-L型基因与人的攻击性有关。带有这种基因型的人在受到他人挑衅时更容易产生攻击行为。而2010年芬兰的一项研究发现,变异基因HTR2B在被控有暴力犯罪的芬兰男性身上出现的概率是正常人群的三倍。除了基因,脑部前额叶皮层或者杏仁核的损伤也有可能让人变得冷酷而冲动。

上述结论已经在社会生活中的到了运用,意大利法庭曾两次在凶杀案件的审理中接受了脑成像和基因测序的证据,并对犯人减刑。这种宽宏的做法与小说中极端严酷的判定形成了鲜明的对比——看来很多时候,科学并没有给我们带来标准答案,反倒提出了更多的选择题。

机器，人

木白

作者说
　　可以做这样一个假设，在科技发达的未来，衰竭的器官都将由人造器官取代。人造器官所占比例逐渐提高，这个人将不再适用传统生物学的定义，明明是机器之躯，却承载着人类的灵魂。
　　这个故事是对阿西莫夫一次拙劣的致敬。前辈定义了机器人三定律，我在这个故事里的困惑则是——在未来，如何区分人和机器？

　　四月是最残忍的季节，从死了的土地滋生丁香，
　　混杂着回忆与欲望，又让春雨挑逗那迟钝的春芽。
　　　　　　　　　　　　　——艾略特《荒原》

1

　　滴答、滴答、滴答……

我盯着闹钟，夜光屏清楚地显示刚到凌晨三点。一声饱含无奈的长叹从胸腔传了出来，我翻身侧坐在床边，彻底不想再装模作样地睡觉了。

从战场回来的人即使零件一个不缺也不能再言是完整的，好在我没有抑郁、药物依赖或者嗜酒成性，有的只是不定期的失眠，容易陷入莫名其妙的焦虑。心理医生说这属于创伤后应激障碍的一种。几次谈话后我便拒绝了心理疏导，他们无一例外地试图诱导我改变观点甚至是遗忘过去。虽然战争没给我什么值得称道的记忆，但我想在心智仍然足够坚强时，不回避地正视这段过往。

打开电视，频道恒定地锁在体育节目上，一名高大健壮的篮球中锋骄傲地让镜头来回拍摄自己的膝盖，然后竖起拇指。

到处都是人造器官的广告，铺天盖地，无孔不入。"啪"的一声，我关了电视，屋子重新陷入黑暗。孤独与寂静重新控制了这个房间，在这个不知所措的时刻，琳的电话来了。

琳是我最得力的部下，一个果敢坚强又稍显冷漠的女人，我一直在犹豫要不要哪天下班约她喝杯咖啡。

"嘿。"我几乎是迫不及待地接起了电话。

"杰克，这里出了很大的乱子，你最好过来一下。"琳的声音少见地带有一丝不安。

"很棘手？"

"对。"

"发给我地址。"我挂断电话，扫描指纹后，一道隐秘的夹层弹开，里面安静地摆放着着我的作战服、警徽和枪。

麻烦，棘手的麻烦，如同鲜血之于鲨鱼那样吸引着我。

雨果大道，星期八酒吧。

死者凯文·安德伍德，男，二十六岁，自由职业者。四月二十六日深夜十一点左右，受害者进入星期八酒吧，凌晨两点四十分于后巷垃圾桶旁被人发现。目前昏迷不醒。经警方现场勘查，系有预谋的外力伤害。

"他不是还活着吗？"听完琳简洁的介绍，我指着在救护车上被各种医疗机器包围的男人问道。

"你还记不记得朱莉的案子？"

"马修博士的女儿？"我不自觉地拧起眉头，事情怕是真的很棘手。

"对，她虽活着，但也算死了。"

我们钻进救护车里，似乎不管科技怎样进步这里都会顽固地充斥着消毒水味。我看着那张被固定在养生仓内的惊慌失措的脸，现在他的身体有一半被硬生生替换成塑料与金属组合的假肢，高仿生的人造器官在半透明的躯体中有节奏地收缩，原本的肉体与新装的假骸拼接粗糙，呈简单的直线几何撕裂。

虽然没有太深的印象，但我曾不止一次在各种场合见到这个年轻人。他总是安静地站在他父亲的身边，笑容里透着藏不住的优越感。

我的视线移向下面。

"不算太惨，那话儿还是原装的。"琳的声音冷不丁冒出来，我尴尬地做了一个鬼脸。

"《纯人类法案》是如何规定的？"

"体内人造器官超过60%即判定为机器人，此外还有两项规定，不过这一条是基准。"

我抬头看了一眼养生仓的扫描数据，72%，也就是说这个可怜的男孩已不能算是人类了。

街道尽头传来野狗抢食时低沉而富有威胁意味的嘶鸣，夜色正浓，路灯只能驱散一片狭小的黑暗。我跳下救护车往案发现场走，脚下的触感油腻湿滑。似乎所有的夜场都有顾头不顾尾的通病，门前光鲜亮丽，门后污秽如猪圈。我蹲下身仔细打量地面，杂乱的脚印、玻璃碎渣，还有不知名的呕吐物。

没有打斗的痕迹，没有血迹，甚至没有一块碎肉。

这帮家伙是怎么认定"系有预谋的外力伤害"的？难道就因为受

害者看起来像刚从岩浆里爬出来的达斯·维达[①]？我不满地扫视一眼这帮巡警，他们只会喝速溶咖啡和抱怨天气，甚至懒得在犯案现场装模作样。

琳这时跑了过来，在我开口前抢先说道："总督亲自来了。"

我点点头，无声地指了指周围，又看了一眼琳，走开了。大步离去时，身后传来琳严厉的斥责声。这种无声的默契是我最钟爱的感觉，甚至稍微接近一寸，我们的感情也可能会变质。

2

总督弗朗西斯一个人坐在车里，不止四名保镖在他的加长林肯四周警戒。

我推门坐了进去，满车的烟味。他递给我一支烟，我没有拒绝。两个人沉默地在黑暗中吞云吐雾，火光忽闪忽暗。

"凯文是我唯一的孩子。"沉默很久，他开口。

"这个案子……"

"这不是案子。"他缓慢坚定地纠正我，"是恐怖暴行。"

"现在下结论似乎太过轻率，我需要调查……"

我的话又被他不耐烦地挥手打断。弗朗西斯的声音充满愤恨，像濒临爆发的火山，岩浆与天空只隔着一层薄薄的墙皮。"面对恐怖袭击我们要做的不是调查经过，而是找到对手！他们给了我们一记重拳，我要你在对方露出笑容前打回去。"

"特勤队二十四小时待命，长官，请问有何指示？"

"最多一天，议会就会批准我剿灭这帮混迹在人类中的机器。在这二十四小时内，你的人要盯住参与人造器官买卖、走私和非法改装等各个环节的重要人物，我要在法令生效的第一秒就解决他们。"

"剿灭他们？"

[①]达斯·维达，电影《星球大战》中的黑武士。——作者注

"没错,我们的社会已经走到分岔路口,这是一场保证人类能继续走在正确道路上的战争。"他出神地盯着车外,"想象一下吧,杰克。死人与活人争抢位置的世界,多可怕。不是所有人都有资格永远活下去。"

我将还剩的小半截烟一口气抽完,在烟灰缸里仔细地碾灭。他的话让我想起不同时代很多场战争的宣传口号。我对上他的目光,毫不示弱地直视。"总督大人,我有个问题不吐不快。"

"说。"

"如果今天受害的不是你儿子,还会有这场所谓的'战争'吗?"

弗朗西斯没有立刻回答,我很高兴对方没有以在议会时的雄辩毫不犹豫地信口开河。总督低头沉思了片刻才开口,虽然我觉得这个动作也显得多余而刻意。

"无法避免,"他食指点着自己的胸口,面容严肃地说,"如果你对我的出发点有怀疑,那我只能说,首先我是政客,其次才是愤怒的父亲,如今两者合二为一。"

"会死很多人。"

"会销毁很多该死的机器!"他不耐烦地反驳,然后意识到有些情绪失控,又给自己点上一根烟,"还有,带凯文去机器人安全鉴定中心输入三定律,一切走正规流程,不用急着让他回来。"讲到这时,他的声音略微有些颤抖,父爱的感性与政客的理智在这个颇显苍老的身体里交战。此刻我理应给予他一些同情,但我对这个野心勃勃的男人无法放下戒备,他的一言一笑永远表现得那么完美,某一瞬间的情绪波动更像是精妙计算过的表演。

"放心吧。"我说道。

我打开车门时,弗朗西斯忽然叫住我。"杰克,我从没让跟着我的人吃亏,你明白吗?"

我笑了笑关上车门,黎明前的黑夜竟如此浓稠,冰冷的空气灌进肺部,带走我最后一丝燥热,疲惫涌上心头。我这条寻觅血迹而来的鲨鱼,得到的却只是一块被政治弄臭的腐肉。

3

机器人三定律：

1、机器人不得伤害人类，也不得见人类受到伤害而袖手旁观；

2、在不违反第一定律的前提下，机器人应服从人类的一切命令；

3、在不违反第一、第二定律的前提下，机器人应保护自身的安全。

究竟何为机器，何为人？科技的发展让这两者之间的界限越来越模糊。一副由人工智能控制的人类躯体和一副由自然大脑控制的机器之躯，这两种存在谁是机器，谁又是人类呢？身体中的人造器官比例达到多少会被划归非人的范畴？

在上周之前，这个问题只困扰着某些科学家和社会学家。但之后，因为一个简单的民事案件，这个问题成为街头巷尾谈论的焦点。

我记得自己是在警局对面的中餐馆里看的案件直播，餐厅里许多人都像我一样喝着寡淡的茶水抬头盯着电视。

案件的主角是马修博士六岁大的女儿朱莉，她不幸在一场车祸中遭到重创。马修博士本人是仿生与神经学领域的翘楚，在强大的父爱驱使下，他用不可思议的方式挽救了自己孩子的生命。他将朱莉的大脑在保持活性的状态下完整地取出，放进一个完全由人工制造的身躯里。不知是幸运还是不幸，朱莉保住了生命。

如果此事低调处理，马修博士不过是创造了一个新的弗兰肯斯坦怪物，以他的威望和人脉少有人敢来找麻烦。但之后意想不到的是，马修博士将此事递交给法庭，他希望自己的女儿依然可以在阳光下生活，依旧可以被称为"人"。

我清楚地记得马修博士在法庭最后的表态，这个在《时代周刊》封面上不止出现过一次的大人物眼含泪花，声音哽咽。"法官大人，我完全可以做到让朱莉按照正常人的生长速度更换义肢，她不会比其他女孩高大或者漂亮,甚至我可以让她的寿命在合乎情理的时间内结束。我虽然是一名科学领域的工作人员,但我更是一位父亲,我知道自己的女儿还活着,她只是这个世上有史以来最严重的残疾人,她需要来自社会的帮助。"说到这里,他停顿了一下,"求求你们。"

"马修先生,您的保证依旧无法打消我的疑虑。在我看来,您的孩子身上存在着太多不安定因素,她的灵魂也许与我们一样,但现在……"法官看了一眼坐在原告席上的朱莉,她安静地听着众人对她的评论,面无表情甚至稍显冷漠,这是一个六岁儿童该有的反应吗?

"对不起,我无法认同她是人类的一员。"

然后,全世界的观众都看见了一位父亲跌坐在椅子上的身影。

我承认自己的思维还是比较僵化的,那一刻我担心的事是犯罪分子能用这技术玩出什么新花样,旁边一位满嘴煎饺肉馅的大叔的感慨却一语中的:"上帝啊,以后换身体不跟换衣服一样了?人是不是不会死了?"

"扯淡,把你全身器官卖了都换不来这玩意。"一个醉醺醺的家伙不客气地接茬,"那都是有钱人的玩具。"

不会死的有钱人,多么可怕的存在。我摇晃着玻璃杯,看着碧绿的茶水形成小小漩涡,热腾腾的茶香却无法安抚这一瞬间的心悸。

在这个著名的案子尘埃落定之后,一个法案悄然诞生。

纯人类三大定律:

1、人体内人造器官与机械义肢的比例不得超过60%;

2、在不违反第一定律的情况下,人类可以在肉体承担极限内自然死亡;

3、违反以上两定律中任意一条的主体,将被划归为机器人,需输入机器人三定律。

这是一个饱受巨大争议的法案,科学界认为这是人类自我阉割了进化的可能性，普通民众更多地认为这个法案带来了安全感，而总督弗朗西斯就是这个法案的直接推动者与受益人。

在四月的某一天，记者拍到马修博士抱着他的女儿从机器人安全鉴定中心出来，她的小脸上挂着泪痕。

4

总督弗朗西斯承诺的剿灭令比他预期来得要晚，即便他在一州之内权势滔天，推行如此极端的法令也不免遭到其他党派的阻击。我带着一帮弟兄二十四小时盯梢，困顿不堪正觉此事怕是要不了了之时，他的电话到了。

"执行。"整个通话他就说了这两个字。

我抓起对讲机一阵咆哮，在收到一阵哭爹骂娘的抱怨之后，本州警方有史以来声势最为浩大的抓捕徐徐拉开帷幕。

"谁要是抓到了马修博士，或者他的家人，哪怕是他养的狗，也要立刻汇报！"我对众人下令，虽然根本对普通探员的斩获不抱希望。

在这之前，我和琳特意查探了马修博士的每一处住所，全都人去楼空，仿佛早预料到了今天的局面，这似乎已经坐实了他是幕后元凶的猜测。但总督不在乎伤了自己儿子的凶手是谁，他只想借着这件事彻底摧毁一方势力。与他恰恰相反，作为一名警察，我实在没什么大局观，只想弄清造成这一切的凶手到底是谁。

如果说我只是对弗朗西斯充满戒备，琳则是完全不信任这个政客。她认为这里一定隐藏着什么巨大的阴谋，并且坚持要亲自带领突击小队潜入D11区。

D11区，一片在市区规划图上标志为废弃的区域，是仿生器官走私与非法机械改装者的天堂。那里没有道德的围栏，也同样没有人性。我率领的特别行动队将对这片区域展开搜捕。

我对琳的积极既感到惊讶也有点不解，因为我个人已经对这个政治介入过多的案子丧失了大部分兴致。

她一把翻开袖子，像解开拉锁一样翻开以假乱真的皮肤，冷冰冰的金属骨骼展露出来。琳拿出扫描仪，自拍一样对着自己照射了几下，把显示数值的屏幕对着我。57%，这是个很危险的数字。

"你……"一个我自认为很了解的女人突然展露出我从未见过一面，而且是以如此直观的方式，我惊讶到说不出话。

"没什么，小时候的一次触电事故罢了。"琳用一种轻描淡写的语气解释，像戴手套一样把皮肤又穿回去，"我不觉得自己再多几个螺丝就不是人了。"

因为之前态度上的敷衍了事，我在这一刻真的十分惭愧。

"我出发了。"黑色的作战服、黑色的长发，琳的东方美有着一贯的冷如刀刃的味道。

她真的是一个贴心的部下，无论是正义感还是对真相的执着都与我如出一辙，至于其他在生活和性格上的不同之处，这不正是打发光阴的最好探索吗？看着她时，我有点儿搞不懂，自己在一场即将到来的战斗前到底在想什么，如此赞扬下去，难道要现在对她说"你愿意嫁给我吗？"

"我要出发了。"琳感觉到我的迟钝，又说了一遍。

"万事小心，出了事就向我喊救命。"我自认为很有魅力地朝自己伸出拇指，同时眨了眨眼。

琳似笑非笑地摇摇头。"你没这个机会。"

她的小队任务是渗透突袭，如果能在战斗中早早把马修博士控制住，一切就都简单了。显然这并不符合弗朗西斯总督大开杀戒的目标，但奇怪的是，他居然同意了。

弗朗西斯搬了一把沙滩椅坐在一片嘈杂的临时基地里，他带了纯麦威士忌和雪茄，脖子上挂着军用高清望远镜。

"除了马修，我们不需要太多俘虏。"他叼着雪茄咧嘴一笑，颇为狰狞，"我等着看烟火演出。"

我看不惯他这副模样，于是一言不发地离开了。

琳和她的小队这时启动了量子隐身衣，这种欺骗人类视觉的装备能扭曲目标周围的光线，只有超出人类肉眼观察范围外的光线才能被顺利反射。她回头冲我一笑，化作透明的影子与周围的景物融为一体。

我望着她前去的方向，忧心忡忡。无论是几十块钱收买的线人还是造价两亿多的卫星，所有能查得到的线索都指明马修博士在D11区，在那里他享受着国王的待遇。那里就是我即将要在城市版图上彻底抹去的地方。

大约十分钟后，我的耳机里传来了琳的声音："潜入成功。"

"小伙子们！"我环顾左右，单兵外骨骼装甲与人类身体契合启动的声音不断从四周传来，"保护好自己，然后一个零件不缺地回来！"

"哦哦哦！"

一片兴奋的吼叫声，气氛像极了秋日打猎季的篝火晚会，他们似乎真的认为马上要摧毁的只是一堆带肉的机器。空气中弥漫着战场才有的狂热。

5

直升机旋翼的转动声在头顶轰鸣作响，从高空发射的烟幕弹暂时将D11区的视线封住。外骨骼装甲赋予了我们超人般的力量，我和突击队员趁机跳过两米高的高压电围墙，利用这短暂的慌乱，狙击手准确地将几处岗哨端掉。

"D11区所有的人听着，你们必须无条件放弃抵抗！"

"见鬼去吧！"

一枚火箭弹准确地击中了宣传音响，几乎所有的特警都朝开火的方向回击，钨合金穿甲弹轻易地撕裂了墙体，将热成像显示仪上的红点炸成黯淡的碎块。

"发现敌人有重型火力，保持警惕。"我在全队语音频道上说。

刚突破外围就遇到重型火力的攻击，这为接下来的行动蒙上一层阴霾，此次作战目的理应有军事占领与警务逮捕双重特质，但在可能遭到大量未知威胁的前提下，我们只能粗暴地用数据作为排查的标准，扫描仪上60%这条红线就是生死准则。我曾为此事与弗朗西斯争论不休，但最终选择了屈服，说到底在生命被威胁时，人性难免自私。

并非每个家伙都老老实实地让人工器官只用于原本的功能，很多人将自己改造得非常危险，如果有可能，谁不希望自己变成钢铁侠？探测器可以扫描一个人体内机器与肉体的比重，但无法判断一个人的善恶。D11区是许多穷凶极恶之徒的隐藏之地，如果他们被逮捕，面临的只有极刑。凭借着改造到近乎于异类的身躯，这些被逼到绝路之人冲我们展开了猛烈的自杀式攻击。随着伤亡不断增加，突击队员紧张到几乎一探测到目标就会立即开火，与之相应的是我们遭到的抵抗也越来越强。

局势开始失控，我只希望在一切变得更糟糕之前琳能抓到马修博士。

一个巨大的影子从高空坠落，热浪将地上的尘土吹到半空，泥沙像雨点一般噼啪啦地打在四周的建筑上。在推进到区域中心时，我们遭到了来自D11区的最强反击。

我的思维停滞了三秒钟，然后只来得及大喊："是APU！"

这个钢铁怪物在飞扬的尘埃中沉默了片刻，接着猛兽般展开攻击，智能电子火控轻易地锁定了我们的位置，即使它的副武器对于我们来说也不是一个层次上的较量。

APU，全称装甲单兵[①]，是军方为求适应现代化城市战争取代传统坦克而开发的新一代人形地面装甲，主武器是30mm口径速射炮，副武器配备智能火控机枪，全覆盖式机体设计，最可怕的是，如此复杂的兵器只需单人即可驾驶。

短暂的瞬间近一半的突击队员遭到攻击，八名队员当场阵亡，更多的士兵失去作战能力，在崩碎的瓦砾中痛苦呻吟。我用一个极难看的狗爬式躲过了攻击，然后凭借外骨骼灵活的性能迅速后撤，7.62mm口径步枪子弹从我的枪膛射出，击中目标后却像糖豆一样弹开。汗水不知不觉间从额头滑到眼前屏幕上，距离并没给我带来任何安全感。

---

① 装甲单兵，Armored Personal Units，此概念借用自电影《黑客帝国》。本文中的APU是全覆盖设计，驾驶员并不会暴露在外。——作者注

"还喘气的都给我吱个声!"通讯频道中我的声音略微有点颤抖,陆陆续续的回应声比我预期的要多,一时给我心里平添许多安慰。

"头儿,要我们从上面干掉这个家伙吗?"直升机小队的声音出现在频道中。

我竭力平复心情,试图让冰冷的理智控制混乱沸腾的脑海。恐惧在队伍中蔓延,我必须做点儿什么来扭转局面。死亡的威胁与背负的责任让我肾上腺素飙升,一个疯狂的念头出现在我脑子里。

"留下两个带 RPG① 的兄弟,其他人散到周围,建立火力点稳住阵线,有'杂鱼'过来打扰我就帮我干掉,'大鸟'继续保持空中压制不要轻易参战,APU 的跟踪火炮一个照面就能灭了你。

"最后,如果我被干掉了就立刻撤退。"我斩钉截铁地说,"都明白了吗!"

我连问了两遍才得到了不甘的答应。就在我以为分配安抚好所有人后,一个声音孤零零地出现在沉默的频道里。

"请求参战。"没说过一句话的狙击手突然开口。

"忘不了你。"

我深吸一口气,大步走出掩体,头盔下的头发根根立了起来,现在每一秒对我而言都如永恒一般漫长。

机体自动平衡系统关闭,辅助动作系统关闭,人工操作模式启动——耳边传来这样的提示音。

再强大的武器也要看它的操纵者,锋利的刀刃会因为内心的软弱而变钝,我必须牢牢把握唯一的优势——我比那个躲在钢铁龟壳里面的人强。

我从臂甲中抽出高频振动粒子刀,这是一件强大无比的近战武器,但它可怜的作战时间只有一百八十秒。

在机甲时代来一场古老的白刃战如何?

---

① RPG,火箭推进榴弹(Rocket Propelled grenade)的缩写。——编者注

6

一百八十秒。

如果这场战斗输了，那这就是我人生最后的一百八十秒。

APU虽然和外骨骼机甲一样都是以人类形态为基础的陆战武器，但其运行操作却有很大差异。简单来说，APU虽然是人工操纵，但是庞大的机身无法完全模拟人类的动作，所以驾驶员的工作本质也仅仅是选择动作模板套用。而外骨骼机甲机体轻薄功能单一，唯一的作用就是辅助增强人类动作，顶尖的战士甚至可以关闭辅助功能完全自由操作。因为过于依赖机器动作就会在战斗中慢一拍，也许那一瞬间就能决定生死。

一百四十三秒。

我像个愣头青一样笔直地冲向对手。因为只持有近战武器并且进攻路线单一，APU的智能火控会将我的威胁级别判定为最低。同时手持RPG的两名士兵会在我的三点钟与九点钟的方向现身，被重型火力锁定的警报会瞬间将他们的威胁判定为最高，而且对APU来说这两处目标横跨一百八十度视角，所以它朝我发起攻击的时间将极其短暂。

果然如此，自动机枪朝我预计前进的路线干净地甩出一个扫射弧后就掉头。只是在开枪的前一瞬间，我毫无预兆地突然翻起一个跟头，所有攻击顿时落空。

我成功地拉近了最初的距离。

一百零二秒。

锁定APU的RPG并不会做出真正的攻击，因为这种古老粗暴的武器并不会造成什么实质性伤害，而且会缩减撤退的时间。

但即使如此，显示器前队友的图标又黯淡下去两个。对方的30mm口径速射炮与火控机枪同时左右开弓，智能火控最可怕之处淋漓尽致地体现出来。火力网在他们即将撤退前展开，看起来他们像自杀一样冲了进去，然后变成了血雾与肉块。

这就是机器动作的惯性缺陷：大脑的指令传达给身体，身体再传达给机体，平日里短暂的反射弧在生死之际却显得无比漫长，你能察觉危机却无法立即改变。

我没有时间悲伤，只想再靠近一些。

六十七秒。

雷达范围内我成为第一目标，驾驶员惊慌的心态在这一刻充分暴露。它保持着开火状态转过头，此刻我就是过了河的卒子，爬上大象身体的蚂蚁。

距离已经近到它全身每一处都是破绽了。

尽管APU预测出了我的目的，但规避动作依然慢我一拍，它右侧的机枪高高地飞起，我手中这把在分子层面破坏物质的刀具切进钢板时如划开豆腐一般流畅。我创造了一个攻击死角。

它将不得不做出选择，要么移动庞大的躯体用另一侧的武器对准我，要么就选择立刻逃走。这时我期待已久的枪声终于响了。

巴雷特MX11反器材步枪的怒火在一千米外绽开，连续五枪全部击中APU的陀螺仪。这个庞大的钢铁怪物一时无法保持平衡，门户大开，我做了致命一击。

高频振动粒子刀切断了机甲的能源系统，它像一个巨型尸体轰然倒地，残存的能源仅能供它略微做出挣扎，APU的躯体已然僵硬。

九秒。

我精神与肉体的疲惫已经到了极限。刀从手中滑落，爆出耀眼的火花变成一堆废铁。

7

一条断掉的胳膊平静地躺在路边，我驱散落在上面的苍蝇，弯腰把它捡了起来。它应该属于我的某个战友，直到现在冰冷的指尖还有力地握着武器。一整栋楼在这里垮塌，这个建筑如同人一样被开膛破肚，欧式的棚顶一头砸在地上，战友和敌人都埋在里面，可我只在附近找到了一截手臂。

APU 的战败让妄图顽固抵抗的 D11 区彻底失去了希望。越来越多的人丢掉武器走出据守的建筑，丧失的斗志如同随风传播的瘟疫，一旦蔓延就难以阻止。

后备队和只会喝咖啡的警察接手剩下的工作。在一条带有喷泉的街道上，我和其他的特勤队战士把脚浸泡在微凉的水里，短暂的休整后我们将继续投入战斗。

"头儿，你用这东西扫描过自己吗？"离我最近的一个士兵跟我搭话，我能看出他精神状态非常不好，"在我们穿上外骨骼甲时，这玩意直接认定我们是机器人，而 D11 区这帮傻蛋只是把机器往身体里装了，对吧，因为这个就不再是人了？"

我不知道该接些什么话，傻愣愣地盯着他半天，连嘴都张不开。这个士兵似乎误解了我的表情，他急于解释越说越激动，最后竟大哭起来。"其实我不想像个文艺青年似的反思那么多东西，但是……汤姆的身体一大半被炸烂了，医疗兵说他必须要把坏掉的肢体切除植入机器义肢，这样一来他就不再是人了，肯定会超过 60%，汤姆醒来后就是我们今天干掉的那些东西了！头儿，我们今天到底在做什么，我们杀的真的是机器人吗？"

我真的回答不上来，还好有人打断了这场尴尬的对话，让我从巨大的折磨中脱离出来。

"我是人类！"一个男人高举着双手从角落里走出来，"请不要开枪。"

"不准动，跪下！"刚刚还对着我说话的士兵几乎是立即端起枪大吼，他谨慎地保持距离，启动扫描仪探测了一下这个突然冒出来的男人，数值刚刚过了红色。

他面无表情地摇了摇头，举枪瞄准了那个男人的头部。

"我真的是人啊！"这个男人精神似乎快崩溃了，情急之下竟伸手去抠自己的右眼,随着一声痛苦的哀号,他摊开手展示出一枚血淋淋的金属球。扫描仪的数值变为绿色,他保住命了,我让这名士兵押着他去后方。

这里发生的一切越来越疯狂,我迫切想见到琳,似乎不看见她内心的纷乱就无法平复。胜负已定,可我依然没有收到她的任何消息。我试图和她取得联系,可通讯信号里只有令人心烦的噪音。就在这时总督弗朗西斯的声音出现在通讯频道中,一股突如其来的不祥感觉紧紧地抓住我的心脏。

"特勤部副队长李琳已经叛变,我要求你们在这个叛徒救走马修一家前,抓到或者干掉他们。重复,特勤部副队长李琳已经叛变,允许当场击毙。"

没有等他说完,我已经将外骨骼甲马力开到最大,赶往坐标方位,全队似乎都有意地落在了我的后面。但即使如此,在我赶到那里时,琳和马修一家已经倒在血泊之中,没有人报告攻击过他们。

琳的肺被子弹穿透了,她痛苦地在我怀里挣扎,漂亮的眼眸开始涣散,她看着我却一句话也说不过来,不久便在痛苦中陷入了永久的死寂。

"我其实一直想请你下班后喝杯咖啡。"

我静静地抱着她的尸体,在耳旁说了她再也听不到的话。

8

D11区之战结束后我立即接受了内部调查,原因并不是我差点儿对着弗朗西斯拔枪相向,而是因为琳——特勤队的叛徒。

内务部的咖啡和传闻中的一样难喝。

"问你最后一次,你身为队长,在此之前真的没有发现自己的副官有异常的行为吗?"

我摇了摇头,专心地用拇指摩擦手中还未来得及清洗的血迹,整个过程我都这样用沉默表态。

"谢谢你的配合，你可以离开了。"

离开问询室时，我在走廊上遇见了弗朗西斯。他似乎一直在等我，垃圾桶上的烟灰缸里已经有了六七个烟头。

我没有兴趣与他交谈，就像对那些心理医生一样，我不想让他有机会改变任何我对他的看法，于是径直走开。

"你要去哪儿？"

我快走到走廊尽头时，他才忍不住冲我发问。

"医院。"

我去探望了所有的伤员，这是一件你不想做却必须做的事情。最让我难过的是，那些躺着的战友竟反过来劝慰我，有那么一刻我甚至想拔腿就跑。

最后我来到那个叫汤姆的士兵的病房，他的身体破损严重，大部分已经用机器义肢代替，之后再经过几次整容手术，他的外表几乎能恢复如初。但他在法律上已经不能再算做是人类了。

多么可笑——这个为社会秩序而战的士兵，会在醒来时发现自己不再是人类的一员，他将与自己亲手消灭的敌人一样被世界排斥。

"这个人醒来后请立刻通知我。"我抄下电话给负责这间病房的护士，虽然我不知道自己能做些什么。

现在，一切都暂时得到了处理，我终于有时间弄清兜里的东西是什么了。那是琳死前给我留下的最后线索——一只人类的耳朵。

9

如果一个人和整个世界各执一词，你该相信谁？相信前者会彻底毁了你，甚至让你丢了性命，而你保住的只有良心；相信后者将允许你保持原有的轨迹生活，也许会活得更滋润点儿，但你作为知情者，将不得不与这个秩序同流合污。

我不知道把自己关在家多久，在黑暗的房间里独自听了多少遍录音。在所有人眼里，我选择了逃避，离开了战场，离开了众人的视线。也许我演得太好了，连自己都差一点儿想抛开纷争永远地睡下去。

但那两个因掩护我而牺牲的队员、那个即将醒来发现自己不再是人的汤姆、那截没有主人的断臂，还有背负叛徒之名死去的琳，都需要一个说法。

琳在死前悄悄把一个人造假耳塞进我的怀里，这是马修博士身上的零件，它居然有简单的录音功能，里面储存了三段音频文件。

第一段：

我叫马修·麦康纳，我曾长期为包括弗朗西斯·安德伍德在内的政界高层供技术服务，令他们在脑死亡前不会因身体的任何器官衰竭而死亡。以人口比例来看，这个渺小的群体寿命会久得可怕，并且个个都位高权重，我的技术已经成为他们巩固权力的工具。

这个畸形的阶层会把国家引向哪里？我的良知备受煎熬却没有勇气告发。我录下这段话，是希望有朝一日能作为证据呈现在法庭上。

人类是原罪，但科技不是。

第二段：

他们的人数越来越多，并且秘密地结成攻守同盟。他们是整个人类社会的寄生虫，这已不再是只关乎一两个人命运的事，我已经做好了准备迎接死亡。

朱莉的案子虽然失败了，但我已经向世界传达了我的担忧。

第三段是琳的声音：

杰克，真相比我们最坏的预计还要差。在以世界为局的阴谋里，我只能替自己做出选择，抱歉。还有，我只相信你。

我来来回回反反复复地播放着第三段录音,那句"我只相信你"萦绕在我的脑子里,无数与这个女人相处的情景涌上脑海,她不是叛徒。我也只相信她。

手机重新开启,无数个未接来电的提示布满屏幕,我从联系人中翻出弗朗西斯的号码打了过去。"明天的表彰大会我会去参加。"

"非常好,杰克。"那边传来总督志得意满的声音。

"还有一个问题,星期八酒吧案发现场为什么没有丝毫血迹或者打斗的痕迹,凯文真的是被袭击了吗?"

没有回答,唯有沉默。

"算了,这不重要了。"我说道。

"明智。"他挂断了电话。

10

表彰大会热烈而隆重,探戈舞曲《一步之遥》的悠扬旋律流淌在大厅每一处角落,社会名流举杯畅饮,等待为他们根本不了解真相的故事喝彩。记者的闪光灯把这里装扮得如舞台一样璀璨,让充满表演欲的人儿尽情展示。

我如标枪一样站在那里,弗朗西斯把勋章仔细地别在了我的胸口,然后角度准确地回头合影。他是个好政客,一眸一笑尽展领袖的慈祥与威严。

"这个国家感谢你的贡献。"

"也感谢你的。"

子弹的冲击力推着他跌落在人群中,女人的尖叫与酒杯破碎的声音瞬间成为这片空间的主旋律,空气中充满了香槟的味道。

我慢条斯理地重新换上弹夹,用脚偏过他的侧脸踩住。弗朗西斯仍然有呼吸,这个身体赋予了他不可思议的生命力,电路故障的火花不断地从他的身体中冒出来。

琳，选择相信你是对的。

"女士们，先生们，请安静下来。"我费劲地大喊，没人听我的，我朝天连续开了几枪，安静了。

我将扫描仪上的数值展示了一圈，数值红得刺眼——96%，除了头部以外他再无一处原装器官。

"我、没、杀、人。"

闪光灯照耀在我的身上，也许我踩着弗朗西斯的样子会上第二天头版。与以世界为局的阴谋搏斗，我能做的也仅仅如此。这个时候，疲惫得好想喝杯咖啡。

编后记

小说中出现了两个相互关联的概念：外骨骼和赛博格。外骨骼一词原指生物坚硬的外部结构，例如甲壳动物或者昆虫的外壳。而我们通常谈论的是可穿戴的动力外骨骼设备，它内置大量传感器，收集使用者的活动信息，然后启动相应的部件来输出能量，提升人的机能。

其实早在20世纪60年代，通用电气和美国军方就合作开发了第一套动力外骨骼，穿着它可以毫不费力地举起数十千克的重物。但是这套设备不便移动，因为它本身就重达六百余千克。最近几十年来，外骨骼技术日益成熟。2004年，日本筑波大学的专家成功研制出了轻便的医用外骨骼，可以帮助残障人士正常行动，并已成功投放商业市场。

而赛博格介于机器与生物之间，是机械化的有机体。人或其他动物以无机器官作为身体的一部分，以强化生物体的能力。赛博格离我们并不遥远，植入心脏起搏器的人在某种程度上就是赛博格了。

工具与人体的结合越来越紧密，工具成了肢体器官的延伸，甚至成了肢体器官本身，人与机器之间的界限已然被打破。我们该如何看待这些机器与人的结合体？他们是机器，是人，还是超人？

―― **听 天地**

　　凡不知原因时即不能产生结果，要支配自然，就须服从自然。

　　　　　　　　　　　　　　――弗兰西斯·培根

种太阳

尹洲

作者说

九年之前写这个故事的时候,"光伏大跃进"还没有开始,某些大型水利工程还没有像今天这样饱受诟病。我很感慨这个本已石沉大海的故事今天竟能浮出水面被人看到,乃至被人认可,也许是因为故事里的事仍在变着法儿上演,故事里的人仍在现实中挣扎。而现实本身,比照九年前,恐怕也没有什么改变。

九年前的我多少在故事里隐喻了我的青春梦想,那一句"山区人仰望市区人,市区人仰望省城人,省城人仰望外省人……这条链还有很多环才会到大洋彼岸的外国人"实在是那时我的心理写照。九年后我早已看到了这链条的另一端,也早已舍弃了凭一己之力改天换地的幻想。谨以此文,纪念那些与我一样在大时代下努力过的小人物。

引子

"映江从西部高原的东南段发源,穿越长约八百多千米、落差近两千米的炼苍山河谷,流入南部邻国。河谷保留原始风貌,气候温暖湿润,流域内民风朴实……"

沈光明"啪"合上了手中的旅游宣传册,心道:要是只看这些宣传品,准以为映江是天堂了。

这是他来映江搞水利的第一个年头。武警悍马车载着他在崇山峻岭间缓缓前行。夜里的盘山公路每往前一米都有不可预知的危险,这让沈光明联想到了映江的未来。

"映天水,炼苍山,千里穹隆挂两端",这美景之后的是当地几十万挣扎在贫困线以下的农民,他们连基本的教育、医疗都没有保障。外面的世界已经是信息时代了,映江河谷还只有沿河乡镇一级能勉强靠小水电厂供电。国家虽然投了几十个亿搞"光明工程",可在行政区划失去意义的炼苍山区,能用上电灯的百姓只是少数。这一年,在不断的争议中,映江多级水电站工程上马了。

沈光明回想起白天在炼苍山区一户农家走访时的情形:夯土墙裂口处暴露着墙体里的竹竿,棕榈皮当作屋瓦,塑料布蒙出窗户,这样的土房子在炼苍山区随处可见。方圆数里内一般是独户。山坡是旱田,屋外到处种着菜,最大限度利用极少的平地。

户主是个姓杨的老头,他搬出屋里最好的一张藤椅给沈光明坐,但是没给泡茶。他说希望领导解决他儿子的工作问题,至于建映江大坝需要库区移民的事,他似乎早就知道:自己家就在库区范围内,由不得自己不搬。杨老头嘴里只说是支持。

杨老头的儿子不在,儿媳抱着一个不到一岁大的娃娃在编竹篓。沈光明把娃娃抱过来亲亲,小娃娃只是瞪大了眼睛,不哭不闹,怔怔地看着沈光明。

"起了名字吗?"沈光明随口一问。

这个面有病容的女人答道:"起了,叫杨雨。生他的那几天,雨下得把路冲断了,去不成镇卫生所,只好就地生了。"

一

杨雨背着父亲,去了废弃了七年的映江大坝。通向大坝的省级公路上已经长满了野草——映江旧河道一带的生态恢复得比专家预计的要快。

父亲的身子很虚弱。自从残了双腿,这个四十几岁的汉子硬是缩成一副老朽干瘪的模样。他的身体紧贴着杨雨的脊梁,像是粘住了似的。这一趟山路并不好走,杨雨的破跑鞋终于被磨穿了。他一面扶住岩壁,小心地不让父亲磕着,一面脱掉了碍脚的鞋子。

这个赤裸着上身、光着脚的少年,在正午的烈日下背着父亲,每一步都用脚趾抠住乱石泥土构筑的台阶。他的小腿筋腱凸出,肌肉有节律地放缩着。

炼苍山依旧,映江却已消失了。七年前的里氏九级大地震导致地表构造变形,映江上游水库山体开裂,像是一个大木盆子缺了一块板。从此映江改道,汇入几百千米以外的水系,大坝眼睁睁地看着每年亿万吨水从不远处流走。它无言地矗立着,一晃过了七年。沿河村落、大小风景区,曾因生态多样性列入世界自然遗产名录的映江,已成历史。

七年前的大地震夺去了杨雨母亲的生命,一个原本就不太幸福的家变得支离破碎。那一年他九岁,住在水电公司的家属区,就在离坝不到一千米的镇上,镇子也是修大坝时才兴起的。这一千米的路现下已是杂草丛生,杨雨好不容易踩倒一片灌木丛,它们又会顽强地弹起来。库区的一切都是顽强的,只有人渺小无比。

修大坝之前,杨雨家是农户,后来父亲参加了工程队,然后又进入了水电公司成了国家职工。如果没有那场地震,杨雨应该是幸福快乐的,可是在那之后,安置金和抚恤金拿去修了母亲的墓穴,如同黄粱一梦般,他又成了农户。

映江死了。杨雨从那时起走上了一条坎坷的路。

在这七年间，大坝像座山一样立在隘口，浑若长出来的。七年来不知多少人诅咒过这道坝和曾经存在过的水库，认为是水库压坏了某个脆弱的地层结构，继而引发了地震。这里处在板块运动活跃地带，映江自古就有过大大小小多次改道，只是这次最彻底，中下游的整个映江水网都从地图上消失了，只留下干涸的峡谷，像是一道伤口。

全球气候变化更是在这伤口上撒了盐：因为来自大陆西南面大洋上的夏季暖湿气流减少了流量，映江西面平均海拔超过四千米的炼苍山的屏障作用更加明显了，加上映江的消失，映江峡谷成了依靠季节性降雨的旱地。

没有了映江，映江人被迫寻找其他的活路。迷信的映江人认为是曾经横断映江水路的大坝破了风水，一个县长竟然领着一群民兵，带着土炸药偷偷把大坝的拦洪口炸崩了一角，还顶风在村头修庙供奉共工①。后来又有人把大坝里的钢筋炸出来截断偷走，杨雨的父亲想阻拦他们，结果被炸塌的水泥板压断了双腿。

正午太阳下一丝风都没有，虫鸣占据了耳孔。杨雨突然听到了父亲的啜泣声，很低很苍老："雨子，到大坝了吗？"

"没，快了。"

"嗯……"父亲喉咙里咕哝了很久，突然说，"你想法子出去吧。"

镇上民办高中里的一个老师说过同样的话："干脆把你的学籍挂在我们这里，你想法子考出去吧。"

杨雨回想在那所学校读书的芸姐，想到了那天晚上、那个少年冲动萌发的瞬间。那天见过学校老师后，芸姐带他去市区吃了一顿，回来时宿舍已经关门了，他们便在学校后面的山坡上坐了一宿。月夜下，芸姐和他靠得那么近，但芸姐没有看到黑夜掩盖下他羞涩的神情。杨雨只好把感情埋在心里，直到这个肥皂泡一般的梦想破灭的那一天。

"小雨，家属镇基本上搬空了，留下的大多是挖药材的农户，你去外省读书吧。

---

①共工，中国古代神话中的水神。——编者注

"小雨,我留在了映江市,很快会结婚。

"小雨,芸姐也很喜欢你,但是我大你几岁,看得稍微远一点……

"小雨,出去读书要用很多的钱,我会帮你准备好。你姐夫别的没有,钱还是不少的。"

烈日下杨雨全身都汗透了,但他仍觉得不够,他希望全身的水分都变成汗,流出来,这样才能避免流出泪。

爬上了残破不堪的大坝,父亲伏在杨雨的脊梁上颤抖着。他仿佛看到了年轻时的自己在大坝工地上灌水泥,看到自己在通宵值班,看到年幼的杨雨冲着发电机组大喊大叫……而现在的自己是个废人,趴在儿子的背上像条蛆虫。

今天的父亲似乎比记忆里要平静许多,往年的此时他都会大哭大叫,用杨雨听不懂的方言土话咒骂。

"西电东输、申请破产、水利部担保还贷",这样的文明世界的字眼在七年前就已消失无踪。当地人被遣散安置,有办法搞到户口的就去了映江市,而杨雨和他的父亲只能回山沟。

"雨子,你去捡点儿柴火,烧亮一点。晚上要读书。"

杨雨依言放下父亲,转身时父亲喉咙里又咕哝了一阵,杨雨站定,等着他再往下说,可父亲最后也没憋出一句话。杨雨以为父亲是要说:将来学好本事,再给映江通上电、点亮灯,完成他们这辈人的未竟之业。

那欲言又止的模样是父亲留给他的最后印象。杨雨捡了柴火回来时,父亲已经不在了。坝顶的边缘放着父亲的皮带,卷得好好的,这是他留给杨雨的最后一件东西。

山那头压来了乌云,暴雨要来了。崖上罡风大作,撕扯着杨雨的衣服。等这暴雨过后,大坝底下一定寻不着父亲的尸体。杨雨只能呆呆地站着,他的意识很模糊,一点儿应有的悲伤都没有。

"啪!"炸雷把天撕开了个口子,雨水从他的脊背上淌下。他紧握拳头,指甲硬生生嵌入掌心,一串血珠子滴落下来。

他眼中看到的瓢泼大雨,竟是血红色的。

二

十年一晃又过去了。

在地图上看，映江河谷呈哑铃形，北面较平阔，是映江的上游，中部是下切极深的峡谷，两岸山高坡陡。曾经的映江奔涌过落差近两千米的河道，在下游冲出了比较平坦的山区台地，映江市便坐落在河床边上。

市委办公楼装饰一新，坐在从车库中开出的车里，沈光明觉得这些迎接新领导班子的布置是在欢送他。他觉得应该搞个欢送会。从他来到映江的那一天算起，已经快三十年了。

映江流域要想完全从映江改道的生态灾难中恢复过来，只怕还有很长的路要走。用"恢复"这个词并不合适，因为无论是经济结构还是社会文化都是推倒了重来的。他经历了二十年前那场大地震和映江改道，然后是这二十年的人员安置、居民迁徙、社会产业结构调整，直到现在交班，沈光明才突然觉得有些悲壮。大自然狠狠地嘲笑了他一把，把他与很多人的豪言壮语变成了笑话。

这么多年映江人的生活水准并没有多大起色，至少与东部沿海相比，与世界相比，映江的的确确是逆水行舟，已经倒退很远了。

在映江人还做着"多级水电站两千万千瓦流域内总装机容量"的梦时，世界已经在新能源开发的路上走了很远。受控核聚变仍然在研究阶段，大规模风力电机组受地域限制，氢能、生物质能、地热能、潮汐能难成规模，而太阳能发电，确切一点说是光伏发电，占据了未来的市场。

在太阳能电池转化效率成为瓶颈时，增大光强成了一种增大发电规模的有效手段。光伏发电普遍开始利用定日镜与耐高温光伏电池这种组合，可要在地面竖起很多大型定日镜聚光，这又是成本问题，而且地面发电不仅受光强瓶颈的限制，还受昼夜限制。

美国能源部研究过太空光伏发电的方案。成千上万块微晶硅光伏电池虽然薄如蝉翼，但无论是发射重量还是发射后的太空组装，都使得这个想法只是纸上谈兵。

使光伏发电突破了光强和受光时间瓶颈的发明是同步轨道反射镜，它是九十八颗小型卫星组成的流体平面。每颗卫星中轴是低温超导强电流，垂直通过轴中垂面的强磁场束缚着带电粒子环流平面。各颗卫星控制的流体平面互相连成一个可弯曲的弧面，用以反射阳光在地面聚焦。这在成本上当然比地面定日镜要高出不止一个数量级，但是地面焦点椭圆短轴长有近十千米，受光面积在一百平方千米以上，光强是自然光平均光强的三百到四百倍，电站容量超过四千万千瓦，相当于全球最大水电站装机容量的两倍多，这样的规模效益是传统电站无法相比的。

对于仍然以原始农业为生计的映江人来说，这的确是理解范围外的东西。山区人仰望市区人，市区人仰望省城人，省城人仰望外省人……这条链还有很多环才会到大洋彼岸的外国人，但历史偏偏开玩笑似的把这条链连成了一个圆。

三

呜的一声，车间的烘干炉、萃取机，筛选流水作业带等等机器一齐歇了气，原本震耳欲聋的厂房像是被抽干了元气，没响动了。车间工人开始陆续离开，这还只是初夏，山风便干燥得让人烦乱不安。工人都已经习惯在每天不固定时段要发生的事：断电。

"田主任！你先回去吧，车间里空气不好，今天估计不能再开工了，回去带孩子要紧……"监工对田晓芸说道。

田晓芸走出了香料厂加工车间。阴沉的天空吹来一阵干风，已经很久没有下雨了，燥热中田晓芸突然间感到一阵寒流袭来——这股寒流叫做孤独。

"田主任，您还是回去带孩子吧。您是老板娘，不用干活儿。"

田晓芸经常听到这样的话，她说不出是什么滋味。丈夫刘金溪是省城来的老板，在旁人眼里，十年前自己能嫁给他是上辈子修来的福气。这个男人也的确让她倾心过,但十年里她一直不停地怀疑自己:嫁给刘老板究竟是为了什么?

在民风保守的映江,她甚至不敢让人知道她另有所爱,哪怕那念头只是一闪而过,都让她心惊。时间不但没有消磨掉思念,反而让它更强烈了。那张她记忆里永远稚嫩的脸,那一声声"芸姐",时刻都在折磨她的心。

女儿都快九岁了,她不得不面对已经无可更改的生活道路。少女时的她梦想有个王子成为自己的依靠,可现实总是错位的。那一年,十六岁的杨雨仍然是个孩子,于是她作出了当时看来最正确的选择。

夹着初夏气息的风从城市的边缘向大山吹去,这是典型的谷地风,田晓芸想要对着风高呼一声,盼着风能越过对于她来说是铜墙铁壁的山脉,去往世界的某个角落。而她只能坐上厂里的班车,回家。

四

映江唯一一家四星级宾馆在门外铺了红地毯,用来接待将要到来的洋贵客。这也是映江市新班子能拿得出手的最高接待规格。会客厅里坐着映江的新书记靳伟,他掏出烟盒给每个人发烟,在座的几个人是省里的领导,还有省城来的学者。

"靳书记,你这高档中华烟,一支能抵山区农民一天的伙食费,我们穷书生可不敢抽。"

"老靳从来是见人发烟,自己私下里是很省的,一支烟抽一半掐灭了等下回呢……"

"别掀我的老底了,论艰苦朴素,我怎么能跟在座的几位比?"

"小靳,你也算是老映江人了,修大坝时就有你一分子,感情深嘛……老实说,我个人不主张引进外资搞新能源项目,当然这不代表省委的意见。主动权不能交给外国人啊!这件事映江老书记沈光明也保留意见……"

靳伟几年来一直跟踪了解国外新能源技术的动向,铁了心要改变映江的能源现状。他猛吸了一口烟,从鼻孔里喷出两条烟柱。"全球新能源集团GNE能看上映江这小地方,机会来之不易。映江的现状大家知道,就是缺电。他们有技术,我们有人力,本来就是一拍即合,何况我们映江有地域优势,废库以后,上游库区有上千公顷的荒地,适合上大工程,最重要的是映江的烟草、花卉、香料和中草药都是附加值高的行业,加工储藏都要电,没有电整个映江谷地就是个热缸子,什么东西都给沤臭了,值不了屁钱。过去映江人挖草药、打野兽、砍树烧荒,老书记沈光明他们搞产业结构调整十几年,终于让他们种上药材、香料作物,现在就是被卡在电这个死环节上,搞不出真正能出口创汇的品牌!真是可惜了当年的水电站,要是没那场地震,映江哪里是今天的样子。"

"小靳,国家是支持新能源发展的,这件事发改委意见也比较统一,我们可以先借国外技术力量尝试搞。国家现在总体缺电,如果GNE搞的光伏电站真能有千万千瓦的装机容量,那就等于填补了失去映江水电站的战略缺失。"

"我唯一不担心的就是发电规模。招标已经搞了,万事俱备,就等着外国人不远万里来到映江,发扬国际主义精神了……"

门外已经开始有些喧哗,应该是贵客到了,靳伟掐灭了烟,起身迎接来客。

他原本摆好的一张笑脸突然显得很僵硬:GNE亚洲区业务经理的面孔他并不陌生,当年他还是水电站工程师时,就经常拿胡茬扎这张当时还白嫩嫩的脸。

"杨雨!"靳伟不知所措地搔搔头,"怎么是你……"

杨雨看着眼前吞云吐雾的中年汉子们,仿佛又跟父亲来到了水电站值班室。儿时的回忆像是一道电光,在眼前一闪而过。

几年前他作为导师的助手被派出国参加一个冷门的国际合作项目,研究微重力环境下平面流体混沌现象,他一直以为自己捡了个苦差使,直到GNE公司出现在了世人的眼里。他认为冥冥中父亲在指引着他,走上父亲那辈人曾经走过的路。

但是，命运注定杨雨要走得更艰辛。用卫星反射并聚焦太阳光到地面发电，国内连相关研究也没有。杨雨赌上自己的一切：他携带研究资料加入了 GNE 公司，如他所料，这些资料成了 GNE 反射卫星群的基础。后来 GNE 抢注了专利，在不到一年的时间里，迅速蹿上了纽约纳斯达克单股增幅榜首。

再后来国际合作研究项目撤销，导师回国。此时的杨雨正怀揣着一摞一摞封皮上印着 PRC[①] 字样的项目分析报告，游说一个个带着不信任眼神的董事。在他眼里，梦想已经很近了，一个"通上电、点亮灯"的映江仿佛已在眼前。

"……美国能源部设想过在太空中布设五十块边长一百千米的太阳能电池板，用微波向地面送电，取代地面所有的发电站。欧洲、日本也有过类似的设想，但是都被发射成本所阻。GNE 的方案是一种折中，反射卫星所做的只是给地面提供聚焦光线，有点像是过去有人提过的'人造月亮'。俄罗斯发射过一颗卫星，在轨道上展开一张薄膜，亮度接近满月。但这当然无法和今天的技术相提并论，塑料薄膜再薄也只是到了微米级，而反射卫星展开的流体平面是单分子层的，比纳米还要低一个数量级。一百千克重的流体展开以后，面积理论值超过一百平方千米，这只是一颗卫星的携带量，而一个卫星群共九十九颗卫星，用我们的长征火箭分三次可以发射入轨，平均间距等于一颗卫星展开后的直径，基本在安全距离以内。卫星群在同步轨道上定位于映江市所在经度，地面上看位置相当于盛夏时正午的太阳，因为映江纬度低，卫星反射光接近直射。反射卫星每年在春分、秋分前后的二十来天里每晚有一段时间处于地球本影区，无法发电，但最长的时间也不超过七十二分钟……"

宽敞的会客室回响着杨雨略带颤抖的声音。他很想与人说说十几年的漂泊，说说割不断的乡愁，但他从其他人的眼神里看出来，自己背着一个"洋"字，甚至还有更多说不清的意味。

[①] PRC，中华人民共和国的英文缩写。——编者注

沉默了很久，省城的专家开口说道："靳书记、杨先生，二十年前映江受了一次大动筋骨的伤，旧流域地区的环境气候都变了，百姓更是遭罪，大工程还是要三思。北京和我们本省的专家团已经出了一份环境影响评测报告。"

靳伟问道："结果是正面的吧？"

"算是，但这也不能用正面负面来形容。映江原始生态已经被破坏了，再破坏就是雪上加霜，我们还是希望减小规模，满足本地的供电就够了，再搞个西南电力基地恐怕……"

"但是不形成规模，花在反射卫星上的投资就收不回来啊。"杨雨只能这样说，映江别无选择。

省城来的领导开始打圆场："映江新能源工程在国家财政上有优待，绿色能源嘛，还有世行贷款，地面工程我国自主完成，你们GNE不用费心。主要是租赁你们的卫星群，具体合作的事宜由中标的电力公司与你们接洽，今天主要是各方交流一下。"

过去光伏发电是普受支持的"绿色能源"，但现在国际上许多声音反对反射卫星地面聚光，GNE在欧盟国家甚至遭到了冷遇。"绿色能源"的头衔未必名副其实，杨雨深知此节，如果不是库区生态早已被破坏，他也未必能通过"环评"这一关。

"小靳，你们老书记沈光明尤其关注这个工程。你可能不知道，老沈调到省人大后就一直组织代表搞提案，呼吁国家关注映江现状。任务艰巨，你要打好这一仗啊！"

靳伟调笑道："我明白，现在我方有利，杨雨同志不是打入了敌人内部了吗？"

说罢众人都笑了起来。

靳伟把烟掐灭了，从裤子上抽下自己的皮带，又搔了搔头，双手递给杨雨："映江穷得很，你靳叔叔也没什么表示，这根皮带是山区的蛇皮做的，拿着吧！"

旁边的人说道："小靳啊，你就是想送礼也要拿得出手吧……"

杨雨低头看了看自己的腰际，明白了靳伟的意思。他的皮带是父亲的遗物,岁月把它打磨成了像海带一样的布条,他只好在内侧钉上了另一根皮带加固,仍然把它系在身上。"这是我爸留给我唯一的东西,他为水电站贡献了一生,直到死都没离开大坝。"

靳伟叹道:"没想到,当年一个映江多级水电站的影响有这么深远。不论死了的人、活着的人,都还记着'给映江通上电'的口号……"他把自己的皮带塞到杨雨的手里。"看样子咱们是有缘相会,要系一根裤带了。"

五

夜里,从映江市郊的山坡上能看到繁星。西面与北面星空下,炼苍山高大的阴影与夜幕浑然一体。

杨雨和田晓芸忘记了十多年的岁月,似乎一切又回到了水电站的年代。田晓芸很想像十多年前一样抱住这个大男孩,听他不住地叫"芸姐"。曾经的夜幕掩盖了杨雨的热情,也埋葬了田晓芸的心,只剩下如今这两个黑夜中的阴影。

"当年晚上回不了宿舍,你就与我在这里坐着看星星,就这么聊了一宿。"

"我还记得我们老师很喜欢你,说你聪明,让你把学籍挂在学校里。"

"如果没有遇到那位老师,我现在可能还在山区里,靠挖药材过日子,去不了外省的大学……不对,其实应该说,如果没有你……"杨雨的声音发颤。

田晓芸附和着唱道:"如果没有遇见你,我将会是在哪里,日子过得怎么样……"她声音渐渐小了,不敢再唱下面的歌词,气氛又僵住了。"小雨,我的女儿快要九岁了,我只能希望我这辈子得不到的东西,她可以得到。"

夜幕下杨雨看不到田晓芸的眼泪。他的声音里带着哭腔:"芸姐,你嫁给刘金溪时刚刚二十岁,我知道人家怎么在你背后说坏话,我知道别人怎么看你。可是我上大学的钱怎么来的，我能不明白吗？每天晚上我都在骂自己，骂我自己没用！"

田晓芸尽量平静地说："那时我们什么都没有，也没有选择的余地。刘老板人还是很好的……"

"芸姐，很小的时候，我想要长大，可以保护你、照顾你，可从来都是你照顾我保护我，甚至牺牲自己……"杨雨下了很大决心说出口，"芸姐，你爱我吗？"

回应他的只有田晓芸的啜泣声，如果生活可以重来，她也只能对命运低头，无论过去或是现在，她都没有选择的余地。

杨雨沉默了一阵，平静了许多。"……等完成了我爸的遗愿之后，我还是走吧。"

田晓芸轻轻地说："我们父母那辈人，在大地震之后就没有谁再提过'通上电、点亮灯'的口号。杨叔叔当年是不想拖累你，他一定不想你再走他的路。"

"大概是他们那一辈人都绝望了，认为映江改道后就无法再给山区供电。"

"小雨，映江水电站工程是'西电东输'的西南电力基地，它不是为我们几个山区农户的孩子而存在的，它是为外面的花花世界发光发热的。山区人用不起它的电，就算有国家财政补贴，穷人还是穷人。"

"但如果没有水电站，映江就没有自己的电，跨过炼苍山往映江架线供电成本又太高，想要发展，掣肘就更多。"

"映江人需要的不是大工程，是生计。当年刘金溪这样的老板投资映江，带动了山区农户脱贫，种药材和香料花卉总比种玉米土豆要挣钱，相比之下，映江人更加感谢他们。"

"是啊，现在产业发展了，还是需要电力工程，对吧？"

"现在你可是映江的大救星了……"田晓芸笑着说道，"看到你有出息我真高兴。"

在昔年的小姐姐面前，杨雨又像是一个纯真少年。"你知道我是怎么想到要用太阳能为映江供电的吗？"

"我怎么知道,说来你眼光真准……"

"记得大坝在建的那年,到了盛夏,晚上家属区经常断电,我们就像现在一样坐在山坡上。你带着好多小孩儿唱歌,那时我觉得你是在唱给我听,特别是月亮被遮住,一片漆黑的时候,你唱'啦啦啦,种太阳',我就真的看到好多太阳浮在天上!"

"那大概是你要睡着了,做梦了吧。"

"是真的!"

六

在反射卫星出现以前,光伏电站超过兆伏装机容量就算"大型"了,而在美国出现的第一个用到反射卫星的光伏电站就把"大型"二字的标准提高了千倍。在建的映江光伏电站不再沿用老名称,而被称为"天电站",似乎要与拉动人类文明进程的"火电站""水电站"平起平坐。

电力公司的老职工第一次听说"天电站"时笑得前仰后合,连说"不要开玩笑",后来不由得张大了嘴。映江人看到了一丝曙光,却不敢抱太大希望,毕竟映江改道的天灾留下了太大的阴影。

互联网和媒体都没有预料到天电站工程的进度有如此之快:集合北京和国外专家召开的听证会还没有结束,电力公司与各方的合同都已经签好了。GNE 的卫星也很快调整了经度位置。这个远远超过曾经整个映江流域水电站发电量的新电力工程,几乎没有遇到多少阻力,现实的需要掩盖了潜在的危险。

工期持续了半年,试运行就在半公开的情况下开始了。南太平洋上空的某处,地球同步卫星轨道上空的巨大反射镜随着地球自转变化角度与曲率,精确地将反射光聚焦在映江库区二百平方千米的受光区上。

与此同时,反对的声音仍未止歇。首都某研究所的气象专家认为天电站可能引起风灾:人为改变昼夜条件对局部气象的影响很大,天电站受光区甚至比正常日光要亮上百倍,空气受热程度可想而知。局部气流受到扰动很可能引发连锁效应，何况映江流域是山区与河谷，下垫面特征复杂。GNE只在美国地势平坦的沙漠地区建立过天电站，他们的经验不能照搬。如果发生风灾，如果耗资数亿、铺满一百平方千米的微晶硅薄膜电池受到损坏，那就是天电工程的灭顶之灾。

GNE反驳称，局部大气流动主要受温度差影响，但空气是热的不良导体，不容易吸收太阳光中的热量，而容易受热的地面在光电板的覆盖之下，受热程度很小。天电站所在的库区是典型的谷地，局部气象变化并不复杂，甚至有蓄热的作用，海拔四千米的炼苍山完全把库区与外界隔离了，气流变化也在控制范围之内。天电站地面设施强度足以抵挡台风，因为GNE在日本关门海峡的天电站就建在海上。

反对者最后仍说，就映江的贫穷现状而言，根本无力建立全民灾害防御机制，而灾害这种东西，在没有发生之前只是极小的几率而已，可一旦发生，便是百分之百的存在。

七

二十多年前库区的居民搬迁到了中下游。映江改道后，原库区成了一片巨大的淤积谷地。鸟瞰库区，像是一个大桶子，四周是高耸的炼苍山，北面的映江穿山而过，从东面破山而出，南面是立在山隘口的映江大坝，这个大桶子也就只有这个海拔较低的缺口。国产的超大型微晶硅薄膜电池方阵覆压连绵，像银灰色盔甲一样铺在起伏的地面上，侧面看高低错落，而从正上方俯视，看到的是无垠天空的倒影。

首次正式运行那天的傍晚，杨雨和田晓芸还有她的丈夫刘金溪驱车来到安全区之的山岗上。赤霞把山区的天空涂成红色，大概是山区潮湿的空气中饱含小水滴，天空中亮起一道清晰明亮的光路，斜斜地纵贯即将落下余晖的天空，罩在远方的库区之上。大气散射光让很大的范围内的夜空群星失色。杨雨看得出了神。

田晓芸说："有了这个人造太阳，这里不会再有真正的黑夜了。"

刘金溪笑着回了一句："深夜时卫星会进入地球本影区，发电停止，你的想法估计实现不了。而且根据发光原理来说，反射卫星应该是'人造月亮'才对。"他竭力地使自己显得有学问。

田晓芸嘟囔说："有那么亮的月亮吗？"

杨雨还在出神。"芸姐，你看，那道光像是一条飘动的银带一样，飘啊飘……"

刘金溪拿出了在厂里做报告的架势。"小杨，看花眼了吧，光路之所以不直，是因为大气密度有层次差别的缘故，这与你在国外看到的应该一样嘛，我们是电力公司的购电大户，看过美国的天电站运行录像，差不多就是这个样子，可能我们这边水汽密度大，光路更集中，更漂亮。"为了这几句"内行话"，刘金溪着实花了一番工夫，他不想落伍，更不想显得不如一个二十来岁的小子，怎么也得死撑门面。

"电视新闻里说，美国新墨西哥州沙漠的天电站上是火红色的光路，据说有的当地人还以为是上帝显灵了呢！"田晓芸笑着说。

"什么'上帝显灵'，出洋相。"

"小雨，"田晓芸拉了拉杨雨的衣角，小声地说，"杨叔叔如果泉下有知，一定会瞑目的……"

此时的杨雨已经忘记了身在何处，他有一种被抽空的感觉。按理说他应该欣喜，应该欢呼，但他却仿佛回到父亲死的那一天：他站在大雨里，望着浑蒙的四野，一点儿应有的感觉都没有。他不知道为什么。

一旁的田晓芸没有察觉到杨雨的异常，只当这是他容易出神幻想的老毛病。

刘金溪压低了嗓音，对田晓芸说："现在杨雨是很风光，可是外面传得沸沸扬扬，说GNE只是把映江作为一个试验场，早晚要毁约走人的，那时杨雨就是民族罪人啦……"

"你怎么能这么说，"田晓芸有些生气，"……小雨夹在中间已经很为难了。"

"晓芸，你究竟站在哪一边？你想想，他把库区变成了一个大火炉，周围山区的农户有上万户，很多是咱们公司原料定点收购的对象，他们要是种不出东西，咱们就要跟着挨饿！晓芸，你为人妻为人母，别跟着个假洋鬼子屁股后面转……"

田晓芸身体颤了一下。"天电站有什么危害是政府的事,我跟着谁转是我的事!"说罢她捂着脸跑开了,刘金溪跟着追了上去。

寂静的山冈上只有杨雨还看着北面的天空。薄膜电池的反射光把云层照得通明透亮,天电站受光面上的散射光像一个巨大的光半球,似乎地面下有一个太阳,正在破土而出。当地的武警部队已经在天电站禁区外围驻扎。越是接近库区的地方越是危险,除了天电站地面控制站的车辆和人员,只有昆虫和飞鸟才能越过绵延几十千米的铁丝网进入军管区中心。鸟类会避开这个高光强的区域,但趋光的昆虫会不顾死活地飞进去,被炽热的阳光蒸发体液而死。

对于映江人,新生活刚开始,但对于杨雨,一切都结束了。映江市政府举行了盛大的欢送会,派车把杨雨送到了省城的机场。候机大厅里,田晓芸不知应该说些什么,她与杨雨就面对面站着。登机的时间到了,杨雨笑了笑,转身汇入了人流。在这熙攘的人群里,杨雨扭头看田晓芸被来来往往的身影挡住,离自己越来越远。在田晓芸的眼里,杨雨也是这样从自己的视野里消失了。

八

省城沈光明的家里,靳伟有些局促不安。"这次找你其实也没什么,地方上对天电站工程也不是一条心,不满的意见是比较大的……"沈光明递上一支中华烟。

靳伟接掉掏出火机点着了烟。"现在跟GNE闹得凶,杨雨走了以后,他们漫天要价,我真有些怀疑他们的合作诚意了。"

沈光明抽了一口烟说道:"大事自有人操心,你管好你的一亩三分地就行了。有消息说,美国国会可能要通过一项法案,限制空间商业领域的对华贸易……"

"我们跟GNE签的合同可是二十年!"

"他们出得起违约金,我们受的损失可远远不是钱能衡量的。"沈光明沉声道,"美国所有的空间科技项目,背后都有国防部支持。"

靳伟的额头上冒出了汗。

当年杨雨带走了导师参加的国际合作项目的研究资料,让GNE闯过了技术瓶颈。这件事像是投向水面的小石子,泛起的涟漪要很久才能扩散到岸上。

从西南角落里出来,杨雨才发现自己的眼界是多么狭小,原来全国都在关注映江天电站,呼吁国家自主研制反射卫星的声音高涨。在能源问题日益突出的今天,天电关系到国运兴衰,早已不止是杨雨那个天真的"通上电、点上灯"的梦想了。

在他无所事事之时,曾经的导师向阳找到了他,二话不说就拉他上了飞机。一路奔波,从首都向西到了西部著名的卫星发射中心。此时杨雨的眼里,向阳已经完全不是在美国时那个整天使唤他往超市里跑的老头子了,他精神矍铄,脸刮得干干净净。"杨雨,真是太对不起你,当时国内说要保密,我连你也瞒着就回国了。"

"我偷走了资料,是我对不起你。"杨雨一路上似乎明白了什么,"我国是不是也在研制反射卫星?"

"不是'在研制',而是已经研制成功了!我跟上面说好了,你是自己人,也是有用之人,所以让你来开开眼。"向阳的语气有些神秘。

入住军管区招待所后没多久,二人登上了一辆吉普。在绿树成荫的路上走了一截,吉普车驶入了烈日下的空地。空地是被犁平的沙土地,一眼望不到边,这突来的对比让杨雨有些奇怪:这空地为什么被闲置?

过了空地,向阳领着杨雨走进一个空旷的大厂房,里面吸引住杨雨的是一个铁桶大小的东西,像是被砸扁的汽油桶,草绿色的外表,看上去一点也不起眼。

向阳兴奋地指着说:"那可是我们的老朋友了,你在国外应该见过它吧!"

"嗯,反射卫星,国外的比较漂亮,但我还是喜欢这个,它很朴实。"

"先给你补一课吧。用薄膜在太空反射阳光的想法被很多人翻来覆去弄，最后才有了磁场束缚环形粒子流的突破，可是GNE既无法获得足够大的面积，也无法形成聚焦，是我们帮他们踢出了临门一脚。在多个卫星的磁场强度和之间的位置关系满足一定条件时，粒子平面环流会联合成为一个有序的、面密度均匀的整体，而不是难以控制的湍流，多个卫星反射镜便合成一个超大型反射镜，即使太阳风、光压、地磁场产生一些干扰，这个有序的流体平面也只会在平衡点上发生细微波动。这是一个最完美、最坚韧的薄膜！GNE公司就是靠这个东西招摇过市，现在我们也有了！"

杨雨打断向阳的话："向老，GNE不是申请了专利了吗，这样是不是有违世贸组织原则？"

向阳严肃地望着杨雨："应该说，他们申请的专利是无效的。杨雨，你偷了属于全人类的资料，如今名利双收，这些早已是公开的秘密了。"

杨雨的嘴角露出一丝苦涩。

"但我找你来不是要追究什么，而是给你一个挽回影响的机会。"

向阳继续说道："你们公司是美国国防项目承包商，原本就与美国空间战略利益脱不了关系。你们来华，是因为能正面削弱我国自主研发反射卫星的需要，要不然也不用做这笔没赚头的生意。我们当然没有那么老实，现在我们的反射卫星研制成功了，对方必然要反过来进行贸易制裁，很快GNE就会毁约的。"

杨雨觉得自己正像是山洞里的人，只看得到洞外世界投射在山洞里的幻象。他从大山里走了出来，走了很远，到现在却发现自己仍旧看不清山外的世界。在天电站这一盘棋里，他是冲在阵前的卒子，看起来很风光，却不知道在棋盘外博弈的巨人的意图。至于这个小卒子有过的梦想，有过的拼搏，在这一局棋里却是那么无足轻重。

"毁约以后，天电站就必须依靠我们自己的卫星群反射太阳光，但是事实上我们的技术并不完善，也没有足够的实验时间，突然拉上马有一定的风险，但我实话实说：全国人民都关注反射卫星，这关系到民心与国威,所以在GNE撤走以后,我们的卫星要立即补上,这是一件政治任务。"

杨雨说道:"我懂了,我把GNE的实验资料带回来,将功补过。"

向阳不再多说,立马转换了话题,语气也突然活泼起来:"咱俩只怕是这颗卫星上天之前见到的最后两个地球人啦!可惜有规定,不能演示反射平面的展开给你看,不过展开试验是在全密闭实验室里无人进行的,而且只是模拟失重环境,也没什么好看的。"

杨雨冷冷地说道:"一路上我都没有看到足够大的实验室,一个反射卫星展开后至少覆盖九个足球场,大概是我这种人不能看吧。"

"别瞎说,你想,像是托卡马克①一样大的东西,能放在地面上?"向阳拉着杨雨跑到外面的那块开阔的空地上,"你我现在就站在实验室的顶上!"

杨雨明白了,惊叹道:"我的脚下有一个小小的太阳!"

"聪明!工程的代号就是'种太阳'!"

杨雨怔住了,他听到了田晓芸的歌声。他看到了这种在地里的太阳生根发芽,长出很高很高的茎,一直通到天上,然后长出好多好多的太阳!那一个最大最亮的,是芸姐的脸……杨雨站在这片广阔的平地上,刺眼的光笼罩了一切。他呆望着天,失去了知觉。

他的意识过了很久才恢复过来。睁开眼,他看到了向阳关切的表情,闻到了医院里来苏水的味道。

"真不该带你跑到太阳底下,在美国的时候我就注意到你有这毛病了。部队医生说你的幻视和晕眩是因为脑子里的血管有毛病,血管壁增生,压迫了神经中枢,以后要特别注意,有生命危险的!"

杨雨淡然一笑。"幻视,多浪漫的名词啊,想看到什么就看到什么,这辈子也不用那么累了……"

"瞎说,年纪轻轻说什么一辈子,医生说幻视看到的都不是什么好东西,你最怕什么就看到什么。"

---

①托卡马克,又称环磁机,一种利用磁约束来实现磁约束聚变的环性容器,是热核聚变实验堆的核心。——编者注

杨雨明白了为什么从小到大他总是有幻觉，那些让他离群孤独的幻觉：儿时的满天太阳、血红色的雨、天电站上的飘动光路……那是他的一生的象形。

九

入春了，天电站周围山区的居民都习惯了它的存在，走夜路也不用打手电筒，夜里的天总是亮的，云层厚的时候更是如此。

靠近映江旧河道的一片台地上种植着一种炼苍山区野生的香料作物，和温室培育不同，这些用于榨取种子中挥发性物质的本土作物是露天种植的，栽培容易，所以推广得很快。耕种这片地的刘姓人家每年都等着映江市的刘金溪老板来这里收购。但今年他们来得太早了。刘农户急得都快哭出来了，半夜里起来上厕所的时候，他看到苍白色的天空下，刚抽条不久的作物几乎全开花了！嫩生生的枝条上挂满了苍白的小花骨朵，像一个个婴儿，一阵风就能把它吹倒。而现在正是倒春寒的时候！

刘金溪、田晓芸和几个专家来的时候都还裹着冬衣——这里冬暖夏凉的气候自映江改道后就不复存在了。

专家说道："我也不晓得你们没有搞遮光大棚，就让作物这么对天躺着，这里离天电站算是比较近的了，晚上天是亮的对吧？"

刘农户答道："亮得很，家里都不开灯了。"

"这种植物的开花期在四月末，现在提早开花，肯定是熬不过倒春寒，收不到种子的。"

刘农户一听就流出泪了："刘老板，你我还是本家，你晓得我一家六张嘴都要吃饭，小孩还要读书……"

专家打断他的话继续说："这一类植物开花都是因为日照变长，每年由冬入春，一直到夏至左右，日照时间会慢慢变长，日照时间达到这种植物要求的长度之后，它就会开花。现在天电站每晚引太阳光下来，日照时间人为延长，所以提早开花了。"

刘金溪迅速算了一下，在天电站影响范围内的作物有几百公顷，很多都是自己公司的收购户，不由得倒吸了一口冷气。他望了这个与自己同姓的农户一眼，干咳了两声说道："这个……应该找电力公司要赔偿，等责任搞清楚了再说吧……"他话没说完便招呼专家离开。刘农户两眼噙着泪，两条干瘦的腿哆嗦个不停，他不知道往后的日子该怎么过。田晓芸掏出自己的钱包，抽出几张票子塞给刘农户，狠下心来转身走了。

车在路上飞驰，坐在后座的专家说道："刘老板，你夫人还有副菩萨心肠啊……"

刘金溪叹了一口气："这样的农户少说也有上千家，我哪里做得起慈善。"说罢他瞟了田晓芸一眼。

"刘老板，你赶快组织你的收购户把田清理干净了，改种其他作物，现在还是初春，还来得及挽回损失。"

田晓芸说道："您再给我们说说天电站的潜在危险吧，过去我们都没太关注这个。"

"去年开听证会时，很多人都提过生态破坏问题。天电站相当于一个巨大光源，所有趋光的昆虫都会受影响，要么错过了夜晚交配繁殖时机，要么觅食受影响。而且天电站核心每晚都要晒死那么多虫子，整个生态平衡都要受破坏。还有嘛……动物有一定的昼夜生活规律，如果天空亮度太大，野生动物有的会分不清昼夜。植被嘛，受夜晚光照的很多开花植物都要绝迹。夜晚一定的光强会抑制植物呼吸作用，打破植物体代谢平衡。总而言之，生态系统是一个整体，这些作用之间还会发生相互影响，很可能要天下大乱……"

"那当时怎么就那么容易通过了'环评'？"

"当时也是因为库区的生态已经被破坏了，而且相对于天电站的好处，这些可以忽略不计。我记得当时有人说建了天电站，会形成上千平方千米的黄土岭，可是有人说，映江现在是一个急需开颅手术的病人，所以要把头发剃掉，总不可能为了漂亮不要性命吧……"专家顿了顿，"事情通常都有轻重之分，当时也是因为有一个更大的争议问题,把其他的都盖过去了。"

十

这个春天,生态问题刚抬头,马上被随之到来的一场大变故遮盖住了。这场变故的开端是美国借口反射卫星知识产权问题限制空间科技领域的对华贸易,GNE单方面撤回反射卫星。

中国自行研制的反射卫星群替代运行,电力公司为此在位于原映江大坝上搞了一个小型的剪彩,在此选址一方面是因为视野辽阔,看得到天电站全景,而且天电站远程监控室就建在大坝里面,另一方面是为了纪念这个映江电力事业的先驱建筑。出席的人里面包括了映江的很多企业代表,刘金溪和田晓芸也在其中,但是命运开了一个恶毒的玩笑,就在那一天,事故发生了。

起因是太阳突然进入短暂的一个活动期,太阳风密度增大了,轨道上的反射镜凹面发生了极其微小的形变,地面焦点的位置移向了天电站受光面南部的裸土地表上,而大坝不偏不倚正好在光路之中。在这几乎无边无际的光包围中,原本宏伟的大坝像是一枚反射出光彩的勋章,别在围住库区的炼苍山上。

此时在大坝内地面控制中心剪彩的十几个嘉宾和工作人员,从南侧的窗口看到了一轮炫目的太阳。他们现在只能留在就要成为蒸笼的监控室里,出去便与死在天电站的昆虫是一样的下场。

聚光焦点南移后发电机组停止了运转,监控室为了省钱,没有备用的大型柴油发电机,平常就用天电站的供电,因此所有的无线电通讯设备都无法运转。

他们只能关上门窗,把矿泉水浇在衣服上,静静地坐着,减少产热。但这样做事实上加速了死亡:室内的水蒸气更快达到饱和,之后人体无法再依靠蒸发散热。

GNE的反射卫星群也出现过焦点偏移的情况,但那时他们正处在实验阶段,很快就根据太阳风观测数据修正了反射面的形状。但是在杨雨偷偷带回国的实验资料里,唯独这一部分数据被改过了。

杨雨搭乘了最早的航班飞往省城,他的心凉透了:GNE原来早就对他怀有戒心。但他连控诉的资格都没有,也许当年他进入GNE时,就注定了今天的结局。

映江医院的加护病房里,刘金溪重度烧伤的身体在绷带的包裹下不住地颤抖。杨雨把身体蜷缩在墙角,把脸埋在双手里。

处理事故的人对杨雨说道:"刘老板逃出去求救,被烧成了这样,其他人都死了……当时室内的温度从摄氏二十八度一直升到七十度,持续了几个钟头,救援队在卫星进入地球本影区时进去,但已经晚了。你自己看监控室的录像吧。"

录像是监控室的闭路摄像机拍下来的,这台靠内置电池供电的摄像机成了生者与死者对视的窗口。屏幕上,监控室看起来与往常并没有什么不同,只是所有的仪器都失去了电力,镜头画面一直左右转动,这大概是那时唯一可动的东西。二十几个人横七竖八地躺在地上,按顺序说出遗言。

惨白的光透过窗口的遮蔽物照进来,仿佛这里刚刚进行了一场没有硝烟与鲜血的战斗。整个控制室里的尸体像是睡着了的活人一样。田晓芸倚靠在墙角,望着不时扫过的镜头,仿佛还在笑,她一直在念着女儿的名字,但摄像机最后录下的声音是:"小雨……"然后便只剩下一片死寂了,她最终也没说出想说的话。

杨雨全身颤抖走出了医院,外面的街道上是一片混乱景象,比他来的时候更乱:大小车辆抢着出城,原本就不宽敞的街道堵得一塌糊涂;消火栓被拧开了,一大群提水桶的人在挤着抢水;店铺全关了门,民警四处巡逻防止有人趁乱抢劫;交通输导车被挤得无法动弹,被派驻进城的武警部队也被堵在城外……

杨雨惊诧地看着眼前如同末日到来前的景象。这个春天的寒冷气息并未散去,但北面吹来的风让他感到了一种莫名的恐惧:风十分干燥,裹着一股让人烦躁的热流,席卷着整个城市。

十一

杨雨一路跑到了市政府大楼。会议室里靳伟脸色有些发青,他的身旁坐了很多人,看到了杨雨进来,但没有人和杨雨打招呼。

白发苍苍的沈光明站在人前:"小靳,省委任命我暂任天电站事故处理领导小组组长,不是对你不信任……"

他的话被一个约莫五十多岁的男子打断了。"沈老,要不先别追究了,谁有责任自己知道,"他瞟了刚进来的杨雨一眼,"先拣紧要的说吧。"

沈光明点了点头,又摇了摇头,望向杨雨。"事故调查以后再说,别迁怒于自己人。杨雨你坐,王教授你说吧。"

杨雨记起来了,王教授曾与北京的专家一起提出了天电站可能引起风灾的问题。

王教授说道:"去年开听证会时我提出过简单的局部风灾的可能性,后来我实地考察了映江水库地区的地形,在计算机里做了一个模拟系统。简单地说吧,库区每天增加的光照必然升高库区大气温度,由下至上会形成一个温度梯度,库区的地形就像一个大桶子,桶壁正是炼苍山。这里的大气现象很特殊,因为天电站的缘故,谷底的受热量大,而且分布平均,但与外界的大气交流程度很小,要发生风灾也不容易,散热主要靠上下对流和地面散热,因为天电站的地面有电池遮蔽,不受反射卫星直射,比大气温度要低,散热性还是很好的,这一点GNE并没有骗人。但我们假设一下:如果热空气由下至上堆积过高,一旦达到一个阈值,就会形成库区内外的强对流,就像盆子里的水涨满了溢出去一样。这个比喻还不恰当,就像盆子里装满了水,插一根管子进去,水并不会从管子里流出来,但如果把水吸到管口,再把管口放到地面,就类同于刚说的内外对流,盆子里的水会一滴不剩地流干净。也就是说,库区的巨大热量会全部涌出来。"

没等王教授的话说完,已经有人喊道:"焚风!"

"成因虽然不尽相同,但效果一样。库区内热流上升到炼苍山峰时，因为降温冷凝，已经是含水量极小的干风了，热量仍然很大，映江河谷南北落差近两千米，加上库区山脉的高度，气流越往下走越热越干，这股干燥热风就是焚风。焚风的最大危害不在它本身，而在它引发的山火。众所周知，映江改道后每年冬春季干旱，今年尤甚，相对于焚风，映江旧河道一带的森林就像是一堆干柴。"

靳伟一张脸变得煞白，扔给杨雨一张报纸，那是今天的晨报，上面赫然写着："炼苍山山麓发生山火，出现多处火点。"

沈光明说道："按照GNE曾经给出的资料，发电时的太阳光主要被薄膜电池吸收或反射，库区内滞留的热量并不大，可昨晚天电站发生了事故，反射焦点南移，热量全部被裸露的地面吸收。至中断反射卫星时已经过去了六个小时，此时的地面不但不能散热，反而积蓄了大量的热，并释放到空气中，终于引发了焚风。"

沈光明深吸了一口气。"现在北面公路已经封锁了。火势有多大，新闻里也报道了，炼苍山南麓已经形成了上百千米的火线。下面还是让我们请来的山火防治专家来说吧。"

席中一人站起来。"我国发生过类似的山火，很少被扑灭过，都要靠自然降雨。省气象厅给出的数据显示，本省西部的强降雨要到下周。这五天里，按照现在山火蔓延的速度和趋势，第三天就会火烧映江城。映江市的水源是远从几十千米外调来的河水，根本不可能救火，我们已经打过降雨弹，但没有足够厚的积雨云也起不了作用。按照老办法，只能划出隔离带，将人员集中到市区以内，熬过这两天，将可能造成的损失减到最低。靳书记，你们要准备从头来过了啊……"

沈光明说道："映江的农业基地、公路铁路网、矿山、工厂，一切在市区之外的，全部要遭到不同程度的破坏，这还不包括强制撤离带来的群众的财产损失，此次劫难过后，映江人可能一无所有。"

会场里一片寂静。

靳伟说道："现在最缺的就是水，山火有往地势较低的映江河道集中的趋势，而我们映江市正好在河道边上，这就像是四面楚歌。要釜底抽薪，除非把映江水拦回原来的河道。"

沈光明沉声道："的确，解铃还需系铃人。"

杨雨站起来，说道："我懂了，反射卫星还有可能为映江做最后一件事：炸山，拦水！"

十二

河谷中下段的大气中弥漫着被烧焦的烟叶的味道，显然无论是自然林还是种植园都逃不掉浩劫。能否拯救映江城，就全系于引水灭火是否奏效了。映江改道时冲破了地震造成的库区东面的山隘口，所以关键的一步是把东面大山的决口堵死，迫使映江回归原河道。历史走过了漫长的圈，又回到了原点。

省内专家和相关工程人员连夜飞到映江，在大坝的天电站监控室里上设立了临时指挥所，十几年间，映江大坝前后三次聚集了人们的目光，最后要走到终结了。

沈光明放下电话，提醒自己一定要有全局观，映江市区的群众动员、武警森林部队的行动协调、危险区的人员疏散、工程进度、天电站设施转移等等，他都要一件一件按计划落实，何况这还是一次库区、航天城、卫星三点同步协调的任务：仿佛他又回到了建设大坝的时候。

他转身对杨雨说："西南军区已经空降了一个师的工程兵过来了，估计几个小时就可以把库区的天电站设备全部撤完，就看反射卫星将功折罪了。"

杨雨怔怔地看着窗外远处的光柱。

东面隘口处，映江奔腾而出。上空航拍的军用直升机从六个角度拍摄施工状况，并实时传递给航天城，遥控反射卫星调整焦点位置。国内新研发的技术可以把焦点面积缩在平方百米之内，辐射热足以烧穿钢板。

巨大的天光光束从九天之上坠落下来，砸在脆弱的山体上，瞬间崩毁几百吨重的岩石，光束的焦点始终在水面附近游移，被瞬间加热到赤红的岩石受到水流的急遽冷却，立即崩裂成小碎块被水流带走。

高温汽化的水雾中,水分子瞬间分解又重新化合,形成蓝色的气团,掩映着发出黯淡红光的山石。岩石崩裂与河水沸腾发出难以名状的声响,仿佛大山在怒吼。

直升机上的飞行员目瞪口呆地看着这人间奇景。

"难不成这样就能截断水流?好不容易烧下来的石头都被冲走了嘛!"

"那点儿小碎片能起什么作用?你看不出为什么烧的只是山脚下的石头吗?这种空心山最不牢靠,山脚给烧空了,上面的山体就要整个垮下来!"

"那为什么不派地炮部队过来轰垮它?"

"傻子,就算是放个'东风'战略导弹过来,这大山也就是去层皮,关键是力道要透到山里面去,要开矿的时候为什么要钻炮眼埋炸药?把石头烧红了,再换河水一浇,岩芯就碎透了。要是这玩意儿用来打仗,乖乖……"

说话间突然天地间传来一声巨响,整个决口上方的天空仿佛凝滞了一般。猛然,决口一侧的山像是被人从上往下劈了一刀,临于水上的山体脱离了绵延的山系,从断口滑了下来,直挺挺地插入汹涌的江水中,顺势撞向对侧的山面。像一个倒下的巨人折断了腰一样,这山体断成两截,叠放着拦住了汹涌的江水。两侧山上不断地坠下巨石填补空隙。

沈光明想到了大坝合龙时的场景,甚至想到了年轻时干过电焊工的活儿。如今仿佛是九天之上有人持巨大焊枪雕琢着地面,开天辟地。

大山东侧,透过已被堵住的山口流出来的只是涓涓细流了,被截断了来源的那一段江水像是斩断了尾巴的蛇一样挣扎着逃走,视野里只留下很快就干涸了的河床。

大山西侧,被截断了去路的映江像是几十年前一样,转头向南奔去,一路把河道里的森林冲毁淹没,仿佛要把一切又变回过去的模样。它一头扎向映江大坝,撞在钢筋混凝土的厚壁上,发出响彻天地的咆哮。

大坝里的人感到了脚下的剧震。所有的拦洪口已经全部开放,坝顶像是浮在瀑布之上的一座浮桥，稳稳地压在水上。

开始泄洪几个小时后，留驻市区的靳伟打来的电话，给处在兴奋状态的众人被泼了一盆冷水：泄洪量太小，原河道长满了树木，阻挡了水势，水没有流到映江市就被干涸已久的河床吸收干净了。武警森林部队的取水车在市郊干等着，急调来的灭火飞机也只能原地待命。

沈光明很快做出了唯一可做的决定：牺牲映江大坝，敞开泄洪。

十三

撤离时，沈光明拉了一把仍然睁大眼睛看着窗外的杨雨。杨雨一头倒在地上。在他的幻觉里，田晓芸的呼吸仿佛还在这里的某个角落存在着。他倒下的时候，看到了田晓芸又坐在他的身旁。他眼前的一切是那个月夜下的山坡，他重复着那个不醒的梦。

杨雨此后就没有再醒来。既没有人知道他的病因，也没有人知道他脑子里那根向内增生的血管形成了致命的栓塞，更没有人知道这病制造的幻觉陪他走过了短暂的一生。在这以后的岁月里，他的心还在跳，胸脯还能随着呼吸机起伏，但已经脑死亡的他将永远生活在幻觉里，永远不会苏醒。

沈光明把杨雨抱在怀里。为了这个事业，杨雨的父辈人献出了青春甚至生命，在映江改道后，他们发现自己的一生和为之献身的事业，都被打满了问号。也许是因为他们没有远大的目光、丰富的学识，所以最终也得不出一个答案。而他们的后辈又在走同样的路，付出了同样的代价，走到了同样的尽头。

二十多年前，他也曾把一岁大的杨雨抱在怀里，当时又何曾想到今天的结局。

坐在直升机里的沈光明看到了西沉的落日，但在他眼里，这像是一轮朝日。映江的人造太阳不复存在了，但在西部沙漠戈壁地区，它会更亮、更美。

映江生态将要经过一个极其漫长的恢复期，映江人将来也会要回到小水电的路上,寻找一条更稳健的发展轨道。在更遥远的将来,可能密布在轨道空间里的小太阳会对整个地球的生态造成怎样的影响,这些破坏力巨大的东西会怎样改变世界的格局?

沈光明无法去想了,从天电站事故起他已经四天没有合眼。他疲惫地把头枕着窗沿,闭上了眼睛。在人造太阳的散射光照耀下的直升机舱里,他永远地睡了。

窗外,烈焰般的光柱投射到大坝上,融化了这个钢筋水泥的巨人,也融化了它见证过的悲喜。

名家点评

王晋康:这是一篇比较硬的科幻,也是一部悲壮的故事。一种崭新的技术——天电站——最终却造成了"故土"的深重灾难。作品的可贵之处在于,它没有流于环境保护的空泛概念,而是用一个个可信的技术细节完成了"科学是双刃剑"的论证,因而有强烈的感染力。作品中有很多大场面的描写,像天电站发生事故时监控室里的人员全部被烤死,像用天电站炸山等,都写得悲壮感人。在这个科幻构思的大框架下,作品也塑造了一些有血有肉的人物,挖出了一条细细的感情之河。但由于科幻构思庞大而小说篇幅较短,作品未能充分展开,有不少知识硬块,而"感情之河"是从硬块中流出来的,难免纤细。关于政治博弈方面的情节也显生硬。

江波:"天电站"的构思很有创意,说不定将来可以成为一个专有名词。作者的叙事很流畅,只是一个长篇小说的架构,塞进一个短篇小说的框架里,显得有些拥挤。

编后记

小说中,造成映江火灾的罪魁祸首是焚风。焚风(Foehn)一词原来专指越过阿尔卑斯山在德国、奥地利谷地变得干热的气流,后来泛指气流过山而形成的干热风。焚风在世界各地有着不同的名字。在美洲的落基山脉称"钦诺克风",该词源自印第安语,意为"吃雪者",因干热风使积雪迅速消融而得此名;在高加索山脉称"玉蜀黍风",因干热风使玉米等谷麦作物提早成熟而获此名。在中国的天山南麓、太行山东麓、大兴安岭东麓等地区也有焚风出现。

为什么会出现焚风?试想一个空气块,从远方向山岭靠近,由于地形阻挡而被迫抬升。我们知道,海拔越高大气压强越低,而气体压强降低,气体内能减少,温度降低。于是空气块爬到一定高度,水分凝结,形成降雨。在降雨过程中,空气块又会吸收大量热量。因此空气块的温度不会下降得太厉害。就这样,空气块爬到了山顶,成了一块"脱水空气"。它越过山顶,沿背风坡下降,随着海拔下降,温度越来越高,就成了焚风。接下来,这股焚风将席卷山脉的整个背风侧的森林和田地。

一方面,焚风容易导致森林火灾,还常常使果木和农作物减产;另一方面,它能加速冬季积雪的融化,使得牛羊放牧的时节得以提前。同时,焚风还丰富了当地的热量资源。在受影响地区怎样利用好焚风,是一项重要的研究课题,也是科幻创作的一个好素材。

最后的遗产

牛嚙啶

作者说

《最后的遗产》讲述了男人灭绝后的故事。本文的灵感最早来自长铗的《男人的墓志铭》。母系氏族社会是人类早期的一种社会形态,然而随着生产力的发展,男性开始在社会生活中占主导地位,由此开始的男权统治一直延续到今天。那么,如果男人都消失了,这个世界会怎样发展?没有了好战的雄性,世界会迎来和平吗?男人与女人的思维差距,会导致科技发展停顿或者爆发吗?同性恋成为主流的社会又将是怎样的?

0

总统府外聚满了愤怒的群众。黑压压的人群举着标语高喊着"总统下台!""交出那个婊子!"的口号,犹如一团蓄势待发的积雨云,笼罩在宪法广场的上空。总统府前的草坪上挤满了荷枪实弹的军警,她们个个表情冷漠,紧紧地握着手中的武器,面对围栏外试图劝说她们"倒戈"的群众不为所动。

在首都的边缘地带，奉命前往塘沽前线支援的第二十五装甲师接到紧急通知，转而掉头向城市边缘靠拢。而此时，联军的飞机已经突破了东南防线，长驱直入地在首都上空盘旋。然而人们预想中的大轰炸并未开始，它们只是像拔钉子一样，将早已标记过的目标定点清除。

廖薇知道，联军是在等待，等待自己的人民来结束这一切。她轻轻地拉上窗帘，面对着一屋子的军政要员，一时间不知道要说些什么。

"第二十五装甲师就在城外，只要您一声令下，就能立刻赶走这些暴民。"陆军参谋长宋菲君建议道。

廖薇望了望自己这位从未打过仗的将军，不禁在心里偷偷苦笑。

"我看您还是把注意力放在塘沽前线上吧，宋将军。"房间角落里的陈颜却缓缓说道。

"打仗的事情，我想还轮不到你这个教育总长插嘴吧。"一提到前线的战事，宋菲君不由得急了，"我看等那些暴民冲进来将你我撕个粉碎的时候，你到哪儿去抽你的古巴雪茄。"

"你……你个泼妇。"陈颜却居然开始公然叫骂。

"够了！你们两个都给我闭嘴！"总统大喝一声，房间里顿时安静不少，只有外面群众的抗议声和远处炸弹爆炸的声响艰难地从窗户缝里挤进来。

"国务卿女士已经乘坐自由号航空母舰前往黄海，要与那里的联军首脑们进行谈判。"总统办公室主任一手握着红色话筒，向众人宣布道。

"婊子养的！""卖国贼！""简直是奇耻大辱！"屋子里再次陷入混乱。宋菲君对着电话一通痛骂，完全不理会旁边脸色铁青的海军参谋长。而陈颜却又回到她一开始待的那个位置，愁眉不展地抽起雪茄来。

廖薇明白局势已经无法挽回，痛苦地闭上了双眼。少顷，她悄悄地离开了办公室，向通往地下核掩体的电梯走去。那里有她的妻子，以及这一切事件的罪魁祸首——最后的遗产。

1

六月江城的天气像是周期紊乱的大姨妈，时而水漫三镇东湖变东海，时而骄阳似火马路如胶漆。你不知道一觉醒来下水道的地下水是否会淹没你的公寓，你也不知道出门后何时会被淋个落花流水。你只需要知道，在江城，夏天出门不带伞，就好比冬天出门不穿秋裤。老天很嬗变，后果相当严重。

莫诗是地地道道的西北汉子，他从来没有出门带伞的习惯，更何况，今天太阳的光线已经将他浑身上下炙烤得湿滑通透。他鬼鬼祟祟地来到一家大医院门口，一边借着从门诊大厅里透出来的冷气爽一下，一边翻着手机里的通讯录。

"喂？"他拨通了电话，"我刚才打过电话的。嗯，对，两个礼拜……我已经到医院门口了。具体位置在哪儿啊？哦……好的，马上到。"

他挂断了电话，再次鬼鬼祟祟地混进看病的人群，前往电话里指引的"那个地方"。

终于到了"那个地方"，莫诗顿时感觉好生失望，这完全和自己想象中的不一样。像是临时搭建的活动板房，外面仅仅挂了个科室的牌牌，不知道的人还以为这是为隔壁住院部大楼工地的农民工盖的宿舍。

"哟，是你吧，进来坐。"不知从哪里冒出来一个眼镜男冲着他一笑。莫诗心里一哆嗦，肠子顿时悔了个青。可是既然来了，现在走也不好，更何况……于是他跟着眼镜男走进了"那个地方"。

"先消毒。"说罢，眼镜男开始戴手套。

这下莫诗可傻眼了，接下来的五分钟里，他几乎处于丧失意识的状态。直到他走进一个小房间，才想起今天的使命。

小房间里很凉快，冷气机在一个不为人知的地方拼命工作着。正对着门的墙上悬挂着一个老旧的泳装挂历，左手边的角落里有个洗手池，另一边的角落里是一把白塑料椅。他翻了翻屋子里面事先准备好的杂志，发现净是些倒人胃口的图片。

"弄完从这里递进来。"左手边墙上的一个小窗口里传来了眼镜男的声音。

莫诗深吸了一口气,将手中的医用塑料杯放到杂志上,准备速战速决。

半个小时之后,莫诗沐浴在倾盆的暴雨中,决定再也不来这个鬼地方了,与此同时,在"那个地方",眼镜男郑重地用马克笔在那个医用塑料杯表面写上"SB-945"的字样,然后小心地将其与更多的医用塑料杯放到了一起。

2

尧金宇漫无目的地玩弄着手里的签字笔,目光呆滞地望着办公室对面墙上那幅名为《毛泽东在人民医院》的水墨画。他手底下压着一份印有"绝密"字样的文件袋。显然,袋子已经被打开了。然而尧金宇并不关心那份机密文件上到底写了些什么,他更关心的是刚才接到的那个电话。

不久,他的手指轻轻划过牛皮纸质文件袋,划过光滑的水曲柳书桌台面,伸向桌子底部一个暗盒,将里面那个用丝绸包住的沉甸甸的家伙拎了出来。与此同时,他的另一只手拨通了电话。短暂的等待之后,那边传来一个尖利的男声:"院长,有事吩咐?"

"嗯,有活儿了,现在下来吧。"尧金宇把那东西揣进兜里,镇定自若地离开了办公室。

走廊里,他与科室主任打了个招呼,随后便神不知鬼不觉地溜到了冷藏库里。接电话的那个人已经先到了。

"小刘,你跟了我有多少年了?"尧金宇搂着刘的肩膀向冷库深处走去。

"少说也有十来年了吧。"那个尖嘴猴腮的人笑道。

尧金宇被这个笑容恶心到了,却又立刻感叹道:"当时建这个冷库可费了我不少力气啊。"

"是啊，您那个主意真是绝妙啊。"刘谄媚道。

"哦？你说绝妙在哪儿啊？"

"那个秘密夹层啊，谁都不晓得在哪儿啊。"刘的眼睛几乎挤到了一起。

"是啊，也就你我知道。所以说，我干这些买卖你的功劳也不小啊。"

"不敢不敢，我也就是个看门的。"刘发现他们已经走到了秘密夹层的入口。

"所以说，我才更不能留你啊。"说罢，尧金宇掏出那个东西，干净利落地朝刘的脑门上就是一枪。

冷库的隔音效果很好，不用担心外面的人听见。他搬开秘密入口前的架子，打开了一个不起眼的凹槽，将手伸进去一扳。"轰隆"一声，墙面划开了，夹层里的日光灯管依次闪亮，照亮了一个个银光闪闪的储藏罐。那里面装满了尧金宇准备出手的人体器官。

他将刘的尸体拖了进去，仔细地将周围的血迹清理干净，顺便将外面几个沾有血污的罐子以及那把枪一并丢了进去。医院少这么几个罐子也不会查出来。当他将这一切收拾妥当，从容地踱回办公室的时候，省纪委的人已经恭候多时了。

尧金宇笑吟吟地给他们看茶倒水，最后一次坐在自己的椅子上，签下自己的大名。

3

销售部的那两个婆娘又吵起来了。韦帝归摘下耳机，越过办公桌前的隔挡，向声音传来的方向望去。一群人围在那里看热闹，他什么都瞧不见，唯独听见"炮娘"犀利的叫骂。

"一群无聊的人。"韦帝归擤了擤流出的清鼻涕小声嘀咕道。最近大家好像都感冒了。

他点开视频播放按钮，继续关注正在直播的"天宫二号"发射报道。发射工位上那个白色的柱状物体看起来分处雄壮威武,以至于负责采访的女记者话都不会说了,只是打了鸡血一般反复重复着几个普通百姓压根不懂的数据,总之,都是第一。

发射进入倒计时阶段,韦帝归已经准备在众人的鄙视之下欢呼雀跃了。然而这时,他的手机却不合时宜地响了。他本打算把手机丢到抽屉里,却发现屏幕上显示着一个奇怪的昵称:刘大夫。这种称呼只会出现在午夜的电台节目里。

一个半小时之后,韦帝归坐在刘大夫的办公室里,看着屏幕上蠕动的像蝌蚪一样的物体,怎么也想不明白,这家伙怎么就不听话呢。

刘大夫表示这种情况虽然不多见,但是通过某种治疗手段完全康复也不是不可能的。于是他开始长篇大论,从《黄帝内经》扯到海绵体的构造,从房市的波动扯到金融危机,最后好不容易从"天宫二号"拉了回来,亮出了自己的真面目。

韦帝归抬起木讷的头颅,深情款款地望着刘大夫,以至于刘大夫用手捂住"菊花",激动地向后退了几步,连忙向他伸出五根手指。韦帝归愣了几秒钟,无奈地点了点头。刘大夫赶紧给旁边的护士使眼色,让她带着他再做几项检查,然后去药房开药。

韦帝归攥着一沓单子和护士一起离开了办公室,留下刘大夫一个人偷着乐。他翻了翻另外几个病历,琢磨着再开发出几套唬人的疗法。他哼着小曲,翻开电话簿——上面列了一长串名字——一个挨着一个拨号。

此时的刘大夫完全没意识到最近病人突增与正在肆虐的"轻流感"有什么联系,他更不会想到,他即将成为最后一代男科大夫。

韦帝归的病是无法治愈的,包括刘大夫自己也是如此。他们,或者说所有的男人,他们的 Y 染色体都发生了不可逆转的变化。有些人说是端粒出了问题,更多人则相信这是上天的惩罚,而这种惩罚最终将导致人类的灭绝。又或许,只是男人的灭绝。

4

初探长仔细地打量着眼前的这具男性干尸，一时间犯了难。

"这具尸体是今天早晨被一名建筑工人发现的，地点就是这个暗室。"一名警员手持终端板，向她做简报，"成年男性，年龄大约在三十岁到三十五岁之间，头部有明显的致命弹孔，死亡时间有待法医进一步确定……"

"够了。"初探长举起一只手打断了她，继续默默地蹲在尸体旁抽着烟。望着尸体上尚未融化的冰块，她使劲地挤了挤眉头。

"我看可以结案了。"她直起身来向那位警员说道。

"初探长依然是那么胸有成竹啊。"一阵挖苦声从身后传来。

两个人在一堆随从的护卫下挤了进来。说话的正是那个一袭白衣风度翩翩的女人。站在女人旁边的局长一个劲地给初探长使眼色，示意她不要多嘴。

可是她显然没有看见。"哟！什么风把您给吹来了？"

"这么大的事情发生在自家的地界，我能不来看看吗？"一名警员很麻利地递给她一个终端板，一堆彩色的图像快速地在上面流动。

"喂，她好像没权限看这个吧。"初探长看了看局长。后者则摆出一副"你再说话就让你吃不了兜着走"的模样。

白衣女人把终端板还给了局长，向尸体走去。"刚才是谁说可以结案了来着？"

初探长哼了一下，一脸不屑地说道："这人死了至少有一百年，早就过了追诉期。不管凶手是谁，这会儿估计正在哪个骨灰盒里老老实实地待着呢。不过呢，疑点也不是没有，像你们这家医院，居然有这么一间放满了人体器官的密室，媒体可是有料爆了。也许你这会儿应该低调点，免得影响你伴侣的民调。"初探长刻意用了"伴侣"这个词。

白衣女人不置可否。"我爱人竞选是她的事情，我只负责我这一块儿的内容……这是什么？"她擦了擦一个带有暗红痕迹的罐子上被污染的标签。

"总长女士，请你尊重我的工作好吗？不要随便乱动现场的证物。"初探长一阵恼火，而她身后的局长就要爆发了。

卫生总长一脸严肃地直起身，对着手腕上的终端说道："卫生总长蒋芳舟进行身份确认，请求施行A级特权，代号……"

初探长一脸惊诧，试图和其理论。

蒋芳舟对局长说道："这里已经被我们接管了，请让你们的人立刻撤离现场。"

说罢，白衣女人转身离去，初探长一把抓住了她的胳膊，几名保镖试图上前制止，被总长拦下了。"现在不是纠结我们私人恩怨的时候，我现在有更为重要的事情处理。"

探长的手捏得更紧了，然后又松了松，最后被蒋一把甩掉。总长一行快速离开了现场，局长则指了指她，说道："回去等你的报告。"

探长愣了愣，对周围人吼道："还发什么呆？收拾东西走人！"临走前她不忘看了一眼那个引起蒋方舟那么大反应的罐子，只见上面清楚地标着"W市人类精子库"的字样。

5

宽阔的梳妆镜上显示着晚间的新闻节目，内容是大选的电视辩论重播，一位意气风发的年轻女士正在大谈自己对试管生育名额分配的相关政策。蒋芳舟笑着摇了摇头，将视频画面缩小挪到了镜子的左下角。

"怎么？觉得她讲得不好吗？"镜子里出现了另一个身影。

蒋芳舟束起金色的长发，对着镜子观察眼角的鱼尾纹。"反正要不要孩子暂时跟我们也没多大关系。"

那个身影脱下了制服，缓缓走到她的身后。"亲爱的，你确定不想要吗？"她的手轻轻地放在了蒋芳舟的肩上。

"既然你这么着急，那你来当孩子的妈吧。"蒋芳舟回过头来，发现对方正深情款款地望着自己。那双柔软而有力度的手正在她身上来回摩挲着。"我说你……"

两个脑袋缓缓靠近，四周的灯光也渐渐暗了下来。"不行，明早还有一个很重要的会议。"蒋芳舟将对方推到一边，起身走开。对方一脸失望地坐到了梳妆凳上。蒋芳舟钻进了被窝，做了个请的手势。"总统阁下，请上床。"

"我洗个澡，你先睡吧。"廖薇无精打采地挪走了。

等廖薇裹着浴巾回到卧室时，发现妻子正抱着一块砖头仔细地研究着。

"那是什么？一本书吗？"总统一脸惊讶。

蒋芳舟撇撇嘴。"不是书是什么？砖头吗？"

"我说你可真有情调，从哪儿搞来的古董？"廖薇上了床，凑上跟前想看个究竟。

"不是古董，新书。"蒋芳舟亮出封面，那是一个长着大胡子的女人的照片。

"萝莉·泰？你怎么还看她写的书？"廖薇顿时没了兴趣，"她就是一个宗教狂热分子，跳梁小丑。想不明白居然还有这么多人追随她。"

"我觉得这书中的内容还是有些许可取之处的。"

"你不会是被洗脑了吧？"廖薇一脸关切地问道。

蒋芳舟用书砸了她一下。"去你的，洗脑的活儿都被你这种人干完了，哪里还轮得到别人。"

"我这叫有忧患意识，你懂不懂？要不你给我读两段，让寡人鉴定一下。"

"哼。"蒋芳舟翻到了刚才看到的位置。

"在大混乱的早期，梵蒂冈曾经试图解释这一切。结果众所周知，那就是'第二次宗教改革'的失败。在新的解释中，人们认定'审判日'已经到来，所有的女人都被认定为罪人。作为亚当身上剥离的肋骨，女人们成了恐惧与绝望的牺牲品。在拉美地区，甚至出现了将大批女性送上火刑架来进行赎罪的惨案。大混乱初期基督教世界的疯狂程度，远远胜于中世纪对女巫的迫害与杀戮。以至于在大混乱的后期，西方世界女性人口的数目居然减少到男性人口数的一半。当然这些触目惊心的事件也间接推动了'第三次宗教改革'的诞生……"

"都是些陈词滥调罢了。"廖薇拿出终端板,浏览着几个新闻主页。

"卵卵细胞融合技术的出现,为人类文明的延续开辟了一条亘古未有的道路。很快,人类社会由混乱回归到理性,新一轮婴儿潮的到来给社会注入了一股新的活力。随着女性人口的增长,男性人口逐渐步入老龄化。世界各地犯罪率持续下降,各国之间的摩擦与矛盾逐年减少。梵蒂冈说这是上帝的恩赐——此时教皇以及各国政府官员大部分都由女性担任,男人作为进攻性极强的生物,在历史上犯下太多的罪孽,因此,上帝决定抹除这一存在缺陷的生物,将世界还给完美纯洁的女性。这便是第三次宗教改革的核心内容。

"……以至于在复仇主义的煽动下,出现了几起针对男人的报复事件。有人说这只是平静湖面上的一小片涟漪。毕竟自从男性进入老龄化阶段以来,整个世界迎来了过去几千年间都没有的和平时期。在文化、艺术、经济等领域,女人们似乎比男人做得更好。虽然科技发展依然进展缓慢,但是这只是大混乱造成的知识断层,用不了多久,世界又会重归正轨,或者说,真正地变成人们理想中的社会。事实似乎也真是如此,在人类完全迈入单性别社会的这三十年来,经济持续增长,贫富差距被控制在很小的范围内,科技水平突飞猛进,新一轮的太空探索高潮即将来临。

"……但是,文化艺术领域却散发着一种令人不适的气息。你还记得最近看到的一部好电影叫什么名字吗?你还会去阅读当代小说吗?互联网上为什么充斥着呆板与乏味?流行音乐究竟为什么听上去像是一坨屎?这些问题你们问过自己没有?也许你我或多或少都会有些疑惑。一开始,人们去古代的经典中寻找答案,然而这种尝试被一双无形的大手阻拦了。你在任何图书馆里都寻找不到诸如《红楼梦》《罗密欧与朱丽叶》——也许你压根就没有听说过这个名字——等书籍,你也无法在正规的网站上下载到《罗马假日》这样的爱情电影,而寻找过去的流行歌曲简直就是大海捞针!

"这到底是为什么？我们在选择性地回避什么？历史越来越模糊不清，现在的孩子，有谁知道她们祖母的祖母是怎么生下来的？有谁能理解两性家庭的生活？有谁又能体会到两性之间的爱情？没错，我们一直在回避这一事实，那就是这个社会在隐秘的不为人知的角落里向往着异性之间的爱情。在人们的内心深处，她们渴望被男人拥入怀抱，她们渴望与男人做爱。然而在现实世界中，她们却连一尊描绘完美男人形体的裸体雕像都看不到。人们正在忘却那个世界，那个由异性恋为主体组成的世界。但是忘却并不代表彻底地抹去，因为基因决定了绝大部分女人会对男人产生生理反应。

"想想看，这是一个多么可怕的世界。在异性恋的世界里，同性恋者尚能找到自己的性伴侣，然而在单性别社会中，异性恋者将被完全压抑，永无天日……

"我觉得这个家伙确实有些偏激，毕竟男人早就死光了，我们总不能凭空造出来一个吧。"蒋芳舟说道，结果旁边传来了廖薇的呼噜声，她笑了一下，将书合上。

黑暗中，她回想着白天的事情，内心忽然被一种强烈的渴望唤醒。她小心翼翼地与它保持距离，却又一步一步地向前靠近。一片光晕中，那个长着大胡子的女人在向她微笑致意。

6

"在昨日的电视辩论中，共和党提名候选人麦琪·米歇尔阐述了自己针对试管生育名额分配的一些观点……"画面切换，一个年轻女子正慷慨激昂地陈辞，"我们有理由相信，廖薇总统并不打算改变现有的生育政策。我们不能容忍在这样一个国家，依然有少数人享有这样一种特权，那就是，由于基因或者纯粹是社会地位等方面的原因，她们能够比普通大众生育更多的后代……"

"玛莎，把麦片递给我。"初探长盯着手中的终端板，一只手忙着拧开牛奶桶。

她的爱人从滋啦作响的培根面前挪开，在橱柜里拿了一盒麦片，递给了初探长。"小初，赶紧把你碗里的东西吃完，别光顾着发状态！"探长旁边的一个小女孩放下手中的终端板，朝初娘做了一个鬼脸。初探长回敬了一个，继续浏览早间新闻。

"昨日，一名工程人员在本市一家医院的冷库中发现一具百年前的男性干尸。该尸体样貌保存完好，死因尚不知晓。据医院发言人透露，该院的冷库已经使用了一百余年，至于为何会在这里出现尸体，还有待警方给出进一步解释。据悉，卫生部总长蒋芳舟亲自莅临现场指导工作，并于晚些时候行使了A级特权。具体原因，国务议会尚未给出解释。不过在推博上有传言说，现场发现了人类精液样本……"

玛莎转过身来，将培根鸡蛋放入探长的盘子中，朝她脸上轻轻一吻。"亲爱的，我去上班了。回来的时候路过超市，记得买些西兰花。"

"我不爱吃西兰花。"小初不满地咕哝道。

玛莎装作没听见，拿起背包和钥匙，在小初额头上亲吻了一下。"你们俩玩得开心哦。"

小初努着嘴，继续扒拉着碗里的海藻粥。

房门关上。"好啦！就剩咱们俩了！"初探长啪的放下手中的终端板，大声说道。小初吓了一跳，盯着初娘，然后脸上流露出一丝兴奋。"出去玩喽！"探长一把抱起自己的女儿，向客厅奔去。

与此同时，在数百千米外的首都，一处秘密的地下掩体中，蒋芳舟一干人等正焦虑地关注着玻璃隔板对面情况。

无菌实验室中，一名穿着防护服的工作人员正在对样本进行展示说明。宽大的工作台上摆放着一个刚从液氮储存箱里取出的塑料杯。"我们在两个储存罐中共发现了四十份精液样本，其中一半感染了Y病毒，而剩下的样本中，十九份完全失活，只有一份仍然有活性。不过活跃精子所占的比例也仅有百分之一。"

"这就够了。"蒋芳舟心里默念道。

"稍后我们将对存活精子进行染色体分析，以便分类储存。至于是否做遗传基因序列测定，还要等待进一步指示。鉴于最后一位 Y 病毒感染者已于三十年前死去，这批精液样本暂无感染 Y 病毒的风险。目前，仅有少数研究机构依然保存着病毒株。"

"那么我们这里是否也存放着这种病毒？"蒋芳舟对着通话器问道。她旁边的研究所领导脸上掠过一丝尴尬。

研究员迟疑地朝所里领导望了一眼，见后者轻轻地点了点头，才说道："在这间实验室向下五层的病毒库中，我们还存有一份 Y 病毒样本。"

"很好，"蒋芳舟赞许地点了点头，转过身对所有人说道，"你们做得很好，历史会记住你们的功劳的。"

所长有些诚惶诚恐。"不敢当，不敢当，我们还不知道这会给整个社会带来多大的震动。毕竟现在还有不少极端组织在四处活动。"

"你是说？"

"X 姐妹会。"

7

银幕上正在放映一部古老的动画电影。初探长抱着一桶爆米花，拉着女儿，在忽明忽暗的光线中寻找座位。

"嗨，你挡住我了，同志。"

"对不起，对不起。"初探长赶紧坐下，女儿手里的棉花糖沾了她一袖子。

电影院响起了动人的歌声，那对小机器人牵起了手，影片到达了一个小高潮。忽然，画面生硬地一切，一个镜头貌似被减掉了。初探长哼了一下："连这种给小孩子看的动画片都不放过。"

"初娘，什么啊？"小初扭过头问道。

"没什么，以后你就懂了。"初探长并不打算跟她讲那么多。

过了一会儿，当瓦力与伊娃伴随着悠扬的音乐，划着优美的曲线在太空中翩翩起舞的时候，初探长惊奇地发现，后面的镜头居然没有被减掉，一对胖乎乎的男女在巨大的玻璃舷窗下不期而遇了。

观众中顿时传出阵阵惊奇之声。

"初娘。"

"嗯？"初探长抓过一把爆米花。

"你说机器人有男女之分吗？"小初瞪着水汪汪的大眼睛满心期待地望着她。

初探长完全没有想到女儿会问这种问题，她一时语塞，不知道该说什么好。就在她搜肠刮肚之时，几个蒙面歹徒"救"了她。

藏在观众中的几个穿连帽衫、蒙着面部的家伙忽然跑到银幕前，高喊着"异性恋去死"的口号，用红色的喷漆在银幕上画出了一个大大的"X"。现场顿时一片混乱，观众们纷纷指责闹事者这种不可理喻的行为。很快，大桶的爆米花与可乐纷纷砸向那几个蒙面歹徒。电影院保安也很快赶来，那几个人见势不妙，从侧门溜走了，临走之前还向人群撒了一堆传单。

回家的路上，初探长意犹未尽地回忆着刚才自己的英勇行为。所谓英勇，不过是手里的矿泉水瓶砸中了某个毫不相干的人。

"可是，初娘，什么是 X 姐妹会啊？"小初手上不知从哪儿冒出来一张传单。

"你从哪儿拿的？"初探长光火地说道，"这种垃圾还是趁早扔掉的好。"说罢她夺过传单，扔到了车窗外面。

"喂！"小初生气地努着嘴，"是你说不能随便扔垃圾的。"

初探长撇撇嘴。"哼，我还说不能抽烟呢。"

小初双手交叉抱在胸前，转过头去，不再理她。就这样，二人一路僵持到家，中间谁也没再搭理谁。傍晚的时候，玛莎回来了。看到小初一脸的不高兴，于是向自己的爱人兴师问罪。

"这事儿你少管，小孩子不能这么惯着。"初探长说罢点起了一支烟。

"好，你吸烟我也不管，那你西兰花买了吗？"

"……"

当日晚些时候，初探长抱着自己的被褥，悻悻地搬到了书房里。安顿好后，她登上自己的推博，想浏览一下网上的新鲜事，却惊诧地发现，自己被@了上千次之多。初探长的推博是加了T的，个人认证信息是"W市警察局初探长"。平日里也没有几个粉丝，转发量就更别提了。

一下子多出来这么多条提醒，初探长又是兴奋又是疑惑。兴奋的是，自己终于火了一把；疑惑的是，到底是什么让自己火了。原推博是一个不知名的网友发的关于市医院冷库里发现精液样本的谣言，其中还不忘添油加醋一番，末尾加上了"求辟谣"并@了初探长。这条推博经过几个大T的转发，转发量瞬间突破五千，直逼一万，可见引起的关注度有多么高。那边网友们一个劲地呼唤着初探长出来辟谣，这边初探长也有些坐不住了。她在书桌上一划拉，木质的台面上亮起一个键盘。她琢磨了一下，发出了这么一条：

现场是发现了写有'W市精子库'字样的容器，具体里面装了些什么，里面的东西保存得怎么样，只能等官方的说法。除此之外，本人不发表任何见解，以免误导大众。

她在空中一戳，看到屏幕上显示"发送成功"几个字，便关上终端，满意地裹着毯子在沙发上睡去了。

8

已是深夜，研究所已经人去楼空。小李百无聊赖地在自己的终端板上玩着游戏，完全没注意到有人刚刚通过了地下三层的电梯，此时正向她这里走来。

空旷的走廊里响起了高跟鞋的声音，一个高挑的身影由远及近。小李一时不知所措，慌乱中打翻了桌上的一叠文件。

"总……总长女士，您深夜造访有什么事？"

蒋芳舟蹲下身帮她捡起地上的东西。"我白天来的时候落下了一些东西。"

"您派人来取就行了，何必亲自来一趟？"小李显得很紧张。

"都是一些重要文件，还是我自己来比较好。"

"哦，好，我给您开门。"小李打开一个界面，蒋芳舟将手腕伸进一个环形的装置里，她手上的镯子一亮，旁边的门哗的一声开了。

"我可能需要查阅一些资料，要待上个十几分钟。"蒋芳舟进去前对小李说道。

小李点了点头，目送总长进去，最后终于舒了一口气。

蒋芳舟径直来到了白天去过的地方，发现研究人员已经将样本分类，还没来得及放进库中。她打开一个冷藏柜，将其中的一个塑料杯取出，接着从口袋里掏出一个精巧的不锈钢容器，里面装的是她本人的卵细胞样本。她将这两件东西放到了工作台上，启动了生殖细胞融合程序。一个机械臂灵巧地从天花板上降下，用吸管分别将容器里的细胞取出，放入到一个合适的环境中。在几种催化酶的作用下，屏幕上精子和卵细胞完美地合二为一。蒋芳舟满意地打开一个子界面，启动了"着床"程序。在仪器准备的间隙，她脱下衣服，在旁边的台面上躺下，等待着机械臂完成这一切。

终于，计算机提示所有程序已经完成。蒋芳舟用仪器扫描了一下自己，各项指标显示正常。她满意地笑了笑，脸上流露出一种罕见的神态，这是孕妇特有的神态。她穿好衣服，用随身携带的程序消除了操作记录，整个过程只用了十五分钟。

小李目送蒋芳舟离开。她看了看隐藏监控摄像头拍下的录像，考虑是否向所长汇报这件事。终于，她还是犯难了。

9

深夜，初探长被电话铃声吵醒，电话那头的局长劈头盖脸对她就是一顿骂。初探长揉着惺忪的睡眼，将听筒挪至一臂之遥，等到里面传出的声音渐小,方才接过电话。"局长,什么事让您发这么大火?"

"什么事?你捅的娄子你还不知道吗?我没扒了你这身皮就算不错了,你倒好,反过来问我!"

探长顿时也有些火大。"您给我说清楚,到底是怎么回事?"

"就是你那条推博的事!"局长咆哮道。

"推博?我那条推博怎么了?"说着,探长打开了终端。

"你说你知道什么叫Ａ级特权吗?你知道什么叫有些事情不能说,有些事情打死你也不能说吗?你没事发什么推博啊?有关部门都没发话呢,你一个小小的地方探长倒是活蹦乱跳的。你以为你上面有人我就不敢动你?我告诉你初殷,你被停职了。现在你引起的问题已经上升到外交层面了……"

初殷这才发现自己的推博账号被封了,她登上小号,自己先前发的那条推博已经无影无踪,只有个别人隐晦地提及此事。这帮人真是愚不可及!这不是间接证明她说的话是正确的吗?初探长心里暗骂道。

"喂?你在听吗?"

"嗯,我还在。"初殷冷静地说道。

"你这个月就给我好好地在家里反省,等风头过去了再回来上班。"局长的语气忽然温和起来了,"也许用不了一个月,大家就会把这件事忘得一干二净。"

初殷一边有一搭没一搭地答着局长的话,一边在网上搜索相关的消息。

"……外交部已就此事辟谣……"

"……教宗对此表示严重关切……"

"……姐妹会等宗教团体表示强烈抗议,呼吁政府公布真相……"

诸如此类。

初探长挂断电话,头脑飞快地运转着。忽然她意识到,自己已无意中卷入了一场无谓的宗教争端里。希望这件事真的如局长所说,能够很快被大家忘记。

一周过去了,众人的视线早已被其他事件所吸引,而那些外交争端也被淹没在一些若有若无的猜测之中。初探长有些百无聊赖地用小号刷着推博,寻找一周前那件事的蛛丝马迹,结果令她很失望。

QQ上局长的头像忽然晃动起来,初探长心里"咯噔"一下,莫不是可以复职了?

画面上传来了局长的视频信号,是通过加密频道进来的。

"有个任务交给你。"局长开门见山。

"这么说我复职了?"

局长没理她,继续说道:"那件事表面上是平息了,但是有迹象表明,姐妹会等宗教团体正在向极端组织转变。就在昨天,瑞士的一间高能物理实验室丢失了一台反物质粒子发生器。目前我们还没有足够的证据证明这是姐妹会所为。另外,在一份未公布的文件中提到了一个人,而这个人目前就在内阁任职。联调局的人员不愿直接插手此事,害怕打草惊蛇,特意委托地方的人员进行调查。"

"哦。"

"具体信息在附件之中,你好自为之。"局长下线前补充道,"还有,此事不要对任何人提及,包括你的家人,否则事情就会变得很麻烦。另外,代我向玛莎还有小初问好,过年的时候再去看你们。"

10

阳光明媚得有些刺眼,谁能想到一个世纪前这座城市还笼罩在致命的雾霾之中。国会大厦前的台阶上,一群记者正在采访一位身着卡其色风衣的女士。

"国务卿阁下,请问你对网络上有关W市发现男性精液样本的传言怎么看?"CNM记者将实况转播笔举到了汪静薇的面前。

"我也上推博,知道有这方面的说法。但是据我掌握的消息,没有证据表明此传言的真实性。你也知道,有些人为了某些个人目的,故意夸大歪曲事实,赚取关注度,这早就不是什么新鲜事了。"汪静薇扶了扶眼镜，回答道。

"你好，我是《华盛顿邮报》的记者。梵蒂冈教宗近日要来访，请问这是否说明了贵国与教廷之间的关系会有缓和的可能？"

汪静薇微微转头，面向那位记者。"有关宗教事务方面的问题你可以问宗教事务司的林露雨，她此刻正在推博上接受网友提问呢。"

"国务卿阁下……"那位记者还想说些什么，却被汪静薇的一个手势打断了。

"不好意思，我有一个重要电话要接。"一旁的安保人员迅速将她与人群隔开。

她点了一下眼镜侧面，转身背对记者。"你怎么会有这个号码？"

"我们找个时间谈谈吧。"电话里传来初殷的声音。

一间不起眼的拉面馆里，初殷正在用眼镜翻阅目前掌握的一些线索。透过眼镜，一张全息图投在了拉面馆油腻的桌面上。

"你还是老样子，一点儿也没变啊。"汪静薇摘下墨镜，坐在了她的对面。

初殷抬起头，微微一笑。"倒是你，已经完全没有了原来的模样。"

"说吧，有什么事？"汪静薇开门见山。

"你知道一个叫'X姐妹会'的组织吗？"初殷叫了一碗拉面，"你吃饭了没？我请客。"

汪静薇摆了摆手。"我吃速食胶囊。这年头各种组织多如牛毛，你说的那个是什么类型的组织？"

"目前看上去还是人畜无害的宗教团体，宣扬绝对的'女性主义'，认为男性的灭绝是遭受了'天罚'。和教廷是一脉相承。"

"但是？"汪静薇抬了抬额头。

"但是有迹象表明，她们正在策划一次恐怖袭击。"一个桶型机器人将一碗素拉面端到初殷面前。

"这事情不应该由你上司的上司来汇报吗？"

初殷抽出筷子，笑道："事情要是有那么简单就好了。"

一边吃拉面,她一边通过眼镜检索信息。"用一台标准反粒子发生器制造一枚一千万当量的反物质炸弹需要多长时间?"

汪静薇一愣,表情顿时变得严峻起来。"你是说欧洲核子中心的失窃事件与你所说的'恐怖袭击'有关?"

初殷喝了一口面汤,抿了抿嘴说道:"动机,凡事要讲动机。一个恐怖组织,策划一次恐怖袭击,要达到怎样的目的,这便是动机。"

她放下碗,一种饱足感在她脸上泅出一圈红晕。"'X姐妹会'作为一个宗教极端组织,确实有很多潜在的动机。比如,像我国这种世俗化程度比较高的国家,是很有可能成为恐怖袭击的目标的。但是,令我搞不懂的是,这种袭击,会给她们带来什么好处?要知道,她们的敌人早在一百年前就消得无影无踪。与之一同消失的,便是存在了几千年的两性社会。"初殷说到此处,眼神变得坚定起来。

汪静薇从手袋里掏出一个金属小盒,盒子的表面镶嵌着几颗幽暗的蓝宝石。她打开盒子,从里面拿出一根香烟,递给了初殷,帮她点上。玫瑰味的烟雾笼罩在小店里,气氛一度变得有些诡异。

"要知道,"汪静薇终于开口了,"从根本上改变一个社会的固有观念在短期内几乎是一件不可能的事。在这样一个社会里,即便是我们这种世俗民主国家,异性恋依然是一种禁忌。当然,异性恋也没有条件发生。不过这并不妨碍人们追求性取向自由的步伐。有些人不惜通过做变性手术来满足自己的伴侣。其实在学术界,也有很多人在做将男性重新带回人类社会的尝试,然而她们都失败了。用那句老话来讲就是,过去的就过去了吧。"

她们一同走出拉面店,天空飘起了零星小雨,街面开始变得湿漉漉的。二人相视一笑,朝各自的方向走去。

11

两件事情打乱了初殷的所有部署,一件是萝莉·泰遇刺身亡,另一件便是蒋芳舟怀孕的消息。两条新闻犹如两颗重磅炸弹,在世界上掀起了巨大的波涛。萝莉·泰的遇刺激化了"异性恋主义者"与教会的矛盾；而蒋芳舟的怀孕，则激起了各国的强烈反弹。

西太平洋共和国第一时间宣布断交，紧接着教廷召集会议商讨对策。毕竟，比起那些存在于书本与音像制品中的幽灵，她们有了一个真正的敌人。

接踵而来的便是一系列的经济制裁措施。其间，国会两次弹劾总统，均未能得逞。当满世界都在为那个即将出世的男婴而焦虑不安的时候，初殷依然在默默地沿着"X姐妹会"留下的线索艰难前行。然而，就在她即将接近真相的时候，战争爆发了。

廖薇离开总统办公室，她的身后传来陆军参谋长宋菲君的咆哮。进入电梯，下行至地下十三层，她来到了蒋芳舟所在的病房。

"一切都结束了。"廖薇握住蒋芳舟的手说道。

病床上的蒋芳舟面容憔悴，不由得抱紧了怀中的婴儿。总统示意随行的人员将孩子带走，母亲发出一声凄厉的尖叫："放开他！"

"你当初做那件事的时候就应该想到现在的结果！"总统怒吼道，"我一路支持着你走过来，而支撑我的不是所谓的信仰，也不是狗屁爱！而是责任！现在，我尽责了！玩儿完了，OK？游戏结束了！把孩子带走！"廖薇转身离开，留下乱作一团的护士与警卫。

黄海外海，前来谈判的汪静薇所乘坐的直升机缓缓地降落在"希拉里·克林顿"号航空母舰的停机坪上。船的栏杆上挂起了红蓝白三色彩带，宣示着这是一个重要的仪式。

鲜红色的地毯上，落下一只紫色高跟鞋。汪静薇一袭紫色连衣裙，缓缓地走向地毯尽头的各国首脑。在此，她将代表总统签署投降书。

大雨刚过，一抹阳光透过云层射了下来。初殷推开终端机，决定放下手头的工作。安静的乡下仿佛处于另一个空间，与外面的战争阴云相比，这的确有些太安静了点。

忽然，屏幕右下角出现一则信息提示。发信人不详。内容：帮我照顾好她和孩子。

初殷愣了一会，瞅了瞅正在院子里玩耍的小初，一种莫名的恐惧涌上心头。

谈判桌前，汪静薇打开手中镶嵌着蓝宝石的金属小盒，里面是一个控制面板，它连接着隐藏在全球各大城市里的反物质炸弹。而其中一颗，就在她的胸针上。那是一朵绽放的玫瑰。

"既然改变不了什么，那就让过去的过去吧。"她最后说道。

编后记

如果你想在作品中做"某人群个体数量的变化如何影响社会"的思维实验，疾病等自然灾害无疑是最方便的切入点。人群的划分可以依据职业、种族、年龄、性别等等因素。在刘慈欣的《超新星纪元》中，辐射病杀死了所有的成人，儿童成了世界的主宰。而在这篇《最后的遗产》中，"轻流感"杀死了所有的男性，人类社会变成了"女儿国"。

回顾历史，大规模流行病确实曾影响人类文明的走向。公元2世纪至3世纪，古罗马帝国的衰落或许就是因为天花的肆虐。14世纪，黑死病使得欧洲人口锐减，动摇了罗马天主教会的地位。16世纪，天花随殖民者进入美洲大陆，杀死了近九成的北美印第安人。

人类社会在各种偶然性的作用下才发展至今天的模样，而其中最戏剧化、最令人无可奈何的因素大概就是疾病了。下一场突如其来的流行病又将把我们带向何方？谁也无法预知。

高原峡谷

萧河

作者说

  故事的灵感最初来源于一次远行。坐在火车上，我捧着克拉克的《天堂的喷泉》，赞叹其中的科技细节描写。读了几页，抬头思索，看窗外的群山退去，突然就想到，如果未来人口持续增长，地球的表面容纳不了怎么办——把地球表面积增加效果如何呢？要怎么实现？只是人口增长似乎不太合理，那么加上全球变暖，海平面上升吞噬陆地呢？如何一劳永逸地解决这个问题？

  于是，在火车如游龙般在黑夜中穿行时，一个故事的雏形诞生了。在拯救世界的大幕下，各个角色陆续出场，带着各自的性格与目的，上演了一场只有在小说中才可能发生的大戏。而小说的魅力也正在于此——探索现实中不存在的可能性，并开出绚烂的想象之花。

一　请神

六月北京的天气，有点像小孩的情绪——喜怒无常，不仅来得毫无预兆，去得也很快。刚刚的一场骤雨瞬间洗净了这座城市上空的灰霾，就像魔术师猛地扯掉了盖在天空中的蒙布，把轮廓清晰的北京城暴露在明朗的阳光下，呈现在地球之外的观众面前。

至于到底有没有观众，杨佳珏暂时没有心思往下想。眼下她只是受够了这见鬼的天气，没有一点点防备的她淋了个正着。头发一缕缕地贴在脸上，倒也给她平添了一丝意外的妩媚。杨佳珏一边抱怨这大陆性季风气候，一边又有些惋惜——可能过了不了多久，就不能这么说了。因为迎面吹来的风里，已经隐约可以闻到一股海腥味。

如果不是为了完成任务，杨佳珏想不出遵纪守法的自己有什么机会来监狱。趁着等待办理探监手续的空当，她透过大门上的小窗往里瞄了一眼：和从老电影里得到的印象不同，里面简直不像监狱：中间一条极宽的过道，监舍在两边一字排开，光线很亮，地面整洁，没有阴暗脏乱的景象。隐约看见几个清洁机器人在忙碌着，显示出这这座监狱的现代化水平。

"不，不行。他拒绝来探望室见任何人。任何人要拜访他，必须自己到里面去。"

"那好吧。他在哪个房间？"

"进了门一直向前走，左边尽头第一间。顺便提醒你，他的脾气可比这儿的天气还差。"

"好的，谢谢。我已有思想准备。"

杨佳珏深吸一口气，理了理头发，走进狱警拉开的大门。

人都是有感情的，沟通不顺利的话，往往是方法不对。杨佳珏这样想着。比如要想打破一池平静的湖水，在岸边用力跺脚注定是徒劳，只需要往湖心抛一颗小石子就行了。但她没想到，同样地，要想搅了一座男子监狱的安宁，需要的只是一双高跟鞋。

"咔嗒，咔嗒，咔嗒，咔嗒……"

安静的午后，这样极具节奏感的高跟鞋声，无异于惊蛰时分一阵唤醒虫子的春雷，整座监狱随之骚动起来。

"嘿！长腿小妞，看这边！"一个大个子囚犯张嘴笑着，身体抵着牢门栏杆，就像一只短舌头的野狗。

"看这儿！""这儿！这儿！"其他犯人跟着起哄地叫道。

杨佳珏目不斜视，但已脸色绯红，呼吸急促。犯人们越来越起劲了。还有十几步的距离，她硬着头皮往前走着，只怪这过道怎么这么长！

"咳嗯！"突然，前面传来一声干咳。起哄声立刻低了下去，等杨佳珏走到最后一间监舍的前面时，这里竟变得和之前一样安静了。

咳声就是从最后这间监舍传出来的。一个精瘦的身影背对着外面，双腿盘着，腰板直挺，好像在打坐。

"吓到你了吧。如果知道他们这样无礼，我会考虑出去见你的。不过放心，下次不会了。"没等杨佳珏开口，里面的人先说道。不过他并没有动，仍然保持着原来的姿势，背对杨佳珏。

"没关系的，谢谢。您好，张老师，我是……"

"让我先用耳朵猜猜你是谁，说错了你再告诉我也不迟。"

"用耳朵？"杨佳珏有点不明白他的意思。

"从你走路的节奏判断，你的鞋子并不太合脚，可能是新鞋。这说明你平时不穿高跟鞋，不会是为了找我才匆匆买的吧？那可太荣幸了。你的嗓音听起来在二十四五岁左右，这个年龄段还不习惯高跟鞋的女孩，应该还在读书，是研究生吧。你叫我老师也证明了这一点。刚才的起哄说明你长得还挺漂亮。那么，你是楚天舒的学生？"

杨佳珏张大了嘴巴，惊讶得说不出话来。面前的这个人还没转过身看她一眼，就把她的信息分析得清清楚楚！

"我说得对不对？"

"您猜得一点儿都不错。"

里面的人转过身，面露得意之色。他的脸看起来并不像一个五十多岁的人，尤其是他的眼睛，透着一股孩子般的明亮。突然，他好像很吃惊的样子,看着杨佳珏的脸好一会儿,好像在辨认什么似的。

"张老师闻声识人,名不虚传,学生实在是佩服。"杨佳珏先打破了这小小尴尬。

"咳,雕虫小技而已,见笑了。敢问姑娘芳名?"

"我叫杨佳珏,现在跟着楚老师学习,研究方向是地质动力学。"

"在下张一川,也是搞动力学的。"

"张老师的名字如雷贯耳。说起来,我应该叫您一声师叔呢。"

"套近乎就不必了,我早就被逐出师门了,叫我老张就行。"

老张的双眼滴溜溜地盯着杨佳珏鼓鼓的提包,嘴角微微上扬了一下:"大名鼎鼎的楚院士让你来找我,想必是遇到了小麻烦?"

"我们的工程是遇到了……一点问题,希望能得到您的帮助。"杨佳珏一边从包里掏出一沓厚厚的工程资料,一边咬着嘴唇说道。

"哎哟,那可使不得!楚院士都解决不了的麻烦,我这阶下囚怎么敢造次插手呢?万万使不得!赶紧收回去!"

"张老师,我知道您和楚老师之间,有点误会……"

"误会?把我设计进监狱关了十年只是误会!哈哈哈!"老张放声大笑。其他犯人听到笑声,又开始骚动起来。

"张老师,您应该知道外面的形势已经是什么样了……这是个影响人类未来发展的超级工程,关系到数亿人的生活,希望您能不计前嫌,帮我们攻克难关,一起创造历史!"杨佳珏不想放弃,此时此刻,她感到肩膀的责任有千钧重,自己简直就是圣母玛丽亚,救世主一定要在今天诞生。而且,这地方她再也不想来了。

老张的眼睛亮了一下,但随即又恢复了不屑的神情,把脸贴在栏杆上盯着她。"我对外面的形势不关心,对创造历史也没兴趣。回去告诉楚天舒,就算他亲自来求我也没用。"

杨佳珏失望地转过身,看来这次是无功而返了。临走前,她忍不住回头看了一眼,发现老张正出神地望着她,见她回头,又马上皱紧了眉头,叫了一声:"告诉他,没门儿!"

杨佳珏眼珠一转,噘起嘴小声说了一句什么,便迈开步子要走。

"回来！你刚才嘀咕什么？"张一川一脸怒气地瞪着她。

"没嘀咕什么啊。反正您也不感兴趣嘛。"杨佳珏故作轻松地说道。

"我都听见了！你说'还以为多厉害呢，不过是浪得虚名罢了'，是不是？"

"看见那么厚的资料，心里发憷是可以理解的。尤其像您，在这里面待了十年了，外面的研究可是一刻没停呢。"

"你觉得我害怕了吗？"

杨佳珏不说话，昂起脸，大眼睛扑闪了几下，既是承认，又像挑衅。

"你究竟知不知道我是谁？"

"我只知道SCI[①]里被引用次数排前二十名的地质动力学类论文中，有十一篇的第一作者是你的名字；我们一直在用的教材是你主笔的；我还知道你是闻院士的关门弟子，还是发明地动仪的张衡的第七十九代后人！"

这一招是临行前楚天舒叮嘱杨佳珏的"锦囊妙计"，正中老张的软肋。虽然明知是激将法，但是连显赫的祖先都被挖出来了，老张知道面前的小丫头并不好对付。他叹了口气。"资料拿过来！"

杨佳珏喜笑颜开地把资料递了进去。

"天梯工程？"老张瞟了一眼封面。

"对！"杨佳珏点点头，从项目的大背景开始，向老张介绍起整个工程来。

"挑重点说，你只有五分钟了。"老张头也不抬地打断了她，眼睛仍在快速地扫着资料。

杨佳珏吐了吐舌头，三句并作两句地开始说明。门口传来一阵敲打声，狱警在提示时间到了。等杨佳珏讲完，老张也正好翻完了。"啪"，他手一扬，把资料丢了出来。

"怎么样，张老师？"杨佳珏怀疑他刚才是不是认真在看。

"按照你们的搞法，光是一期工程部分就至少要三十年。"

[①] SCI，科学引文索引（Science Citation Index）的缩写，是目前国际上公认的最具权威的科技文献检索工具。——编者注

"对。问题就在于,我们等不了三十年啊。您有什么办法吗?"

"办法不是没有。你们想不想把三十年的工期变成三个月?"

"啊,张老师!我们要的就是这个!"杨佳珏声音颤抖,激动地跳了起来。但接下来,她又像一个泄了气的皮球,因为老张已经转过身去,幽幽地说道:"但我要是不愿意帮你们呢?"

回去的路上,杨佳珏没说一句话。她不想让楚天舒失望,可越这么想,心情就越沮丧。

"楚老师。"杨佳珏唤了一声。门半开着,楚天舒一边接着电话,一边示意她进来坐下。杨佳珏感觉自己没把事情办好,不好意思坐,便局促地站在办公桌旁。

"怎么样啊,小杨?"楚天舒扶了扶眼镜,微笑着问道。

"我费了半天劲,才让他看了项目资料。可张老师他……不愿意帮我们。"杨佳珏没好气地说道。

"哦?他怎么说的?"

"他说……就算您亲自去求他,都没门儿。没门儿!"杨佳珏把老张的语气都学出来了。

楚天舒被她逗乐了。"还说了什么?"

"嗯……还问我知不知道他是谁,问我们想不想把项目工期从三十年缩短到三个月。"

楚天舒突然哈哈大笑道:"这个混账东西,太了解我了!你注意到他的房间里都有什么了吗?"

杨佳珏想努力回忆了一会:"到没有什么特别的,只有书,很多的书。"

"这就对了。小杨,你已经成功了。只不过以他的德行,不会这么痛快地答应下来,他要提条件。过两天你再去一趟,准能成了。"

"什么条件?"

"不管什么条件,都答应他。"楚天舒的语气很严肃。看着杨佳珏吃惊的样子,他的语气缓和下来:"对了,小杨,晚上有几位局里领导请吃饭,你没事的话,和我一起过去吧。"

"我……在实验室的数据……"杨佳珏支吾着,她实在不想去。

"实验室的事,交给赵鹏就行了。晚上我开车去接你。七点钟,别迟到了啊。"

是啊,这也是工作的一部分。楚天舒经常这样和她讲。比起实验室的枯燥研究来,这样的"工作"对项目的推动更有效呢。想起每天泡在实验室的男朋友赵鹏,杨佳珏心里升起一丝愧疚。不过既然都是为了项目,也就无所谓了吧。

杨佳珏有些失落地发现,当她的高跟鞋交响乐再次在监狱的过道上奏响时,并没有得到想象中的回应。整座监狱静如死水,男人们隔着铁栅盯着她,表情就像被骗了的公牛。

"怎么样,我和你说过,他们不会再无礼了吧。"好像预料到杨佳珏会再来似的,老张有些得意地先打了招呼。

"您是这里的头儿?"杨佳珏试探着问道。

老张没有直接回答,笑嘻嘻地说:"我只不过能让他们过得更舒服些。当然,得是我高兴的时候。如果我不高兴,他们就会过得难受一点儿。"

杨佳珏接着话题说道:"早就听说,张老师即使身在阶下,仍有很多工程公司跑来请教您。"

老张笑道:"他们都有一个特点。"

"哦?什么特点?"杨佳珏装不懂。

"出价都很高。"老张倒很坦然。

"那是不是只要出价高,您就肯出手相助呢?业界传说,还没有您搞不定的问题呢。"杨佳珏赶紧给老张现场定制了一顶大高帽。

"当然。帮别人就是帮自己嘛。"

"那太好了!天梯工程的事,就拜托您了!您开个价吧!"

老张用眼睛打量了一下杨佳珏,讥诮道:"楚院士真大方啊,和那些自掏腰包的小家子气民营企业家就是不一样。"

"张老师,您就别冷嘲热讽我们了。您说个范围,我去跟楚老师汇报。"

老张摆了摆手:"这个项目,我不会要一分钱。"

"啊!张老师!没想到您这样高风亮节!"

"哎哎,你这孩子!我还没说完呢。虽然不要钱,但我有三个条件,缺一不可。"

"什么条件呢?"杨佳珏拿出一个小笔记本,准备做记录。

"第一,我要立刻获得假释,这样我才能投入全部精力参与这个工程;第二,在项目组里,我要一个总工程师的位置,至少是副总工,要有绝对的话语权,可以调遣一切资源。"

"第三条呢?"

"第三嘛,"老张踱着步,慢悠悠地说道,"十瓶五九年的茅台酒,明天就要。"

杨佳珏皱了皱眉头。"张老师,我对酒算有一点了解,您刚说的可算是稀世珍品了,只怕整个市场上都没有十瓶。您这不是成心为难我们吗?"

老张笑了。"可以啊,看来楚天舒没少带你应酬吧?市场上是没有,不过楚天舒知道哪儿有。能不能搞到手,就看他的本事了。"

"张老师,您说的前两条都可以商量,但这第三条……冒昧问一句,和整个工程有关系吗?"

"怎么没关系?"老张瞪圆了眼,一脸正经地说,"这是工程的一部分!"

二 天梯工程

"啪!"楚天舒接过杨佳珏的笔记本,看了一眼便拍案而起。"简直无理取闹!"

从没见过导师发怒的杨佳珏,看到楚天舒刚才的样子,吓得不禁耸了一下肩膀。

导师眼睛微闭了一会儿又睁开了,仿佛做了什么重要决定似的。"小杨,我要出去一趟,明天才能回来。你和赵鹏把后天专家评审会的材料再整理一下。"

"您有办法了？"

楚天舒叹了口气。"张一川醉翁之意不在酒，他是在试验我的公关能力。他已经预见到，这个工程将会面临很大的阻力。这种酒买不到，只有顶级的收藏者才有。据我所知，这样的人整个北京只有一个。只是我人微言轻，姑且试试吧。"

杨佳珏惊讶于导师说话时的敬畏语气，这激起了她的好奇心，虽然话一出口她就后悔了："您要去哪儿？"

作为学生，她本不该打听导师的行踪。楚天舒回过头看了她一眼，轻轻吐出三个字。听了之后，杨佳珏就更加后悔了。她知道那并不是指一种香烟的牌子。

第二天晚饭之前，一份假释批准文件、一份聘任书以及一排贴着封条的酒盒，摆在了老张面前。老张眼前一亮，随即朝探监室外望了望。果然，杨佳珏在走廊里和一个男人说话。他一眼就认出了楚天舒。

老张大笑道："既然来了，怎么不进来和老朋友叙叙旧？"

楚天舒沉吟了一下，推门走了进来，脸上带着笑容。"好久不见了，张师弟！恭喜你重获自由。"

"哎哟，托楚院士的福，让我体会到自由的珍贵啊，哈哈！"

楚天舒的笑容有些僵硬，但是语气仍很亲切。"这么多年，都没空来看看你，真是不好意思啊。过去的误会，希望你能放下，不要影响了工作以及我们多年的师兄弟感情。"说着，向张一川伸出了手。

老张迟疑了一下，也伸出了手。杨佳珏看着两个年近五十的男人握手笑着，心想这就叫做"相逢一笑泯恩仇"吧。

楚天舒的电话很合时宜地响了起来。他和老张匆匆道别，一边接电话，一边用手势向杨佳珏交代了什么。后者点头会意，留了下来。

办完手续，张一川穿上自己的衣服，在镜子里照个不停。近十年的牢狱生活使他变得清心寡欲，但没有让他意志消沉，他甚至感觉自己比入狱前看起来更年轻了。杨佳珏看着老张，联想起《西游记》里被压了五百年的孙悟空，刚穿上唐僧亲手缝制的虎皮裙的场景，忍不住笑了出来。

"你笑什么？不好看吗？"老张恼道。

"没有，挺帅的。张老师，我带您去买套新西服吧，您这原来的已经有些大了。"

老张又照了照镜子。"还真是。不过干什么要你带我去买？"

杨佳珏板起了脸。"张老师，这也是工程的一部分。明天有个重要会议，作为副总工程师，您必须得参加。"

会议在学院顶层的会议室进行，几十位专家坐得满满当当。楚天舒西装笔挺站在巨型演示屏前的台阶上。他的头发虽有些白了，但人很精神，散发着一种学术泰斗的气质。

"咳，"楚天舒清了清嗓子，"各位专家、学者，大家上午好。很荣幸邀请大家参加这次会议，对天梯工程的可行性进行评审分析。"

楚天舒环顾四周，表情变得凝重。"在正式开始之前，我想先通知大家一个刚刚得到的遗憾的消息：上周的浮岛撞击事件，确认已经造成两座浮岛沉没，大约二十万人不幸遇难。"

台下一阵欷歔之声。

"浮岛是什么？"老张小声问身旁的杨佳珏。

"就是人工制造的超大型生态船。一些低海拔国家的人，自从海平面上升淹没了他们的国土以来，就一直在这些大船里漂着。上周的一场海上风暴，让来自荷兰的两座浮岛相撞，造成浮岛底部结构断裂，岛内涌进大量海水……怎么描述呢，您看过《泰坦尼克号》吧？"

"唉，真惨。"老张露出了很痛苦的表情。

楚天舒继续说道："显而易见，浮岛模式有着巨大的隐患，其可行性需要重新评估。我们需要更安全、可靠的方案，来缓解日益加剧的海平面上升造成的陆地面积减少问题。下面，请允许我为大家介绍我们的天梯工程。"

说着，他的激光笔向屏幕上一指："大家请看，这里是西藏自治区的地貌图。作为一片面积多达一百二十多万平方千米，人口却只有三百万的高原，大家想到了什么？对，这是一个绝佳的容纳人口之地!"

"我打断一下啊,楚院士,有个问题:青藏高原虽然辽阔,但是一部分为山川地貌,根本无法形成密集居住的城市。即使不考虑收纳外国难民,光是承载国内沿海的人口数量,都很难吧?"一位胖胖的专家说道。

"别急,我马上就会说到这些。"楚天舒微笑着回应道,"正如这位专家所说,青藏高原上都是山川,怎么形成城市?这就是天梯工程要解决的问题之一,我们并不需要把城市建平原上!"

巨大的屏幕上显示出一幅天梯工程的平面图。画面上有一座山,山的轮廓由水平和竖直的线段组成,呈倾斜的阶梯状,好像沿着山脚拾阶而上就可以登上山顶,像极了一座金字塔。

"大家可以看到,经过工程改造后的山体,它的表面不是平面,而是由很多高度差为五米左右的小水平面和竖直面组成的阶梯面。但是,这还远远不够,请看。"

画面上出现了另一座山,与第一座相距一段距离。两座山相对的轮廓线顺势而下,最终交汇于一点,形成了一座深深的 V 字型的峡谷。画面局部放大之后,可以看见峡谷的轮廓边也是阶梯状的,不过更像一个倒立的金字塔。

"这就是我们的设想,天梯工程的主体,高原峡谷。与峡谷相比,上面山体的人口承载量要小得多,工程量也小,施工难度也低一些,就不在这里做重点讨论了,重点是峡谷部分。一座夹角为六十度的等边中型峡谷,深度可达两千米,宽度两千三百米,按每五米为一阶梯计算,每一千米的长度上就可容纳四百八十万人,相当于西藏人口数量的一点五倍!"

"为什么要设计成 V 字型?"一位老专家推了推老花镜,刚刚看清前面的显示屏。

"增加表面积呗。"老张随口说道。

楚天舒见台词被抢,鼻翼动了一下,隐约有一丝不悦。但外人是绝对看不出来的,除了杨佳珏。她有些诧异,印象里导师并不是这么小气的人啊。

"对,这样可以显著地增加表面积。比如以上面的等边六十度峡谷为例,其表面积是之前平原的两倍。我做个比喻,大家就好理解了:如果把地球比作是人的大脑,峡谷就是大脑皮层上的沟回;沟回越多,大脑皮层的面积就越大,就能处理更多的信息。"

"不对,峡谷的表面积虽然增加了,但是水平方向的投影面积并没有变,能利用的部分还是原来那么多吧?"

这次老张没有开口,眼睛也微微闭了起来。楚天舒心中暗喜,笑着答道:"只考虑水平方向的面积确实没变,但是竖直方向的面积却增加了一倍。只要把建筑设计成 L 形,就能充分利用竖直方向的空间资源。实际上,我们建立了一座非常有立体感的城市。而且由于峡谷的海拔相对较低,习惯了低海拔环境的人们也不用担心高原反应了。"

台下的专家开始交头接耳地讨论,气氛变得热闹起来。

"这个工程量可非常大啊。在青藏高原上硬生生刨出一座座峡谷来,可不比其他地方,因为刨的不是土,而是高硬度的岩石啊。"

"就算用人工爆破,几十亿立方的岩体也够炸上几十年的了。"

专家们的话并没有让楚天舒感到沮丧,好像他早就预料到了这情形似的。"那么,这个问题请张一川先生给大家解答。"

听到老张的名字,台下骚动了一阵。虽然老张离开了学术圈近十年,但资历稍微深一点的专家都知道这个名字。大家安静下来,把目光聚集在那个仰面斜躺在椅子上的人。

那个人竟然像是睡着了。

杨佳珏满脸通红地推了推老张:"张老师,醒醒!"

老张眼睛都没睁,慢悠悠地说道:"高原改造峡谷的工程用时问题,大家不用担心。不出三个月,第一座峡谷自然会造好。"

一个中年专家不屑地笑道:"呵,三个月?难道是等着高原上自己裂出一道大缝来吗?哈哈!"

"对!"老张的眼睛突然睁开了,大声说道,"只不过我们要轻轻地推一把,把山体自身的能量激发出来。"

"您是说，利用激振源来诱发山体的共振？"

老张打量了一下这个说话的年轻人，他带着镜片很厚的全框眼镜，坐在远离长桌的地方，好像是来旁听的。

"没错。"老张赞许地点了点头。

"我不同意！青藏高原地区的地壳板块活动很强烈，可不能胡来！你们知道我的意思！"一位老专家激动地嚷道，立即有几个人附和着反对起来。老张和楚天舒试着解释了一阵，这样做不过是在"世界屋脊"上改变一个小瓦片的形状而已，可是反对的声音仍越来越大。

"啪！"老张愤怒地一拍桌子，"够了！我问你们一个问题，只要有人能答出来，这个方案立刻就毙掉！谁能描述喜马拉雅山北坡到冈底斯这个区域的地壳厚度变化趋势？不用太精确，误差不超过五百米就行。"

会议室里立刻就安静了。

老张叹了口气。"作为专家，你们最大的问题就是对于自己研究的领域并不了解。"

楚天舒赶紧打了个圆场。"上午的评审先到这里，我们下午继续讨论方案的可行性，大家辛苦了！"

和老张接触了这么久，杨佳珏还没发现他和楚天舒有什么共同点。不过她今天发现了。他们都喜欢拍桌子。

下午的会议很快进入了垃圾时间。方案最终通过了评审，不过要求必须先做试验，以三个月为期限，先造一座小型峡谷出来。

"三个月够吗？"会议快结束时，楚天舒小声问老张。

"放心，我什么时候骗过你？"老张有些不快。

"那就好。"楚天舒露出了笑容。

这时，老张发现那个戴着啤酒瓶底眼镜的年轻人还没走，便问楚天舒："那个小伙子是谁？"

"你说赵鹏啊，我的学生，也是小杨的男朋友。他主要负责数据分析与仿真这块儿……"

没等他说完，老张人已经飘了过去，拉住了赵鹏的手。"嘿，小赵！"他对赵鹏眨了眨眼，"想不想跟我一起干？"

三 铸犁

"我不明白，您为什么非要坐飞机来看这些。在卫星地图上不是看得更清楚吗？"杨佳珏有些不高兴地抱怨道。这几天来，她和赵鹏什么都没干，光陪着老张四处飞了。

"不一样，不一样。"老张出神地望着舷窗外的景色，好像在自言自语，"只有在飞机上亲自看，才能感觉到大地山川之美。"突然，他指着下面一处汪洋问，"这里是上海？"

"嗯。"杨佳珏俯瞰那些从海面冒出的高楼大厦，从她的角度看，那些孤零零的建筑尖儿像极了一个岛屿群。

"曾经是上海，不过现在要倒过来念了。"赵鹏苦笑道。

老张撇了撇嘴。"哼，几十年前就有人呼吁，要重视海平面上升过程中的热泵效应，只是那时的太阳活动强度远没有现在强烈，根本没被当回事。"

看杨佳珏睁大眼睛似懂非懂的样子，赵鹏解释道："冰盖的融化会导致极地地区释放更多的淡水资源，那么来自赤道低纬度方向的高盐度温暖海水会补充到两极海域，这就像一台巨型热泵，不断把热量送到两极，从而加速冰盖的消融。"

"一个恶性循环。"杨佳珏吐了吐舌头。

老张表情严肃。"天梯工程不能再耽搁了。回去准备帐篷吧，我们明天就进藏。"

杨佳珏小小地激动了一下，终于要开始了。她还发现，面前的这个老男人认真起来的样子，简直帅极了。

虽然入了夏，阳光像金子一样铺满大地，可藏北高原上的风却没有热情好客的传统。杨佳珏缩紧了脖子，蹒跚地跟着勘探队伍，往高原深处进发。赵鹏这个家伙倒很精神，和老张并肩在前面走着，一边热烈地讨论着什么。

"张老师，您说的方案里，我有一个地方不明白。"赵鹏大声喊道，声音终于盖过了呼呼的风声。

"啊？"

"利用激振源使山体共振的原理没问题，但是高原是一个整体，振动会一直传播开去，能量被整个高原地区的地壳吸收掉，怎么形成我们需要的V字型峡谷呢？"

老张蹲下来捡了一块石头，看了看又摸了摸，便扔进了赵鹏的背包，拍了拍手说道："我问你，两列完全相同的简谐波，相遇时相位相同会怎么样？"

"波峰与波峰叠加，波谷与波谷叠加，振幅加倍。"

"如果相遇时相位差半个周期呢？"

"那波峰就会遇见波谷，两列波就互相抵消了。啊！张老师，您是说利用波的干涉原理，人为制造隔离带，来限制振动的传播！"赵鹏恍然大悟，有种拨开云雾见月明的感觉！

"对。我们可以把峡谷简化成一个三棱镜形状的五面体。除了地面，其余四个边界——两个竖直平面，两个长斜面都是与周围的地壳一体的。我们要做的，就是在山体振动的时候，使相差半个周期的波在这几个面上相遇。"

赵鹏的脑子里出现了这样一幅画面：天空中出现一把巨大的钝刀，在高原上竖着切了两刀，又在两边斜向下各切一刀，就像切蛋糕一样。只要把切出的这块蛋糕吃掉，峡谷就形成了。

"怎么形成倾斜的边界面，就不用我解释了吧。"老张说着，又捡了好几块石头。

"边界面垂直于两个振源的连线。只要振源的连线是倾斜的，边界面自然也是倾斜的，并且是互成补角的关系。如果要造一座三千米宽的等边峡谷，我们需要高度差为六百五十米的两个振源！"

"嗯，反应挺快的嘛。"老张淡淡说了一句，就算是夸奖了。"回去要测定这些石头的成分和密度，我们要……"

"计算峡谷的固有频率。"杨佳珏气喘吁吁地抢答道。不知什么时候,她已经赶上来了。刚才的对话,她可一句不落地听着呢。

"不错。我是说,你们俩都不错。"杨佳珏和赵鹏相互看了一眼,嘻嘻笑了起来。

"不过,我刚才只是简单地说了原理,实际情况要困难得多。地壳本身就有很复杂的波动,要消除这些干扰,需要用傅里叶变换把它们分解成很多叠加的简谐波。测完密度之后,需要对峡谷建模进行有限元仿真模拟,再做验证性实验——总之,我们的工作量很大,时间也非常紧。你们的负担将异常繁重,无论是身体还是精神上的。如果怕顶不住,现在走还来得及。怎么样,怕不怕?"

"不怕!"一股豪气直冲杨佳珏的嗓门,她第一次感觉到,自己对于世界是如此重要。

四 舞动的高原

两个月很快就过去了,准备工作紧张而有条不紊地进行着。高原岩体采样、模拟仿真计算、激振源的布置、控制系统的搭建……原本空旷萧索的高原上,帐篷渐渐多了起来,每到晚上,灯火通明的帐篷点缀着辽阔的黑暗,就像闪闪发亮的晶石嵌在高原上。其中最大的一块晶石,就是天梯工程的现场指挥中心。今天晚上,这里热闹非常,所有的工程人员都聚在这里。老张在人群的中心,发表着试验之前最后的动员演说。

"经过大家两个月的辛勤努力,我们的准备工作已经就绪,达到了可进行试验的状态。这将是一次意义非凡的试验,可以说天梯工程的成败在此一举。请各位再最后检查一遍各自负责的部分,确保明天的试验万无一失。谢谢大家!"

试验定于早上九点进行。楚天舒也坐飞机早早地赶来了,同行的还有几位领导。楚天舒像见了亲人似的,给老张一个大大的拥抱,同时把嘴凑到他的耳边嘀咕了一句:"一川,给大家伙儿介绍介绍试验内容,说得形象点儿,别搞砸了啊。"

老张面露难色,但还是带着大家绕着试验场地走了一圈,边走边介绍着,虽然他不确定他们是否能听懂。老张感觉有种说不出的别扭,觉得自己就像个蹩脚的导游。

"关于共振现象的发现,最早要追溯到十九世纪中叶。当拿破仑的一支军队步履整齐地通过曼恩河上的一座大桥时,因为士兵步伐的频率和大桥的固有频率一致,与桥产生共振,导致大桥瞬间崩塌。对共振研究比较深入的科学家,当属交流电之父尼古拉·特斯拉。相传当年他在做机械共振试验时,险些把纽约振成了两半儿……啊,扯远了,我们来看我们试验用的激振器……"

控制台有人向老张做了个手势。老张暗暗松了口气,试验时间到了。

等所有人都退到安全区域后,楚天舒启动了试验开始的按钮。由于首次试验更多的是为了验证方案的可行性,所以峡谷的规格并不算大,宽度一千米,长度一千五百米。激振器按一大四小分为五组,最大的一组作为主振源,固定在峡谷地表的中心;另外四组在峡谷轮廓外,用来限制振动向外传播。让人意外的是,试验开始后现场仍非常安静,并没有看到山崩地裂的景象,只有当风小的时候,可以听到激振器的轻微嗡嗡声。

整个上午,试验场地看上去都没什么变化。随着时间的推移,杨佳珏的心里也打起鼓来。但是看到老张和赵鹏都是一脸自信的样子,便也平静下来,耐心等待着。毕竟,距离理论计算出的可观测响应的时间,还有十几分钟。

"来了!"老张突然一声兴奋地大喊。

大家都竖起了耳朵瞪圆了眼睛,可令人沮丧的是,仍然什么都没有,只有呼呼作响的风掠过高原。就在几位领导起身欲走的时候,低沉的轰隆声从脚下传出,眼前的大地开始颤抖起来。

"轰隆,轰隆……"起初只是轻微的抖动,渐渐地,峡谷区域的地面振幅越来越大,开始有规律地起伏起来,好像一颗正在跳动的巨大心脏!

所有人都惊呆了,如果不是亲眼所见,根本无法相信坚实的大地会像果冻一样,跳起轻盈的舞蹈。令人惊奇的是,在峡谷区域之外的大地却没有什么变化,他们的脚下只能感觉到很轻微的振动。

很快,峡谷的边界出现了裂纹。裂纹迅速扩展,就像游动的小蛇,把峡谷与周围的大地分割开来。峡谷区域振动得更加剧烈了,震耳欲聋的轰鸣声让人感到害怕。杨佳珏敬畏地想,如果真有自然之神存在,神发怒的时候就应该是眼前的景象吧!老张却是一脸如醉如痴状,仿佛是在欣赏一场交响音乐会。她又看了一眼赵鹏,发现自己的男朋友竟是和老张同样的表情。

随着岩石碎裂的"咯嘣"声,剧烈的抖动渐渐平息下来。老张示意关掉激振源后,大地重新归于平静。整个峡谷区域的山体已经按照预定的形状,被振成了大小不一的碎块。剩下的工作很简单,只要把碎石运出去,峡谷就形成了。

"成功了!"杨佳珏和赵鹏都兴奋地跳了起来。老张也舒了一口气,咧嘴笑了。

楚天舒也很高兴,激动地大喊:"走,所有人都和我们一起飞回去,我们今晚不醉不归!"

五 往事

庆功宴上,老张喝得酩酊大醉。他不知被敬了多少杯酒。眼前的面孔已变得模糊而相似,只能听到楚天舒在介绍宾客时,对方的官衔一个比一个大。他已经十年没有喝酒了,也已经十年没有醉过。

楚天舒使了个眼色,示意杨佳珏和赵鹏把老张送回去休息。两个聪明的学生会意地点了点头,便把不省人事的老张扶了出去。

快到酒店门口时,赵鹏的电话突然响了起来。接了电话后,赵鹏有些踟蹰地说道:"楚老师叫我回去,说要把我引荐给几个领导……"

"你快去吧,我一个人就够了。"杨佳珏微笑着,她知道对于木讷寡言的赵鹏,这是一个极为难得的机会。

"那我回去一下,马上过来找你。"赵鹏感激地看着自己的女朋友,心里涌起阵阵暖意。

"嗯。路上小心。"目送了赵鹏的背影,杨佳珏有些吃力地把老张搀进了房间。

赵鹏去了很久也没回来。杨佳珏盯着睡着的老张出神。两个月前,眼前的这个人还身陷囹圄;而现在,他却刚刚指导完成了一次伟大的试验,在人类征服自然的道路上又迈出了一大步。杨佳珏不得不承认,老张虽然脾气古怪,为人高傲自矜,但却有种非凡的魅力。她正想着,看到老张发红的面颊和汗津津的额头,便伸出手去,想替他解开衬衫的纽扣。

她的手指刚碰到老张,手腕便被握住了。

"你要干什么?"老张的眼睛睁开了,不紧不慢地说。

"张老师你不要误会……我看您满头大汗,想替您把扣子解开透透气。"杨佳珏红着脸解释。

"哦。这样啊。"老张轻轻放开了手,坐了起来,"楚天舒这个无耻老混蛋,真是不得不防。"

"您为什么要骂楚老师呢?"

老张瞥了一眼杨佳珏,叹气道:"你真的不明白?"

"我不懂你的意思。"

"我只是装醉,躲开那些无谓的应酬,这一点楚天舒自然清楚。他为什么要你们俩送我回来?又为什么要找借口把赵鹏叫走,把你留在这里和我独处?他的歪心思你不知道?"

杨佳珏意识到了什么,脸红到了耳根,委屈得眼泪在眼睛里打转。"我……我真没想到……"

"这不怪你。你也是被利用了,他只是想更好地控制我而已。我和他斗了二十多年了,什么招数都见过,这个算是好的。你知道我是怎么进的监狱吗?"

"不知道,这个楚老师没提起过。"

"他当然不会提。当年也有个大工程,我和他分别负责两个重要部分。我这边的预算比较少,追加的几亿项目款还没批下来,可是我等不了了。他暗示可以帮我挪用另外一笔款子，我没多想，就按他说的做了。你猜怎么着？然后我就被检举了，举报人就是他的学生。"

"他为什么要这么做？"

老张笑了。"嘿嘿，因为我抢了他的老婆啊。"

老张把窗子和门都打开，清凉的风灌进来，令人神清气爽。这是一个适合讲故事和听故事的时刻。

"我是在一次交流会上认识她的。她叫郑雯，也是圈子里的，那时已经是楚天舒的女朋友，两人也到了谈婚论嫁的阶段。和她四目相对的时候，我的心就抽了一下。怎么说呢，叫一见钟情也不过分。当时就感到一股强烈的保护欲，绝不能让这么美好的女孩子落在楚天舒的手里。"

"然后呢？"杨佳珏听得津津有味。

"正好那天我有一场演讲。为了吸引她的注意，我讲得特别出彩。后面嘛，我从别人那里搞到了她的电话号码，开始疯狂地追求她，终于把她从火坑里拉了出来。"

"再然后她就义无反顾地跳进了另一个火坑？"

老张白了杨佳珏一眼。"我可比楚天舒强多了。"

"再后来呢？"

老张突然不说话了，点了支烟猛吸几口，缓缓说道："后来我们结婚了。婚后第二年，在一次勘探活动中，她不慎跌了下去，带着我们没出世的孩子。而我就在旁边，眼睁睁看着她挺着大肚子，一边翻滚一边喊我的名字……"

"张老师，对不起，让您提起了伤心往事。"杨佳珏有些愧疚。

老张摆了摆手。"都过去了。从那时起，楚天舒更加对我耿耿于怀，才有了后面的事。"

"没想到楚老师是这样的人。"杨佳珏有些失望，她一向很尊重的楚天舒，竟然这样工于算计，不择手段。

"你知道楚天舒为什么让你出面找我吗？因为你和郑雯长得太像了。"老张突然说道。

杨佳珏惊讶得说不出话来。

"第一次见你，我确实吃了一惊，以为出现了幻觉。你一说明来意我就知道，楚天舒的这个忙我非帮不可了。"

"张老师……我不知道该说什么了。我也不知道怎么感谢您。"

老张拈起杨佳珏的手，用嘴轻轻吻了吻手背。"这样就已经足够了。"

好像触了电似的，杨佳珏感到一阵酥麻从手臂上传来。这一刻，她甚至有些希望，自己要是郑雯就好了……

老张直起身笑道："打电话叫赵鹏赶紧过来，我包里还有酒，咱们三个开一个真正的庆功宴！"

六 盘古计划

第一座峡谷中的碎石很快清理好了，工人按设计蓝图把峡谷的斜面修成了阶梯状。碎石中含量丰富的黄铁矿派上了用场，经过冶炼之后重新回到高原，成了新式建筑的钢筋铁骨。短短几年间，一栋栋楼宇依傍天梯高耸林立，像山间的树木一样茂密。后来的人们喜欢称之为"峡谷中长出的城市森林"。与此同时，天梯工程团队并没有停下开拓峡谷的脚步，紧接着是第二座、第三座……

天梯工程的成功，在国际上引起了巨大轰动，无数的移民申请像雪花一样飞来。这几年里，楚天舒获得了无数的荣誉，同时也苍老了很多。作为天梯工程的总负责人，他事无巨细地管理着这个庞大的项目，以确保一切都在自己的掌控之内。有多久没去过实验室了？他记不清了。又有多久没去工程现场了？他也说不上来了。反正有赵鹏，有杨佳珏，还有张一川。想到张一川这只桀骜难驯的猛虎，最终还是为己所用，他的嘴角不禁露出得意的微笑。也许比起天赋和才华，自己不如张一川，但若论运筹帷幄和人情练达，师弟在他面前简直就像个稚气的孩子。这个比喻甚至让他对张一川产生了一种带有怜悯的好感。也许自己从来没有真正恨过他呢。楚天舒正想着，突然一个人没敲门就走了进来，来的不是别人，正是张一川。

老张拿起桌子上的烟便抽。"我发给你的报告看了吗，楚总？"

楚天舒很享受这个称谓，但仍一脸亲切地纠正道："叫我老楚就行，又没有外人。你说那个盘古计划吧？我看了。你们做了仿真模拟吗？"

"当然做了，没问题。"

"但我觉得风险还是存在的。这个规格的巨型峡谷，振动起来的能量太大了，万一出了问题，后果不堪设想啊。"

老张跷着二郎腿，吐了一个大烟圈。"你怎么和那些专家似的？他们害怕可以理解，恐惧源于未知嘛。现在的搞法效率太低，你可是学术权威，畏首畏尾的话，那些后生们可要看你笑话了啊。"

楚天舒受不了老张的讥讽，但仍镇定地问道："你有多大的把握？"

"没有百分百的把握，我是不会出手的。而且，"老张站了起来，看着楚天舒的眼睛说，"我也不想再进号子了。"

楚天舒感觉得出，张一川不是在开玩笑。而真正使楚天舒下定决心的，是老张看似不经意的一句话："搞成了这个盘古计划，你楚天舒的名字足以载入史册了，连咱们的老师闻院士都比不上你了啊。"

楚天舒笑了，老张也跟着笑了起来。"好，我去跟领导汇报一下。"

转眼又到六月。夏天到了，工程开始的日子就快了。

"哎哟！恭喜恭喜！祝贺你们完成爱情长跑，达到幸福的终点站！"老张把玩着杨佳珏递给他看的小红本本，那是她和赵鹏的结婚证。两个人依偎在一起，一脸甜蜜。

"谢谢张老师！我们想赶在盘古计划开工前把证领了，也好安心工作嘛。"

"动作够快的……我这也没什么准备礼物给你俩，等婚礼再补上吧。就先给你们放一礼拜的假，正好我也要出去一趟，回来咱们可就要开工了。"

小两口听了之后，高兴得小鸟一般飞出去了。老张的脸上，却闪过了一丝忧伤。

松柏青青的墓园里，老张站在一座墓前，对着墓碑发怔。时间愈合不了心上的伤口，只能缓解疼痛的症状，只要伤口被触及，还是那么痛。要问这世上谁最恨他，那一定是他自己。原谅别人容易，原谅自己却很难。

老张用手轻轻抚摸墓碑上妻子的相片，笑着说道："你还是这么年轻啊，我却老了。等见面时，该嫌弃我了吧？我正在参与一个超级工程，这是一个改变世界的机会。要是有你在就更好了，你会理解我，支持我的。好了，我走了。这可能是我最后一次来看你了。"

墓园里很静，连风也停下了，聆听这感伤的人儿自言自语。

令杨佳珏感到有些奇怪的是，她和赵鹏回来后，本打算一门心思投入盘古计划的准备工作，但老张有意无意地在降低她和赵鹏对工程的参与度。杨佳珏是个心里藏不住事的人，她决定找老张谈谈。

"没有这回事儿，你想多了。盘古计划的工作量超过了之前所有工作的总和，我当然要把工作分给更多的人做。"

"不对！那些原本我们负责的部分，你也把负责人的名字换成了别人！"

老张的语气很冷淡。"我这么做，自有我的道理。"

看着这个倔强的小姑娘噘着嘴离开的背影，老张苦笑了一下。他的心思，杨佳珏哪里能猜得到呢？

盘古计划选址在藏北高原阿里和那曲交界附近的一大片开阔地带，人们习惯称那里为"无人区"。不过要不了多久，一座巨型峡谷将横空出世，这里也会很快成为人口最密集的地区之一。和之前不同，这次大到峡谷的选址与朝向，小到每个激振器埋孔的深度与形状，老张都要亲自把关。杨佳珏虽然心里有气，但对待工作仍是一丝不苟。准备工作一步步地向前推进，直到九月金秋，终于全部完成。几年之后，全世界的目光再次聚焦在世界屋脊，来见证史上最大的人造峡谷的诞生。

新闻发布会上，老张基本没说什么话。话筒一直被楚天舒攥着，好像没日没夜地在现场指挥工程的是他而不是老张。楚天舒大谈海平面继续上升的危急形势的时候,老张的表情已有些不耐烦,他只盼望发布会早点结束,工程能按计划尽快开始。

"朋友们!"楚天舒的语气慷慨激昂,"大自然的灾难并不能让我们低头,科技的力量让我们有面对一切困难的勇气!在历史的长河里,我们也曾被无数次击倒,但从未被打败!每一次重新站起来,我们变得更加强大,我们的文明也不断上升到新的高度。所以,某种程度上,我们要感谢大自然的这种馈赠,她以这种严厉的方式,引领我们不断向上攀登。"

一阵热烈的掌声后,楚天舒继续说道:"所以,就如我前面介绍的,盘古计划将是规模最大的一次人造峡谷工程,其人口容纳量将达到五亿,是之前峡谷的一百倍!借助发达的物流配送系统与空间交通网络,只要四到五座这样规模的峡谷,我们的问题就可以得到解决了,失去家园的人们不必再无依无靠地漂泊在海上,忍受风暴的肆虐和浪涛的恐吓,这里将是你们的新家,你们大陆上的方舟诺亚!请大家与我一起,见证这宏伟神迹的诞生吧!"

七 开天辟地

万众瞩目之下,盘古工程启动了。

本来"盘古"只是工程代号,但是经记者们的报道后,这座峡谷的名字也改成了"盘古"。不过杨佳珏觉得这也很贴切,因为这五千米深、五十千米长的等边Ⅴ字型大峡谷确实像一个卧倒的巨人。此时巨人仍安静地睡着,巨大的主激振器编组正全功率地运行,来自雅鲁藏布江水电站的充沛电力为工程提供了强有力的支撑。想到这儿,杨佳珏得心情又变得豪迈:在大自然面前,人类自身虽显得渺小,但是智慧的力量是无穷的。这灾难源于自然,这强劲的电力也取之于自然;人类正利用大自然自身的伟力,来冲破它为人类设置的屏障!

已经过去了一天一夜,"盘古"仍没有任何变化。媒体记者们纷纷在安全区域搭起了帐篷,谁也不想错过珍贵的第一手报道。老张的双眼布满了血丝，仍紧紧盯着控制台大屏幕。

"张老师，您去休息一会吧，让我和赵鹏来替您。"杨佳珏轻轻地说道。

"不行，这个出不得一丝差错。反馈信号出了异常你们根本……"老张说了一半，看了一眼两个关心他的年轻人，改口说道，"我是说，我不困，你们快去睡吧！"

杨佳珏睡不着，拉着赵鹏沿着"盘古"边缘踱步。清澈明朗的星空下，一排巨大的深孔紧密排列着，沿着峡谷方向往前延伸，一眼望不到尽头。那是用来限制振动范围的副激振源，成一条直线埋在两千二百米深的地下。赵鹏趴在地上，耳朵贴住地面，便能听见地下传来的嗡嗡声。杨佳珏见他久久不起身，便也俯下身听了起来。

赵鹏感叹："这真是我听过的最美的声音。"

两天两夜之后，楚天舒有些坐不住了。外面的记者已经走了一部分，不知道他们会写出怎样让人难堪的报道呢。他走进监控大厅，看着两眼通红的老张，心里掠过一丝忧虑。

"还要多久？"

"八小时二十分。"老张目不转睛地答道。

楚天舒看了看表。"也就是今天下午三点左右。一川啊……"楚天舒欲止又言，"究竟有多大的把握？"

老张抬头看了他一眼，并不掩饰嘲笑的眼神。"你不是已经问过这个问题了吗？我也已经回答过了。当然，如果你害怕的话，完全可以现在就停下来。"

楚天舒受了气又不好发作，但好歹稍稍有些心安。"好，我这就去通知媒体。"

时间一分一秒地流逝，距离最后的时刻越来越近了。有位机智的记者弄了一盆水放在地上，看到风把水面吹起了波纹就兴奋地叫起来。如此几次之后，便也没人注意他了。

突然地，人们感觉到脚下的大地有了一丝抖动。

巨人苏醒了。

脚下的抖动慢慢地变大,但是并不剧烈,就像有节奏的呼吸。但是渐渐地,峡谷区域的振动以更快的增速变得越来越剧烈,巨大的"咕隆"声让人既紧张又兴奋。很快,人们看到远处的地平线开始扭曲,整个地表像海面一样开始起伏!

这是一幅奇异的景象,目睹的人都将终身难忘。"盘古"嘶吼着,不断隆起与下降的地表好像充满怒气的胸膛。地面上的碎石也突然获得了生命一般,不断地跳跃着,好像在迎接神明的降临。

杨佳珏知道,经过几天几夜的能量累积,此时峡谷区域的地下岩体已经和激振源达到了共振状态。只要等振幅达到一定幅度,岩体因受到的应力超出其强度极限而碎裂,'盘古'行动就大获成功了。这人类史上对抗自然最辉煌壮丽的一次战役,即将吹响胜利的号角!

就在这时,杨佳珏听到赵鹏的一声大叫:"不好!峡谷的边界出现了波动!"

人们回过头来,把目光转到了监控室的巨型显示屏上。只见峡谷的绿色边界开始模糊,说明主副激振源的干涉面受到了扰动,振动的能量正在向外扩散! 一个年轻的助手想请示楚天舒是否需要急停,被老张喝止了:"等一下! 系统正在恢复!"

果然,峡谷的边界又渐渐清晰了。正当人们的情绪稍稍平复时,一个新的发现让他们倒吸了一口凉气。

屏幕上的整个峡谷已经倾斜,一端仍在地表附近,另一端则下沉偏离了地表,峡谷好像一把长剑,直指斜下方的地壳深处!同时,远离地表的一端边界再次变宽模糊,紧接着,这端边界消失了,峡谷的轮廓彻底被破坏,仿佛变成了发着光柱的手电筒,代表能量的绿光沿着峡谷倾斜的方向奔涌而出,消失在了屏幕视野之外。

老张猛地拉下了急停总闸。

峡谷的轮廓渐渐变暗,最终和周围的岩石重新融为一体。外面的轰鸣声也平息下来,一切恢复到了工程开始前的样子,好像这里什么都没发生过一样。人们面面相觑,最后把目光聚集在了老张身上。

老张垂头丧气地宣布:"对不起,我们失败了。"

很多人掏出了电话，几家媒体的记者开始争相第一时间报道这个消息。

"你觉不觉得有点奇怪？"说话的是赵鹏，"这个峡谷的朝向有些特别，好像指向什么东西似的。"

"嗯，这个方向上，应该有……"杨佳珏一边说一边在脑中快速检索。一道电光闪过她的脑际，她和赵鹏同时脱口而出："康西瓦和阿尔金断裂带的交汇点！"

"我的天，如果这股巨大的能量正好传到交汇点的话，一定会引发……"

他的话还没说完，一股震动再次从脚下传来，比之前的那次更加猛烈而深沉。乌云遮蔽了天空，整个大地都在颤抖，霎时电闪雷鸣，地动山摇。

"大家快散开，注意脚下！"杨佳珏和赵鹏竭力大喊着，指挥人们躲到安全的地方。

这座世界上面积最大而又最年轻活跃的高原，此时已经完全愤怒了。伴着巨大的轰鸣声，面前的大地疯狂地晃动着，地面上很快出现了一道道裂纹。断裂的大地分成了许多块，有的下沉，有的拔地而起，剧烈地上下摇摆，仿若一架巨型钢琴上律动的按键。这架巨琴以天为琴盖，以地为琴键，以河川的崩裂为和弦，演奏着一曲动人心魄的毁灭之歌。

人们惊恐地等待着灾难的结束。然而，在他们看不到的地方，一切才刚刚开始。

具有特定频率的峡谷振动能量传播到了两大断裂带的交汇点，犹如一颗火星儿飞进了弹药库。提高了几个数量级的能量从西北继续向东南进发，如同一把锋利的巨犁，所到之处的大地如船头的水波一样被轻易劈开。惊人的能量继续朝东南方向前进，很快便点燃了东昆仑断裂带和鲜水河断裂带。以青藏高原为中心，整个欧亚大陆板块开始震动起来！

沿着鲜水河断裂带的走向，能量从中越边境冲出，由大陆进入海洋，并绕过北部湾，直奔环太平洋断裂带。巨大的能量撕裂了海底，高压下的海水钻进了海底岩石裂缝，很快又遇到了上涌的岩浆。瞬间汽化的海水成了蒸汽炸弹，"嘭"地把裂缝炸成了海沟。海沟形成过程中，产生了更多的裂缝，于是链式反应像春风里的野火一样在海底迅速蔓延……

此时，高原上的歌声已渐渐平息，一座新的大裂谷横贯高原，由西北向东南延伸，一望无际。

楚天舒已面如死灰，嘴里不停地重复着："完了，全完了。"

杨佳珏不知道怎么安慰导师。她朝老张看去，却发现老张已趴在桌子上睡着了。

八 新生

很快，楚天舒和张一川就被警方控制了。由于项目主要负责人的名单里并没有杨佳珏和赵鹏的名字，所以他俩逃过一劫，也算塞翁失马了。可是杨佳珏知道，事情并没有那么简单。

"你们两个先在这里等着，一会叫谁进去谁就进去！听见没有！"

老张看了一眼被剃成平头的楚天舒，笑着说："放心，楚兄，里面的伙食很好的，绿色健康低脂肪，不过你刚开始可能吃不惯。衣服也不错，又软又透气，比你那西装可强多了。"

楚天舒没搭理他，脸扭到了一旁。

老张见他没反应，继续说道："不过呢，要想过得舒服，有一些细节是要注意的。比如不能惹那些资格老的，别加入什么小帮派，在浴室洗澡的时候别随便捡掉在地上的东西……"

"够了！"楚天舒终于忍不住吼道。

"你看你，我这不是好心好意给你提个醒嘛。"

"你这个丧心病狂的疯子，不仅毁了天梯工程，把整个世界也毁了！如果你还有一点良心的话，就不能干出这样的事来！"

老张并不生气，仍笑嘻嘻地说道："你觉得是我故意的？我为什么那么做，为了报复你吗？"

楚天舒不说话，恶狠狠地瞪着老张。许久之后，他的眼神黯淡下来，自嘲地笑道："想不到和你斗了一辈子，最后一次竟然栽在你手上。可是我不服，你不过是伤敌一千自损八百而已，手段并不高明。"

"你如果这样想的话，那你真的输了。我早把我们之间的事忘了。"老张伸出手往上指了指，"我斗的不是你，是天。"

楚天舒刚想问他什么意思，两个人闯了进来。来的不是别人，正是杨佳珏和赵鹏。

"呦，小杨和小赵来啦！"老张热情地打着招呼。

杨佳珏故意绷住了脸，表情变得很严肃。"两位老师，我有一个好消息和一个坏消息。你们先听哪一个？"

"坏消息。"两个人异口同声地说。

"这次盘古工程造成了全球范围内地壳板块运动，导致几千人伤亡，统计数字还在缓慢地增加。"

老张沉默了一会儿，问道："那好消息呢？"

"好消息是，剧烈的地壳运动已经基本平息了。而且，因为新产生的大峡谷里充满了海水，我国的海岸线被动增加了近三千千米。越南和印度对此表达了不满。"

"这算哪门子好消息！"老张有些失望。

"你快告诉两位老师吧！"赵鹏忍不住笑道。

杨佳珏也笑了起来。"好了，下面是真正的好消息！上午刚得到确认的消息，卫星遥感图像上，看到了荷兰和马尔代夫群岛！"

"你说什么？"楚天舒不敢相信自己的耳朵。

"由于海底形成了极多规模巨大的海沟与裂缝，大量的海水填充进去，造成了海平面的下降！那些被海水吞没的国家获得了重生！"杨佳珏兴奋地说道。

"下降了多少？"老张的表情得意起来。

"具体还不清楚，但是从卫星图像上几个国家的面积估算，已经降到了接近海平面急剧上升前的水平。"

两个学生突然后退一步,深深地向老张鞠了一躬。

老张慌了。"这是什么意思?"

"请允许我们两个代表那些饱受海平面上升之苦的人们,向您表达真诚的感谢和崇高的敬意。"

"这,这和我有什么关系?我只是无意中……"

"是的,"杨佳珏打断了他抢着说道,"您只是'无意中'造成了主副激振源的变化,'无意中'把峡谷的朝向对准了几大断裂带,'无意中'让能量传播的路径避开了所有人类密集的城镇地区,又'无意中'引发了环太平洋断裂带的大爆发,最终'无意中'造成了海平面的下降。哦,当然,这个级别的大地震只造成了几千人伤亡,和某个'无意中'向能量传播沿途各地区发出地震警告的匿名预言家也有很大关系。我说的没错吧,张老师?"

老张没否认,也没承认,只是笑眯眯地盯着杨佳珏。"真有这么巧?"

"就是这么巧。很快人们就会达成共识,一切都是上天的安排,现在的局面和两位老师并无直接的关系。"

老张哈哈大笑。"老楚啊,你看这小丫头的手段高明不高明?"

楚天舒还沉浸在杨佳珏刚才说的话里,他突然想到了什么,大声说道:"不对!现在看来问题是解决了,可是几千年后呢?等太阳活动减弱,地球进入冰川期,大量海水变成冰川,海平面进一步下降,会低于之前的正常水平。所以,这个方法并不是完美的!"

"这个问题我来解释,"赵鹏扶了扶眼镜,"由于太平洋板块、欧亚大陆板块和印度板块的不断运动,那些海沟和裂缝受到挤压,会慢慢变小直至消失。这个过程持续的时间正好和冰川期相吻合,所以海平面高度不会因为下一次冰川期而产生大的变化。"

老张满意地点点头,继而对楚天舒叹道:"后生可畏啊。老楚,你这两个学生很快就要超过咱们喽。"

楚天舒不知该得意还是该羞愧,他咬着嘴唇说道:"最后一个问题:你是什么时候有这个大胆的想法的?盘古计划刚筹备的时候?还是第一座峡谷试验？还是我让杨佳珏来请你的那天？"

"这个说不清啊。可能，也是在'无意中'吧！"老张说罢又大笑起来。

有些事情本就是说不清的，有些事情也不必说清。

九 尾声

由于海平面的下降，天梯工程也就失去了用处，变成了一处旅游景点。靠着与海洋连接的大峡谷，藏区进入了海运时代，温暖湿润的海风也沿着大峡谷吹进了高原深处，为高原生态带来了新的生机。

楚天舒退休之后难得地过起了闲适的日子，名与利对他而言已没有什么吸引力了。杨佳珏和赵鹏有了一个可爱的小女儿，两个人在研究所里专心地做基础研究，不知不觉也人到中年了。而老张呢，听说最近迷上了新的储能技术，扬言要做"中国的富兰克林"，每天精神矍铄地开着涂了绝缘涂料的飞机往乌云里扎，带着超级电容器满世界地追闪电，就像一只自由自在又无所畏惧的海燕。

时间会让人们把当年惊心动魄的场面渐渐淡忘，只有吹过高原的风，还在把那激动人心的传奇故事四处传唱。

十 后记

"你是第一次执行太空任务吧，米歇尔？"

"是的，不过我的地面训练成绩可是第一名。啊，看哪，那条长长的伟大建筑看起来就像一条龙！那是长城吗，杨？"

"不，那不是长城，也不是建筑，但它可能比长城还要伟大一些。"

"那是什么？"

"一座峡谷。高原峡谷。"

名家点评

郑军：本篇最大的特点是突出了"人定胜天"这种古典的科学观，重温了自凡尔纳开始，科幻文学对宏大工程所抱有的热情。尽管这种科学观目前很有争议，但从创作角度讲，最重要的是写出作者自己的真情实感，而不是迎合当前的潮流。本篇设计的科幻构思十分宏伟，在人物塑造，情节推进上也有很多长处。这些都源于事先确立了鲜明的主题。

龚钴尔：美剧《生活大爆炸》中谢尔顿曾说地质学不是真正的科学，用地质相关内容作为科幻小说主题很难得，这样的内容其实挺接地气的。该小说人物性格塑造和某些设想如果能更现实一些，会更让读者感到真切。

编后记

共振是小说中开天辟地的功臣，却是现实生活中竭力要避免的工程难题。物体做自由振动时，振动的频率是定值，称为固有频率。每个物体都有自己独特的固有频率，它们就像物体的标签一样。假如物体受到一个周期性外力，而这个外力的频率和物体的固有频率相同，那么物体振动的振幅将急剧增大，系统的能量达到一个惊人的顶峰，这就是共振。

如果建筑所受的外力恰好接近其固有频率，就很容易发生剧烈振动而倒塌。美国华盛顿州的塔科马海峡大桥，1940年被一阵微风摧毁。2010年，位于俄罗斯伏尔加格勒市的伏尔加大桥桥面突然呈波浪形翻滚，桥体像蛇一样柔软地蠕动扭曲。

因为系统的固有频率不止一个，尤其是多自由度的复杂系统，共振更是难以避免。能反其道而行，想出利用共振制造峡谷的点子，恐怕也只有科幻小说家了。

思念中的时空

说夜

作者说

　　我们生命中的很多人已经逝去，那留存在时空中的思念，会不会把他们牵扯在这个世界之中呢？持续而绵延的缅怀，让我们沉浸在其中，有的人甚至无法自拔，一辈子都逃脱不了那一声呼唤。当时空淡化了羁绊，我们该做的是流连还是大步向前？似乎都不用担心，在时间的长河里，我们总会相逢。

　　平时我只要叫一声，奶奶就会放下手中的活儿，边在围裙上擦着手，边叫着"小祖宗"朝着我走来，脸上洋溢着老人特有的被劳烦的幸福笑容。

　　那天放学回家，还没到家门我就大声地叫着奶奶，我找遍每一个屋子，那一头梳理得整整齐齐的白发都始终没有出现。我沮丧地坐在门槛上，左右张望着等待。

　　太阳渐渐地落下，年轻人们扛着锄头乐呵呵地回家，邻居家的菜香飘进鼻子里,我使劲吞着唾液,心里委屈极了。

直到傍晚,拿着电筒火把的大人们匆忙经过门前,可怜地看着我时,我才知道奶奶不见了,从有着可怕鬼怪传说的后山消失了。

三天之后仍然没有人找到奶奶,大家忌惮于后山诡异的传说,搜寻便取消了。后来警察赶来,仔细地搜索这一带,却见鬼一样跑下山来。问他们也不说,只是一个个瞪大了眼睛,双腿打战。之后事情就不了了之了。

我不信什么传说,便独自到山上,找到了奶奶常带我去的树前。

这里是爷爷奶奶以前最喜欢的地方,后来爷爷不在了,奶奶就带着我去那里坐下。那时太阳暖暖的,蓝色的天空嵌着绵绵的白云,看着很舒服。慢慢地天暗了,正是夏夜,星空出现得早,也明亮,光点繁华,像棋盘被打散。我只觉得一阵躁动,在奶奶怀里不停地翻动着,也爱看奶奶眼里的那片星海。奶奶笑说,你们爷孙一个德行。我也瞧着奶奶笑,不多言语。想着那些日子,我默默地流下了泪水,止也止不住。奶奶还说,这里有爷爷留下的最宝贵的东西。可能是爱吧。

我最喜欢学校的这条小路了,阳光透过林荫,影影绰绰地洒在并不平整的地面上,每翻过几页书,余光中,这光影总会不同。这里是学校图书馆的后面,运动青年不会打闹着经过这里,恋爱情侣也不会在这里打情骂俏,我可以静静地翻书,默默地想事。

唰的一下,阳光没有了,一本熟悉的书出现在我面前。这是我丢的书,上面有我勾画的重点和扩充的讲义,可上次在图书馆被人给拿走了。

我抬头一看,是个男生,五官给我一种似曾相识的感觉。

"不戴眼镜还真没认出你来。我们一起在村子后山捉过迷藏的啊,你忘了吗?我是李淼啊,李淼。"

故人相遇,我们在一块儿吃了一顿愉快的晚餐。聊起来才知道,原来我们在同一个大学,只是他读的是应用物理方向,我是理论物理方向。那次他顺手牵羊拿走了我的书是因为"上面的笔记太工整了,让我想起了故人",这厮还从图书馆陈书架的位置分析了这件事情发生的必然性。

后来我们又聚了几次,一起谈起家乡谈起以前的朋友,彼此都很谈得来。我两也算同是物理专业,学业上的共同话题也很多,不知不觉就走得很近了。后来,我也不知道自己是怎么跟这个小了自己两辈,而且小了自己一岁的家伙结婚的。我往往将这段感情归于黄昏恋——奶奶和孙子的恋情,但是他总是会严肃地纠正道:"是姐弟恋。"

我们从未谈起为什么不约而同地选择了物理专业,虽然心中都有答案,但是我们都不想提起。他不想触及我的那段回忆,不想让我陷入痛苦。

后山有一些奇怪的传说,小时候大人都爱用这些传说唬我们,穿兜裆裤的时候肯定怕得要死,但是当我们留起长发或者学会揪辫子的时候,以往的恐惧就变为好奇心了。

那时候奶奶还在我身边,她告诉我后山其实没什么,只是因为爷爷就是在那里失踪的,所以大家自己吓自己。于是我就更好奇了,爷爷为什么要去那里呢?

好奇心堆积得多了,在心里积着心痒难耐,后山在我看来越发像是一个巨大的谜团,但是我一个女儿家又不敢去,就叫来了我的小孙子李淼商量。

之所以叫他"孙子",是因为我的辈分奇高,不少成年人都得叫我一声"阿姨"。这家伙比我晚出生一年,又一脸鼻涕都没擦干净的样子,每次叫他"孙子",他都屁颠屁颠地把一张脏兮兮的脸凑上来。

李淼听了我的想法,大眼珠子骨碌碌一转,就奔了出去。他回村后四处兜了一圈,见到一个小孩就说孬种才不敢去后山,于是一帮为免不证自明的小孩就都跟着他来了。

奶奶倒是常带我去后山,但每次都只是去那棵树下,其他地方我也没去过。李淼也不知是看透了我的心思还是怎么地,就提议大家玩捉迷藏,大家欢呼一声四散开来。村子里那些地方早就藏腻了,在新地方玩捉迷藏肯定更有意思。

我的心思并没有在游戏上，只是四处转悠着，想寻找爷爷的痕迹。很快我就被人捉住了，大家都跑了出来，聚在一块儿哈哈大笑。

轮到我找人了，我闭眼数数，数完之后，开始四处扒开草丛找人，才不一会儿，我就发现一片草丛里动了一下。我心里嘿嘿地笑了一下，悄悄走了过去，想吓这个小家伙一下。走进之后我使劲扒开草丛，看到一个脑瓜瓢，李淼正紧紧地盯着他面前的一个浅坑。

再一细看，我才发现了可怕的事情。他的下半身是完全透明的，就像是消失了一样！我倒吸一口冷气，他突然像醒过来一样"啊"了一声，身体失去了平衡，一下向坑里面跌去。最神奇的事情发生了！他消失了，在一个浅坑里面消失了！就像是魔术师大变活人的戏法一样，他栽进了虚空，不见了！

我尖叫起来，整个人都失控了。过了一会儿，我冷静了一些，这时孩子们都过来了，大家像是忘了李淼一样，欢呼着"今天玩得真尽兴"，然后结队回家了。

可是李淼怎么办！回村后我觉得非常愧疚，李淼可能是死了，后山可能真的有什么鬼怪，都是我害了他，都是我！都是我！都是我！

我走近他家时，忽然听到一阵熟悉的笑声，那正是他。我急忙去叩他家的门，开门的竟然是那个李淼！我如同做梦一般被他妈妈迎进家门。她笑着跟我说："李淼今天感冒了，一直躺在床上没出去。刚听邻居孩子说今天玩得很开心，下一次一定也要带上他一块儿玩啊。"

我回家时天已经黑了，街道上的石头凹凸不平，我走得摇摇摆摆，隐约感觉好像是到家了，才恍惚着抬头。我看到奶奶已经渐渐老去的脸庞，忽然想到了什么。

我问："奶奶，爷爷是不是并没有死？"

我也会时常回忆起爷爷，他也是个理论物理学家，而奶奶只是一个普通农民。他们是包办的婚姻，爷爷并不温柔，常常做一些很难理解的事情，也会莫名其妙地大发脾气。他总是捧着一大堆草稿纸，再整齐的屋子第二次进去总是乱糟糟的，满地的计算草稿。奶奶说爷爷很节约，一张稿子两面用，第一次下笔轻一些，第二次下笔重一些，这样一张纸可以用四次。

家里墙壁上都是工工整整的算式，爷爷可以随手画出方正精确的几何图形。村子的规划图就是爷爷画的，单手一次性画成，没有借用任何工具。奶奶给我看过那张泛黄变脆的图纸。我呆了两分钟，张着嘴，甚至无法抒发自己的惊讶之情。

爷爷帮村子里的铁匠算过碳铁比例，帮农耕的大叔兑过农药，帮糕点匠设计过模具，帮包工头优化过建筑图纸。奶奶说起这些，就像是自己的荣耀一样。爷爷的配方，现在村子里都还在用。

可就是这样一个人，在我出生之前忽然失踪了。父亲被迫终止了学业，离开县城，和母亲回到贫瘠的乡村操劳田地照顾奶奶。父亲每每提起这件事情总是叹气，他还差一个学期就能结业出国留学了。家境优越的母亲也只好随着父亲来到乡村，过起了男耕女织的日子，照顾奶奶和尚年幼的我。

我没有见过爷爷，但是我深深地爱着奶奶，我想奶奶钟爱一生的人，必然不会如母亲说的那样是个不负责任的人。

难道那天李淼根本没有跟我们一起来？可是我真真切切地看到了他的后脑勺啊，这家伙怎么变发型我也认得出来是他啊。可是，我也仅仅看到一个后脑勺而已，又怎么能够肯定就是他呢？同样地，当初大家又是怎么肯定爷爷是在后山失踪的呢？我觉得这两件事情必然有相联系的地方，我决定要去问一问村中的老人。

每天傍晚老人们都在村头的桥上坐着，抽着旱烟，看着村子里的年轻人完成劳作接二连三地回家。我向他们问起这件事情，他们脸上都出现了匪夷所思的表情。年纪最长的村支书深深地吸了一大口烟，缓缓地吐出烟雾，老人用沙哑的声音开始讲述这段往事。

村子里面一直有传说，说后山有吃人不吐骨头的妖怪。因为自从有这个村子起，就不断有人在后山失踪。为了避免年轻人闯入，大人们编了很多故事,也有效地阻止了这样的失踪事件发生。这样的故事里有很多细节,比如消失的人会慢慢被大家忘记,这是因为那个人不仅肉体被妖怪吞掉了,连七魂六魄也被消化了,无法进入轮回;比如村子里真的有一本记录着消失者们的本子,大家都怕有一天自己被朋友亲人遗忘,所以村子里有一个本子记录着每个人做过的重要事情;比如有时候消失的人也会回来,但是他的亲人朋友都已经因为各种各样的原因不在人世,村中也无人认识这些回来的逝者。

爷爷是村子里第一个考上大学、考上研究生又出国留学的人。也不知道是为什么,他学成之后居然回到了这鸟不拉屎的村子,说是要研究后山。村支书是爷爷的好朋友,也劝他,说这时候正是需要人才的时候,外面正在建造太空电梯,这是登天的活计,这是为全人类做贡献啊。

爷爷只是笑笑说,造天梯只能让人类飞天罢了,只能在太阳系玩玩,浅薄又无聊。说完他整理了一下衣领,严肃地说道,我们的征程是星辰大海。

我呼哧呼哧地跟着李淼,在学校里端坐得太久了,再次来攀登这座小山的时候,我居然出现了体力不济的现象。反倒是平时总被我欺负的李淼,轻车熟路地在前面拿着高斯计和辐射仪蹦跶着,时不时拉我一把。

在我快要断气的时候,这家伙终于说到地方了。我一头栽倒在草地上,一边喘粗气一边说:"你拉我……上来……干什么……你……"

李淼没有立刻回答我,他还跟交通指挥员似的左手右手四处挥舞,嘴里不知道在叨咕着什么,最后他在一棵矮树前停住了。"老奶奶,快看好了,这就是你爷爷失踪的原因。"

他从那棵矮树开始往前走,向着石头,一步一步,十分稳定。在走到一簇野花旁边的时候,他忽然慢了下来,像是在跳机器舞,那感觉就像是以前建模技术十分粗糙的时候,虚拟人物的步伐无法跟上腿的迈动。那簇野花的摆动也十分奇怪,像是帧数太低的画面,一会儿一个样,甚至会真的卡顿。

他走过那片花簇之后,这些现象就消失了。他站在石头上对我说:"这叫曲率异常。我跟导师讨论过,回这里采集过好几次数据之后,导师觉得值得关注一下,我就每个月都要回来一次。这样稳定的时空现象很难得,导师希望我能够在这里坚持观察几年。嗯……或许是十几年、几十年,谁知道呢?"

我愣了一下,正想开口,他却忽然沉入地面消失了!这和小时候那次的情况几乎一样!我大声地喊着他的名字,可是始终没有得到回答。我发狂似的狂奔向山下,祈祷他会安睡在自己家的床榻上,昂起微红的脸跟我道歉说因为感冒没能跟我去后山。可是当我冲进他的家,发现里面居然已一个人也没有了,正厅里挂着二老的遗像,烛火正在燃尽最后一节,被门风压得忽明忽暗。我跑遍了每一间屋子也找不到李淼,这次他可能是真的消失了。

我忽然想起老人谈到的传说——消失的人会渐渐地被社会遗忘,那些与他相关联的人都会忘记与之有关的一切。掏出手机,心急的我甚至几次拨错了号码。我要给他的导师打电话,他肯定记得李淼的研究。

铃声响了三下,导师才接起,我连忙问道:"王老,李淼他……"

"小李啊,李淼是谁啊?是你的哥哥吗?"

我只感觉像是有什么东西要刺破我的胸膛,空气被我嘶嘶的吸进肺里面,我觉得脑袋有点儿重。抬头看向天空,乌云密布,像是要下雨。李淼家院子里高大的枯树像是在绕着我打转,天空也在旋转,我腿一软,跪坐在了地上。

天啊,难道现在就只有我记得李淼了吗?

我呆呆地立着,雨水冲刷着我的脸,云层快速地翻涌,像一条奔腾着污水的江流。雨水夺去了我的体温,而这后山的诡异现象夺走了我的爷爷奶奶,现在又夺走了李淼。时间带走了父母,童年的玩伴也都各奔东西,我的身边,再没有一个相伴的人了。

我眯着眼睛打量着周围。怎么这么熟悉?我是不是来过这里?但是感觉好像少了点什么……

这里是奶奶常带我来的那片草地吧，我可能在模糊之中走到了这里，可是那棵树呢？我按照记忆迅速找到了那棵树应该在的地方，可是那里什么都没有了，可能是被这个曲率异常的现象给吞噬掉了。我颓然坐在地上。

没了，没了，什么都没了。

我的泪和雨水混合着，落入这泥土之中。这土地里埋藏着奶奶所说的爷爷最宝贵的东西，这么多年，我始终无法理解这句话。雨是这么的大啊，连草皮都松动了，我的心似乎也被连根拔起。干脆让这诡秘的东西也带走我好了。

我忽然被什么东西绊了一跤，狠狠地摔在了泥地上，满嘴稀泥。我并不觉得气愤，已经悲伤至此了，还有什么伤痛能够比得上失去爱人的痛苦呢？我干脆坐在泥地里面，反正浑身都湿透了，也不差这点儿泥巴。

这时我有了新的发现。就在那棵树以往的位置，草皮被冲走，泥土中有一缕布条。我在爷爷的遗物中看到过这样的布料，这种材料不容易降解，可以保存很久。难道是爷爷埋下的？

我爬过去开始徒手挖掘，不一会儿，一个被包裹得严严实实的长方体显露了出来。看样子是一个箱子。难道，这就是爷爷最宝贵的东西？

我紧紧地抱住它，很重，但是好像有一股难以言喻的温度在渐渐让我的身体回暖。我在山林间奔跑着，回到家中洗了个热水澡，然后去祠堂又给四老上了三炷香。

是你们让我发现的吗？你们看到我已经如此孤寂，想让我知道真相吗？

我虔诚地一点点拆开外面的包装。这东西包装得非常仔细，最外面是一层防降解的布，中间是三层油纸，最里面是一层又一层的塑料袋。甚至我翻开笔记的时候，每一页之间还插着隔页的塑料片，防止书页上的墨迹互相侵染。

这是爷爷几十年来的观察日记和理论研究，纸上的笔迹依旧是那么有力工整。这本厚厚的笔记，我足足读了三个月。笔记中不仅记录了爷爷对后山现象的观察，还有他根据报纸杂志上各类信息所得出的结论。其中的逻辑推演非常严密，可以说是仔细到了咬文嚼字的地步，不确定的事情他会列出三六九等情况，几千万字的文稿，没有任何一处是凭直觉得出的结论。而他推断出来的结论，几乎有九成都是准确的预言，包括时政科技动态——他甚至分析出了我现在的性格会有些乖戾！我的天啊！

但是爷爷在笔记的最后写到，他想要验证一个解的正确性，而验证的办法就是亲自去证实。他很舍不得将要出生的孙女，但也怕错失验证这个解的机会，在笔记的最后部分他第一次流露出了私人情绪。

我最爱的孙女，

　　我用我仅有的那点学识，微微地从逻辑之门中窥探了一下你的未来，很遗憾不能目睹。但是我的孙女，这可能是我最近距离接触你的方法了。我在推理的时候，时不时感觉有一只嫩嫩的小手搭在我的肩膀上，有一张可爱的小脸在我怀里笑着。我很抱歉我的基因无法给你一个好脾气，而你奶奶的基因很可能会导致你的胸腺发育不良。

　　但是，我是这样地期盼看到你的成长。当年在养育你的父亲时，我还太年轻，并不懂得如何去爱孩子，太多死板的思想影响了他。我是多么想用我的爱来爱你，也许是双份的——出于对你父亲的歉意。我想在教给你科学有效的理性思维的同时，也教给你美好有趣的感性思维。

　　可是我的孩子啊，我的孙女啊，我不能错失今晚的实验。这该死的函数告诉我，如果今晚不进行实验，下一次再次出现相同的数据就只能是在十九年后了（注：在 B 类草稿纸中有具体的数值），那时我还活着吗？错过今日，我大概永远也无法验证这倾注了一辈子心血的理论了。可是你啊，我的爱啊，每当想到你的降生，我总是无法迈出决定性的一步，我是如此想要亲自来爱你，用我苍老的手牵起你的小手。

可是这正是人类的梦啊，永世不歇的梦。人类用飞机、火箭，或者现在的太空电梯承载梦想，想要回答永恒的问题——那片星空之中究竟有着什么？一想到我的孙女可能像我一样，到老都被这个问题缠绕着，被地球引力束缚着，仅仅由地球上一个汗毛般的太空电梯送往近地轨道，我心中就一阵阵绞痛。

你血液里终究流淌着的是我的血啊，那万千的星辰只要看一眼就永生也无法忘怀，这是铭刻在家族血液中的诅咒。我的父亲，也就是你的曾祖父，他没有经过系统学习，一辈子刷碗打工，却在私下自己买书学习，想要知道时空的秘密。他被人斥作"民科"，因为脑瘤突发而亡，但他从未后悔。我自幼被母亲带大，对父亲的印象，只有一张漫天繁星的照片。

我甚至看不清他的脸，他拍这张照片的时候应该不是为了记录自己，而是星空。照片的背面有一句话——我们的征程是星辰大海。这个一辈子埋头于洗碗池中的男人，胸中居然有着这样磅礴的梦想，我如何不为他倾倒？我继承了他的梦，继承了星空的诅咒。

正如你所见，我用了半辈子来学习这世上最尖端的知识，又用了半辈子来分析这时空的一丁点儿疏忽。现在，两个选择摆在我的面前，是选择我最爱的孙女，还是人类最绚烂的未来？即使我去了，也只有我的消失才能检验理论的正确性，如果我还活着，这理论也只是一堆废纸罢了。我痛苦了很久，也痛哭了很久，后山草地都快被我泪水侵蚀了。

好了，我的孙女，我要收拾起这遍地的碎片，重新拼凑起我的理性。我希望你可以遨游在星海，而不是仅仅仰望。我愿意踏出人类征程的第一步，不，哪怕我只是第一步的垫脚石，那我这渺小的一生也是有意义的。

还有你的奶奶，我是如此地敬重她，她才是真正的巨人。如果有一天这些笔记能够重见天日，请一定要署上她的名字：鲜星海。不是注脚，不是备注，不是序言，也不是后记，她的名字应该在作者一栏，应该在我之前。

我无法说明我看到这最后一段话时的想法。那时是半夜，在这深山之中，城市之光也遮不住漫天的星海。那一刻我再次抬头，仿佛是错觉一般，这星空似乎更近了，更清晰了，充满了一种亲人的感觉。我像是看到了一个巨人在星海之中遨游，那永恒的灵魂是这样的美。

他的意志穿越了时空，抵达了此时此刻的我的心里，我切实地感觉到了这个老人的爱，但这样的爱不仅仅是属于我的，而是属于全人类的。谁说他不负责任呢？他以一己之力完成了人类畅游星海的理论基础。谁说他不爱我们呢？他为我在终极的殿堂前痛哭流涕。

爷爷的笔记里面还藏着一个让我心碎的解。这个方程解表示，如果一个生命落入了异常之中，它并不会消失，只是在时空的乱流之中徘徊，像是奈何桥畔的活人一样。只有当现世没有人再思念着它了，它才会以与时空逻辑相符的情况再次出现。时空本身具有修复错误的能力——通过社会性遗忘来修复。

幸好儿时的我没有大声张扬这件事情，不然李淼就不会出现在自己家的病榻上了，或许他会落入时空的乱流之中。

我也在反思着自己的思念。爷爷和奶奶是不是并没有消失呢？或许他们只是因为我的思念，才被限制在未知的时空里。只有哪天我放开了对亲人的执念，他们才会重新出现在我身边，开始新的故事。

也许老两口会在天涯海角流浪，过着完全不同的生活。也许他们会成为令人尊敬的学者夫妇，继续完成梦想。但是这些可能性都被我的思念所阻挡，我只有放开思念，开始自己全新的生活，他们才会重新出现在世界的某个地方。

是吧，我也该去继续翻动笔记了，毕竟我的血液里，也流淌着星空的诅咒啊。

爷爷的理论非常艰深，仅仅是理解其中的原理就花了我三年的时间，可能我的天资不足吧。多年之后，我公开了笔记的内容。天盾公司立刻招聘我去担任科研部门的主管，而我也在其中找到了相伴一生的爱人。

渐渐地我也只是在仰望星空的时候才会如此强烈地思念那些消逝的人了。我每天起床，吃早餐片，搭乘自动车到公司上班，使用着最优的资源，努力完成爷爷的心愿。我并不知道自己偶尔的思念会不会继续限制他们的存在，爷爷并没有对这个问题进行过计算，而我也早已放开了过去，不愿做过多的纠缠。

在我迟暮之年，脑袋也没有那么灵活了，便退居二线，做起了人事工作。近地轨道上的第一艘曲速飞船即将开始搭建，无数年轻人想要加入天盾公司，参与这个计划。他们西装革履，尽力表现出自己对这项事业的尊重。

可是，那天面试时我却见到了一个穿得乱七八糟的家伙。当时我正在记录对上一个应聘者的印象，就听到了冒冒失失的开门声。

我抬头，看到了那张熟悉的脸，他满是歉意地笑着，说自己算一个式子算太久，差点儿忘了今天的面试。

我笑笑说没事，然后开始了例行公事的一些问话。面试结束后，他起身之时担心地看了看我，问我他是不是完全没机会了。

我微笑着摇头。"不，你被录取了。"

"嗯？为什么？我这样……"

"也许是因为你很符合我们公司的气质吧。"

我站起身，伸出右手，他开心地握住了我的右手。

"欢迎回来。"我轻轻地说，脸上洋溢着老人特有的被劳烦的笑容。

编后记

小说中爷爷倾尽一生研究曲率异常现象，目的是建造可以超越光速的曲率飞船，而在现实世界中，已经有科学家在研究这种曲率引擎了。

1915年，爱因斯坦提出了广义相对论，重新诠释了物质、引力以及时空之间的联系：大质量物体会扭曲周围的时空，引力就是时空的曲率。

1994年墨西哥理论物理学家阿尔库维耶雷在论文中提出了一种构想：制造能够令前方空间收缩、后方空间膨胀的引擎，以曲率的变化来推动飞船前进。我们知道，有质量的物体都有一个速度上限，即真空光速，但是空间的膨胀速度可以超过光速，所以搭乘这种飞船的人可以进行超光速旅行。

2012年，物理学家哈罗德·怀特改良了这一构想，缩减了能量需求，提高了方案可行性，甚至真的吸引了美国航空航天局的兴趣。尽管星辰大海依然遥不可及，但至少我们的征途已经开始了。

墨·世界

游者

作者说

  这篇作品的切入点是对于石油等生物燃料资源的重新解读。石油、煤炭、天然气三大生物化石燃料一直是人类文明进步的基础，在常人的眼中，利用这些资源似乎是顺理成章的事情。作品通过先天性塑料制品过敏体质的袁轩的视角层层展开故事，希望能让读者们对看似无比熟悉的世界重新进行思考。

  远方的地平线已渐渐变得模糊，袁轩却怎么也说服不了自己面前的白小凝。袁轩万万没有想到她会出现在这儿。他朝着白小凝使劲挥手叫喊，想让她赶紧躲开。就在不远处，漫天的烟尘已经滚滚而来，笼罩了沿路的一切，然而白小凝似乎既没看见他，也没有看见扑面而来的危险。危险已经越来越近。翻腾的烟尘越拉越长，组成一线长龙，轰轰咆哮着，掀起一浪强过一浪的冲击波，直扑两人。白小凝被阵阵狂风吹得步履蹒跚，她艰难地维持着脚下平衡，仍没有半点离开的意思。

就在这一刻,袁轩突然明白了:不论自己已经走到哪一步,或是处在了什么样的立场,在白小凝看来他永远是一个值得悲悯的角色。

直到烟尘把白小凝纤细的身躯完全吞没,袁轩也没敢正视她的眼睛。

1

第一次见到白小凝是几年以前的事。

袁轩不管走到哪里,都是一个存在感很弱的人,这似乎跟他十八岁的年纪格格不入。袁轩喜欢默默地把自己掩埋在人流中,按部就班地做着那些程序化的事——上学、下课、到食堂排队打饭、回自己的寝室。在他和周围的空气之间好像隔绝着一层厚厚的大玻璃罩子,而且里面已经抽了真空,外界的一切都不会影响到他,他也丝毫不会对周围的环境产生影响。

然而那一天,一切变得不一样了。

"啪"的一声,就在袁轩稍一愣神的工夫,大妈已经把煮成了泥的糊糊盛到了塑料袋里,一只手擎着,朝他的脸伸了过来。

袁轩有些发木地看着这只塑料袋。它很普通,透明且柔软,是这个快餐时代随处可见的存在物。氤氲的热蒸汽此刻正从松散的袋口不紧不慢地向外扩散,薄薄的袋体在热量的作用下微微有些变形,让它不再像码成一摞时那样齐整,而是有些卑微地缩着,软成一摊。

他嘟囔了一句,没有接。

"怎么,嫌少?"大妈面无表情地又扯开一只塑料袋,抖开,"还要什么抓紧点,够了就快点儿刷卡。"

"我……不要这个。"袁轩支支吾吾地说,眼睛盯着鞋面,声音小得几乎听不见。

大妈有些不高兴。"不要拉倒!"她毫不客气地把袋子往窗台上一掼,汤汁溅了出来,迫不及待地在并不洁白的瓷面案台上留下自己曾存于世的痕迹。

排在后面的人已经开始表示不满了。袁轩的脸开始发烫,他暗暗咬了咬牙,想转身走掉。这时一只手轻轻拍在了他的肩膀上,袁轩抬起头,看到一张朝气蓬勃的女孩子的脸。

"阿姨,这份菜我要了。请刷一下卡!"女孩甜甜地笑着,说着又夺过袁轩手里一直攥着的不锈钢饭盒,向窗口递去,"还要一份带走的,请打到这里!"大妈打量了女孩儿几眼,难得地撇了撇嘴角,算是个微笑,随后伸出大勺舀出些糊糊,"当"的一声倒在饭盒里,又朝袁轩瞪了一眼。

"谢谢,谢谢阿姨!"女孩嘴上甜甜地叫着,拉着袁轩离开了前赴后继的人潮。

袁轩就这样被动地跟白小凝坐到了一张桌子上。

"……多谢你了。"袁轩望着桌子对面的女孩和面前的菜糊糊,勉强挤出了这么句话。

"哎呀,有什么谢不谢的!"白小凝笑着说,"不过我替你刷了卡,下次你可得还我!"

袁轩的脸有些局促地红了。他早就知道白小凝。实际上,整个学校的男生几乎都知道她的大名。袁轩常常听舍友们眉飞色舞地谈起她和她的种种事迹,比如她的艺术和体育特长,比如她数不胜数的追求者,还有她是保送来到这所学校的。袁轩从没有想过自己单调的人生会跟这样的"女神"扯上关系。就是现在,他也深切地感受到了周围男生们的妒意和敌意。

"哦,刚才,其实我……"袁轩摆弄着手里的不锈钢餐勺,不知该从哪里说起。

"行啦,别解释啦。"白小凝笑笑,打断了他的话,"你的事儿,我都知道。"

"你知道?"袁轩瞪大了眼睛。

"是呀。我知道你有特异性的过敏体质。"白小凝眨巴着眼睛,"而且是很特别的那种,是这样吧?"

袁轩的脑袋顿时"嗡"的一下。

特异性过敏体质,或者更官方一点的说法——变态反应人群,这个名词就像甩不掉的寄生虫,如影随形,但是袁轩没想到它会在这个时刻从白小凝嘴里冒出来。

有些人很早就知道自己对什么东西过敏。袁轩的一个本家舅舅,只要沾酒就会满脸通红,而他偏偏又特别好这一口。于是每每到了夏天,他就在门口的小摊上跟一帮哥儿们豪饮,把自己满脸满脖子都喝成酱红色,再后来连胳膊和大腿也都变了颜色,远看活脱脱是一只煮熟了的龙虾。袁轩还有一个堂哥,吃海鲜中过招。印象中那一次两大家子人到餐馆聚餐,饭还没吃一半,堂哥就犯病了,当场瘫在地上不省人事,事后住了半个多月的医院。而从小体弱多病的袁轩,直到长大之后才真正明白了自己跟别人的不同之处。

白小凝在说些什么,袁轩已经听不清了。他只感觉整个闹哄哄的食堂里那些肆无忌惮的目光都盯着自己。并不是因为他跟什么人坐到了一起,而是因为他们都知晓了自己一直试图隐藏的秘密。曾有那么一瞬间,袁轩真以为自己破天荒地交到一个好朋友了,而就在刚才他突然明白了,面前的这个女孩儿跟其他人一样,对自己只有同情和好奇。

白小凝的声音还在耳边继续:"其实,这都没什么大不了的,就是对塑料和橡胶材质的东西都过敏嘛,我们都是同学,如果……"

"够了!"袁轩突然鼓足了底气说了一句,"我不需要你的怜悯!"

白小凝顿时有点不知所措。

袁轩站了起来,一字一顿地说:"我并不是你想象的那种怪胎,也不至于一碰这些东西就犯病,"他的眼角扫过墙角边的塑料垃圾桶,以及里面装得满满的塑料袋,"我只是不愿碰它们,你懂吗?"说完他端起饭盒,在众人的注视中夺门而去。

迈出食堂大厅的时候,袁轩看到不知是谁打饭的袋子漏了,花花绿绿的汤菜和透明的塑料袋搅在一起,被胡乱丢弃在冰冷的花岗岩台阶上。

他恍然觉得眼前有些模糊。

2

每天傍晚去临海的旧矿区散步是袁轩早就养成的一个习惯，也是他为数不多的坚持下来的事情，因为只有在这样的时刻他才能小小地释放一下自己，从那个长久蜗居的大玻璃罩子里走出来，吹吹海风，舒展一下疲惫的心情。

袁轩生长的这个城市是一座规模中等的沿海城市，但它一直没能像其他海滨城市一样凭借地理上的优势快速发展起来，而是常年在三线城市的边缘徘徊，半死不活地拖着全省经济的后腿。这个窘况直到二十世纪的晚期才算翻了身，进入新世纪后则是突飞猛进，经济增速和人均收入一度跻身全省前茅，而这些改变全都得益于流淌在厚厚的地层之下的黑色金子——石油。

依靠原油以及随之而来的一系列衍生产品，人们提起这座城市的时候再也不皱眉摇头，而是换成了由衷赞叹。大批新兴工厂带来的不仅仅是粗产品，还有深加工以后的轻化工产品。工业化之后是城市现代化，人们不再像从前一心想着往外面走，反而每年都有大批的年轻人涌向这里。渐渐地，人们几乎忘记了这座城市的名字，在提到它的时候，直接用两个字代替，油田。这简简单单的两个汉字，已然蕴涵了无数的荣耀和辉煌。

袁轩静静地站在山坡，远望着旷阔的原野，巨大的磕头机似乎在默默地诉说油田昔日的辉煌。如今它们的历史使命早已完成，但是油田的辉煌却还在延续，它的触角已经离开了大陆，伸向重洋之中，化为一个个现代化的海上作业平台和跨国公司。

这段光荣的历史对于袁轩，却说不清是幸运还是不幸。记得从小时候起袁轩就经常会犯一些莫名其妙的怪病，一接触到橡胶、塑料一类的东西身上就会变得又红又肿，有时甚至呼吸也变得不畅。这让年幼的袁轩非常费解：为什么自己跟其他的小朋友不一样？

这种痛苦深深地折磨着袁轩，更折磨着他的父亲老袁。老袁是二十世纪八十年代初刚恢复高考的那批大学生，虽然一直在油田的党校工作，一辈子没下过油井也没扶过钻机，但是骨子里带着一股石油人豪壮的精气神。他当然希望儿子能像自己一样长成个纯爷们儿，偏偏儿子这体质，跟当爹的是天壤之别。袁轩自小身子弱，拿不起放不下，干点小活儿都喘，中药完了上西药，一家人没少为他操劳。

"这种病是基因病，先天性的，只用药物无法根治。建议患者通过锻炼增强体质、提高免疫力。再就是，尽量少接触过敏源。"

袁轩还记得自己确诊那天父母复杂的表情。在油田，即使不在矿区工作，轻化厂、炼油厂乃至新上的高分子材料基地，无时无刻不在制造潜在的过敏源。

"唉，要不然咱们给儿子转学算了，去内地读，以后……也别回油田了。"母亲提议道。

父亲斩钉截铁地否决了。"一个石油人的儿子，生在油田，长在油田，根在这儿，怎么可能说走就走？再说了，现在全国哪里没有石油化工产品？洗脸用的盆，脚上穿的拖拉板儿，手上戴的胶皮手套，身上挂的化纤面料，躲能躲哪里去？你还能把孩子一辈子隔离起来不成？勤锻炼着点儿就没事！"

在家里，父亲向来都是一言九鼎的。袁轩常常会想，如果当初自己能够劝服执拗的父亲，离开这片土地，自己现在的境遇会不会更好一些？袁轩没有答案。命运是说不清楚的，谁也不知道下一个拐点会出现在哪里，就好像没有人说得清下一个油田会出现在哪儿一样。也许很近，也许再也没有下一个了。

第二天黄昏，白小凝在旧矿区的一个山坡上找到了袁轩。白小凝郑重地向他道了歉，然后又悄悄地对他说，其实自己是在整理新生登记表的时候无意间从老师那儿知道的。袁轩略微松了口气，但他反应很冷淡，没再说一句多余的话，一个人晃荡回了宿舍。袁轩本以为以后再也不会跟白小凝扯上关系了，可第二天上课的时候俩人又碰到了一起，原来学院的公开课是整个年级的人都要一起上的。后来的几个星期里，她的身影总是有意无意地出现在袁轩的视野里。每次的公开课，白小凝会主动给他占位子，甚至有时还给他买好早饭。袁轩的反应完全是视而不见，该坐哪儿坐哪儿，任凭白小凝旁边的位子空着。

在周围的人看来，就袁轩这个家伙，既没有特长也没有长相，简直就像杯白开水一样，居然还对白小凝不咸不淡的，简直就是不识抬举。可真正的原因只有袁轩自己心里头明白。他知道，不管表面上如何，在他和小凝之间始终存在着一道不可逾越的隔膜。他们终究是两种人。

为了忽略白小凝，袁轩只能在上课时把所有的精力都集中在教材上。

"石油的真正成因至今仍是未解之谜。"课堂上，老师侃侃而谈；讲台下，大家昏昏欲睡。

"……目前，比较流行的理论有这样几种：生物成油理论以及非生物成油理论。前者认为石油与煤、天然气一样，是由古代有机物——如海洋动物以及藻类等——在漫长的高温高压环境下逐渐形成的。这些有机物与淤泥混合，被埋在厚厚的沉积岩下形成蜡状的油页岩，又生成液态和气态的碳氢化合物，然后向上渗透到较浅的中空岩层中。实际上，这个假说正在逐渐受到学者的广泛质疑。原因是，即使把地球上所有存在过的生物全部都转化为石油，成油量与现在探明的储量仍相差巨大。目前地球上探明的两千多亿吨石油储量，其能量相当于七千亿头恐龙转化为石油，且需要一次性集中灭绝和深度掩埋。所以，目前非生物成油理论已经越来越受到人们的重视……"

袁轩望了望白小凝，此刻她正聚精会神地做着笔记，灵巧地在电子设备的触屏上点点划划，而她右手边的位置一如既往地空着。那个空洞的座位在挤得密密麻麻的阶梯教室里显得异常刺眼，不难想象白小凝为了保全它顶住了多少压力。而这个座位也无时无刻不把压力间接地传递给了袁轩。

袁轩深深地叹了口气。

第二节课，他主动拿起东西走了过去。彼时的白小凝正低着头翻看着什么，没有注意到自己，于是袁轩深吸一口气，尽量装作若无其事地说："请问我可以坐这里吗？"

白小凝先是一愣，继而惊呼，随后蹦起来，满脸阳光地挽住了他的胳膊。袁轩对她这样的反应完全没有预料，就这样，袁轩在众人羡慕嫉妒恨的目光中坐上了那个属于他的位置。

从袁轩记事开始，尴尬的体质带给自己的只有怜悯和鄙视，从没有任何优待。如果不是命运的节点在这样一个特殊的时刻戏剧性地撞到了袁轩，也许他的生活真的会在日复一日的烦恼和迷惘中继续。彼时的他只是一课之间做了白小凝的俘虏，还不知道自己即将卷入一场不可思议的洪流之中。

很久以后袁轩才记起，当天的课上导师还简单介绍了石油的第三种成因——天体说。从没有人想到，这个一度被人们斥为天方夜谭的理论竟然是距离真相最近的一个。

3

它们自称 MO。

MO 的飞船通常是静静悬浮在空中不动的，偶尔会随着微风和云层一起缓缓飘浮，好像跟整个天空融为一体，组成一幅和谐恬静的油画。与蹩脚科幻片中惯常的飞碟形象不同，MO 的飞船外观呈现为巨大的菱形，远远望上去就像是两座脚对脚合起来的大金字塔。它首先出现在澳大利亚，但并没在那片肥沃的草原上停留多久就来到了北美，之后是欧洲。半个月的时间里，飞船先后光顾了各个大洲，包括南极。人们很快发现，飞船的移动速度要远远超过人类制造的任何一种飞行器，于是放弃了日复一日无谓的追赶。美国和俄罗斯等几个超级大国重新布置起搁置已久的导弹防御系统，一时间从华盛顿到莫斯科都人人自危。就在人们的神经绷到快要断裂的时候，MO 主动发出了电磁通信讯号。

"我们是 MO，为完美的地球而来。"它说。

这句话有两种不同的解读。一个是，MO 是来帮助人类把地球改造得更完美的；另一个则是，地球太美好了，于是它们就来了。这第二种解释显然不如前一种受欢迎，于是许多聪明的人自然而然地选择了第一种解释。另一件可以确定的事是它们的名字，各国很快创造了属于它的专属名词，其中中国的最为诗意，就是一个同音字——墨。

当人们习惯了墨的存在，由最初的恐慌转为见怪不怪时，袁轩却越来越忧虑。天生的忧郁性格，使他习惯用悲观的视角去看待周围的事物。

"瞧，这个好看吗？"几个女生互相挽着胳膊，对着小店橱窗里的手办指点着说。

袁轩神情复杂地看着那些方方棱棱的飞碟模型。

"我觉得是个不错的摆件呢。不过那边那个钥匙坠更好，很有神秘感。"

挂饰，手办……"他们怎么能这么做呢，我们可是连外星人的来意都不知道啊！"袁轩望着一双双印着飞碟图案的拖拉板儿说。

"这怎么了，这是商业价值你懂不懂？外星人可没说过它们有版权啊！"白小凝瞪着袁轩，仿佛他才是一个外星人。

袁轩哑口无言地望着白小凝头顶上方的巨大广告牌，那是一个新开的楼盘，广告词是"全宇宙最吸引人的豪宅"。他重重摇了摇头。过去有种说法，如果把人类扔到月岩的静海里，他们也能靠着贩卖石头来发家致富。简直是幼稚，袁轩想，现代人哪有那么低端？如果有可能，那些人甚至敢去未来取回自己的头骨做成收藏品卖钱。

"它们不会喜欢这些的。"袁轩阴郁地说。

白小凝不以为然："活得那么紧张干什么？瞧，对面餐厅推了一款叫'墨'的套餐，要不咱们去尝尝？"

袁轩内心无端的紧张确实没有持续多久，因为很快，人类跟墨之间的对话开始了。

那是一场全球直播的盛事。仅仅是确认了墨的对话信息，就让那位第一发现者心梗发作了。等正式对话开始时，参会的人类精英和各国发言人首先集体缅怀了这位为超文明交流做出关键贡献的殉道者。

主办方为他特意预留了一个位子以示尊重,后来又觉得圆桌会议空一个座位实在是影响美观,于是专门安放了一座等比例的蜡像。这座蜡像雕刻得栩栩如生,表情既生动又严肃庄重,无疑是一件难得的艺术品。

墨飞船当时在蒙古草原,碍于条件限制,对话场所是一个临时搭建起来的软材料建筑,远观就好似一个巨大的帐篷。但建筑主体远不只是普通帆布那么简单,而是全都由最新的高分子材料织成,既具强度又具韧度,还有一定的隔水防火能力,有效保障了设备和人员的安全。圆形会场的两端各有一块巨大的屏幕,供参会人员随时发布和获知信息。会场外围有几十位现场工作人员在不停地紧张忙碌,他们共同的任务是把即时通讯信号转化为声像形式,并同声翻译后传递给所有人。

人类的第一个问题是:"请详细解读一下您的来意"。

这个问题设计得十分精妙,潜台词是"我们明白了你的目的,只想让你详细解读",巧妙地绕过了人类其实拿不准对方动机的尴尬,这种问法显然是经过深思熟虑的。

几乎没有停顿,墨直接发出了一组图片,这些图片经过简单的技术处理,立刻被投上了会场两端的 LED 巨幕。与此同时,卫星讯号把图片传播到了地球的各个角落,送到了包括袁轩在内的每一个人的移动终端上。

这些图片内容繁杂,涵盖了人类生活的各个方面,从抽象的艺术作品到独特的人造建筑,乃至单纯的自然风景,不一而足。人类精英立刻行动起来,恨不得把像素都掰碎,以期从里面获得些有价值的东西。可没等有所收获他们就渐渐感到注意力涣散,思考也愈发地迟钝。其实这是显而易见的,任何人都无法一下子从 1024 张图片里快速总结出有效的信息。

好消息是,人类拥有电子计算机;坏消息是,1024 张图片对人类来说太多,对计算机来说又太少,仍然得不到有效信息。计算机分析倒也不是全盘皆输,至少还给出了两个有效的结论:一,墨的响应时间极短;二,墨已经可以随意调用网络资源。

人类精英们有些摸不着头脑,看来第一个充满了智慧的问题没有换来理想的答案。

而在同一时间,几千千米之外的地方,袁轩手中的终端重重掉在了地上。他愣愣地看着破损的屏幕——第一张图是从宇宙中拍摄的蓝色地球全景,而最后一张图,也就是他刚刚看过的那张,是位于太平洋中心的巨大海上垃圾场。

袁轩不明白为什么这么明显的信息竟然没有人理解。各自抱着终端的舍友们只是望了他一眼,就又把注意力转回到了现场上。

几轮交谈已经过去。精英智囊团用杰出的工作证明了自己并不是吃干饭的,他们使用了复杂的算法得到了墨多次交流中都指向的几个关键目标点——塑料、文明、污染。

一时间整个会场陷入了沉默。污染。这个词显然戳中了人们的痛点,墨一开始就直指地球文明的一个负面问题,这不是个好兆头。其实这个问题长久以来一直存在,可是许多人为了自己的利益都宁可忽视它。

但是现在,人们无法逃避了。会场里先是传来了窃窃私语,然后声音越来越高,最后发展成了各方代表之间的论战,每个人都试图把面前这块烫手的山芋丢给其他人。

工作人员不知所措地看着各个势力的代表相互指责,乱成一团。突然,众人的背后传来了"哗"的一声,大家回过头去,看到有人将几块塑料泡沫丢在了地上。人们很快认出了他左臂上的星条图案,他是美国代表。

"我们可以解决这些塑料的问题。"美国人自信满满地说,"其实我们早就研发了一种新技术,是跟这个会场的材料同期完成的。"他加重了语气,"请诸位不要忘记,不论何时,诸位都将处于美国的庇护之下。"说完,他招了招手,几个站在他身后的人得到指示,立刻将一只层层上锁的金属密码箱打开,取出一只小瓶递到了他的手上。现场所有的镜头顿时都对准了他手里的东西。

那是一只锥形的小玻璃瓶,外壁上贴满了厚厚的纸,看不出里面的内容。他将瓶口小心翼翼地旋开，笑着对摄像机镜头说："现在我要变一个魔术。"他轻轻地把瓶子里的东西仔细地洒在了那些塑料制品上，然后又打开另一只小小的试管，倒上去另一些液体。很快，随着几缕青烟升腾而起，这些塑料泡沫开始变形、扭曲，越来越小，像是一个在火苗中挣扎着缩小的纸团，最后完全消失在了众人的视线里。

美国人弯腰做了一个谢幕的姿势："您喜欢这个魔术吗？"

墨没有回答，倒是有人低语："我讨厌这个装腔作势的美国佬。"

这话显然传进了他的耳朵。不过他似乎并不介意，只是从容地接过助手递过来的毛巾，一遍擦着手一边咧开嘴说："嫉妒源自一种滑稽可笑的自尊心理。太过优秀的人总是容易成为潜在的假想敌，这是人之常情。不过，美国从来不介意自己担当这种领导者的角色。毕竟，在处理白色污染这个问题上，我们……"突然，美国人发出一声惊叫。

在场没有人能说清墨实施了怎样的超距作用，以及它是何时开始实施的。没有声音，没有诡异的光线，众目睽睽之下，美国代表的身体居然开始融化，活像一块被送进了高温烤炉里的白色巧克力。仅仅几秒钟的工夫，连同他身上原来穿着的衣服、领带甚至还有皮鞋，都陪着他变成了一堆黏稠的黑水。这个过程甚至比他刚刚进行的塑料降解演示还要迅速，突如其来的变故让所有人惊呆了，他的助手大睁着双眼，甚至还保持着递送毛巾的姿势。

终于，随着一声歇斯底里的尖叫，各种哭喊声在会场猛然迸发，有人抱头鼠窜，有人互相踩踏，有人直接晕倒。在众目睽睽之下，一个活生生的人类，转瞬间就失去了生命。直到这时人类才如梦方醒：自己究竟是在跟多么可怕的东西打交道。

美国人显然错误估计了表演对象的胃口，墨最痛恨和最不愿意看到的一幕竟然是降解塑料。

很快，原本拥挤的大厅变得空空荡荡，宽大的会议圆桌上也只剩下最后一个人。新闻记者连忙把镜头对准了这位最勇敢沉稳的政治家，却发现那只是尊表情严肃的蜡像。嘈杂的音轨静了下来，只有几个苍老的声音还保持着理智的对话，这是几个上了年纪的科学家，他们一直被排挤在会场最外层,刚才由于人声嘈杂,他们的声音完全被政客们淹没了。此时此刻,他们的原声通过忠实工作的拾音器断断续续地传递给了全世界。

"……我想,他是在质疑我们使用的方式。"声音顿了顿,"我是说,那些化石燃料。"

"质疑使用方式?而不是'塑料'本身?"

直播镜头终于在混乱中艰难地找到了声音的主人,那是一位头发花白的野生动物学家。"……塑料制品本质上是石油工业产品,如果我的猜测不错,石油才是墨最关心的东西。"他神情复杂地对旁边几个同样面色忧郁的人说,"在石油的问题上,人类可能犯了一个无法挽回的错误。用最通俗的话来讲,是我们'打开的方式不对'。"

"你的意思是……"闻者若有所思,"石油不该这样加工?!"

很快有人嗤之以鼻:"这个说法简直可笑。如果不这样用,石油还能做什么?难道应该供起来?"

"可是瞧瞧它对我们做了什么!"

"天呐,我不敢想象,石油、天然气、煤炭,这三大化石燃料可是整个人类工业乃至人类文明的基础!"又一个声音加入了讨论。

"如果真的是这样,你能想象它们有多么愤怒吗?"一个计算机专家若有所思地说,"这就好比你珍藏的移动硬盘被家里的老鼠啃了……"

"比那更糟。"野生动物学家缓缓地说,"我曾经十几次去亚马逊流域,把半条命都扔在了草原和雨林里,就为拍摄那里的野生动物。有时候,为了得到更好的影像,我们会设置一些特殊的饵料吸引它们,长期守候在附近。这个方式一直很有效,直到发生了这样一件事。"他望着跑得没剩下几个人的会场,叹了口气,对挤在身边的几副老骨头继续说,"那是一个夏天,我们等了很久都没有拍到心仪的东西,于是决定先回营地吃饭,来回大约有十几分钟的路程。我们回来的时候,哈,猜猜我们看到了什么?"

"什么?设备被人偷走了?"

"那怎么可能。"他苦笑着说,"我们看到一头雄性猩猩,大约有两百斤的大家伙,它正拿着我们的摄录机在砸核桃。"

在场的几个人全都哭笑不得。

"你们明白了吗?"动物学家神情复杂地说,"墨生气了。"

有人还想反驳些什么,但没等开口就捂住了嘴巴。一切在不声不响间发生了,就好像上一秒钟人们还处在一个清晰的世界,下一秒钟这个世界就蒙上了一层薄雾。桌椅、壁纸、应急灯,从地板到天花板之间的一切东西,都像被烤皱了的锡纸,迅速地失去原有的形状,开始模糊、融化、流淌。那个圆桌前唯一的存在物也不再坚挺,先是头发,接着是嘴角、圆瞪的眼睛,原本严肃的表情现在变得十分狰狞可怖。很快,蜡像的五官完全看不清了,只留下微微上扬的嘴角,似乎正嘲笑着人类的无知。下一个瞬间,蜡像完全崩溃解体,碎块四溅。如果蜡像的建造者此时此刻看到这可怕的一幕,恐怕会后悔把它塑造得如此逼真。

这一回老家伙们也忙不迭地撤离了。混乱中,有人拉住了那个动物学家,问道:"那只猩猩后来怎么样了?"

老人无奈地摇了摇头。"我们当时很生气,但是相信我,我们没有把它怎么样。"说完他抬起头,仰望着那些墨的飞船,"希望它们也能宽恕我们吧。"

直播中的人声就到此为止了。在当天最后的影像彻底消失之前,所有人都清晰地看到,那个高分子材料筑成的巨大建筑,已经彻底变成了一片黑色的湖泊。

4

也正是在同一天,袁轩正式与墨发生了接触。他是在一瞬之间被带上飞船的。在意识到异样的前一秒,他的思绪还停留在那一片黑幽幽的焦土之上。原本存在的一切,设备、车辆、人,乃至那个巨大的帐篷样的建筑,仿佛都在一瞬间不可思议地融化了。被嘈杂的人群扰乱了的草原也在这一刻重归宁静。袁轩却几乎陶醉在其中,他甚至觉得世间万物原本就该是墨色的,好比深邃的星空,是人类的活动才使世界暂时变成了亮色。是墨让世间万物恢复了它应有的本质,这是大写意的泼墨手法,直接、粗放,完全是大巧不工,但却酣畅淋漓。

袁轩经历了环境异变带来的最初惊慌之后,迅速镇定了下来。他身处飞船的内部,发现这个奇异的空间远远超乎常人的想象。首先是非常之大,比从外面看飞船感受到的体积要大上许多倍;此外自己的双脚并没有踏在任何一块支撑平面上,而是悬浮在半空中。袁轩试着轻轻扭动身体,变成了脚朝上、头朝下的状态,却没有感到半点不适。袁轩想不通,这么大的空间是如何存在于一个实实在在的飞船内部的,而且,这确确实实是一个没有重力的环境。

一些大大小小的水滴在向袁轩靠近,很快他发现那不是普通的水滴。这些半透明的灰色的液状存在物正是墨的实体,它们在离袁轩不远的地方停了下来,微微浮动着,改变形状。在袁轩看来,它们就像是一些飘浮着的、比较大的墨迹而已。

"为什么是我?"袁轩也不清楚为什么自己的第一句是这种话。听起来,这句话比起人类精英们的问话要愚蠢得多。也许是自己潜意识里觉得"为什么要这样做?"和"来地球干什么?"这类问题都已经毫无意义了吧,他想。

墨微微波动,直接把声音送进了袁轩的脑中:"你是最特别的那个。"

"我?特别?"袁轩不解,"我哪里特别?"

"样本,没有污点。"墨稍作停顿,又发出新一轮声波,"在所有成年人类个体中,你的对象数据破坏值最低,所以最适合作为这个文明单元的纯粹范本。"

袁轩突然明白了。如果那位动物学家是正确的,那么人类确实"罪孽深重"。而在这种情况下,为特异性过敏体质困扰的自己,因为常年拒绝使用塑料制品,竟成了最清白的一个。其实袁轩渴望听到一个不一样的理由,比如自己的外表更符合高级文明的审美(虽然他在现实中连那些傻姑娘都搞不定），或者是自己的头脑有什么奇异的过人之处（奇异到能吸引白小凝）。哪怕是随机挑选了自己也好，他最不想听到的答案就是自己的体质特殊，但毫无疑问，这就是事实。

"接下来呢？"袁轩小声地问，"你们想干什么？"

"清洗。"

袁轩皱起眉头。"怎么清洗？"他随即明白了，补了一句，"就像刚才那样？"

墨微微向他靠近了一些，袁轩觉得这个意思是肯定。

"我知道人类犯了错，"袁轩竭力寻找着合适的词汇，想要挽回些什么，"但是能不能重新考虑一下你们的做法？毕竟……"他终于找到了想要的词，"大家都是生命。"

"我不想去探讨不同生命的取舍和比较问题，"墨说，"何况生命并不是最重要的东西。"

袁轩愣住了。"生命不重要？难道还有什么比命更重要吗？"

墨微微浮动。"宇宙中，没有比信息更重要的存在。"

袁轩有些不明白。"信息？"

"信息是无处不在的。"大大小小的泡泡挤满了袁轩的周围，它们一边飘浮，一边显出五颜六色的光彩和花纹。袁轩仔细观看，居然从这些花纹上看出了若有若无的抽象图形，后来这些图形越来越清晰具体——海水、阳光、岩石、动物、植物，大至各种各样的星星，小到叫不上名字的单细胞个体，令他眼花缭乱。与第一次沟通时墨给出的图像相似，这些泡泡包罗万象，无所不有。

图案越来越多，变幻越来越快。突然，景色变了，袁轩看到许多密密麻麻的生物，不断周期性地聚集又散去，同时地面出现了各式各样的建造物，就像是按了快进键一样拔地而起。再往后，星空的图案越来越多地出现，不同的星球，不同的星系，还有那些数不尽的美丽星云，如梦如幻，缥缈璀璨。

袁轩在一瞬间回顾了墨文明几亿年的历史。

"在墨看来，整个宇宙都有一套固定的运行之规，就是所谓'信息的表达'。"墨的声音回响在耳边,"从最普遍到最特殊,从最宏观到最微观,均是如此。"

一株植物会在体内悄悄用年轮记录时光的秘密;一条大马哈鱼可以不远千里回溯到童年的栖息地;一簇渺小的珊瑚虫在DNA里复刻下它们祖祖辈辈延续的坚持;一群候鸟穿越了盆地与高原,用血肉之躯筑成了地球的经纬仪。袁轩被深深地震动了。还有那群星——恒星漫长地燃烧自己,为周围的茫茫空间带去光和影;星系剧烈地相互碰撞着,华美地绽放在无人欣赏的广袤舞台上;还有那些暗物质,在不可捉摸的地方发出自己最深沉的声音。

在宇宙中,没有比信息更重要的存在。

袁轩长久地思索这这句话,他禁不住浑身颤抖,这种颤抖不是出于恐惧,而是来自那种发自心底的震撼。半晌,他问道:"信息,就是你们一直追求的东西?"

"墨使用了行星级的固液态存贮介质,来再现这些无与伦比的信息。而人类把它们……"墨第一次显出了悲怆的语调,缓缓地吐出三个字,"烧掉了。"

烧掉了。简简单单的三个字蕴涵着无尽的惆怅,在袁轩看来,就像是整个宇宙的叹息。人类用了不应该使用的东西砸开了自己的核桃。

"那你打算怎么办?"袁轩绝望地说,"把整个人类文明都抹去吗?"

"文明?"墨已经恢复了平时的状态,冷冷地说,"你口中所谓的文明,不过是一段野蛮荒谬的历史罢了。你们要付出代价。"

5

第一天。

西亚,波斯湾,世界上第一口油井被墨夷为平地。

众所周知,海湾地区是世界上最大的石油产地,被誉为"世界油库"。墨的选择,偏又如此地具有象征意义。卫星图像显示,在墨无声的打击下，整个城市逐渐崩坏，又被重新压回到了古老的油井之中。除了那片被染成了墨色的土地，一切都不复存在。"清洗"两个字得到了最直观和确切的展示。

第二天。

当美利坚的战斧式导弹呼啸而来的时候，袁轩感到了一丝快意的绝望。快意是因为这无休无止的折磨就要结束了，而绝望是因为他很快发现那只是自己美好的愿景。巨大的导弹与墨的飞船擦身而过，继而失速、解体。当它们直挺挺地向着来时的方向坠落回去的时候，袁轩想到了融化了的巧克力棒。

墨轻而易举地摧毁了地球上最不可一世的国家号称牢不可破的防御系统。短短的数个小时之内，美国的几大油田相继中招，引起的连锁反应让这个国家引以为傲的现代工业体系迅速土崩瓦解。

袁轩眼睁睁地看着整个墨西哥湾被染成了黑色。

第三天。

俄罗斯汲取了美国的教训，并没有进行过多的抵抗。墨的飞船尚未开始东欧的"清洗"之旅，他们就一次性用掉了自己多年的积蓄，连带乌克兰境内的那些核弹井。

"世界将永远不会忘记俄罗斯民族的声音！"

广袤的西伯利亚冰原由白转灰，最终归于黑暗。人们心中只留下了巨大的惊叹。

第四天、第五天……

袁轩尽量不去关注外面发生的一切，他知道自己什么都做不了。反思？是，外面的人类也许会反思，为什么最初选择了石油作为能源？为什么短短的二百余年，就因为内燃机的使用让大气的二氧化碳含量增加了40%？为什么从没有人对这一切有过一丁点儿的质疑？今天，他们也许可以认真反思了。

袁轩无法解答这些问题，他呆呆地望着飞船中心的那个巨大的球形半透明培养池，那是他被带上飞船之后才出现的，现在已经可以看到许多鱼儿一样的东西在其中游动。墨说过自己是最适合的"纯粹范本"，墨一定是采用了某种方式分析了自己的体质才制作了这么一些东西。

这些东西里面留着我的血。这个想法让袁轩感到恶心。它们即将长大，它们将取代人类。袁轩抬起头，其他的泡泡都已经不见了，只剩下一个实体在空中飘浮着，一直跟着他。那泡泡一闪一烁，似乎已经洞察了他所有的想法。

"你们应该已经不需要我了。"袁轩鼓起勇气，"我想下去。我要回家。"

墨似乎思考了几秒钟，然后轻轻波动出一阵涟漪。"去吧。"

袁轩松了一口气。"你们会把我送过去？"

"送过去，然后接回来。"墨说，"你的家乡，二十四小时后将被'清洗'。"

袁轩瞪大了眼睛。

6

黄昏，袁轩再次踏上这片熟悉的土地，面对的却是已不再熟悉的环境。他呼吸着雾气中熟悉的味道，打了几个响亮的喷嚏，顿时有了点儿流泪的冲动。短短的几天时间，墨已经让这个世界彻底发生了改变。虽然这座城市还没有被毁灭性的打击波及，但恐慌的氛围就像是瘟疫一样在每个人心中蔓延。走在昔日熙熙攘攘的街道上，看着周围一家家关闭了的商铺和工厂，袁轩不禁感叹，原本拥堵不堪的交通竟然在几天之内就彻底改观了，墨的效率比市政府和交通厅实在高太多。袁轩想笑，却笑不出来。

很多居民撤离了。危急时刻，政府新成立的紧急应对署组织了大批车辆和工程兵，对国内的重点城市进行了大规模疏散，袁轩所在的这个城市因其特殊的历史地位，自然是第一批被照顾的对象。墨的飞船来到这个城市时,疏散工作已经接近尾声。尽管如此,袁轩发现仍然有不少房间亮着灯。

总有些人不愿意走。

"真傻。"他想。在不可抵抗的压倒性技术力量面前,渺小的人类又能做什么呢?不过那些撤离的人也同样傻,逃又能逃到哪里去呢?对于墨来说,任何地方都没有差别。

"你们要付出代价。"

回想起墨的话,袁轩在渐冷的晚风里打了个寒战。

他挪动双腿,向前走去。突然,旁边有人冲着自己猛地大喝一声,袁轩吃了一惊,转头去看,却发现是一个赤身裸体的人正蹲坐在阴暗的墙角冲他傻笑。

"神经病。"袁轩丢下一个怜悯的目光,继续朝前走去。

"神经病。"那人嘿嘿笑着,用同样的话回敬了他。

夜色里,有人站在高高的房顶上,静静凝望着不约而至的墨飞船。有那么一会儿,袁轩误以为那人会从楼顶上一跃而下,但是那一幕一直没有发生。那个人只是静静地站在那里,静静地望着飞船,就好像一尊石刻的雕塑。袁轩搞不懂他究竟在想些什么。

还有一对对情侣,手拉着手,慢慢地散步。袁轩看不清他们的面孔,但是从他们旁若无人的神情来看,似乎不管这个世界明天会怎么样,都完全与他们无关。

袁轩摇了摇头,继续向前走去。再往前走,就是自己的学校了。就在黑夜中,他恍然看到了一抹白色,顿时心脏停搏了一拍,那是白小凝!

不会错,就是白小凝。她双眉紧锁,急匆匆地走着,根本没看见站在路边的自己。这时候她为什么还在这里?墨已经飞临了这座城市,难道她不知道?袁轩想张嘴叫她,但忍住了。很快,白小凝转过弯,走上了学校后面通向后山的小路。袁轩赶忙紧走几步,远远地跟在她后面。

天色已经全黑了。两个人一前一后,踏进了后山的松林。

油田的土壤是偏盐碱性的,从前没开发出石油的时候,这里的山基本上全是光秃秃的,裸露着岩层,几乎没有什么树。偶尔有些倔强的植物在石缝里扎了根,也都长得扭曲古怪。后来,当地经济腾飞了,居民也都富裕了,新任领导班子下决心做好绿化,要改变油田的风貌。但是不管投多少钱,下多少力,盐碱地的性质是改变不了的。袁轩还记得小时候搞大造林,树是种了死,死了种,到最后成活的还是没几棵,而且看起来病恹恹的,不仅没能给岩山覆上绿色,反而像是平添了一块块疮瘢。

到后来,党委拿出土办法,到外地去购买树苗,同时用大车往回拉土。土拉回来,按区划分,先挖大坑,再填上运来的土,每种一棵树,至少得填几个立方。一车土种不了几棵树,那就一片一片来,一车一车往里填。就这么着,总算是把树苗种活了。于是,就有了这片松林。

白小凝拧开了手电,荧白色的光把黑夜挤开一条缝。她调了调灯光,继续一脚深一脚浅地往林子深处走去。袁轩越来越不解了,她到底是来这儿干什么呢?

白小凝在一棵最大的树前停下来了,她举着手电往树冠上照去,似乎是在找什么东西。随后她使劲拍打树干,嘴里还说着些什么。袁轩很想听听她在说什么,可没等听清,她就停下,转向了另一棵树,然后接着拍打,接着说。

树冠上传来扑棱扑棱的声音。袁轩突然明白了:她是想把熟睡的鸟儿惊起赶走。白小凝弄得动静越来越大,鸟儿们惊慌失措地醒来,冲她不满地叫几声,就又落到别的树枝上去了。大多数鸟类的眼睛其实缺乏弱感光细胞,在晚上几乎是失明的,所以即使飞也不会飞很远。

"走!走!你们飞吧!"她开始喊,"你们快飞走呀!"

鸟儿听不懂她的话,只是躁动不安地蜷缩在树枝上。她折腾了很久,没有任何成效。终于,她累了,扔下了手里的东西,捂着脸抽泣了起来。她的声音很低,很压抑,一开始断断续续的,后来渐渐高起来,哭声里尽是无奈与绝望。袁轩的心像被人揪了一把,闷闷地疼。

他很想安慰白小凝,想从树后面走出来,想向她走去,想把她抱在怀里,告诉她一切都会过去的。但是他终究没能站到她面前,深刻的负罪感像巨石一般压在袁轩的身上,他每走一步都十分艰难。他喘息着,忍着心痛在哭声中朝她走去,但是就在距离她还有几米远的地方放弃了。除了逃走,他不知道自己还能做什么,他不知道该如何面对她。

夜色如墨。

7

第二天黎明,袁轩爬上了那片他下课后常去的山坡。他知道墨会在那里等他。出乎意料的是,白小凝就坐在那里。

有一瞬间,袁轩心里很高兴。也许是昨天在松林里白小凝看到了自己仓皇逃走的背影,所以直接跑到这里来等他了,也有可能是自从那天之后白小凝就天天到这儿找自己。无论是哪种可能,她的到来都让袁轩内心略略获得些许慰藉:毕竟这个世界上还有人关心自己。他远远地朝白小凝使劲挥手,可她并不回应,只是呆呆地望着他背后的方向。他转过头顺着她的目光看去,只看到天地之间,墨的飞船正在晨曦中时隐时现。袁轩刚刚好转的心情立刻又阴郁了下来。

白小凝伸手指了指墨,又指了指他。

袁轩明白了,白小凝已经猜到墨跟自己有所关联。

"这些天,你到哪儿去了?"她的声音波澜不惊。

"听我说,小凝。我是去了墨的飞船,这件事是我们不对,哦,我的意思是……"袁轩的脑子很乱,白小凝、敲开的核桃、白色污染物还有无数的气泡搅在一起,让他一时不知怎么开口。

小凝的双眼似乎要喷出火:"是你?"

袁轩不知道她指的是什么,茫然地摇摇头。"不,墨的事情跟我没有关系。但是,"他垂下头,"但是我理解它们。"

"你理解?它们杀死了那么多人,你说你理解!"白小凝笑出了声,那是一种绝望的笑,"我明白了。你已经不再是人类的一员,你得宠了！瞧，你的主人正等着你回去呢，你现在成了墨的宠物了。这多值得高兴啊！"

袁轩只觉得血往头上涌，抽手给了白小凝一个耳光。白小凝捂着脸倒在地上，却没有哭，她只是冷冷地看了袁轩一眼。这眼神没有恨，更没有爱，就好像在看一块路边的石头。

"对不起，小凝。"袁轩有些语无伦次地说，"我现在没法给你解释。但事情不是你想象的那样，跟我走，我们应该能活下去。"

白小凝没有任何反应。袁轩想去抓她的手，她躲开了。还没等袁轩再说点什么，一阵隆隆的轰响从远方传来。袁轩立刻惊恐地意识到，"清洗"已经开始了。

白小凝从兜里掏出一把大号美工刀，把玩着。"我本来以为会用到它，所以这几天一直随身带着。看来现在用不到了。"原来她根本不是到这儿来找自己的，只是想在距离墨最近的地方与这个世界告别而已。

袁轩已经来不及再说什么，代表着死亡的声浪像脱缰的野马呼啸而来。最后一瞬间，袁轩突然使出了全身的力气，朝着白小凝扑了过去。然后，毫无预兆地，耳边所有的风沙声全部消失了。袁轩睁开眼，发现自己又回到了墨的飞船里，而他的手中，除了刚刚被小凝抓在手里的那把美工刀，什么都没有。

"小凝！小凝！"他从地上爬起来，像只没头的苍蝇在飞船里乱撞，很快，他重新飘浮了起来，那些泡泡又出现了。"浑蛋！你们都是浑蛋！"袁轩声嘶力竭地喊。泡泡轻轻摇着，不置可否。悲愤让袁轩丧失了理智，他奋力抽出美工刀，朝着泡泡猛刺了过去。

"噗"的一声，一个泡泡应声而碎！袁轩愣了愣，随即又把刀子挥舞起来，刺向了另一个泡泡，后者也很快破掉了。这一下，袁轩彻底爆发了，他像疯了一样挥舞着胳膊，把一个个飘浮的泡泡全都刺得粉碎。在某一瞬间，他有些恍惚，似乎他要去刺的不是一个个虚无缥缈的泡泡，而是自己十几年来的压抑和憋屈。他就这么刺啊、切啊，直到泪水模糊了视线。

他的情绪终于慢慢恢复平静。他再次抬起头，却惊惧地发现，刚才被他刺破的那些泡泡非但没有消失，反而聚拢在了一起，成为一个巨大的泡泡，摇摇晃晃地，几乎塞满了整个船舱！袁轩绝望地笑了，他看到了舱室中间的那个大培养池，用尽力气将手中的美工刀向里掷去。一声脆响过后，刀片应声而断。

袁轩愣愣地看着地上折断的美工刀。他再一次被巨大的无力感包围，这种无力感是他熟悉的、过去的十八年中不断萦绕在他周围的，那种叫做"命运"的东西。他闭上双眼，仰天长啸。

"我不活了，冲我来吧。痛快点儿！"他说道。

巨大的泡泡发出嗡嗡的声音："生命是需要珍惜的。"

袁轩发出一声嗤笑。"可是你们把所有的人都杀死了。"

"死？"墨咀嚼着这个字眼，"死亡并未发生。"

袁轩红着眼睛吼道："你这是什么意思？从美洲到欧洲，甚至连我的家乡都被夷为平地。你说没死，那些人呢？那白小凝呢，她在哪儿？"

"人没有死，只是重置了。"

袁轩咬牙切齿地说，"我不想跟你讨论，我不管你把这叫做'死'还是'重置'，把'毁灭'叫做'清洗'还是别的什么。但是在我看来，生命比你说的那个什么数据、信息更宝贵！"

墨轻轻地回应着："对能量的追求并没有错，宇宙之中任何一个种族，都不可能在没有足够能量支持的基础上发展成强大的文明。但是，这种追求不能以牺牲信息为代价。如果你仍然坚持，我将向你展示，在这个领域里，我们比你们人类更懂得什么叫牺牲。"说完，那个巨大的泡泡发出一轮波动，直接把影像传进了袁轩的大脑。

袁轩被脑中的景象惊呆了。

那是几十艘墨飞船组成的星际舰队，正以齐整的螺旋线排列，向着无数颗绚烂的星星所在地——银心挺进。它们的个头有大有小，有些飞船外表还有斑斑点点的凹陷和擦痕，毫无疑问，这些饱经风霜的飞船正是墨的星际能源船。

这次旅程对墨文明来说是一次名副其实的远航。墨的母星处在银河系外缘悬臂的远端，距离银心相当远，在百光年的尺度上几乎没有母星之外的恒星。这些能源船经历了长途跋涉，才找到了一颗体积比较小的恒星。这是颗刚诞生不久的恒星，逸散的能量远不如那些宇宙中的巨无霸，而且燃烧得并不均匀，但是对于母星即将燃烧殆尽，急需能源的墨来说，已经没有更好的选择。

在经过反复斟酌之后，艰难的工作开始了。首先是几艘体型比较小的飞船在靠近小恒星的位点轻轻射出了一根纤细的弦，大型的飞船紧随其后，沿着这根弦的方向射出了更多的弦。这些纤若游丝的弦是宇宙中最精巧美丽的丝线，能够编织出人世间最不可思议的奇迹。弦与弦之间的相互引力让它们纠缠在一起，很快，因为恒星引力的关系，线头像射出的箭镞一般坠入了那片燃烧的光焰之中。由于粗弦的存在，重力场的平衡被打破了。等离子流就像水流一般顺着重力弦流淌过来。随着一股股能量注入，袁轩也感受到了由衷的喜悦。他看见长途跋涉的劳累在墨身上一扫而光，取而代之的是不久后归乡的期盼。

突然，灾难降临了。

那颗状态并不稳定的小恒星就像个不听话的孩子，猛然间进行了一次不规则喷发，形成了高达数百千米的日珥，同时抛出了大量质量体。虽然这样小规模的加速燃烧对于一颗可能燃烧数十亿年的恒星来说，就像是打了个喷嚏一样司空见惯，但对于正在作业的墨来说，却是灭顶之灾。靠得最近的几艘飞船瞬间化为了宇宙尘埃，稍远的飞船第一时间挣脱了重力弦的束缚，幸免于难。袁轩正要松一口气，却意识到更为严重的问题：停泊在最远端的大型飞船还连接着粗弦，根本来不及解开纠缠，脱离险境。喷发所带来的超量离子流还在沿着重力弦的方向前进，一旦抵达飞船，那将是一次威力骇人的核爆！

就在千钧一发的时刻，一艘本已脱离了险境的小飞船突然再次启动了牵引引擎，重新拉回了重力弦，失控的能量流就好像突然找到了缺口的洪水，一下子直冲那个方向奔流而去。霎时间，巨大的能量击中了飞船，将它变成了黑暗的夜空中最耀眼的一颗星。

当看到那艘小小的飞船被爆发的日珥吞噬的时候，袁轩感受到了来自心底的痛楚。袁轩分不清这痛楚究竟源自墨激烈的感情，还是源自自己的内心。他默默地体会着这份情感，默默地看着那些悲伤的墨，它们在无声地呐喊，似乎在质问着那无可挽回的命运。然后，它们把对同伴的追思抛在脑后，再一次抛出了重力弦。

"……人类让我想起一些东西。"墨的声音将袁轩的思维拉回到了现实，"在你们的历史上，也不乏风险与牺牲。我看到了一个个风餐露宿的人，看到了一个个以矿井为家的人，还有血肉之躯铸就的'铁人'。在这一点上，人类和墨的精神是相通的。"

"不，不一样。"袁轩说，"以你们的标准，我们走向了错误的方向。"

墨轻轻摇动着。"最近，我也领悟到了一些以前一直没有想通的事。不论我们如何努力，在宇宙中仍然有一些解决不了的信息缺失问题。也许，保存信息并不是最重要的事，如何创造信息才是。"

袁轩久久思索着这句话的含义。

"清洗全部完成后，这个星球蕴涵的一切信息都将重置。你将作为最年长的纯粹人类带领他们去开辟全新的文明。"在墨的示意下，袁轩第一次认真地看了那个巨大的培养池，原先细小的鱼形生物现在已经明显地分化出了四肢。袁轩突然明白了，这就是新的人类，地球世界未来的主人。

"这是……难道说他们都没有死？小凝也没有死？"

墨一如既往地飘浮着。

"死亡并没有发生。"它重复道，"请转告人类，珍惜第二次生命和重置后的环境。"顿了顿，它又说，"你们将面对一个崭新的世界。这一次，不要再滥用信息贮存介质了。"

"天呐。"一时间袁轩不知道该哭还是该笑，原来墨并没有破坏过任何一寸土地，也并没有真正地杀死哪怕一个人。它所做的，仅仅是纠正人类的一个错误。"我没法说感激的话。"袁轩的声音很小，"但是我真的很想知道，难道你们真的重塑了人类的实体，并且对每一个人的 DNA 都做了修改？这么做的意义究竟是什么？"

"信息是最重要的。"墨轻轻摇动,"但文明的火种也同样可贵。"

"可是,"袁轩摇了摇头,"如果不使用三大能源,我们又怎么能跨入文明时代呢?"

"方法很多。"墨说,"这一次,你必须自己去寻找。"

"你要走了吗?"

"是的。"

"去哪儿?"

"继续去寻找关于信息的终极秘密。"

8

黑色的大潮历经数月才渐渐褪下。良田都不见了,经过清洗和沉淀,大部分土地都变成了又干又硬的盐碱地。重置后的世界并不像之前的那么舒适,虽然墨没有杀人,但是这样严峻的自然环境,对于一个成年人尚且苛刻,更何况几十亿未成年人。人类很快进入了人口大衰退时期,有些地方还出现了战争和瘟疫,幸存的人们重新退到了各个文明最初发源的大河流域,困顿求生。爱因斯坦曾经预言,人类的第三次世界大战将是互相投掷石块,但没有人料到,他的预言竟由这种方式变成了现实。

最重要的是,人类依然存在。

袁轩常常想起他跟墨最后的对话。

"我们曾认为已经洞晓了宇宙的真理,而宇宙中没有比追求信息更重要的事。"

"现在呢?你认为自己错了?"袁轩问道。

"不,我们没有错。"墨回答,"在探求未知的道路上,对和错永远是相对的。人类也曾经犯过许多错误,比如亚里士多德,还有牛顿,还有你们最引以为傲的那个爱因斯坦。"袁轩点了点头。他对墨的感情很复杂,一方面,它们几乎完全毁掉了人类文明,可另一方面,也许这正是一个改正错误的机会。自己并不恨墨,袁轩说不清这是一种什么样的感情。

"我们还会见面吗?"

"也许会,也许不会。"墨说,"也许有一天,我们会在茫茫的宇宙再次相遇。"

背后传来了"啊"的一声,打断了袁轩的思绪。他回头一看,笑了,又是那个淘气的小妹妹。"袁哥哥,你又在想墨的事吗?"

袁轩点了点头。

"袁哥哥,我听他们说,你曾经在上一个世界生活过很久,那是个什么样的世界啊?"

什么样的世界……袁轩闭上眼,往事像风一样呼啸而来。数不清的柏油马路、烧汽油的汽车、鳞次栉比的建筑、花花绿绿的广告牌、穿得五颜六色的人群、夜色里星星点点的明灯……

"那是个非常非常繁华的世界。"袁轩说着,用手在干涸的大地上抓起一抔泥土,"可是在我看来,这样的泥土比整齐的沥青路面更加亲切。"

"我们会再次繁荣的。"她认真地看着他,"对吗,袁哥哥?"

袁轩犹豫了起来,墨离开以后,幸存的人类签订了新的化石燃料世界公约。这是一个致命的枷锁。他艰难地说:"我们失去的太多了,我看不到未来的方向……"

"可是我们不是还有太阳吗?"她扑闪着眼睛,就像白小凝。

袁轩愣了愣,笑了起来。"没错。我们还有太阳。"

编后记

是不是觉得袁轩的塑料过敏症很"邪门"呢?其实现实生活中还有更多五花八门匪夷所思的过敏症状,比如对各种食物过敏,电磁波过敏,对镍过敏,对精液过敏,对他人的接触过敏——患者的皮肤就像写字板一样,手指摸到哪里,哪里就会红肿起来。更有甚者,还有人对水过敏。这些过敏症患者的生活就像一场噩梦。

  小说中人类文明被彻底重置，一切现代化的技术都不见了，人类变得更亲近自然，而这或许正是各类过敏症患者的福音。一些研究发现，在乡村环境中成长的人更不容易患上过敏症。因为乡村的生物多样性环境，儿童有机会接触到大量帮助免疫系统忽略过敏源的微生物。或许以后医药学家们能发明出含有这种微生物的神奇药物，将这些患者从噩梦中解救出来。

逃跑

薄荷

作者说

《逃跑》写的是一个女孩子碰巧发现自己奇怪身世的故事。

遇到问题,解决问题,遇到问题,解决问题……这是很多人生活的循环,重要的是在其中收获的情感、情绪与想法。这使每个人都有了不同的面目与心态,有了独特性,这也促使我把其中一个微小的可能性写进了这个故事。

一

我睁开眼睛,一个黑影蹲在床头,光线很微弱,我闻到一股熟悉的味道。她的手抚在我的头顶。

"妈妈。"我轻轻叫了一声。

"亲爱的,我要走了。我得离开这里。"

我瞬间清醒过来。

"去哪里?"

"不知道,亲爱的,也许我能找到一些人帮我……帮我找个地方。"

"妈妈。"我迟疑了一下,不确定下面的话该不该说,但它们还是顺着舌头溜了出来,"你已经怀孕三个多月了,这样太危险了。"

头顶上的手轻轻抚摸着我的头发,温柔,但是神经质地颤抖。"我不知道,亲爱的,但是我必须离开。我必须走。"

第二天早上起来,妈妈像平时一样已经给我准备好早餐和一个便当。我怀疑前一天晚上的事是在做梦,不过妈妈和我都知道这不是梦。她是在孕期进入第三个月时有这个想法的。我开始以为她只是随便说说,但当安迪一脸疑惑地跟我提到这个问题并把它当成妈妈又一个异想天开的玩笑时,我就知道妈妈是认真的了。我了解她。当妈妈要下决心做一件事的时候,开始是和周围的人提起并进行玩笑式的讨论,然后会在这个过程中把想法慢慢调整、巩固,直到最后,当大家都快忘记的时候付诸实施。妈妈是个很聪明的女人,有趣、有主张。她有四分之三的中国血统和四分之一的墨西哥血统,皮肤呈现健康的棕色,面部扁平。妈妈是我见过的最美的女人之一,她有自己的风格,充满魅力,从来不会湮没于人群中。

安迪可能也正是被这样的妈妈所吸引。他们俩是在与我们的住所隔了两个街区的酒吧认识的,当时妈妈在那里当女招待,而安迪去应聘酒吧保安。后来安迪跟我说,酒吧里虽然人很多,但是他第一眼就看到了妈妈,被她深邃的目光吸引,并且对她一见钟情。

安迪比妈妈大几岁,快四十了,身材魁梧,蓝色的眼睛总是带着笑意。他有过一次失败的婚姻,但没有孩子。自从两人交往,妈妈的心情总是很好,他们俩在家的时候房间里充满了笑声。在我看来,安迪和妈妈都太爱玩,以致他们更贪图享乐而不是上进,但是我喜欢他们俩。安迪是妈妈几任男朋友里我最喜欢的一个,不像她上一个男友,到最后简直成为我们生活的噩梦。安迪对我也很好。我还记得他站在门口,对着开门的我有点儿害羞地说:"你好,桃心。"然后拿出一个新买的便当盒,作为第一次见面的礼物。

他从来没有把我当成一个累赘,一个"拖油瓶",而更像是对待朋友。当妈妈上班而他无所事事的时候,他会带着我一起去游乐园或者超市。除了直播的体育节目,他最爱看电视里的智力问答,每次我抢先于那些选手回答出主持人的问题,他总是惊喜地看着我说:"桃心,去参加这些节目吧,你一定会赢的。"然后他会问妈妈,桃心那么聪明,是从哪里继承来的,这个时候妈妈眼睛里总是闪烁着喜悦。

安迪说:"桃心跟那些安塔纳人一样聪明。"

妈妈说:"和他们一样,比他们还要出色。"她的口气里是满满的自豪。

"是因为你想再要个桃心这样的孩子,所以当代孕母亲的吗?"安迪开了个玩笑,我哈哈大笑,扭头去看妈妈,却发现她若有所思。

妈妈很少这样,她总是热情、活泼,像一团跳跃的火。我有时觉得很遗憾,自己没有承袭她的性格。她说我是个早熟的、爱沉思的孩子。

"这样不好吗?"我有点担心地问。

"不,不是的,这样很好。"妈妈说,但她的语气里含着几乎无法察觉的焦虑和不安,只有我才能听出来。

他们俩交往已经一年多了,安迪正准备搬过来与我们同住。有一天他还偷偷带我去饰品店看戒指,想在妈妈生日那天给她一个惊喜。但这一切都被妈妈的代孕打断了。妈妈总是能给人种种意外,只是有时这样的意外让人吃不消。她像海上的冰山,随水漂浮,不知道自己所携带的巨大能量,也不知道怎么去用。

二

妈妈成为代孕母亲并不是偶然事件,很多地球女性愿意成为安塔纳人的代孕母亲。除了优厚的报酬,安塔纳人对于生命的尊重赢得了大多数母亲的赞赏。他们给予代孕母亲最好的照料,并将她们视为自己家庭的一员。虽然时不时有一些团体进行反对代孕的游行和宣传,指责安塔纳人将地球女性当作孕育孩子的工具加以利用,但代孕活动仍在安塔纳人到地球之后慢慢成为一种职业趋势。

安塔纳人是最早和地球人接触的外星人,也是将地球推进星际时代的领路人。他们到来之后,逐渐有不同种族的外星人来地球工作、生活和定居。与外星文化的接触、了解以及多种族建交的速度让地球人无暇思考,只感到眼花缭乱。不同星球、不同种族间的文化贸易摩擦时而见诸报端,甚至有些激进分子高呼地球已经沦为"星际殖民地"。

我所在的社区是一个多种族混合区,妈妈工作的酒吧里每天聚集着各种形态的外星人,甚至还有塞洛人。自从和安塔纳人历史悠久的宿怨迁延到地球之后,塞洛人就被地球人所熟知了。虽然外星人很多地方和地球人有区别,但在对塞洛人的态度上大家却比较一致——为适应母星极端干燥的气候,塞洛人总是不停从皮肤里分泌黏液,而这在地球环境中成为多余和令人不习惯的特征。不过和其他外星人一样,很多塞洛人对地球的各种酒精制品充满兴趣,是酒吧的常客。

和人类关系最密切的仍是安塔纳人。我想这是因为他们有着和地球人极其相近的外表和生活方式。不过相对而言,安塔纳人有着更出众的外貌和智商,就像学校里那些出类拔萃的学生。在街上很容易认出安塔纳人,他们漂亮、健康,脸上带着坦然的笑容,举止优雅自信。在地球上工作和定居的安塔纳人很多,有些甚至在政府机构任职。虽然这些人数量不多,但是私下里人们认为安塔纳人对政府有着非同一般的影响力,这也为一些反安塔纳人的地球团体所诟病。

因为妈妈参与代孕,我对这个行业产生了兴趣,并将它作为自己社会课堂的研究主题。虽然查找到了一些有用信息,但资料依然少到让我感觉奇怪。安塔纳人有着高度发展的文明,他们长于科技,在艺术上稍有欠缺;有趣的是安塔纳人大都持泛神论,相信万物皆有灵。女神索卡是众多神灵中最重要的一个,她不仅是安塔纳文明的保护者,同时还是繁殖与毁灭之神,被称为"妈妈"。但是不知道为什么,在所有对她外在形象的塑造上,索卡女神总是一副模糊的面容,同时具有极富侵犯力的肢体表达。

妈妈的项链上坠着的就是一个小小的索卡女神,她有一张看不清细节的脸和即将变形的躯体。小时候当妈妈把我抱在怀里的时候,项坠总在我眼前晃悠,我喜欢把它抓在手中。妈妈换过无数首饰,但一直带着它,我以为对她来说项坠有着特殊的纪念意义。

我的朋友沙丽尔对此持有不同看法,她认为安塔纳神灵对于信仰者的意义远远超过地球人的想象,它不仅仅具有精神层面的纯粹性,同时还和身体的变化等物质层面结合在一起的;它的意象之复杂,无法在地球通用的语言中找到对应的词。沙丽尔是塔卡人,样子很像直立行走的苗条甲虫。塔卡人同安塔纳人居住在同一星系,也是最早与他们建立联系的种族之一,无疑对此问题更有发言权。

我提醒沙丽尔,我的妈妈是个地球人,但沙丽尔的发声器官——塔卡人的嘴巴只用来进食,而发声器官位于胸胁两侧,如同人的肋骨所在处——发出连续两下的振动声。这在塔卡语中代表一种很严肃的态度,她跟我说信仰不分种族。我耸耸肩,不置可否。

沙丽尔喜欢我妈妈,尤其喜欢她做的饭菜。我第一次邀请沙丽尔到家里来的时候,妈妈为沙丽尔说话时到底是该看她的胸胁还是嘴巴纠结了好一会。不过她对沙丽尔在吃饭的同时可以讲话这种技能很是赞赏。当然,比起沙丽尔的性别,这实在不是一个问题。妈妈一直无法理解塔卡人怎么会有十几种性别。在我针对这个问题给她详细解释了两遍之后,我们俩都同意放弃对这件事的探讨是明智的。不过与外星文化的隔阂并不影响妈妈与他们的交往,事实上因为在酒吧工作的便利,妈妈总是能够和各类外星人交上朋友,甚至包括几个塞洛伙计。

在找到的资料中,最让我奇怪的是安塔纳人从未和地球人通婚。不知道这是否有生物层面的解释,但我总觉得这和安塔纳人频繁寻找地球女性做代孕母体有联系。出于某些无法言说的原因,安塔纳女性无法顺利生育,这导致他们的生育率很低。在进驻地球十年后,被安塔纳人雇佣代孕的地球女性逐渐增多。我曾有过各种猜测,但随着资料查找和数据收集的缓慢进展,我注意到一个令人不安的趋势:代孕安塔纳婴儿的地球女性流产率相对怀有人类婴儿的地球女性流产率要高。我提醒了妈妈,但她只是拍拍我的脸,说已经知道了。

安塔纳人的低生育率和地球代孕女性的高流产率是不是有联系?

我想起学校公告栏里贴出的一张海报,一个安塔纳社会学者要到我们学校演讲。

演讲那天听众不算很多,毕竟这只是一个社区中学。讲座很精彩,演讲人是一个白发苍苍的老学者,他简明清晰地回顾了安塔纳人的发展历史以及与其他智慧体社会交往的经验,最后总结说,每一种智慧体文明的存在都必然经历过艰苦的斗争与蜕变,所以必须小心翼翼地对待,了解和尊重是最好的方式,而了解是信任的开始。演讲结束后的交流很热闹,我抓到一个提问机会,问了自己最关心的事:"先生,请问安塔纳人的低生育率与地球代孕女性的高流产率是否有关联?"我清晰地看到他目光中的惊讶,这时校长表示提问环节结束。

三天后我被通知去校长室,那位安塔纳学者竟然等在那里。他问了我的兴趣爱好,又问我以后是否愿意去他的母星继续学习,我点点头。安塔纳高度发达的科学技术和优质的教育是地球人向往的圣殿,不过这取决于我能否拿到全额奖学金,我对他说自己会为此而努力。

在我准备离开的时候,老人突然叫住我。我疑惑地站住,望着他。

"孩子。"他迟疑了片刻,缓慢地说,"任何一种文明都有它黑暗的一面和不为人所知的阴暗存在。了解它不仅仅意味着接受它美好和光明的一面,同时也要接受它黑暗的那个维度。光明与阴影永远是并存的。"

三

不过对我来说,有比学业和文明的含义更紧要、更现实的问题。妈妈走了。

她离开得很突然。一天放学,我做好晚饭等妈妈回家,一直到夜里都不见她的踪影。第二天傍晚,安迪来找妈妈,他说前一天晚上去酒吧,发现她不在,他当时以为妈妈回家了。

我们俩蓦然醒悟:妈妈是逃离这个地方了,她终于把自己的计划付诸实施了。安迪站在门廊前,呆呆地问:"桃心,我们该怎么办?"

我没有说话。

那天晚上睡觉前我发现枕边有一点闪光,掀开来看,是索卡女神项坠!妈妈在临走前把它留给了我。是让我不要为她担心吗,还是一种诀别?

就在前几天,妈妈还和我讨论了逃跑的可能性,当时她一定已经准备好了,却没有任何透露。我并不想让妈妈走这一步,法律的介入不说,自身安全与以后的生活也全无保障。我提醒她,虽然有出逃成功的例子——实际上从有代孕母亲以来,成功逃跑的只有三例——但比例实在太小,可以忽略不计,而且那几个代孕母亲都是出逃到外星球,未知生死。

"妈妈,你能逃到哪里?"我问。

"我不知道,但我会找到个地方藏起来,他们不会找到我。""他们"是指那对雇佣她代孕的安塔纳夫妻。

"然后呢?妈妈,你不能躲一辈子。"我觉得自己这样说很残忍,但我必须提醒她。

"我知道,亲爱的,我知道。"妈妈有点心烦意乱,"我不知道该怎么办,但我现在必须走,我不能让他们带走孩子。"

她的声音里带着哭腔,我走过去抱住她。妈妈哽咽了一声:"谢谢,亲爱的。我好多了。没有你我该怎么办?"

但她还是义无反顾地逃跑了,腹中怀着四个月的胎儿。警察来得比我设想的还快。妈妈走后的第三天是个周末,我独自一个人待在家里,听到敲门声。我打开门,他们——那对安塔纳夫妻——和一个警察,站在门口。他们迟早会找过来的。

阳光异常刺眼,天气炎热。这一定是错觉,才四月份,怎么可能会有盛夏般的燥热?但我站在门口,身体一半冰冷一半炽热,像冰与火的双重袭击。阳光在门边和我的腿上打出三角形的阴影。我猛然意识到妈妈真的是离开这个家了,离开我了。突如其来的认知让我的心剧烈痛起来,我蹲了下来,想压制住这股疼痛。

一个人也蹲下来,是警察。他用手扶着我的肩膀问:"你知道你妈妈现在在哪儿吗?"我摇摇头。"她可能会到什么地方去?她在走之前提到过什么人吗?"我只能摇头。妈妈一定事先就计划好不透露任何细节,这样才能够保证我不卷入其中。

警察站起身来。我随着他的动作抬起脸,看到那对安塔纳夫妻手挽着手,妻子的手因过于用力导致骨节处异常苍白。他们的脸上充满焦虑。

那个安塔纳男人蹲下来,尽量和我的视线平行。我看到他的眼睛里有极其细微的光屑,这是安塔纳人的独特记号。他没有呵斥或者恶狠狠地瞪着我,而是将手抚在我脸上,定定地看着我的眼睛,如同仔细观察一幅画的细节。然后他站起身来,对妻子和警察摇摇头。他是在告诉他们,我没有说谎。

那个妻子立刻失声痛哭起来,如同失去最后一丝希望。我为她的哭泣感到难过,站起来走到她身边,握住她的手。她有点讶异,却没有甩脱。

丈夫扶着妻子沉默地走了。即使如此焦灼,他们也没有来逼迫我。我对这种克制充满尊重。但因为妈妈的事情,我没有安慰他们的立场。他们失去了孩子,而我失去了母亲。现在我是一个孤儿了,十五岁,尚未成年,警察与社区福利机构迟早会注意到这一点。我会被带到福利机构等待别人收养。

终于我还是和妈妈一样了。

四

妈妈是在福利院长大的,她在那里认识了我的亲生母亲。"也是我最好的朋友。"妈妈强调,又说我母亲的名字叫周云兰,所以我的全名叫周桃心。周云兰,多奇怪的名字,如同历史资料里破碎的只言片语,散发着古旧气息。母亲在生下我之后就去世了,临终前将自己的孩子托付给她最好的朋友,于是妈妈收养了我。她才三十三岁,却当了十五年的妈妈。

我想知道更多往事，却感觉到妈妈的回避。她不是喜欢回忆的人。在妈妈的生活字典里只有"行动"，没有"意义"，这个词对她来说毫无用处。对过往的追究并不容易，妈妈可能有太多不想回忆的往事……那是一段充满混乱的时期，生活里满是波折，钱与食物的短缺是最大的问题。没有钱给日托所或者请保姆，妈妈就带着我一起上班，工作换了一份又一份。我很早就懂得钱的重要性，懂得忍耐饥饿是一项必修功课。生活一旦坏起来，最可怕的是不知道会坏到什么程度，似乎永远都达不到最低点，神经只能不断变粗，以适应困窘生活。

生活的重压难以承受，但在天黑赶我上床之后，就是妈妈的个人狂欢，是她唯一可以放纵自己的美好时刻。她一杯接一杯地喝着酒，在黑暗里大声重复着对生活的咒骂。等声音渐渐低沉，我知道她的狂欢已近尾声，接下来就是绝望的低声哭泣和沉沉昏睡。从那个时候起，我学会在黑暗中安静等着妈妈入眠。

自从三年前搬到这个社区后情况才逐渐好转，生活好像走上了平坦之路。妈妈一定不希望我还记得以前的事，所以我从不在她面前提起，但偶尔会在睡梦中回到五岁那年。有一天她将我带到一个热闹的集市，转身离去。周围全是陌生人，我站在一个石柱旁动也不敢动，久久等待着她，从中午到黄昏。在梦中她一直都没有出现，但这不是现实。我始终记得集市渐渐消散之时，妈妈朝我跑过来，满脸焦急和悔恨。她抱住我，边哭边说："桃心，妈妈再也不离开你了。"

我很珍惜长久等待后的平静生活，但是噩梦再一次回来了。

安迪现在找了一份建筑工的工作，每天下班后会来和我一起吃饭。我们俩都接受了妈妈离开的事实，偶尔猜一猜她现在会在哪里或哪个星球。当再一次说起逃跑时，安迪突然说："不，逃跑成功的不是三例，是四例。"

隔了几秒我才反应过来。"你怎么知道的？"

"有一次我们在酒吧喝酒，还有一堆朋友。大家说到代孕的事……当时你妈妈已经决定代孕了。"安迪有点伤感，"有人提到有的代孕母亲舍不得胎儿，想以逃跑保住婴儿，当时她就说了这句话。"

"妈妈怎么知道的?"

安迪摇摇头。"当时她喝醉了,说得很含糊,大家都没在意,以为她说胡话。"

我想起自己提醒妈妈代孕的危险时她不以为意地回答。她知道些什么吗?我突然发现自己对妈妈以前的经历一无所知,我渴望了解她的过往生活。

当然这不用我来做,警察会帮忙。那对安塔纳夫妻没有再来,但我知道事情不会那么容易结束,他们会把母亲的过往经历和社会关系掀个底朝天。有时夜里无法安睡之时,我会想到那对安塔纳夫妻,他们是不是也和我一样辗转反侧,想着妈妈和她腹中胎儿?

"安迪,妈妈为什么要当代孕母亲,是因为钱吗?"

"我不知道,她没有和我讨论过这件事。"

"也许是为了我。她总是说钱不够用。"

"不,亲爱的。你妈妈曾对我说,如果不是你,她会比现在糟糕,她可能会过着堕落的生活,在毒品、酒精和疯狂之间不得脱身。是你带给她爱与责任,让她懂得另一种生活的可能性。"

"那她为什么要当代孕母亲?"

"也许……她是想向前走一步。"

"安迪,我不懂。"

"亲爱的,你不需要懂。你只要记得,你妈妈……她一直爱着你。"

五

妈妈逃离已有两个星期了,没有任何信息传来。我突然接到一通电话留言,是上次那个警察,说找到一个认识妈妈的人,可能了解妈妈的过去,如果我愿意或者感兴趣,可以去找他。安迪听完这个电话留言,看看我说:"桃心,你的脸色苍白。"我们俩都不说话,过了一会,安迪说:"要不要我陪你去。"我点点头。我很害怕,不知道能不能承受。

小镇有些荒凉，但很容易就打听到那个人了，似乎大家都知道他。小镇东边，一间孤独的小屋伫立在路边。门开着，不过安迪还是用手叩了叩门。没有回应。我们俩互相看看，朝房间里走了几步。

光线立刻暗了下来，我闭上眼睛，几秒后才睁开。房间里又乱又局促，和门对着的墙壁上开着一个光秃秃的门洞，连着一个更小的房间，里面有一张高高的床，床单灰扑扑，看起来很脏，好像有很多污渍。所有的窗户都关着，窗帘也垂下来。屋内的空气很不新鲜，霉味、馊味和另外一些说不清楚的怪异味道混合在一起，差点儿让我窒息。

窗户旁有一张躺椅，一个人斜靠在上面，正看着我们。

"刘先生？"

"叫我老刘。"躺椅上的人说，声音沙哑苍老，"找我什么事？"

"想问一个人。"安迪把妈妈的照片递了过去。

啪的一声，房间里亮了。灯绳就悬在窗帘旁边。他看了一眼照片。"前几天有个警察来问过，我知道的都说了。"

我朝前走了几步。他身上也有股怪味。"我……是她的女儿。"

老刘将目光朝向我，慢慢站了起来，忽然伸手过来要摸我的脖子。我大吃一惊，向后退了一步。安迪已经伸出胳膊挡住了他。"你做什么？"

老刘的手并没有收回去。他指着我说："我见过这个。"安迪疑惑地回过头。是那个索卡女神像，从妈妈离开那天起我一直戴着。

老刘的腰弯下来，重新坐到躺椅上，看着我问："你是照片上那个女人的孩子？"

我点点头。

"你多大？"

"十五岁。"

"她和她朋友来找我。"老刘说。我过一会才反应过来，"她"指的是妈妈。他又半躺了下来，声音平缓，好像陷入了回忆。

老刘是这里不挂牌的治疗师。很多年前因为贩卖非法药物被吊销了医师执照后就一直隐居在这个小镇，但仍时不时地为当地居民提供一些医疗服务或"非法"药物和手术，以此维生。

"她从别人那儿打听到我，然后带着她怀孕的朋友找到这里。"他看了我一眼，"那个女孩子当时接近临产。"

"女孩子？"安迪疑惑地问。

老刘没有理会他，接着说："她们俩在这儿住了几天。你妈妈一直不赞同生下孩子，她跟我说，她们俩人为这个事吵过好多次。可惜没有用。她朋友是代孕母亲，怀的是一个安塔纳胎儿。"老刘脸上显现出一种很微妙的表情，有点像嫌恶和愤恨的混合，"那些恶心的安塔纳人！"

"妈妈为什么不想让那个朋友生下孩子？"我问。

"因为她的安塔纳雇主死了。"老刘说，"十几年前代孕不如现在普及。她们俩刚脱离孤儿院，正准备去城市里找份工作，要过新的生活——这是你妈妈跟我说的。但是她们运气不好，碰到一对安塔纳夫妻到地球寻找代孕体。然后……"

妈妈的朋友成为代孕母亲。那对安塔纳夫妻需要暂时返回母星球，却在途中遭遇飞船失事。这个女孩体内的胎儿成了一个意外的存在。

安迪和我对视了一眼。那时的代孕更多是个人行为，安塔纳官方尚未介入。虽然后来管理逐步规范，但以前遗留下来的大概不止有妈妈说的"第四例"。

"这个索卡女神项链就是那对安塔纳夫妻离开前送给她的礼物。"这个"她"指的是妈妈的朋友，"她一直戴着。"

"知道雇主死亡之后，你妈妈就想说服她不要那个孩子，但她执意要生下来。"老刘顿了顿，虽然声音低沉，却几乎是咬牙切齿，"一旦怀上安塔纳胎儿，你就无法摆脱了。安塔纳胎儿和代孕母体似乎会随着孕期的拉长而产生一种极其神秘又强烈的情感联系。"

老刘喘了一口气，几乎是带着惊恐的表情说："安塔纳胎儿还会显示出代孕母体的某些特征。"他似乎察觉到自己的失态，平复了一下情绪，"而且胎儿对母体有伤害。当我还在医院执业时，曾见过代孕母亲在生下安塔纳婴儿后死亡。"

安迪和我面面相觑。

"所有的代孕母亲都会这样吗?"安迪问。

"不,但比率很高。"老刘说,"到现在都没有具体的统计数据。当时医院里有很多传言,据说安塔纳人在进化过程中一直在寻找适合的种族当代孕体,以避免本族女性在分娩后丧命。地球女性是现阶段他们认为最好的代孕体,所以这些年来越来越多的安塔纳人来地球寻找代孕母亲。"

老刘又看了我一眼,才接着说:"代孕母亲与胎儿间的神秘联系应该是进化的产物,这样代孕母体就不会做出对胎儿不利或丢弃婴儿的事情。"

"这个,"我犹豫了一下,"是每个母亲都会有的心情吧。"说完这句话,我想到了妈妈对所怀胎儿的爱护与渴望。

老刘冷笑一声。"你没有想过吗?安塔纳人寻求代孕体其实是侵占了地球人的资源,长久下去地球人的生育将……"他硬生生把后面的话咽了下去,有点疲乏地说:"算了,这些只是我的猜测。"他又回到刚才说的话题:"那个女孩子生下孩子后也……"

老刘没说出那个词,但我已经猜到了。

安迪走到我身边,说:"你妈妈是个很坚强的女人。"我点点头。

安迪问:"生下的那个婴儿呢?"

"当时我跟你妈妈说,可以把婴儿送给其他安塔纳人,他们极其珍视并善待每一个孩子。"老刘叹了口气,"不过你妈妈走了,我不知道她后来是怎么做的。可能照我说的做了;也可能把婴儿给了别人,地球人,她……有理由这么做。她还年轻,没有余力养活一个孩子。"我也这样想。妈妈当时还不懂得怎么去爱和照顾一个孩子。

"当然,还有一种可能,她可以自己养育这个孩子。"老刘说完,眼光直直地朝向我,"那个婴儿如果活下来,应该和你一般大。"

我的喉咙干涩、肿胀,声音哽在喉头,说出来就走了音:"你知道……她们的名字吗?"

老刘摇摇头。"来我这里的人都不说名字,我也从来不问。"

他把头扭向墙壁上的那个门洞。"当时两个女孩子就在那个房间。其中一个在死之前一直拽着另一个的手，不停地问，我要死了吗？我要死了吗？她说我不想死，我还没有开始生活呢。"老刘把脸转过来对着我，"当时她们俩才十八岁，只比你大三岁。"然后他用青筋暴露的手虚虚一指，"她就死在那张床上。"

我的耳朵和脑袋都轰轰作响。昏迷之前我听到的最后一句话是："别说了，她还是个孩子，这太残酷了！"

六

六月，沙丽尔回她的母星球过塔卡人传统的月蜕节，回来后立刻跟我说，她在萨亚港见到了妈妈。萨亚港是近地中转站，最热闹的星际港口之一。

"应该是她，我看得不太清楚。"她有点犹疑，"不过我记得她长长的头发。她旁边有个塞洛人。"

这样说来，妈妈走的是货运路线。地球对外运输百分之三十的份额由塞洛人掌握。那个人应该是她在酒吧认识的。我说过，妈妈是个聪明的女人，有着丰富的街头智慧。我把这个消息告诉安迪。他明显松了一口气，至少到现在为止妈妈是平安的。也许以后她会想办法跟我们联系。

而安迪准备收养我，他已经向福利机构递交了正式书面申请。在这样做之前他征询了我的意见。他有点腼腆地问我："桃心，你愿意让我做你的父亲吗？"

我吃惊地看着他。这是一份很重大的责任，对我们俩都是需要慎重考虑的选择。

安迪把我的沉默当作犹疑。他害羞地眨眨眼睛，说："我已经找到在社区大学当清洁员的工作，如果需要还可以再找一份兼职。生活没有问题，我希望以后可以让你上大学。"他停了一下，补充说："这也是你妈妈的愿望。"我们俩心照不宣：也许以后妈妈不会回来了。

我没怎么思考就同意了。安迪感到很安慰也很开心，虽然申请尚未答复，他已经开始一系列的生活新规划了。我们俩都没再提小镇的事，不过安迪觉得那次昏迷对我来说是好事，毫无疑问我需要宣泄，妈妈逃离之后我竟然没有哭过，安迪认为这样很不对劲。

老刘讲的故事有时会在我脑中盘旋。两个女孩子，刚刚十八岁，迫不及待地离开孤儿院，正准备肆意挥霍和享受她们近在咫尺的青春，但生命还未展开就已消失。突如其来的死亡把一切打乱了，而且给了妈妈残酷一击：生命的真相如此脆弱。她在一夜之间成为一个母亲，学会了挣扎生存。我从未真正了解妈妈，但我努力去体会她对腹中安塔纳胎儿的感受。生命的诞生却导致另一条生命的毁灭与消逝，死亡的恐惧与愤怒从未离开她。在她漂泊无定的生活中一定渴望抓住些什么，好让自己无条件付出，有勇气抵抗恐惧，哪怕是以再一次面对相同境地的极端方式。无论是自毁的疯狂还是勇敢的抵抗，我永远佩服妈妈，她竭尽全力地生活，与自己对世界的愤怒和不安作斗争。

至于故事里的那个胎儿，那就是我吗？也许那个代孕母亲是妈妈的另一个朋友？问题只有妈妈能解答，但这并没有使我太苦恼。偶尔我会对着镜子观察自己的眼睛。没有光屑。据说安塔纳人眼睛中的光屑会在十六至十八岁之间逐渐出现。时间会慢慢移走，一切事情都会澄清，像杂质沉淀于水的底部。

"了解它不仅仅意味着接受它美好和光明的一面，同时也要接受它黑暗的那个维度。光明与阴影永远是并存的。"我想到那个安塔纳老人的话。

妈妈离开我们有两个月了，她体内的胎儿已经六个月大了。我想象着这个小家伙在妈妈温暖的子宫中漂浮，吮吸着自己一丁点儿大的指头，还会打嗝、眨眼，偶尔踢妈妈的肚子。妈妈一定对他的出世充满期待。有时这样的想象会被我的担心打断。不知道妈妈现在是否平安，她是否充满忧惧？每当此时，我都会想起妈妈的笑，热情和勇气是她的武器，她会为了这个小小的安塔纳胎儿付出一切。她会赋予他顽强的生命力，就像她曾经给予我的一样。

生活还很长远。安迪说:"桃心,我很想她。"

我也是。

编后记

小说通篇洋溢着脉脉温情,打动了许多读者,但是故事中也隐藏着一些黑暗的点子,细思之下令人恐惧。尽管安塔纳胎儿对母体有极大伤害,但是代孕母亲依然疯狂地爱护着腹中的胎儿。我们可以把这理解成伟大的母爱,换个角度看,也像是寄生的胎儿改变了母体的观念和行为。

寄生生物操纵宿主行为的情况在自然界中并不少见。例如弓形虫为了最终进入猫咪体内,会先感染老鼠,使老鼠变得喜欢猫尿的气息而主动接近天敌。最新的研究发现,弓形虫也会暂住在人类身上,并改变宿主人格和行为,可能使感染者患上精神疾病,甚至促使感染者自杀。

这么看来,自由意志可能只是我们的幻觉,而高贵伟大的感情也可能只是脑中的一些生化反应。也正因如此,我们才会更努力去探索人生的意义吧?

天地间

刘小震云

作者说

　　这篇小说试图讲述一个在极端情况下的爱情故事——一个人的生死牵涉到全人类命运，而这个人的生死交由最爱他的人来决定。

　　许多人的生活，都是今天重复着昨天，明天又模仿着今天，看似一天一天在往前走，实际上很多人都不过在原地踏步。而科幻能打破这种循环，给一个普通人拯救世界的机会，只是在这篇小说里，拯救世界的代价有些残酷。

　　故事中主人公的原型来自我敬爱的姥爷，他在我姥姥因半身不遂失去自理能力后，一直悉心照料着她。他是普通人，他没有拯救世界的机会，但是他是我的英雄。

第一条短信

　　究竟是什么使我们的心潮难以平静？在苏仁堂七十二岁那年，他开始认真考虑这个问题，终日冥思苦想却不得其解。

大雁结成"一"或者"人"字南飞，就跟多年前小学课本里的插图一般无二。自然规律无法战胜，唯一敢于挑衅的就是人类，但是人类在经过几次科技跳跃之后，一直毫无突破，"信用点、飞车、人工智能、外星来客"等充斥在科幻小说里的元素都完好无损地封印在书籍和电影中。现实就是现实，和苏仁堂一样，总是一副灰头土脸的样子。

"嘀嘀。嘀嘀。"

和大多数老年人一样，苏仁堂不怎么会用手机，恐怕把手机说成放在口袋里的手表更加贴切。苏仁堂掏出手机，以为又是来自客服的垃圾短信，但屏幕上却显示一个陌生号码，打开之后，他瞠目结舌。

> 大家好，我叫苏仁堂，来自中国H省S市裕华区红旗小学二年级三班。

苏仁堂没有孩子，一个人住，常跟他接触的只有小区里的几位老人，他很快在心里将他们排查一遍，认为之前和自己一起在中医院上班的老王嫌疑最大。老王也是年过古稀之人，却有一颗童心，爱说笑话，爱开玩笑，而且也只有老王能跟他熟到这种互相调戏的亲密程度，也只有老王，知道他的一段历史。苏仁堂这是以为老王换的新号，但他不太会发短信，直接拨号过去，回应到他耳边的只是温柔而刻板的电子合成音，告知他所拨打的电话无法接通。

苏仁堂又试着拨了几遍，正在烦恼，却看见老王拎着马扎和一个手提袋朝他走了过来。

"老苏，干吗呢？"老王神情自如，和往常一样招呼道。

是啊，我刚才准备干什么呢？被这个短信骚扰了一下情绪，就猛然迷失原本的方向。他忘了自己为什么站在这里，看着身后的小区，甚至忘了自己是刚走出来，还是正要回家。最近脑子越来越不灵光，给郝瑞珍制作礼物时也愈加力不从心。但是，从老王出现在这里的时间上看，排除了是他发信息的可能。

"发什么呆啊，来，杀一局。"

老王说着就从手提袋里掏出一副象棋，不容分说拉开阵势。

"你把马跟象都摆错了。你马拉稀呀，不能走日了。"苏仁堂只有跟老王在一起才能在语言上放肆一把，找些乐趣。

老王拍了一下脑门，重新调整布棋，说："都过去三十好几年了，你还念叨马航失联时我们恶心马来西亚的段子呢。而且是一度拾我的牙慧，不嫌牙碜啊。看我当头一炮。"

走了没三五步，老王就端着下巴犹豫起来。苏仁堂爱下快棋，风风火火，落子的时候也习惯抬起来拍下去，叭叭作响。这时候下棋就不单单是红黑之间的厮杀，而是多了一份豪气的浸淫。见老王刚上来就慢腾腾，他忍不住催道："快走啊。"

老王仍然磨蹭着说："不急不急，良策都是缓出来的。"

苏仁堂说："你最近棋艺真是飞流直下三千尺啊。"

老王说："你才是疑是银河落九天呢。我出车。"

苏仁堂随即出车，对上，说："琢磨半天就下出这一步，谋杀时间不是犯罪啊。"

老王说："老了，脑子转得费劲。以前十分钟就干完的事，现在得半个小时，以前一个小时就走完的路，现在得走半天。喏，我把车还撤回去。"

苏仁堂说："赶明儿别带象棋了，带五子棋，那个还痛快点，也省得你马和象分不清楚。"

老王说："你看你，老说话打乱我思路，这是不是你使的战术啊？看我非杀你个片甲不留，出车。"

"你刚走过这一着啊。"苏仁堂大叫道，让老王悔棋一步。没过多久，苏仁堂就占尽上风，以摧枯拉朽之势结束战局。

老王看着必死无疑的局势纳闷道："不能啊，以前死得没这么快啊。"他央求着苏仁堂再下，苏仁堂借回家做饭为由拒绝。老王眼睛一亮，从兜里掏出一个白药盒晃晃，说道："你还想睡觉吗？"

苏仁堂只好陪他又下了三局，每局分别让出了"双车""双马""双炮"，一样大获全胜。苏仁堂拿起老王放在棋盘上的药盒晃晃，说道:"革命尚未成功,同志仍需努力。"

"怪不得你晚上睡不着觉老失眠,指定是想棋招想的。"苏仁堂在老王的话声中走向了单元的楼梯间。等到了家里,他看着一碗坨在一起的饺子和空白的醋碟才想起来刚才自己是要出去买醋。

第二条短信

"苏医生您好,又来看郝阿姨啊。"

"苏医生您好,今天气色不错啊。"

"苏医生您好,王主任让我跟您说,让您去他办公室找他。"值班护士长见苏仁堂刚下电梯就走过去说。

"我知道了,一会儿过去。"

"王主任叮嘱我,让您来了就过去。"

"他是你的主任,不是我的。"

苏仁堂说完径直向病房走去。他就像是一条每天都运行一遍的指令,总是按时出现在郝瑞珍的病床边,几十年来,风雨无阻。

苏仁堂从床底拿出洗脸盆,倒进去些热水,又端着盆,去楼道的饮水机接些冷水,把毛巾湿了又拧干,在自己脸上擦了一把试试水温,觉得舒适之后才回到病房开始帮郝瑞珍擦洗。擦完之后又帮她翻身,换床单。抱起郝瑞珍的时候,苏仁堂在她耳边低语:"呵,又瘦了,是不是挑食不好好吃饭啊?"

他知道郝瑞珍不会回答他,老伴儿就只会这样一直睡着,像一个逐渐老去的布偶。他知道,这几十年来他都知道,他只是不能扼制自己的情绪和思维,不能接受医学上定义的"她现在只是一堆新陈代谢仍在前赴后继的细胞而已"。他只想就这么陪着她,别无他求。

沉睡中的郝瑞珍看上去比实际年龄要年轻许多,跟五十五岁患病时的模样差别并不大。而苏仁堂已经垂垂老矣,老得要开始为自己考虑墓志铭了。

苏仁堂觉得植物人的说法比活死人更可怕——就好像把人种在花

盆里一样,耳朵里伸出翠绿欲滴的叶子,双眼盛开玫瑰一样的花朵,那紧闭的嘴巴里藏匿着成熟的果实。他从不把郝瑞珍当成植物人,就好像她和从前一样。

"瑞珍,今天天很好,他们说我气色也很好,你看,生活充满了希望啊。我们接着昨天的念。"苏仁堂从床头柜的抽屉里拿出一本《红楼梦》,翻开插着书签的页数,绘声绘色地读了起来。

两章读完。苏仁堂把书放回去,拿出一把梳子,开始给郝瑞珍梳头。

"瑞珍,你看你也很幸福啊,隔壁床那个胖子,这么多年都没见他家里人来看过他。我可是天天都来看你,读你最爱的《红楼梦》,为你梳头,和你说话。其实我现在早就不做你能醒过来的白日大梦了,反而,我害怕你醒过来呢。我已经习惯这样自说自话了,你要是突然张口,我还真不知道该怎么跟你对话。

"马上就到你七十岁生日了。我这些天陪你时间少了你不要生气,我是在为你准备礼物。这十五年来,每次给你过生日我都会替你许愿,你是不是很想知道我许的什么愿啊?不行,不能告诉你,说出来就不灵了。你想听吗?

"瑞珍啊,我有点累了。"

苏仁堂叹息几下,刚想说话,手机短信提示音又响了起来。

"嘀嘀。嘀嘀。"

> 我喜欢看书,也喜欢踢足球。

他更加迷惑了,虽然他现在已经七十二岁,仍然坚持读书看报,每个月还会定期购书,只是足球,他小学毕业之后再也没有踢过。知道自己爱踢球的双亲早已去世,连后来一起在医院工作大半辈子的老王也无从得知。难道发信息的是儿时的玩伴?号码跟那天的一样,应该是来自同一个人,他再次拨了过去,仍然无法接通。

他放下手机,好不容易梳理清楚刚才的想法,正准备跟郝瑞珍倾诉，病房的门就被猛地推开。老王进来劈头盖脸就说："我怕我忘了，才让护士通知你来我办公室，她没跟你说吗？还是你根本没听？"

"怎么了？"苏仁堂一脸茫然。

"出事了。"老王简单概括。

在苏仁堂看来，老王火急火燎地说出事了，极有可能是他喂的金鱼死了一条，或者海棠花生了虫原本开得鲜红的花朵争先恐后夭折了。但是这次完全出乎他的意料，老王冷静下来之后跟他说："领导出事了，你得去美国一趟，飞机正在调度。"

"找我干什么？你返聘了，我又没返聘。我没工夫管那个闲事，我得陪瑞珍说话。"苏仁堂以为是哪个部门的负责人生病了，正组织治疗小组会诊，要求他加入。

"别闹了，全世界各个国家的负责人都在同一时间昏迷了。"

苏仁堂被这个消息震慑住了，一时没有主意。"那我能做什么呢？"

"他们得的病跟瑞珍一样。现在全世界的医疗机构都在全力以赴研究对策，这个消息暂时还没有对外公开，否则后果不堪设想。你是国际医疗小组点名要的人，你千万不能拒绝，你想啊，如果能有对策，瑞珍就有希望了。"

第三条短信

苏仁堂和来自全世界的顶级专家都束手无策，他只是提供了郝瑞珍当年无端晕倒，然后沉睡至今的事实。从生理的角度来看，真应了当年大夫的那句戏言——他们都不过是一堆新陈代谢仍在持续的细胞而已；从伦理的层面讲则无异于死亡。经过几个星期的急救，毫无效果，这个时候，全球政治形势紧迫起来，一些国家的临时管理者有意无意地散布出消息，甚至取代了之前领导者的地位。在这个局势之下，人们退而求其次，不再考虑如何治疗病人，而是考虑将他们大脑中的思维通过技术手段读出来。

"思想者"——这是他们为那台占据二十平方米房间的笨重机器所取的一个诗意名字。"思想者"在人们放弃治疗的第三天就诞生了。苏仁堂通过这件事发现，如果拥有全世界的资源随意支配，任何困难都不是困难。

最先被读取思想的是俄罗斯代表，然后是美国代表，接着是中国代表，剩下依次是英国代表、德国代表、印度代表、日本代表……

人的思维就好像是一段高级加密的密码，"思想者"先用特制的脑电图仪扫描人脑，然后进行解码，进而读取沉睡（和苏仁堂一样，人们喜欢用这个词而非"昏迷"）中人们的念头，想得越多的事情，读取的效果越明显，然后将翻译出来的想法连接至一台打印机。通过这台机器，可以打印出人们大脑内最强烈想要表达的想法，而这些人的想法都指向了一个让人惊讶的方向：

外星人来了。

经过仔细筛选，整个小组连续奋战四十多个小时，将不同人大脑里的信息进行整合，最后归纳出了这样一段自述：

行星地球的孩子，

你们好。

首先要感谢旅行者一号。用你们地球语言来形容，它就是我们的方舟，它拯救了穷途末路的我们。

同样用你们地球语言来形容，这是你们的大审判，因为我们会接管地球。是的，我们会接管，而非占领，这就避免了不必要的战争和伤亡。我们不希望流血，我们会和平解决，也希望你们不要做无谓的反抗。为此，我们先控制了你们的国家领导人，不过不要担心，我们会在彻底接手地球后将他们解冻。我们并没有恶意，只是想通过他们向地球发出一个信号。接下来，我们会通过他们跟地球进行联络。再次声明，我们是友好的，我们的到来是地球的福音。

> 其次要感谢库尔特·瓦尔德海姆[①]，我们非常喜欢这份礼物。
> 最后，我们根据母星的颜色为自己命名，我们是橙星人。

与会人员要求全面封锁消息，以免泄漏后引起全人类的恐慌。但是接下来的一件事让他们彻底放弃了这个想法。其中一个与会者接到电话，他被告知，他们读取外星人信息的视频正在互联网上直播，不仅仅是互联网，所有的显示终端都在转播。橙星人以一种逾越地球文明理解能力的技术，将这个少数人准备严防死守的秘密公布于众。

外星人。

电光石火之间，苏仁堂想起了什么。许多年前一个闷热的夏日午后，他正在操场踢球，班主任把他叫过去，领进办公室，让他写一段自我介绍。苏仁堂当时并不明白老师的用意，直到那个拿着录音机的外国人走进来，老师才说这是要给他录音。老师跟外国人叽里呱啦，大概是讲解他所写那几句话的意思，他没听懂老师的英语，反而明白了外国人所说的话——老外只说了一句"OK"。

与此同时，短信再次响起。"嘀嘀，嘀嘀。"

> 地球是一个美丽的星球，我们在这里生活得很快乐。

短信的内容正是他当年所录的。后来老师告诉他，他所说的话将代表汉语和其他几个国家小朋友的话语一起刻在铜制磁盘上，乘着探测器发送到外太空，向外星生命问好。他很快就忘了这件事，丝毫没有感受到老师所说的骄傲。而现在，这段话以他意想不到的方式再次出现了。

这件事他只告诉过郝瑞珍，其他人都不曾提起。这么说来，发信息的人不是自己当年的班主任就是那个负责录音的老外。那个老外，

[①] 1977年，美国发射了旅行者一号探测器，其上携带了一张刻有人类问候的铜质磁盘唱片，音频中还包括了时任联合国秘书长库尔特·瓦尔德海姆和美国前总统卡特的问候。——作者注

他是无论如何联系不上的,那个老师现在恐怕也过世了。他稍一思想,便放弃了。谁也不知道接下来会发生什么,时间紧迫,他还有更重要的事要做。

从美国回来,苏仁堂瘦了一圈。

第四条短信

各国很快制造了"思想者"二代,并在外形上进行了简化,使得它看上去更像一台奇怪的打印机。在苏仁堂原先供职的中医院也配备了一台。

苏仁堂用中医院的"思想者"二代来读取郝瑞珍的思绪,结果出来的时候他却不敢看,好不容易鼓起勇气,A4纸上却是一片空白。

当年的班主任成了唯一一个让他纠结的人物。苏仁堂在去老王家取安眠药的时候,托他查那个老师现在的联系方式。老王善于交际,人脉较广,找人这种事让他办再合适不过。

"你是主战派,还是主降派?"老王把药交给苏仁堂问道。

"都一条腿迈进棺材的人了,外星人来不来跟我们有什么关系。别说他们了,就是换一个市长跟你有关系吗?换一个区长跟你也没关系啊!操那个咸淡心。"

"你说得也是。"老王说完就随手从窗台上取下狗粮,倒进盆里,唤狗来吃。

"你不是刚喂完吗?"

"是吗?我忘了。算了,就当加餐吧。——要是真打起来,谁的日子都不好过。我以为这辈子只能在书本和电视上见识打仗的场面,没想到死了死了,还碰上星际战争了。"

"地球现在还没探测到橙星飞船,等到他们来到地球可能就是几百年之后的事情了。那个时候,我们早就是一抔灰了。对了,你想过自己的墓志铭吗?"

现在全球出现了两种极端，有的人拼命挣钱，有的人拼命花钱。苏仁堂跟往常一样，来到医院给郝瑞珍清洗身子，读《红楼梦》。

"郝瑞珍啊，外星人来了。你见过外星人吗，没见过吧，想见吗？睁开眼睛啊。

"我今天读了一首诗，真好，叶芝写的《当你老了》。我喜欢这首诗，就像是为我写的一样。我们年轻过，如今都老了，现在年轻的，也势必老去。终归到底，我们都不过是这天地之间匆匆的行人。累了，就要回家。你说呢？"

从医院回来，街道上处处都是游行的人，细看他们的条幅，有的写的是"团结起来，抵抗外星侵略"，有的却是明目张胆的"欢迎橙星人莅临指导"。这样两帮队伍撞见了，往往要大动干戈。但他们说了都不算，能决定的是临时组建的地球委员会，各国的电视台都在现场直播投票过程，这将决定地球是抵抗还是就范。回到小区，老王正在楼下遛狗，他已经辞去工作——现在辞职也方便，不用递交辞呈，只要说一声"我不干了"，或者干脆不去就行。

"又去医院了？照我说你干脆住那儿不得了，瑞珍病房里不是还有个床位吗，我看那个病人的家属也不打算管他了，你干脆去医院申请把他调走，你住那儿多好。"

"我又没病，为什么要住院？"

"好，你没病，我有病，我感觉自己都快得失忆症了，最近一段时间尤其明显，弄得我这条狗差点撑死。"

老王刚说完，那条狗就倒在地上，老王伸手一触，已然死去。

"你瞧我这张嘴，我招谁惹谁了我。要是真准，人类全死了得了。"

"你说什么？"苏仁堂突然记起来，他好像在哪儿听到过这句话，努力搜索记忆，却只是一片空白。

这个时候老王的电话响了，他接完后对苏仁堂说："院方打过来的，各国领导人都醒了。"

苏仁堂立刻抓住老王，问道："那瑞珍呢，你问问他瑞珍醒了没有？"

老王把电话回拨过去问询,苏仁堂只见他遗憾地摇了摇头。老王突然想起另一件事,像是怕忘了一样赶紧说道:"忘了告诉你,你让我找的那个老师已经死了。去年就死了,肝癌。"

各国领导人醒来之后召开了一个发布会,苏仁堂在电视上得知,橙星人因为地球准备抵抗,而在投票结果即将公布的瞬间杀死了地球上所有的狗。

"他们、他们不是人,我们做什么他们都知道。他们能轻易杀死我们,就像我们捏死一只蚂蚁,不,比那还要简单,就像我们拎着一壶开水往蚂蚁窝里浇。任何抵抗都毫无意义。这次,他们杀死了地球上所有的狗,下次就是所有的人类。"来自日本的代表在得知全球狗死亡事件后抽搐着说道,随后口吐白沫。

"他们当然不是人,他们给出了最后通牒。在我们醒来前,大脑中接收到的信息是'一万次闪烁',我们讨论后认为这是他们设定的一个倒计时,但目前尚未发现他们所指的参照物。如果电视机前的人们有谁知道,一定要通知我们,我们在各国都设有联系地点……"俄罗斯代表说。

苏仁堂把从老王家取的两粒安眠药装进一个罐头瓶里。这一年来,每个星期苏仁堂都会托老王搞来两粒安眠药,现在已经攒了整整一百粒。

这时,天突然黑了。苏仁堂知道日食会造成这种漆黑的效果,他打开窗户,发现刚才还在的太阳真的不见了。

"他们熄灭了太阳。"日本代表醒来后被告知这一情况,大喊一声再次昏厥。

大约过了三分钟,太阳重新亮了起来。看来只是虚惊一场。

没过多久,天再次黑了,然后跟刚才一样变亮。

"看来,我们找到那个参照物了。"俄罗斯代表沉重地说道。

"打开灯。"美国代表在黑暗中喊道。

"灯一直都开着。"德国代表无力地说道。后来人们发现,即使在地下数百米深的密室里开着灯,人们眼前也会出现那种明暗间隔。没有人能躲避这闪烁，这比任何打击都来得沉重。

"嘀嘀，嘀嘀。"

苏仁堂颤抖着掏出手机。

我们随时都欢迎你们来这里作客。

这是当时他写在纸上的最后一句话，也是压垮他的最后一根稻草。他感到自责，仿佛是他开门揖盗，引狼入室。这给了他很大的打击，几乎摧毁了他的心智。他觉得自己摇摇欲坠，翻出了尘封几十年的白酒，猛地灌了一口。

"瑞珍啊，以前我们在一起，你总说喝酒不好，不让我喝酒。你总觉得男人喝酒就是因为爽，可我要告诉你，男人喝酒是因为不爽。这个世界有太多让我们不爽的事，天天都在发生。我不爽自己生来懦弱；我不爽人们尔虞我诈，自己只能虚与委蛇；我不爽世界之大我却只能待在这里。我不爽交通拥挤，我不爽空气污染，我不爽现在年轻人满口脏话，我不爽连自己最爱的人都无法守护。"

明亮，黑暗。明亮，黑暗。明亮，黑暗。明亮，黑暗。

"我老了。几乎是在一瞬间，我就彻底老了。你不会知道，老不是一个过程而是一个结果。我的手脚似乎独立了，不再听从使唤，脑子更是卡壳得要命。我坐公交车总是坐过站，站在小便池前忘了是否撒过尿，结账时忘了已经付过款又从皮包里掏钱。店老板明明知道就不说，我还傻乎乎问人家为什么笑。当我的食指摁在客厅吊灯的开关上，我看着明亮晃眼的灯光，忘了自己是刚打开，还是要关上。我终究会忘了自己的爱好、年龄、性别、名字，甚至忘了自己的存在。但是，当我看着照片里的你站在阳台上透过晚霞晕红的光向我微笑时，我会倔强地记得你是我的妻子。这提醒我，当时镜头后面拍下这张照片的我，永远是你的丈夫。"

明亮，黑暗。明亮，黑暗。明亮，黑暗。

"我时时盼着你醒来，又时时害怕你醒来。我害怕你突然醒来，我却已经死了。从你沉睡的那一刻起，我或许就已经死了。是什么让我行尸走肉般活了这十五年呢？我不知道该怎么面对你。请原谅我不能亲手把礼物交给你。我实在太累了。我多么羡慕你，能就这样睡过去，不看这个世界一眼。"

明亮，黑暗。明亮，黑暗。

"好了，就这样吧。我爱你。"

明亮。黑暗。

苏仁堂把从老王那里搞来的一百粒安眠药分几次吞下，每吃几片就一口酒，当最后一把安眠药随着酒水流入胃中，酒香在他的嘴里横冲直撞蔓延开来的时候，他微笑着闭上了双眼。

黑暗。

第五条短信

究竟是什么，使我们的心潮难以平静。

苏仁堂醒来的时候，发现自己被簇拥在人群之中。有一些是生面孔，但大多数是之前昏迷的国家代表。他们脸上的表情惊讶多于欣慰，仿佛现代医疗手段救活一个吞食安眠药自杀的人是一件不可思议的事。

"苏先生您好，您能否跟我们解释一下，'地球是平的'这句话具体所指的是什么？"人们相继从屋子里出去，只剩下一个国字脸的中年人跟苏仁堂交谈起来。

"我不明白你的意思。"苏仁堂伸出双手按了按脑袋，努力回忆。他只记得自己用一瓶白酒吞服了一百粒安眠药，但按照自己目前的状况来看，效果应该不是很好，他本来是准备睡过余生的。

"我换个说法，在您昏迷和被抢救的过程中，您的手机收到一条信息。我们查到你在几个月之内收到了数条来自同一个号码的短信，而我刚才说的就是第五条。"国字脸说着掏出放在证物袋里的手机。屏幕上显示着那行字：

地球是平的。

"前四条信息是我上小学那年录制的,用来发给外星文明的。第五条短信不是我当时录音的内容。"

"我知道对于您这个年龄的老人来说,回忆一件六十多年发生的事情有多难,但请您务必好好想想,因为毫不夸大地说,这关系到地球的安危、人类文明的兴亡。您懂我的意思吗?"国字脸耐心而教条地说道。

苏仁堂努力回忆着。

那个闷热的夏日午后,他被班主任叫到了办公室录音。在录音的过程中,外国人并没说什么,老师却一直说他感情不够饱满,要求反复进行了好几次。苏仁堂看到连外国人都已经不耐烦了,恰好校长这时进来把老师叫走,临走他还不忘叮嘱苏仁堂这是为国家争光的事,让他好好表现。他当时人小鬼大,很快便发现外国人根本不懂汉语,于是念完纸上的内容,觉得好玩他又加了两句。

第一句话就是"地球是平的",这不过是一个九岁的小男孩跟外星人开的一个玩笑。第二句话是什么,他无论如何想不出来了。

"我不知道那句话代表什么,但那的确是我说的,我小学二年级时说的,也是录音内容。还有一句,现在想不起来,等我想到会跟你们说的。"

"我们还有一个线索或许能够给您一些提示,我们查到了这个号码的主人,他叫张国斌。"

"我不认识什么叫张国斌的。"

"您再仔细想想。"

"这个我还是有把握的。"

"那么郝瑞珍您一定认识。"

"那是我的妻子。"

"张国斌跟她在同一个病房。我们根据卫星定位找到了他的手机,你猜怎么着,手机在他原先居住小区的化粪池里。我有点糊涂了,也许您能帮我理顺。"

"我什么也不知道。"

"您看这样好吗,马上就要进行各国代表醒来后的最终投票,我得赶去现场。我可以给你透个底,说是投票,其实是投降,我们根本没有能力对抗他们,尤其是见到现在的你之后。你可以再去你妻子的病房看看她。只剩下不到一百次闪烁了,我们都应该珍惜这最后的时光,谁知道未来会怎样呢。"

现场直播

"瑞珍,请原谅我之前的懦弱。那一百粒安眠药本来是准备把礼物送给你之后再吃的,但那天我突然连呼吸都忘了,我看见死亡,它就站在我的身旁,用我无法抗拒的口吻指使我做出了傻事。但是误打误撞,昏迷中的我竟然被橙星人选中成了信使,也许是因为他们捕获了那颗探测器,对我说的话感兴趣吧。不管怎么说,我又被救活了。这让我又能赶上你的七十岁生日,可以亲自把这份礼物送给你。我准备了许多年,我知道这没什么用,但只有这么做的时候,我才觉得自己是活着的。他们都说你活了这么多年是个奇迹,一定是为我活着,这个信念支持着你。我没办法确定真假,但我可以确定的是,这么多年我活着也是个奇迹,我是为你活着的。

"你看,我又开始煽情了,我去喝一口水,接下来要说很多话。"

苏仁堂去走廊外的饮水机接了一杯水,当他打开门回来,手里的水杯立刻掉在了地上,眼前的一幕令他目瞪口呆。

醒了过来,那个叫张国斌的醒了过来。他坐在床上,脖子一点一点移动,虽然闭着眼睛,苏仁堂还是感觉到了他瞳孔里逼人的寒气。

"为了节省能量,我就不睁开眼睛了。我代表全舰的橙星人感谢你,你为我们漫长的旅程和等待带来了盛大的欢乐,可以这么说,在飞船上,几乎所有的橙星人都是你的粉丝。是的,我也是个橙星人,是这个节目的主持人。

"但你也要感谢我们,因为我们给了你第二次生命。你不要这样一副困惑的表情,现在可是全舰直播。好吧,为了节目效果,我会简单给你讲一下发生了什么。

"地球上的事你大概都知道了。我们做了三件事:杀死了你们最好的宠物,把你们的太阳变成了一个计时器。要做到这一切其实很简单,你知道吗,真的很简单。如果不是条例限制,可以进行得更加简单,不过那样我们可能就观看不到如此精彩的节目了。

"我们是一个流浪的族类,不断寻找适宜居住的星球,等到这个星球荒芜之后就乘坐飞船继续流浪,寻找下一个星球。就在穷途末路的时候,我们发现了来自地球的探测器,上面竟然还标注了地球、太阳在银河系里的位置,甚至还有地球人的细胞组成。遗憾的是,我们检测到地球文明竟然属于III级文明。我们面对这盘熟食,不断流涎却无从下口。

"我简单给你普及一下。宇宙中的文明分为I级文明、II级文明、III级文明和次级文明四个等级,I级文明制定了该死的《宇宙文明公约》,其中规定'II级文明、III级文明可随意对次级文明进行整改利用,但II级文明不得干预III级文明发展'。而我们橙星属于II级文明,所以无法直接侵略你们,所以才有了这十五年的隐形侵略,也就是修改你们的文明等级。

"文明等级的计算方式非常复杂,通常涉及几百甚至上千个参数,而且不同的文明所使用的参数也有所区别。对于地球文明,我们了解的也极其有限,只知道你们的文明数值跟年龄和记忆力有关。需要说明的是,计算的时候并不是针对所有地球人类,而是五十岁以上的人类。我们一开始也很奇怪,为什么要对平均寿命不足八十地球年的人类设定这么高的起点?

"我们研究地球文明后发现,大约在两千年以前,人类的人口平均寿命约为二十年;十八世纪增长到三十年左右;到了十九世纪末期,也仅仅平均为四十年上下;1980年,世界人口平均寿命激增为六十一年;1985年,世界人口平均寿命提高到六十二年,后面几年涨幅并不大。但是，你们没有发现自2025年至2040年期间，人类的平均寿命又有了大幅度的上升吗？那是我们的恩泽，因为我们发现对于地球文明，记忆力越差，年龄越大，文明数值就越小。

"你一定非常想知道我们是怎么做到这一点的。我们散布了数以亿计的纳米机器，我们管这些机器叫做'天机'，因为在这些东西面前，地球就像一台不设任何保护措施的电脑，存储的全部信息完全暴露在我们面前。你们在地球的每一次呼吸都伴随着这些机器的进出。杀死地球上所有的狗只需要部分'天机'大量同时涌入狗的神经，造成阻塞，就好像电脑中过多的冗余程序造成死机一样。通过'天机'影响人类的大脑，就可以达到发送信息的目的。至于那个太阳倒计时，其实是你们看到的假象。我们并没有遮住太阳做手脚，只是对全人类的视网膜做了一些手脚。

"放出机器之后，我们剩下的就只有等待了。这将是一段漫长的旅行，所以我们决定找些乐子。我们找到了你。你当时的留言吸引了我们。我们通过散布在地球上的'天机'学习了你们的文化，知道你们有一种叫做真人秀的节目，于是通过我们'天机'对你的生活进行了全方位的直播。可你一直兢兢业业安分守己地活着，我们很快看腻了，所以——"

"所以，你们锁住了瑞珍，把她变成了那样。我要杀了你。"

苏仁堂说着就要向张国斌冲过去。

"你知道这没用的。张国斌只是我们租用的一个躯壳，他是真的脑死亡，所以利用起来比较方便。干涉正常人的脑神经太过困难，我们现在做到的也只是扰乱了部分记忆系统。但是电子的东西，就可以任由我们控制。我之所以现身，是为了庆祝一个伟大的时刻——再过几分钟，你的妻子郝瑞珍就要满七十岁了。在我们目前控制的全人类的文明数值计算上，她成了最宝贵的一个临界点，等到她满七十岁的那一刻，地球文明也将由III级文明跌落至次级文明，我们就可以正式接手地球了。在我们眼里，她只是不断增长的分母中的一个而已。但即使是这样，她也应该觉得光荣，因为太阳倒计时的闪烁次数，是以她的生日来计算的。换句话说,太阳是为她而闪烁的。"

苏仁堂再也抑制不住自己,一拳打在张国斌脸上。张国斌像泄了气的皮偶一样瘫在床上。但是他作为话筒,仍能发出声音:"不要浪费时间了,我可以告诉你一个办法,那样,你就能拯救地球文明。杀死她。杀死她,分子和分母都会相应减少,但跟预定值就会差出很大一截,虽然只是小数点后面不起眼的几个数,但是需要花费的时间可能是巨大的。那时候,我们的飞船将错过到达地球的最好时机。

"稍等,我统计一下,目前星舰上96%的人觉得你不会杀死妻子。一边是地球文明,一边是你可爱的妻子。你会怎么选择?我们拭目以待。"

苏仁堂感觉膝盖无力,跪在了郝瑞珍床旁,把头埋在她的腹部,涕泪滂沱。

明亮,黑暗。

"还剩下最后十次闪烁。"

难道真的要亲手杀死自己珍爱一生的妻子?苏仁堂想到这里就觉得世界崩塌了,他宁愿自杀一万次,也不愿郝瑞珍受到一丝伤害。

"别想着自杀,那样只会让文明数值跌落得更快。因为你的记忆力真的很好啊。"

明亮,黑暗。

"还剩下八次,要快点做出决定啦。我们等得非常着急,虽然都不愿看到那一幕,但是你就这样放弃,真的很没意思。"

明亮,黑暗。

"就在离你不远的房间里,各个国家的代表们正在进行最后一轮投票。不过我们并不关心那个,他们肯定会束手就擒,对此我们深信不疑。因为我刚才说的三件事中的最后一件会让他们欲罢不能。我们对整体决策的计算是最准确的,但个体的决策却充满了变数。你会带给我们惊喜吗?顺便说一下,还有五次闪烁。"

明亮,黑暗。

苏仁堂站起来,咆哮着,他现在是决定地球命运的人。自己最爱的人和整个人类。他其实没有选择。

苏仁堂努力站起来，他眼中只剩下那个控制电源的绿色开关。只要按下去，郝瑞珍的生命维护系统就会断开，她会瞬间生理死亡。他看准那个位置，别过脸去，几乎用尽所有的力气，摁下了那个开关，世界在他眼中灰飞烟灭。

但出乎意料的是，维护系统并没有停止运转。

"我告诉过你，空中密布的'天机'可以毫不费力地控制电器。快点快点，还有时间，你可以想想别的办法。因为你刚才的举动，所有的观众都屏住了呼吸。"

明亮，黑暗。

"啊！"苏仁堂痛苦地大叫着。

苏仁堂知道郝瑞珍迟早要离开他，他早就知道，从郝瑞珍昏迷那天他就在准备，可是当他确定郝瑞珍要离开时，他还是忍不住难过。有些事就是这样，你明知道注定要发生，无法改变，但你就是不能释怀。他为这一刻准备了十几年，可无论如何也没有想到，结束郝瑞珍生命的将是他自己，而且，是这样一种粗暴的方式。

他冲到郝瑞珍床头，伸出双手，扼住了她的脖子。做出这一系列动作，苏仁堂已经无法后退，他拼上了所有的力气和思想，让手单纯地发力，自己只是侧过头，闭上眼睛不去看，脑中一片空白。

又有了一次明亮和黑暗的更迭。

咳嗽声，苏仁堂听见了咳嗽声，不是他自己的，不是倒下去的张国斌的，这是女性特有的清脆的咳嗽声。这声音来自郝瑞珍。

苏仁堂松开双手，郝瑞珍醒了。

"真是太精彩了，所有观众都全神贯注，生怕错过一帧画面。苏仁堂为我们呈现了一个大义灭亲的形象，但接下来，你会杀死一个醒过来的郝瑞珍吗？"

醒过来的郝瑞珍。

苏仁堂无数次幻想过她醒过来的画面，现在这幻想照进了现实，而他束手无策，无言以对。

"你是谁,你要干什么?"醒来后的郝瑞珍说出了第一句话。

"我们解除了对她的封锁,她的记忆停留在沉睡的那天。她不认识你了。"

"是谁在说话?"郝瑞珍惊恐地说。

是啊,郝瑞珍不认识他了,这十五年他承受了太多,早已被岁月蹂躏得不成样子。

明亮,黑暗。

"怎么黑了,谁把灯关了,这里是哪儿,你到底是谁?"

只剩下最后一次闪烁了,苏仁堂趁着黑暗再次扼住了郝瑞珍的脖子。他甚至没来得及跟郝瑞珍打一个招呼,没说一句"我爱你"。

明亮,但是跟黑暗一样,没有任何意义。

第六条短信

黑暗彻底消失,地球平安无事。各国代表以为是自己投降的姿态得到了橙星人的认可,就在这时,他们集体收到了一条信息,也是橙星人发送的最后一条信息:

因为地球人苏仁堂对我们的抵抗,我们要求人类惩罚他。

苏仁堂被抓捕了,罪名有两条:谋杀罪和反人类罪。

全人类都认为对苏仁堂的惩罚能换来橙星人的宽恕,因此对此事格外重视。审理进行得非常顺利,但处刑的时候却遇到了麻烦。有的国家建议使用绞刑,有的国家倾向坐电椅,有的国家希望能用石头把他砸死,有的国家则别开生面地要求活活饿死他,还有的国家则稀奇古怪地想让他长时间倒立,脑袋充血而死。一时间,全世界的人们都在为此献计献策,最后进行的全球投票中脱颖而出的是来自中国本土的刑罚:炮烙。

提出该惩罚措施的那位公民得到了家乡政府的奖励,并迅速被打造成该城市的形象大使。他们希望引得橙星人关注，希望这些外星人能最先降临在自己的城市，虽然谁也不知道他们现在在哪儿，还有多久才能到达地球。

行刑的地点也是投票决定的，最后从成千上万个地理位置中选择了死海。该地点推荐者是这么解释的：死海位于约旦—死海地沟的最低部，是东非大裂谷的北部延续部分，西岸为犹太山地，东岸为外约旦高原。这里是地球表面的最低点，在这里行刑意味着全世界人民都把他踩在脚下。而且死海象征着他的灵魂永无翻身之日。

接下来是处刑场的建设，人们用地球上最稀有的贵金属打造了一个巨大的平台，在其下方设有数百个经过特殊改造的浮力球，炮烙柱则使用中国的司母戊鼎，重达832.84千克的司母戊鼎是地球上最重的青铜器，这寓意着苏仁堂将终身背负沉重的罪恶，再次让他的灵魂不得翻身。

对司母戊鼎进行加热是一项要求很高的技术活，而苏仁堂将感受到温度逐渐升高的煎熬。在鼎里有一个密封的热球，启动后里面的物质进行反应，释放热量。

苏仁堂被扒光衣服，绑缚好，行刑开始。

就在执行者准备启动点火装置的时候，他伸出去的手静止在空中，而前来观看的人们也全都静止了。苏仁堂却打了一个喷嚏。

空中出现了一行白雾似的文字。

你以为自己拯救了世界是吗？哈哈，但看看你的世界对你做了什么？

"你们骗了我？"

不，我们只是突破了自己。直播节目还在继续。

"你们违反了文明公约？"

你最后一刻的决定摧毁了我们的计划，让我们只能孤注一掷。我们谁也没有见过I级文明，但他们制定的这个所谓的公约，处处阻碍着我们。所以，去他的文明分级。

"那你们现在要怎么对待地球？"

改造人类文明,或者说是给地球文明降级,你真的给我们提供了很好的思路。我们不可能杀光地球人,我们需要奴隶来为我们服务,为我们心甘情愿地付出自己的一生。最好的办法就是把地球人的认知拉回到公元前两千年,那时地球有很多很美的构思。中国的周代,有"天圆如张盖,地方如棋局"的盖天说;古代埃及人认为天是一块穹隆形的天花板,地是一个方盒;俄罗斯人则认为,大地像一块盾牌,由三条巨鲸用背驮着,漂游在广袤的海洋里,印度人也有类似的看法,不过他们认为驮着大地的不是巨鲸,而是站在海龟背上的三头大象。这就是你告诉我们的方法,地球是平的。其实,简单来说,就是全球的唯神论,从此,地球上只有一个宗教,地球人只信奉一位神灵。我们将通过"天机"强行修改所有人类的记忆,然后把你们豢养起来。

这个时候,苏仁堂借助"地球是平的"这几个字的冲击,终于想起来,他那天录制的最后一句话——人类不存在。

是的,当说完他在纸上写的那段话之后,他还录下了"地球是平的,人类不存在"这两句话。现在前者已经变成全人类的共识了。

欢迎进入我们的时代。"人类"这个名词将不复存在,我们已经为你们取好了名字,就像你们给小猫小狗取名字一样,你们叫做——

字迹突然凭空消失,静止的人类也动了起来,他们全都一脸茫然,号叫着四散奔去,只剩下苏仁堂一个人。这时候,文明使者降临了。

文明使者

文明使者看上去就像是一道光柱,他们迅速移动到苏仁堂面前,他能听见他们的对话。

文明使者1:总是有这样的文明出现。

文明使者2:看来,我们应该把公约写得再详细一些。

文明使者1:是啊,其实他们完全可以占领地球,只要维持人类文明的数值就可以了,但是他们偏偏用了这么一个费力不讨好的笨办法,害得我们还得过来进行清理,真是麻烦。

文明使者2：不过总算没造成大影响，毕竟这个星球是人类改造成目前样子的，他们应该会比其他生物更早适应吧。人类文明将重新进化。

这时他们开始与绑缚在大鼎上的苏仁堂交流。

文明使者1：事件的前因后果我们在赶来的路上已经了解了，但有些事你并不清楚。其实你在吞下安眠药之后就已经死亡了，是橙星人复活了你，因为他们不想节目那么结束，他们害怕无聊。但是，等我们清理完橙星人的星舰，你也会死去。你非常勇敢，为了奖励你，我们决定实现你一个愿望。

文明使者2：尽管说。

苏仁堂说："我是为了拯救地球文明才这么做的，但是我仍然没有成功。所以，你们能恢复地球文明吗？"

文明使者1：你想好了，我只能实现你一个愿望。

这是苏仁堂第二次选择，他仍然别无选择。虽然他致力拯救的同胞们一而再，再而三地对他进行迫害，但是他的心潮难以平静。

苏仁堂说："如果让她活过来，发现我已经不在了……对她来说最好的结果就是我追随她一起死去。"

礼物

是什么在温暖我们，给我们力量，让我们充满斗志，努力生活？

苏仁堂吞下一百粒安眠药的第一分钟，橙星人在飞船上看到这一幕，紧急给地球各国领导强制灌输了一条信息，内容很简单：苏仁堂将代表地球和橙星人对话。

苏仁堂吞下一百粒安眠药的第三分钟，他被迅速安置入加护病房，由医护人员全力抢救。与此同时，全世界的领导人们都在向这个依托铁路发展起来的中国二线城市汇集。

苏仁堂吞下一百粒安眠药的第二个小时，担心错过橙星人消息的各国领导一致同意暂时停止治疗，先用"思想者"来读取他脑内的信息。按照之前橙星人跟地球联系的方式，苏仁堂只要活着，不必醒来，照样可以充当地球的信使和橙星人取得联络。

"思想者"会把他脑内最想表达的内容读取出来，但是橙星人并没有给他发来什么，他们读到的只是苏仁堂的内心。负责读取工作的人在经过漫长的等待后，面对"思想者"吐出的一张张布满汉字的纸目瞪口呆，仿佛是虔诚的信徒在进行最隆重的宗教仪式。当最后一个字打印完毕的时候，苏仁堂已经彻底没有了呼吸。

当负责人手捧着一摞打印纸走出读取室时，众领导人围着他纷纷问到底从苏仁堂脑子里读出了什么。负责人用震惊而又无奈的口吻说道："呵呵，我们读出了一本《红楼梦》。这老家伙，他背诵了一整本《红楼梦》。《红楼梦》你们这些老外知道吗，那是中国最浪漫的爱情故事。"

尾声

就好像什么事都没有发生，橙星人再也没有出现。

苏仁堂和他的妻子郝瑞珍被发现同一天死在了家里，没有人知道苏仁堂是如何将一直处于沉睡状态的郝瑞珍弄回家中的，医院的摄像头也没有任何记录。苏仁堂没什么亲人，老王动用医院的关系将他们俩合葬。站在墓碑前的老王想起他跟苏仁堂的对话。

"是吗？我给忘了。算了，就当加餐吧。要是真打起来，谁的日子都不好过。我以为这辈子只能在书本和电视上见识打仗，没想到死了死了，还碰上星际战争了。"

"地球现在还没探测到橙星飞船，等到他们来到地球可能就是几百年之后的事情了。那个时候，我们早就是一抔灰了。对了，你想过自己的墓志铭吗？"

"发什么神经病，活得好好的，想这个干什么？"

"就是趁活着才要想好啊，死了就来不及了，谁知道别人在上面给你刻什么？"

"你想好了?"

"想好了,"苏仁堂目光坚定地看着老王说,"'人生天地间,忽如远行客。'"

编后记

我们在这里说说小说中招来外星人的"罪魁祸首"——旅行者一号。

太阳系的几大行星在1977年运转到了一个十分有利于天文探索的位置,此时发射的探测器可以依次借助木星、土星、天王星和海王星的引力来加速。这使得探测器能够获得一个很高的速度并且节省动力。

于是在1977年9月5日,旅行者一号发射升空了。它携带着小说中提到的那张金唱片依次拜访了木星、土星,为人类传回大量珍贵的照片。现在,它已经进入了太阳系与星际空间的过渡区域,成了人类历史上第一个飞离太阳系的人造物。目前旅行者一号发出的信号需要十七个小时才能抵达它位于地球的控制中心。探测器上的两枚核电池能够保证搭载的科学仪器继续工作至2025年,而到2036年,连信号传输用的电力都将消耗殆尽,届时这个小小的探测器将与我们失去联系,继续在宇宙之海中孤单漂泊。

昆明异事件

成追忆

作者说

本文灵感来源于当年火遍大学校园的网络游戏。有那么一天，作者躺在宿舍五楼的上铺臆想，如果我们这个世界就是一个外星人玩的网络游戏会怎样？当然我们自己不会察觉到，就如同试管里的细菌不知道外界还有一个人类文明一般。

当然作者这个想法也不是首创，电影《黑衣人》最后"地球人认定浩瀚无垠的银河宇宙不过是外星文明手里的弹球"的一幕，令人震撼。最后，作者想通过这篇胡思乱想的文章告诫大家，千万不要沉迷于网游，这也算是本文产生的社会正能量吧。

红速网吧隐藏在城市角落，如此规模的网吧在昆明市鳞次栉比的街巷中随处可见。晌午一过，玻璃门无精打采地打开了，从里面出来了两个中学生模样的青年，他们一出门便不约而同地紧闭双眼，然后皱着眉头把脑袋偏向一边，摆出一副十分难受的样子。

此时正值七月，全国许多地方都下着火，热浪滚滚袭人，而昆明地处凉爽的高原，良好的地理条件避开了酷热，气温通常也仅有二十七八度左右。温度虽然舒适，可浓烈的高原紫外线还是甚强，刚从网吧暗室中走出的两个青年一阵目眩头晕。

"杨进哥，你明天可还有钱花？"两个青年中那个体形稍胖者操着昆明腔问另一个人。

"唉，要钱可有难度。"另一个高个子、名叫杨进的青年面色为难地回答说，"我老爸精明得不得了，把钱藏得紧还不说，我那两下子根本骗不得他。"

"唉，真是没搞头！"胖青年无奈地耸了耸肩膀道，"以前我们搞《征途》时候，一天随便打他几个老怪，就能拿几百块，那日子过得叫爽；现在呢，挂一天也弄不出个几块钱来，以后叫我张杰怎么在学校混了？"

"哼！你就晓得面子，现在想办法搞钱才是王道。不和你吹牛了，我得回家了！"杨进很不耐烦地推了张杰一把。

"好，那我也不打搅你了，我往那边的摊摊上买碗卷粉吃，我们回头见吧！"张杰也略心烦地冲杨进挥了挥手，两人就此分道扬镳了。

杨进耷拉着脑袋，小心地避开了街上刺眼的阳光，慢慢地在马路上的阴凉处走着。他家住在昆明市内的圆通山上，从这里走回家去少说也要有三四站地才到。杨进这些天在网吧里通宵好几夜，不仅花光了身上的所有钱，还欠了张杰一百多块钱的外债。现在的他是囊中羞涩，连坐廉价的公交车也变成了奢望，只好徒步而行了。

走了约莫两站地，来到了小绿水河边，沿河上山就可回到家中。此时的杨进满脑子都在寻思着一会儿回家怎么再找老爸要钱。他的眼前就像过电影般闪过了一个又一个的借口，思前想后，自己又顿觉这些借口老旧烂俗，拿不出手，只得叹息如此年月，欺骗家长之事也要与时俱进，走改革创新之路。

杨进就这样边走边想，感觉自己的脑袋如爆炸般难过，肚子也开始不争气地叫起来，心中遂万分后悔方才没厚着脸皮跟张杰来个趁火打劫，蹭一份卷粉再走人。他自叹"内忧外患"，心中无比郁闷，随手便拎起堆放在河边垃圾堆中的一个杂物袋，抡起过头顶，就要扔往河里出气。说时迟，那时快，杨进眼前忽感白光一闪，他发觉在这杂物袋里有个不同寻常的发亮东西，那东西的模样在他面前渐渐清楚起来——一块手表？！

杨进二话不说立刻弯下腰，装作系鞋带，迅速伸手把那个东西塞进了自己的口袋里面，然后起身若无其事地继续向前走。时值晌午，街上的人本就不多，忙碌的几个路人当然也没有留意杨进的这一看似平常的举动。

杨进脑海中这时暗潮汹涌，心是扑通直跳。他相信自己的感觉，一定是淘到宝了。这个东西是闪亮的白色，也不知是银的，还是铂金的？心道，老天爷保佑，我杨家祖上积德，要是捡到这么大块铂金宝贝，那可就发了大财。他猛觉得口袋里的东西不是普通的分量，手隔着衣服抓了许久，自是感觉不一般。

这等精贵玩意杨进不敢带回家去，他怕无意间被老爸瞅到，会误以为是他偷摸来的，到时候不仅上网的钱骗不来，还会挨老爸一顿揍，得不偿失。杨进把心一横，反正这等不义之财是天上掉下来的，不如一不做二不休，把它当了算了，省得夜长梦多。想毕，便径直向前方街口的一家名为"小林当铺"的门面走去。

"老板，帮我瞧瞧这个东西能值个多少钱？"杨进揣着诚恳与期待的神情把那东西交给了当铺的老板。

那老板表情狐疑地接了过去，反复打量，之后又伸手仔细敲打了几下，说道："小娃娃，你真想把这块怪手表典当给我？"

一听对方说话的口气，杨进就有点儿不舒服，但想到还要指着这人做生意，便不发作，只说："老板，别欺负我年龄小就宰我，我现在可是赶时间，说起以前来，我还经常搞这类东西，行情懂得很，可别把我当作外行人。"

"放心，我在这儿做十几年的生意，一向是讲信誉的，从不无缘无故地宰人，我图的是个回头客。"老板眯着眼笑呵呵地对杨进说，"如果你这小娃真要当,我就给你个实价,不赚你一分多余的钱,你也爽快些,别婆妈讲价,怎样?"

"我是爽快人,不讲啰嗦话!"杨进一听老板像是有意收购,就两眼放光,说起话来底气足了不少。

"那好,我今天就和你这小娃交个朋友!"老板马上露出了一副心疼的神态,大有出血割肉之感,他一咬牙,说道,"给你十五块钱,你看怎么样?"

"十五块钱?!"刚被老板忽悠得激情荡漾的杨进再听了这话后感到头上是五雷轰顶,耳朵嗡嗡的,眼珠子直溜溜地就要往外头掉。

"你可……你可说的是十五块钱人民币?!"

"废话!老子说的当然是人民币,你这娃还想要美金不成?鬼火的!"老板不屑地说,并傲慢地顺手把那东西丢回杨进面前,"你这小蟊贼相,偷自家的不锈钢手表到这里当,老子好心给你十五块钱都亏死了。算了,你拿回去吧,可别再摆出来丢人现眼了!"

此时杨进的脸色铁青得像个茄子,他一声不吭,抓起那个被当铺老板讥笑的"不锈钢手表",头也不回地走了。他心中自是郁闷异常,寻思道,倒不成我看走眼了?

杨进被人这般戏弄,心里不是滋味,想哭。他就近拐入了一个不起眼的小巷里,红着双眼,掏出那东西把玩观看,仍然隐约感其不同寻常。

这个东西外形极像块手表,遍身银装素裹。仔细来看的话,平常的表多是三个指针,而它却仅有一个。表盘的四周标着多个古怪的符号,但却没有一般表盘上应有的阿拉伯数字或是罗马数字标志。杨进觉得这个东西简直就是个四不像,心里突然就有了一种想戴上试试的好奇心。杨进自己也说不清为什么会有这么一种强烈的感觉,他只觉得自己渐渐地对它着了迷,而这个东西也谜一样召唤着他,就像托尔金小说中那个引人疯癫的魔戒指环一样。

"也许它在感谢我刚才没有放弃它,也许它要我做它的主人。"杨进想。没错,当这个金属框框戴在他手腕的那一瞬间,他就会发现他的判断并不错,这并不是个垃圾货,而是一件地球上十分稀有的东西,稀有得让他后怕。

那个原本还坚硬无比的东西从套在了杨进手腕上的那一刻起,便变得橡皮筋似的柔韧。杨进很是害怕,他用尽了吃奶的力气向外拉拽,想取下来,但都徒劳无功。这块怪手表纹丝不动,似是寄生物一般,死死地与杨进绑在一起,不肯分开。杨进焦急万分,豆大的汗珠纷纷下落,悔恨自己刚才的莫名好奇。

霎时间,一个奇怪的话语音乍地响起:"正在扫描当前的星球数据,请稍候……"

杨进此时虽处在狭窄的小巷中,却听到了一种似从万里空旷外传来的悚然声调。

"你是哪个?大白天的吓唬老子,要整哪样……"杨进下意识地四下张望,发觉身边空无一人,而四周围也并未出现什么可怕的灵异现象。杨进小时候看过一些鬼故事,那些囫囵吞枣的阅读都是他背着父母在夜里被窝中的偷偷摸摸的行为。杨进用脚趾想也觉得自己是见鬼了。杨进的心里战战兢兢,他开始咒骂起自己的倒霉背运,竟然在光天化日之下听见"鬼声",可真是活三十生都有幸了。他尝试着捂了捂自己的耳朵,可那"鬼声"仍然声势不减:"……目标地点确认为太阳系的第三颗行星——地球,全息多维图像模型正在扫描中,请稍候……"

杨进这回确定了,这个"鬼声"的源头在自己的身体里,而不是外界,这可比常听闻的鬼撞墙、鬼打滚要来得邪得多,杨进觉得这可能是鬼上了身。他听说上了身的鬼专吸活人的阳气,被吸了阳气岂不减了寿,那可不得了!想罢,他便快步跑出了阴暗的巷子,来到了马路中间,站在太阳底下,默语:"阴不压阳,看这上身的鬼还不快快滚出去……"

他心中还未念叨完毕,这"鬼声"又起:"……《宇宙征途》控制台系统启动完毕,全息多维图像模拟已经载入,新的服务器'地球'已经创建,系统锁定当前玩家为杨进,ID:XXXXXXXXXXXXXXXXX,登录密码默认为DNA序列……"

服务器?玩家?ID?密码?天呐!杨进一团乱麻,心说这"鬼"还挺熟悉他形形色色的生活。难道是自己玩网络游戏中了毒,走火入魔了?还是由此引起了精神分裂?不会的,学校的心理辅导老师给他的评价历来不赖。

一个又一个荒诞的念头闪电般跃进了脑壳,现在的局面似已超出了杨进个人的思虑范围,他嘴上喃喃,心中无语。

"……人物创建完成,玩家杨进现在可以开始游戏,如果需要您可以……""鬼声"不待人,又杀了出来。

"不需要!你赶紧滚出来!"杨进心理崩溃,抱头猛喊,无视无思自己所处的公共场所。

"好的!自动关闭新手辅助系统,祝您游戏快乐!"之后的十几秒时间对于杨进来讲是那么漫长,周围好似寂寥无边,空气也如凝固一般。等待、惆怅、惆怅、等待,那个"鬼"一样的声音再也没有响起。

又过了好久,杨进又奇迹般地缓慢回过劲来,他发现街道两旁不多的路人都远远地观望着他,杨进隐约觉察,这些人可能把自己当成了个神叨叨的精神病人。观望的人当中还包括刚才小林当铺的老板。

杨进的两颊红胀得要烧起来,他赶紧摸着头快步往家的方向跑。不过,当他不由自主地瞥眼观察迎面擦身而过的路人时,吃惊得吓了一跳。此时,世界已天翻地覆。

刚才是站在马路中间隔得远没有看清楚,现在精神镇定了,杨进才瞧出身旁的每个人头上面都顶了若干个拳头般大小的字。比方说眼前这个身着西服带着几分知识分子气的人头顶上就写着"徐覃苏"三字;那边街角亲亲密密的一对青年男女头上也顶着"张云天"和"王梅";还有个打着花伞踩着点迈着猫步,屁股一扭一扭地向杨进走来的女人顶着"周小丽"三个字……

天空中这会儿飘来了不少浮云，地上阴沉了几许，高原的云彩让人觉得很低，甚是压抑。杨进感觉不太对头，把两眼揉了一遍又一遍，可这些人头上的大字仍是高高挂起。

更让杨进深感惊讶的事情还在后面，当他警觉地走到一家名为"永鑫鸡菜馆"的小店旁时，视网膜上突然出现了一个褐色的方框，他顺着这个提示走近一看，地上赫然摆放着一把杀鸡用的屠刀，鲜血淋漓。刀的主人——一个顶着"李小川"三字的中年汉子正卧坐在边上休息，此刻眼前的褐色方框内开始清晰地显示出文字：

普通的屠夫刀，使用等级2级，攻击威力＋10，攻击速度－2，单手武器，不可强化，不可升级……

看到这里，杨进险些一口鲜血吐在这污秽的地上。天旋地转间，他往搭起几层的笼子里瞥了一眼，更是吓得不轻：

普通的母鸡，等级1级，生命20点，攻击？？，防御？？……

雄壮的公鸡，等级2级，生命35点，攻击？？，防御？？……

生病的母鸡，等级1级，生命15（－5）点，攻击？？，防御？？……

漂亮的公鸡，等级……

"来！吃点啥子嘛，小师傅！"一个操着一口四川腔的中年妇女热情地拉着呆木的杨进往旁边拖，想必是这"永鑫鸡菜馆"里的人。杨进疲惫地抬眼一看，她头顶醒目地标出"洪霞，饭店老板娘"几个字。

进入窄小的饭店，杨进一瞅，连饭桌上的菜谱上也顶着"菜谱，一般民用物品，无特殊用途"这么一行字，只是字的颜色是灰蒙蒙的。杨进不自觉地摸了摸自己的口袋，脑子里清醒了些。自己身无分文，现在还敢进馆子，难道是想吃霸王餐不成？于是杨进慌忙地向那个所谓的饭店老板娘推说自己要去买包烟，急急匆匆地逃出了馆子。杨进从口袋里掏出了自己的打火机，一行蓝色的字又应景浮现：打火机，玩家一般装备，不可作为武器使用。

可能是今天历经得太多，杨进早已不再惊慌失措，他只是什么也不敢多想，什么也不多敢看，只想赶紧回家。梦魇是否依旧？杨进不清楚,老天好似也不知晓,只是这会儿天上的云层又沉了下来。

天渐渐黑了起来,低矮的云看不清了,夜空中开始浮现出点点星星,百无聊赖中只听得"啪"一响,一阵清脆的玻璃杯破碎声在杨进家的客厅里回荡许久。

此刻,地上的玻璃杯碎片如破碎之花,杨进的眼前也好似今夜的星空一般灿烂无边,他捂着红胀的半边脸跌倒在地板上,晕晕乎乎。

"德昌,你再生气也不必下这么毒的手啊!咱可就这么一个儿子啊!"

杨进恍惚中听见一个中年妇女发出的哭喊声,那也许是他的母亲。也许?他之所以这么含糊的认定,是因为这个平日里见得多看得惯了的抚养了自己十几年的女人在今天来看的确有些特别——她的头上俨然顶着"李萍"两个大字,这是往常不会也不可能有的。

"小兔崽子!天天就晓得和你那些狐朋狗友们整些网上游戏,你晓不晓得你明年的这个时候就要高考了?!"

杨进一边用衣袖角擦了擦嘴角流出的些许鲜血,一边看着面前这个头顶着"杨德昌"三个大字的人,他现在甚至不清楚是不是还应该称他为父亲。是啊,自己眼前这个人的脾气依然和他认识的父亲一样暴躁,只是头顶上的字让他感觉到有些许的不自然。都是手腕上的这块"怪手表"惹的祸!杨进恨恨地想。他一看见旁人头顶上莫名其妙的怪字就有一肚子气,他不知道自己的头顶上是否也顶着。现在更要命的是,面前这个人头顶上的"杨德昌"三字忽地从白色转成了红色。

玩家被杨德昌恶意攻击,生命值-10点,当前生命值为90/100······

玩家被杨德昌恶意攻击,智力值每10秒-1点,有效持续时间1分钟······

玩家已被杨德昌恶意攻击,您有10分钟的自由反击时间······

这恐怖的"鬼声"在偃旗息鼓了一下午后又杀了回来,杨进这一天可是被吓够了,免疫力有了。他知道自己的眼不花,脑子不乱,自己不是在做白日梦,要尽快面对现实了,而这个现实就是目前所处的世界已经变成了自己天天玩的网络游戏。

"别在地上装,赶紧起来!你小子还死不了的!"

杨进发现他父亲头上的红字逐渐变成了白色,心道,看来眼下危机是暂时解除了。

恭喜玩家获得1级侦查术,经验加成50%,各项能力值升级成功……

头脑中的"鬼声"冷不丁地又响了起来。

在过去的几年时间里,网络游戏产业一举创造了两个神话:其一是上百亿元的财富积累,其二是吸引了一批杨进这样的中学生们,把他们拽进了数以万计的网游玩家队伍中去。论起阅历,杨进也算是个老玩家了,过去玩网游确实让他赚了不少钱,没有四五万,也有个两三万,但有得必有失,无底洞式的花费和给自己家庭带来的负担也着实是个天文数字。昆明这里的网吧一般包夜就要十元,平常白天的上网费用也需个每小时两三元左右,再加上外卖、消夜、瓶装水的添头,一天下来少说也要个三四十元。况且,杨进在这两年间还偷偷学会了抽烟,便宜的大红河不买,偏偏要抽八元十元的"八八""九九"[①],而且一天上网下来至少一包,如此日积月累,消费真是不可计量。

上述的种种都是杨进过去压根没动脑子算过的经济旧账。现在他比以往更加清醒、更加用心地计算,因而心中阵阵不安。他脚步放缓,踱回自己的房内,悄悄地挂上房门。房内此刻静得出奇,隔断了外面的喧嚣杂乱。他听不到往常父母的拌嘴,只听见空气中的渺小尘埃在互相冲撞。

杨进心灰意冷地看了看自己手腕上的那个怪东西——今天一场场意外的始作俑者,恨不得和它来个同归于尽。这到底是个什么玩意呢?

形如手表表盘的外壳上一个不起眼的小控件这时引起了杨进的注

[①] 烟名俗称,较高级的红河烟。——作者注

意,这个小控件有点像普通手表上的龙芯。众所周知,不论是机械手表还是电子手表,表盘上龙芯的作用都是相似的。一般来说,手表的时间、日期均是在龙芯的动引下来完成调整工作的。杨进仔细瞧了瞧后心想,这小东西如果也像手表的龙芯那样,也许他真的可以穿梭时空,最重要的是,他或许可以回到今天中午噩梦开始的那个地方,把这扭曲的一切还原。

兴奋归兴奋,在实际行动上杨进还是小心谨慎的,因为这个鬼东西已经带来了这么多的麻烦,谁又能保证在一个天真的假想目的下微不足道的弹拨举动,不会直接导致世界毁灭呢?

小控件被拉起,转动。

高级设置!玩家已经开启了复活点,复活点定位为地球,经度XX,纬度XX……

数据正在与服务器连接,第1次设置复活点,取消15个地球日的时间等待限制,复活点将在3秒钟后正式启动……

服务器连接成功,复活点启动……

您是否取消已设置的复活点?取消复活点,玩家死亡后将不再复活,再次设置新的复活点需要等待15个地球日……

"不用了!"杨进嘴角上翘,用冷笑的口吻对"鬼声"说道。

从莫名其妙地能看见他人的能力属性,到被告知遭受了恶意攻击,再到现在出现的设置复活点的程序,乱七八糟的信息杂烩涨大了杨进的脑袋。"鬼声"这时不再说话,杨进就一头扎到了自己的单人床上。手摸了摸下颌,仍隐隐肿痛……

您是否要进入睡眠状态?确定/取消

杨进无精打采地骂了句粗话,认命地闭上双眼,希望他的这一觉睡醒噩梦就能结束。其实他并不清楚接下来会出现什么,是走出诅咒,还是进入更深的噩梦?

"明天会更好,明天会更好……"杨进默念着,心中的希望之火仍未泯灭。希望这东西,在人类的进化之路上留下了不少的足迹,从生存到生活,它一直是一切力量的源泉。它不是刀锋,却比刀锋锐利,不是星辰，远比星辰闪亮诱人，它让人们战胜暂时的疲惫，接近真实的曙光……

睡眠状态，生命值的恢复速度为正常的10倍，玩家脸部的创伤正在修补中……

杨进此时睡熟了，听不到这声音，他也不知道自己手腕上的东西一直躁动着，放着乳白色的光芒。他就这样阴沉地躺在那里，如一个人徘徊在天堂的路口，灵魂像要被吞噬。神祇们还未苏醒，但地狱的门却已经敞开。叹息之墙灰飞烟灭，放出了吐火的赤蛇，天国在脚下在颤动，神祇的殿堂颤抖不定。自己最后的控诉能否降临？灵魂在哭，何日才会得到解脱？光明里高高在上的神祇们，怎能体会永远沉沦在深渊里的悲哀？已经无法等待忍耐了！听，刀的叮当声，那是锁链被砍断了，丘比特们在号叫，天使吹着战斗的号角。月老的尾巴在排击大地，爱神的身躯不断的冲击着山峰……

恍惚之间，几股怪力猛戳进熟睡中杨进的中枢神经里，使得他从惊天动地却又不知所云的梦境中逃脱出来。他脑子一个激灵，顿时发觉面前多出一人。那人高大无边，身影压人，穿着一件似被遗忘了的妖红衣衫……

时间是傍晚七点，文林巷的街道格外僻静。冷月爬出，伴随着昏黄摇曳的路灯。杨进就出现在这个冷清的街巷中，他走过了一个街口，左转，上了一个很陡的斜坡，然后走上植满樱花树的小路。可他并不是一个人在走，后面还尾随着一个高大的背影，身上的红衣衫分外妖娆。

"终于到家了！"杨进喜道。他掏出钥匙开了家门，家中厨房内泻出了雪亮的灯光，飘出了一阵阵晚饭的香气。不一会儿饭菜上桌：麻辣洋芋、回锅肉、汽锅鸡。都是杨进平时最喜欢吃的。饭桌上的话题还是有关"学习"呀，"考试"呀。杨进听得心不在焉，匆匆地吃完饭，简短地答了父母的问话，就推开饭碗，回到了自己的房间内。

玩家使用普通食物，恢复生命值10点……

屋里黑漆漆的，杨进半掩上窗帘，拧开台灯，黄色的光雾散在写字台上，点亮了一角。杨进一屁股坐在椅子上，伸了个懒腰，打了个哈欠，说道："别躲着藏着了，快出来吧！"

黑影应声而动，在房间的墙上忽的拉出了一条狭长的人形，红衣人再度现身了。

说起这红衣人，杨进已和他朝夕相处半年有余。当初，这个超光速穿梭匆忙赶来的不速之客是为了在地球上寻找他遗落的神器，也就是杨进手腕上的那个东西——路西法。

路西法，这是个多么动听的名字，是拂晓的明星，也是撒旦诱惑中的堕落之源。这个过去被杨进戏称为"鬼东西""怪手表""不锈钢玩意"的未知物竟然有这么一个从苍穹中落下的名字。

《以塞亚书》第十四章第十二节中记载：路西法，明亮之星，早晨之子啊，你何竟从天上坠落……

杨进看来就是那个被天使和撒旦的奇妙混合体选中的人，不管他愿意与否。这些事情都是红衣人告诉他的，路西法属于红衣人，现在它通过星际之门来到了地球，俘获了杨进。

"都几个月了，这个倒霉的神器在我身上怎么还有这么强的力量？"杨进不耐烦地问。

"路西法自己有思想，它早晚会明白的。我是它的真正主人，只要我一直在它附近召唤它，它就一定会回到我的手里。我现在已经感受到它的犹豫了，它只是犹豫地睡着了……"红衣人喋喋不休。

"但愿如此，不过目前我只在享受升级的乐趣。"杨进躺倒在床上，对红衣人的承诺半信半疑。这会儿窗外一颗调皮的流星划过空旷的夜空。昆明这夜的星星似乎早早睡了，并不那么明亮。杨进把脑袋扭向窗户，窥了窥尚未被两张窗帘遮住的夜景，耳边听见一阵阵的悲情音乐，那母亲爱看的电视剧的片尾曲；而后传来的断断续续的叽咕语调，是父亲压低大嗓门的奇怪讲话声。

杨进这会儿的脑子里全是路西法的活跃律动，如丝丝回电脉冲，激发了化学反应。他感到阵阵莫名的紧张疲惫，最终，耳畔跳荡一个声音：

挂机修炼完毕……恭喜加速升为42级……

这半年，杨进从红衣人口中得知了三个重要信息：一，整个宇宙是一个巨型的网游；二，有的人是玩家，有的人是NPC[①]；三，只有带着路西法的玩家能看出谁是玩家，谁是NPC。

第一点和第二点非常重要，但第三点更加重要。所有玩过游戏的人都知道，玩家是可以独立于游戏而存在的，玩家本身不会因为游戏的运行与否而存在或消亡，除非因为网瘾被强制脱瘾。但是NPC就不一样，这些人物只是游戏程序的一部分而已，他们的存在依赖于程序和服务器硬件。整体系统发生变动的时候NPC会发生什么，那可就谁也说不准了。也许他们会被其他服务器的类似程序取代？这就是能解释为什么会有"前人类文明"存在了，这是杨进打小从《十万个为什么》上看来的，书里猜想有先于恐龙时代和三叶虫时代的"前人类文明"。

至于红衣人，他显然就是一个程序员；而路西法一般不可能被玩家掌握，杨进戴上它这件事，说俗点儿就是个系统错误。但是杨进也悟出来了，既然整个世界都是程序员写出来的代码，你还怎么可能跟自己的命运对抗呢！所以事情变成现在这个样子绝不是自己的错，理所当然的，一切都是写这个网游的游戏策划和程序员的问题！

这么看来，各国的政客们不需要再绞尽脑汁为各种问题找借口了。"楼脆脆"倒了，那是程序设计好的，不是建筑和监理有问题；房价又涨了，那是策划设计好的，不是国家调控的错；领导嫖宿幼女了，那是游戏剧情安排好的……反正系统这个宇宙把一切都设计好了。

但是杨进这样的玩家对上述推论毫不关心，他对游戏升级有着魔般的热忱，从不消极怠慢。在过去，生活中的杨进和游戏中他有着本质的区别，但现在合二为一了，他就要玩杀个痛快！

一个月后，他玩邪乎了……

---

① NPC，游戏中非玩家角色（Non Player Character）的缩写。——编者注

在一个阳光灿烂的日子，杨进来到圣锡安教堂，对一个神父说："我将这里绑定为回城复活点！但愿主保佑我！"随后转身离开。神父还没搞清楚他在说什么，他就抢劫了小林当铺，武器是家中厨房的菜刀，上面还嵌着一颗塑料红宝石，称作"红月宝刀"。行为虽然不当，但杨进知道神父和老板都只是 NPC 而已。

本次特别任务执行成功……恭喜玩家升为 94 级……

三天后，杨进被几个头顶着 NPC 红字的特别行动组队员找到的时候，正在医院里打点滴。因为小林当铺的老板不甘示弱，带着众小弟痛打了这个胆敢在光天化日之下抢劫的青年匪徒。杨进被打得七窍流血，当场昏迷。对于充当众小弟的不知情玩家来说，这可以理解为一个简单到不能再简单的师门任务，结果是杨进没有回到自己设置的圣锡安教堂复活点，而是被送到了第一医院。

NPC 特别行动组一群西装革履的家伙像挤公交一样一拥而入，来到杨进的病房，还有几个按住了旁边的父亲杨德昌。两秒钟内，杨进病床的四周煞有介事地围了十四个人，而杨德昌此时除了不知所措地担心着儿子，还在担心口袋里没有足够的钱付高额医药费。医院讨医药费都已经动用黑社会了？这是杨德昌头脑中冒出的第一个想法。

"杨先生？"最后进病房的是一个国字脸四十岁左右的戴墨镜穿黑西服男人，看样子是这帮黑衣人的老大，虽然他们的扮相都千篇一律。

杨德昌已经吓破了胆，结结巴巴地说："是……是我？"

"我不是问你——"带头黑衣人不苟言笑地说道，"是问他——"

"老子……就是。"杨进此时已经苏醒过来，他觉得自己如同《黑客帝国》里的尼奥，而问话者就像特工史密斯。

"杨先生，我们是宇宙网游安全局特别行动组的，从现在开始，请你配合我们的行动，跟我们走一趟。"

不等杨进答话，众黑衣人手起绳落，将他五花大绑起来。杨进心中打鼓：出动这么多 NPC，难道是服务器要灭了我不成？他下意识地摸摸，手腕上的路西法还在。红衣人呢？去哪里了？

这些个黑衣人风卷残云一般,来也匆匆去也匆匆,不一会儿病房里就只剩下呆若木鸡的杨德昌。他愣了半晌,忽然对着天花板狂吼道:"啥子安全局的?!大白天抓人!我们到底欠了多少医疗费?还老子娃子!"

杨进被带进会场的时候,身体已经麻木了。

之前他听到那些黑衣人的老大史密斯特工——就暂且这么称呼他吧,对着奇怪的手提电话说:"明白,滇池已经涨潮,在洗礼之前会送达冥王星。"当时杨进只觉得那是黑衣人的古怪暗语,但紧接着他就发现自己竟然光明正大地被带到昆明巫家坝军民两用机场,一路上畅通无阻。最后他被结结实实地捆在喷气式战斗机的后座上,用能让自己吐出前天早饭的方式飞出了云贵高原、东部平原,又越过汪洋。五个小时内,他见识了空中加油机、超音速飞行以及另一个大陆。当然,因为头盔面罩上都是他自己的呕吐物,所以这一切都是雾里看花。当他被带着走进这座大楼的时候,杨进觉得这里面可能有一架即将发射的宇宙飞船,而自己将始终这样无法动弹,闻着自己的呕吐物登上火星。

穿过大厅,电梯不知往上走了多少层。黑衣人拉开门把他推进去的时候,他还不能适应房间的光线,眼前一片空白。但是空气里透着潮湿的味道,让杨进明白这绝不是什么宇宙飞船发射舱。

过了好一会儿,他的眼睛才适应了这里的灯光。眼前的景象把他吓了一跳。这是一个巨大的碗状房间,足以容纳数百人。在大碗的底部立着一个小小的环形主席台,主席台上立着一个小牌子,上面写着UNITED NATIONS。

对于中小学英语科目长年累月不及格的杨进来说,他对大写字母有辨识困难,所以第一眼瞥过的时候并没有反应过来上面写的是"联合国",直到看清周围其他形形色色的牌子,他才意识到这代表着什么。

这时候会议已经进行了一段时间,第一排有几个国家的标牌,后面几排坐着很多顶着乱七八糟名字的玩家。这个场景跟杨进在电视里看到的完全不同,整个会场里大多数人都仪容不整,穿着各种便服。

也就是说,会场里大多数人跟杨进是一路货色。

这时杨进发现,红衣人出现在主席台正中,正主持这乱乱哄哄的会议,用英文发言。杨进被带到前排坐下,黑衣人帮他插好了耳机,调到了中文同声传译。

他虽然完完全全是一头雾水,不过事已至此,只能既来之则安之,听着吧!

"来自各国的朋友们,我不希望你们再像刚才那样因为意见不同就丢鞋子攻击,我们需要各抒己见,在这个时候,言者无罪,闻者足戒……"

听起来刚刚像是发生了什么不愉快的事情,一边听着,杨进一边环顾全场,有了一个让他意外的发现:下面的听众不仅是年轻人,而且嬉皮士的叛逆打扮占了大多数。这些人中有几个面孔他似乎在哪里见过,但却想不真切。

"现在请……"红衣人看了看手边的提示器,说道,"请非常态物理研究院院长说说他对事情的看法。"

这个头顶"伯南卡"三字的家伙站起来向大家示意,用小老头的唧唧声说道:"女士们,先生们,我们研究所的一项发现估计大家会感兴趣。就在几天前,我们在地球上发现了一波微弱的震荡,有迹象表明此震荡已经扩散到整个宇宙。之所以称之为'震荡'是因为我们也没有弄清楚它的物理性质,它并不是电磁波,也不是声波……总之,不是人类目前科技能理解的任何一种载波形式。这道波稳定而寂寞地穿越了整个宇宙,预计总耗时五分钟,全过程终没有丝毫的衰减迹象。

"这道寂寞的孤波到达宇宙边缘之后,狠狠地撞上了那道人类所不知的防线。因为这道孤波,宇宙边缘已然裂开,像撞在锅沿上的蛋壳一样。这道奇怪的孤波为什么会出现在亚洲东部,又为什么会震碎宇宙的外壳,这些疑问已经完全超越了人类的理解范围。据说,全宇宙最伟大科学家斯蒂芬·霍金想明白了这些问题,但是在那瞬间,他的大脑因为信息过载和散热不良自燃了起来,然后像塞了雷管的西瓜一样轰的炸开,把实验室搞得狼藉不堪。所以为了我们的生命安全着想,我们不该去杞人忧天。总之,我们已经找到的这道波的始作俑者,这位来自中国的先生——"

伯南卡指向了坐在前排的杨进,所有与会者的目光齐刷刷地射向他,会场顿时炸开了锅。

"安静!安静!"红衣人敲响了惊堂木,一池子浑水慢慢平了。

红衣人说:"我给大家打个比方,蛋壳碎裂对于鸡蛋里那个等待着变成毛茸茸小鸡的蛋黄来说,是天大的灾难。对于你们人类来说,宇宙的边缘裂开也是一样的。

"宇宙边缘裂开这等大事引发了一系列的极其严重的后果。首先,它毁灭了一百一十八个人类还没有观察到的星系,然后把十八亿颗恒星挤成了一个超越人类物理常识的超星体,这个巨大的超星体因为自身引力而塌陷,瞬间变成了奇点,然后又吞噬了另外十八亿颗恒星和无数星云。这些遥远的天文奇景还需要足足四百亿年才能被地球上的人观察到,所以对于这一切,你们都还毫不知情。"

"是啊,我承认这个现实。"伯南卡应和道,"其实我们科学界也没有什么好说的。在我看来,事情很简单,我们所有的先进设备都无法搞清楚那道波的本质,就说明这波根本就不是什么波,就说明一个很简单的道理——我们对这个宇宙的认识完全是错的。正如刚才这位'红衣主教'所说,我们这个宇宙是一个巨大的网络游戏。我们认为的物理规则只是游戏里设定好的程序而已。这就可以很简单地解释那位来自中国的先生制造的波为什么完全违反已有物理常识——创造这个宇宙的程序员添加了全新的子程序。

"我们花费了一生的时间,只是试图反编译一段叫做'宇宙规则'的程序。现在把时间和机会留给这些专业人士吧,这个宇宙已经没我们什么事了。先生们,你们之所以到这里来,是因为学术界认同一个事实:我们的宇宙就是一台跑着游戏的服务器。对于一个稳定的宇宙来说,任何微小的变化都不是一件好事。而现在,这个宇宙面临一场空前的危机。"

整个会场一阵嘈杂。杨进听不懂那么多唧唧歪歪的语言,熟悉的中文也被这些乱七八糟的音节搅成了一团乱麻。

一个中年西方人走上主席台,示意大家安静,他头顶着"谢恩·达拜伦"的名字。"大家好,我是达拜伦,暴雪公司出品的游戏《魔兽世界》的首席设计师。"

这个响当当的名字让会场彻底平静了下来。

"这是咱们第一次有资格在这种地方说话,但也很可能是最后一次……"

全场哄笑一片。

"既然整个宇宙是一个巨大的服务器,那么我推测,这个服务器肯定出了错,继而形成了这道物理学家无法理解的'震荡波'。而这个错误就来自坐在这里的杨先生。身着红衣的先生作为宇宙程序员的代表主持本次会议,看来这个问题宇宙程序员们也很难搞定。我推测,本次错误的最终结果,从我们的专业来说,就是类似于服务器的合服。在网络游戏里,完全一样的游戏内容会使用不同的服务器,每个服务器的用户是不同的,账号角色彼此不相通。但是,因为某些原因,不同服务器的用户数据被合并在了一起,所有用户都改在同一个服务器登录,这就叫合服。"

"当然。"达拜伦指了一下伯南卡道,"用你们物理学家的语言来说,就是原来不同的平行世界现在重叠成了一个。世界本身没有变,但是不同世界的人从此出现在了同一个世界里。"

此话一出,会场又嘈杂起来,一个声音问道:"那么在历史上,地球上的人口逐步增长又是如何解释呢?"

"不好意思,你搞错了。"一个陌生的声音回答说,"合服只是导入用户数据,也就是说,对于服务器来说增加的只是用户数,而不是程序里的角色数量。"

"请问你是?"

"哦,我是菲利普·罗斯戴尔。我们公司的旗下运营有网游《第二人生》。"

"请你详细解释一下刚才的话可以吗？"

"很简单，如果地球世界是一个网络游戏，那么显然地球上不可能所有人都是玩家。它必然是由两类角色组成的，一部分是用户控制的角色，而另一部分则是程序创造出来角色，也就是NPC。如果进行服务器合并的话，那么NPC是不会叠加的，增加的只是用户控制的角色而已。实际上，我们林登实验室开发的《第二人生》应该最接近这个真实的宇宙网游的……"

这句话简直就像开启了地狱之门，一瞬间全场嘘声四起。

"喂，喂！"谢恩·达拜伦叫道，"伙计，你凭什么说你们的游戏最接近这个宇宙网游？你也太自以为是了吧？"

这已经超越了质疑而近乎挑衅了。会场的气氛突然变得紧张起来，谁也没有想到这两位在公共媒体上彼此恭维的网游界顶尖大师会爆发出这么赤裸裸的争吵。有人说是因为这个议题代表的荣耀太过珍贵，所以他们撕下了最后一丝温情脉脉的面纱，有人说是太大的压力让他们精神近乎崩溃，也有人说这只是创意产业特有的文化。这些荒唐的说法连真相的边都没有沾到。

"这难道不是很明显的吗？我们这个宇宙是一个大型生命仿真网游，而《第二人生》是一个尽可能模拟这个世界的网游，有哪个网游能比我们的《第二人生》更像真实世界？"

"铁炉堡的矮人偶然赢了一个联盟打部落的棋盘游戏，就觉得自己创造了《魔兽世界》了。"达拜伦冷笑一声，"你有什么证据证明玩我们这个宇宙网游的外域生命就过着跟我们一样的生活？说不定那些外域生命是一群绿皮兽人，他们玩我们这个宇宙网游就像我们玩《魔兽世界》一样，我们的世界是一个和现实完全不同的奇幻冒险游戏！"

会场传来此起彼伏的赞同之声。以这几句话为开端，两个人在会场上争执了十分钟。为了节约大家的时间，我们可以把这段争执简缩如下：

"你怎么知道宇宙网游是这样的？"

"你怎么知道宇宙网游不是这样的？"

"你怎么知道我不知道宇宙网游不是这样的?"

"你怎么知道我不知道你不知道宇宙网游不是这样的?"

"你怎么知道……"

这个对话模板真如一个宇宙程序,它已陷入无穷无尽的死循环中。

旁观的杨进听着这些无谓的对话,顿觉人类生死存亡的宝贵时间竟然浪费在了人类自己手中!

这时候是下午四点五十五分,地球突然像兔子一样跳了一下,然后宇宙又像袋鼠一样跳了一下。杨进忽感手腕间一阵滚烫,一股热流顺着路西法喷涌而出,巨大的碗状会场以杨进的身体为界,丝带一样伸展出去,越变越大。身边的玩家、NPC和那个红衣人被粉碎成五彩灿烂的光芒,瞬间就占据了杨进的整个视野。

"这是什么东西?"杨进困惑地叫道,"合服了?重叠了?还是毁灭了?"

他感觉到一股巨大的引力从头顶传来,整个城市、整块大陆都飞了起来!真美……这是杨进最后的记忆。

服务器数据删除,重新导入中……

七月的天气创造了这个郁闷异常的中午,毒辣的太阳烧烤着大地,周围死气沉沉。红速网吧里走出一个中学生样子的青年。一夜的通宵网游让他上下两个眼皮打架,特想倚在一个地方小睡片刻,但这个念头刚起就被一个意外打断了——他的眼睛突的似被一道白光捅了一下。那是一大块有着铂金光泽的稀罕物,看起来像是一块高档手表。青年兴致勃勃的贪婪观察,完全不知道这东西将要给他和整个世界、整个宇宙带来的危机。

"张杰!叫你出去买个卷粉,买到哪里去了?"后面远远赶来的另一个青年对他怒喊。

这个叫张杰的青年没有马上回话。他此刻目不转睛,似中了邪,那东西迷人的光泽正诱惑着他。

《新宇宙征途》控制台系统启动完毕,全息多维图像模拟已经载入,新的服务器'地球'已经创建,系统锁定当前玩家为张杰,ID:XXXXXXXXXXXXXXXXXX,登录密码默认为 DNA 序列……

编后记

  宇宙的本质究竟是什么?这是理论物理学家最爱讨论的话题之一,围绕着它的同样还有很多"民间智慧"。《时间简史》开篇就记录了这样一个小故事:有一位科学家做天文学演讲,听众里有个老妇人说,世界其实是驮在一只大乌龟背上的平板。科学家反问,那乌龟站在什么东西上面呢?老妇人回答说,是一只叠一只的乌龟塔呀。

  尽管物理学家们提出了各种宇宙模型假说,但是往往因为理论太过深奥,很难为普通民众理解。倒是文学艺术作品中的想象,给这个哲学命题带来了浪漫色彩。阿根廷作家博尔赫斯就曾在著名的《通天塔图书馆》中写道,宇宙是一座由近乎无限的六角形回廊组成的图书馆。而随着计算机技术和互联网的发展,人们越来越倾向于将虚拟现实认作"第一现实",《黑客帝国》《十三度凶间》《移魂都市》这样的科幻电影受到了大量观众的欢迎。这么看来,把宇宙设想成一个巨大的网游,不也是很有趣的点子吗?

图书在版编目（CIP）数据

幻海听风：第三届"蝌蚪五线谱"杯科幻征文大赛优秀作品选粹／北京市科学技术协会，蝌蚪五线谱网站编．—北京：新星出版社，2015.1

ISBN 978-7-5133-1678-1

Ⅰ．①幻… Ⅱ．①北… ②蝌… Ⅲ．①科学幻想小说－小说集－中国－当代 Ⅳ．① I247.5

中国版本图书馆 CIP 数据核字（2014）第 284564 号

幻海听风
第三届"蝌蚪五线谱"杯科幻征文大赛优秀作品选粹

北京市科学技术协会，蝌蚪五线谱网站　编

策划统筹：	张晓芸　应杰　高超　董鹏　贾骥
责任编辑：	陶凌寅
责任印制：	韦　舰
装帧设计：	@PPzei
插　图：	方块阿兽　核猿　xiao晶儿

出版发行：新星出版社
出 版 人：谢　刚
社　　址：北京市西城区车公庄大街丙3号楼　　100044
网　　址：www.newstarpress.com
电　　话：010-88310888
传　　真：010-65270499
法律顾问：北京市大成律师事务所

读者服务：010-88310811　　service@newstarpress.com
邮购地址：北京市西城区车公庄大街丙3号楼　　100044

印　　刷：北京京都六环印刷厂
开　　本：910mm×1230mm　　1/32
印　　张：12
字　　数：232千字
版　　次：2015年1月第一版　2015年1月第一次印刷
书　　号：ISBN 978-7-5133-1678-1
定　　价：38.00元

版权专有，侵权必究；如有质量问题，请与印刷厂联系调换。